AUR YN Y PRIDD

AUR yn y PRIDD

GWEN PARROTT

bwthyn
GWASG Y BWTHYN

AUR YN Y PRIDD
Gwen Parrott

ISBN : 978-1-913996-76-5

Dymuna'r cyhoeddwyr gydnabod cymorth ariannol
Cyngor Llyfrau Cymru

Dyluniad y clawr: Olwen Fowler

bwthyn
GWASG Y BWTHYN

Cyhoeddwyd gan
Gwasg y Bwthyn, 36 Y Maes, Caernarfon, Gwynedd LL55 2NN
post@gwasgybwthyn.cymru
www.gwasgybwthyn.cymru
01558 821275

Diolchiadau

Hoffwn ddiolch i Wasg y Bwthyn
am eu cymorth a'u cefnogaeth ddiflino.

I Tom ac Edd
am flynyddoedd maith
o chwerthin.

Pennod 1
Awst 1948 – Trip Ysgol Nant yr Eithin

Pwysodd Dela Arthur yn erbyn cefn ei sedd anghysurus ym mlaen y bws a chaeodd ei llygaid am eiliad, cyn i don o chwerthin afreolus ddod o'r sedd gefn, lle'r eisteddai'r plant hynaf o'i dosbarth. Cododd a syllodd yn llym arnynt. Distawodd y rhialtwch a suddodd Dela 'nôl i'w heisteddfan. Beth ddaeth dros ei phen i drefnu trip addysgol, hanesyddol i'r dosbarth hŷn ar y diwrnod ar ôl i dymor yr haf orffen? Dylai fod wedi sylwi mwy ar olwg amheus Huw Richards wrth iddi gytuno'n eiddgar â chynnig Les Jones Garej yn y *Bring and Buy* yn y gwanwyn i ddefnyddio'i fws am bris rhesymol. Dylai fod wedi rhagweld y byddai'r plant wedi'u weindio'n dynn fel sbrings am nad oedd y rhan fwyaf ohonyn nhw byth yn mynd i unman. Dim ond pedwar o'r gloch y prynhawn oedd hi, ond teimlai fel hanner nos. Fodd bynnag, os oedd hi wedi blino, nid oedd sôn bod y plant fymryn yn llai swnllyd nag y buont am naw o'r gloch y bore hwnnw. O leiaf doedd hi ddim wedi glawio.

'Llond hi!' ebe Les, perchennog a gyrrwr y bws, gan grechwenu arni wrth i Dela dynnu wep resynus. 'Pryd a ble y'ch chi moyn stopo am de, 'te?'

Grwgnachodd gêrs y bws hynafol wrth iddo arafu i droi cornel ar y ffordd gul. Tyfai'r coed yn drwchus o ben y cloddiau ar bob tu, gyda'u canghennau'n crafu to'r bws ar brydiau gan achosi i gawod o ddail ddisgyn. Hwyrach taw dyna pam cadwai Les y weipars i weithio'n gyson, neu efallai nad oedd modd eu diffodd. Gallai Dela gredu hynny o ystyried cyflwr gweddill y cerbyd.

'Unrhyw bryd nawr,' atebodd Dela. 'A ble bynnag y gallwch chi ddod o hyd i le addas bant o'r ffordd.'

Nid oedd unman cyfleus i'w weld, ond roeddent yn fwy tebygol o weld rhyw le ar y ffordd hon nag ar y briffordd. O feddwl, roeddent wedi teithio ar hyd heolydd cefn trwy gydol y dydd, a hyd yn oed yn Abergwaun pan aethant i weld bedd Jemeima Niclas a thafarn y Royal Oak (o'r tu allan yn unig) lle'r arwyddwyd ildiad y llu Ffrengig yn 1797, ni pharciodd Les y bws ar y sgwâr. Yn hytrach, diflannodd y cerbyd am awr gan ailymddangos i godi'r plant. A oedd hynny'n arwyddocaol? Ai disel pinc amaethyddol, anghyfreithlon a'u cludodd yma ac acw? Syllodd ar gefn pen Les yn ddrwgdybus. Teimodd brocad yn ei hysgwydd o law Jean, gofalwraig a chogyddes gynorthwyol yr ysgol a eisteddai yn y sedd tu ôl iddi gyda Winnie Humphreys, athrawes ddiweddaraf y babanod a ddechreuodd ei swydd fis Ionawr diwethaf.

'Chi moyn Mint Imperial?'

Derbyniodd Dela un yn ddiolchgar. Trawodd hi bod mantais anferth o fod yn fam i gynifer o blant â Jean – cwpons melysion dirifedi. Fel menyw sengl rhaid iddi fodloni ar bedwar owns y mis, a thorri pob bar o siocled yn ddarnau mân. Sugnai Winnie Humphreys ei mintys hithau â phleser. Dynes dwt, weithgar oedd hi, ac nid oedd y rhyddhad a deimlodd Dela fisoedd ynghynt o gael cydweithwraig dda unwaith eto wedi pylu o gwbl. O edrych arni nawr o gil ei llygad, gyda haul y prynhawn yn disgleirio arni drwy'r ffenest, meddyliodd Dela'n sydyn ei bod dipyn yn hŷn nag a feddyliodd.

'Trueni bod Mrs Jefferies wedi ffaelu dod,' meddai Winnie. 'Glywsoch chi beth sy'n bod arni?'

Ni wyddai Dela, er nad oedd hi'n bersonol yn difaru nad oedd ei phrif gogyddes anodd ei thrin gyda nhw. Dim ond esgusodion mewn llais egwan dros y ffôn marcie saith y bore hwnnw gafodd hi, ond rholiodd Jean ei llygaid.

'Mae ei gŵr wedi lliwio'i wallt,' sibrydodd.

'Pam fydde hynny'n rheswm?' gofynnodd Dela.

'Blaw ei fod e wedi neud y *mess* rhyfedda a bod yn rhaid ailbeintio'r gegin,' cynigiodd Winnie gyda gwên.

Taflodd Jean gipolwg ofalus tu ôl iddi. 'Y sôn yn y Cwt, yn ôl Stifin y gŵr, yw bod lliwio'i wallt yn arwydd drwg iawn i ddyn canol oed.'

'Ond arwydd o beth?' sibrydodd Dela.

Diflannodd aeliau Jean i'w gwallt. 'Cambyhafio,' gwefusodd a dechreuodd biffian chwerthin.

Mwy syfrdanol i Dela na'r newyddion am ŵr Mrs Jefferies, na chofiai siarad ag ef erioed, oedd y ffaith bod Stifin, gŵr Jean, un o selogion tafarn y Cwt, wedi bod yn ddigon sobor i gofio ac ailadrodd y clecs. Yn reddfol, pipodd draw i weld a fu unrhyw rai o'r plant yn clustfeinio ar y sgwrs. I bob golwg, roeddent naill ai'n rhannu comic, neu'n bwyta o'r paceidi bwyd a baratowyd gan eu mamau. Rhyfedd, meddyliodd Dela. Credodd eu bod wedi bwyta pob briwsionyn o'u bwyd cartref yn y deng munud cyntaf ar ôl gadael sgwâr Nant yr Eithin oriau maith ynghynt.

Cyn belled, ni fu diwedd i'r feidr droellog, nac unman a oedd yn ddigon llydan i aros ynddo, ond pan bwysodd Dela ymlaen, sylwodd bod y feidr yn dechrau unioni a lledu. Draw ar y dde, yn y pellter, codai carnedd tu ôl i'r clawdd a meddyliodd bod copaon meini hir i'w gweld hefyd. Safle hanesyddol arall. Gallai fod yn ddelfrydol.

'Les ...' galwodd, ond boddwyd ei geiriau gan sŵn rhywbeth yn ffrwydro'n sydyn o dan flaen y cerbyd.

Gwegiodd y bws i'r chwith, fel dyn cloff yn colli cydbwysedd, a thaflwyd Dela a phawb ar yr ochr dde tua'r eil ganol. O'i safle isel, gwelodd ddwy botel bop wydr yn rholio ar draws yr eil cyn diflannu dan y seddau gyferbyn. Rhwng Les yn rhegi'n uchel a rhai o'r plant yn sgrechian, eiddo'n disgyn fel cesair trwm o'r rac uwchben, credodd Dela bod y bws ar fin troi drosodd. Yn wir, cael a chael oedd hi i Les allu rheoli'r olwyn lywio a'r brêcs, a gallai Dela weld y clawdd uchel ar y chwith yn agosáu'n frawychus. Ond gydag un herc olaf, disgynnodd hanner cefn y bws i'r ffos ddofn ac arhosodd yn ei unfan. Bu tawelwch, wrth i bawb gael eu gwynt atynt.

'Blydi teiar blaen wedi mynd,' mwmialodd Les, gan lithro o'i sedd yn ofalus er mwyn agor y drws. ''Rhoswch lle'r y'ch chi, bob un!' gwaeddodd. 'Sdim iws i chi i gyd godi'r un pryd neu ewn ni drosodd.'

'Pawb yn iawn yn y gwt?' galwodd Dela.

'Dim byd mowr, Miss,' atebodd llais Delyth, y mwyaf cyfrifol o bell ffordd. 'Ambell gnocad a shigwdad, 'na i gyd. Sneb yn gwaedu. O, gad dy gonan!' ychwanegodd yn ddiamynedd fel ymateb i lais arall cwynfanllyd. 'Buest ti'n pigo'r grachen 'na ar dy ben-glin drwy'r dydd. 'Na pam mae e'n gwaedu.'

Rhygnodd y drws blaen wrth agor, gyda Les yn gorfod camu i'r ochr fel cranc i osgoi'r ffos ddofn. Gwthiodd ei ben yn ôl drwy'r adwy.

'Ochor 'whith, sedde ffrynt i ddachre,' meddai. 'Un ar y tro, a dim rhedeg na jwmpo lan a lawr.'

Gwagiodd y bws yn boenus o araf, a sylweddolodd Dela ei bod yn ffodus taw'r tri oedolyn oedd yn eistedd yn y seddau blaen ar y dde. Hi, Winnie a Jean oedd y balast angenrheidiol a gadwai'r bws ar yr heol. Ysgydwai'r cerbyd fwyfwy gyda phob ymadawiad, ond roedd yn falch o weld drwy'r ffenest flaen bod Delyth eisoes wedi dechrau trefnu'r plant i sefyll yn ddigon pell o'r bws ar ochr arall y ffordd. Roedd yn bendant yn annheg bod plant anacademaidd fel Delyth yn gorfod aros yn yr ysgol gynradd hyd nes canol eu harddegau, ond bois bach, roedd ei synnwyr cyffredin hi'n ddefnyddiol! Pan gododd Winnie, bu'n rhaid iddi sadio'i hun ar gefn sedd wrth i gydbwysedd y bws symud, ac ofnai Dela y cwympai cyn cyrraedd y drws. Edrychodd yn bryderus ar Jean, ond roedd hi'n dal i sugno'r mintys yn ddisyfl wrth gasglu ei heiddo.

'Senach chi 'di bod ar drip 'da Les o'r blaen, odych chi?' meddai'n llon. 'Ethon ni dros ben clawdd unweth ar bwys Saundersfoot. Dwi'n credu taw'r bws hwn wedd e hefyd.'

Diolch am yr wybodaeth honno, meddyliodd Dela, gan ei gwylio'n camu'n sionc dros y gwagle tu allan i'r drws. Dim ond hi oedd ar ôl nawr, a daeth delwedd ddigroeso iddi o gapten y *Titanic*, ond sgyrnygodd ei dannedd, rhoddodd ei bag llaw dros ei braich, a cham wrth gam, gyda'r llawr yn llamsachu fel ceffyl siglo, nesaodd at y drws. Safai Les erbyn hyn â'i gefn at y clawdd, ac er ei bod yn dal yn ddig ag ef, cydiodd yn ei law gref a theimlodd dir cadarn dan ei thraed o'r diwedd.

Gyda'i chalon yn curo'n styfnig yn ei gwddf, tynnodd Dela anadl ddofn ac edrychodd o'i hamgylch.

'Reit!' meddai'n uchel, 'dilynwch fi.' Martsiodd tua'r cae lle safai'r garnedd, gan groesi ei bysedd bod mynediad hawdd iddo.

Wedi cyfrif pob plentyn wrth iddynt ddringo'r sticil i'r cae, a'u rhybuddio i beidio â chwarae castiau ar y garnedd, ymlaciodd fymryn. Syllodd yn chwilfrydig ar eu man picnicio annisgwyl. Hen le rhyfedd iawn oedd hwn. Beth oedd e, tybed? A fu fel hyn ers yr Oes Haearn neu'r Oes Efydd? Safai rhyw hanner dwsin o feini hir yno gan ffurfio rhodfa lydan a arweiniai i'r garnedd. Edrychai rhai fel petaent wedi eu gwreiddio'n ddwfn, ond sigodd eraill, a gorweddai un anferth ar ei hyd. Dan ei thraed tyfai glaswellt byr ac amgylchynwyd yr holl safle gan gloddiau uchel. Gobeithiodd nad oeddent yn tresmasu, er nad oedd unrhyw arwydd swyddogol i'w weld. Roedd hwn yn argyfwng, wedi'r cyfan. Torrwyd ar ei synfyfyrio gan lais Jean.

'Chi'n credu y gallwn ni mofyn y pethe te o'r bws nawr?' gofynnodd. 'Dwi'n ofni bydd y stên fowr 'di sarnu dros bopeth, 'da'r hwp gethon ni.'

'Cystal i ni fynd i ofyn,' atebodd Dela. 'Falle bydd tynnu stwff o'r bŵt yn helpu i ysgafnhau'r baich.'

Fodd bynnag, wrth iddyn nesáu at y bws nid edrychai pethau'n dda. Safai Les Garej ger y boned gan syllu'n ddiflas ar y teiar euog yr oedd yn gwbl amlwg nad oedd modd ei drwsio. Daeth y rwber oddi arno fel rhubanau. Heb drwch y teiar, nid oedd syndod bod y bws mor simsan, a buont yn lwcus na lithrodd y cerbyd yn gyfan gwbl i'r ffos, gan eu caethiwo oddi mewn. Poerodd Les a thynnodd stribyn o dybaco o'i wefus, cyn taflu bonyn ei sigarét gydag ystum dirmygus.

'Ma'r hwch drwy'r siop!' datganodd yn sur.

'Beth am y teiar sbâr?' gofynnodd Jean yn ymarferol.

Roedd gan Les y gras i edrych yn lletchwith. 'Sdim un i gael,' meddai.

'Beth, ddim yn unman?' ebe Dela mewn braw.

''Nôl yn y garej,' mwmialodd Les, 'er, shwd ddiawl y cewn ni afel arno ... ry'n ni filltirodd o unrhyw focs ffôn.'

Sylwodd Dela bod un neu ddau o'r plant hŷn yn dod tuag atynt, gyda Gerwyn, mab Aneurin Plisman, ar flaen y gad. A hithau ar fin galw arnynt i fynd yn ôl i'r cae ar unwaith, cododd Gerwyn ei lais.

'Halodd Mrs Humphreys ni, achos bydd isie help arnoch chi i gario.'

Roedd hyn yn wir, a gohiriwyd problem y teiar am y tro wrth iddynt drefnu. Trwy lwc, roedd y stên o de a'r un o ddŵr oer yn dal ar eu traed, er mawr ryddhad i Jean. Gwagiwyd holl gynnwys cist y bws yn ofalus iawn, gyda phawb yn camu'n ôl yn reddfol bob tro y newidiodd y cydbwysedd.

'Helô?' meddai llais benywaidd.

Heb i fawr neb sylwi roedd dynes ar gefn beic wedi dod ar hyd y ffordd. O'i hiwnifform, nyrs ardal ganol oed oedd hi, gyda'i gwallt cyrliog golau'n dianc o'i chapan. Disgynnodd cyn gwthio'r beic yn nes ac edrychodd yn syn ar yr olygfa.

'Mowredd!' meddai. 'Ody pawb yn iawn? Neb wedi'u hanafu, gobeitho? Dwi ar fy ffordd i alwad ond mae 'da fi ddeng munud.'

Gwenodd Dela arni. 'Diolch am gynnig,' atebodd, 'ond sdim golwg bod unrhyw un wedi derbyn mwy na chlais. Trip ysgol llawn digwyddiad o dop y sir!' Gellid clywed lleisiau iach y plant o'r cae. Swnient fel pe bai Winnie wedi trefnu gemau cyffrous.

Cododd y nyrs ei haeliau wrth sylweddoli cynifer y dorf. Gostegodd ei llais. 'Ffor' y'ch chi'n mynd i gael yr holl blant yn ôl i'w cartrefi?' gofynnodd. 'Dyw'r bws o Abergwaun ddim yn dod ar hyd y ffordd hon. Mae'n filltir dda i'r briffordd ac yn bellach na hynny i'r stop agosa.'

Tynnodd Dela wep ddiflas. 'Mae gyda ni broblem,' cyfaddefodd. 'Falle bydd angen i fi fegian lifft i flwch ffôn ar dractor, os daw un heibio.'

'Na fydd!'

Trodd pawb i edrych ar Gerwyn, a gwenodd ef yn hyderus. 'Bydd Mr Richards y gweinidog 'ma mewn munud nawr,' meddai. 'Mae e wedi bod tu ôl i ni drwy'r dydd.'

Celodd Dela ochenaid. 'Shwd wyt ti'n gwbod?'

'Achos gweles i fe'n Abergweun, pan o'n ni yn y fynwent.' Trodd ei ben tua'r gornel. Roedd ei glustiau ifainc wedi dirnad rhyw sŵn. Ychydig eiliadau wedi hynny, daeth trwyn car Huw i'r golwg. 'Gwedes i, ondofe?'

Ymhen ychydig funudau, roedd Huw a Les wedi gyrru ymaith a gadawyd Dela i fynd yn ôl i'r cae. Gwyliodd y nyrs ardal yn seiclo i ffwrdd a dringodd y sticil. O'i blaen roedd Winnie a Jean wedi taenu blancedi dros y borfa, ac roedd y paratoadau ar gyfer te ar waith. Er yr edrychai popeth yn hyfryd yn yr haul, corddai pryder yn stumog Dela. Pe bai modd cael gafael ar deiar addas byddai angen tractor i dynnu'r bws o'r ffos cyn dechrau ei osod. Beth os nad oedd teiar yn unman y gellid ei ddefnyddio? Pwy yn Nant yr Eithin oedd â chludiant digonol i ddod i mofyn y plant? Roedd pum milltir ar hugain cystal â chant yn yr amgylchiadau hyn. Beth os fyddai'n rhaid iddynt fod allan yn y cae dros nos? Ni feiddient dreulio'r oriau tywyll yn y bws simsan, peryglus. Hyd nes i Huw a Les ddychwelyd, nid ellid trefnu dim. A'r peth gwaethaf oll oedd taw hi oedd yn gyfrifol.

Pennod 2

Wedi llyncu brechdan, treuliodd Dela'r amser yn cerdded o amgylch y cae gyda chwpanaid o de llugoer yn ei llaw. Bob nawr ac yn y man taflai gipolygon gobeithiol tuag at y ffordd ond ni ddaeth na cherddwr na cherbyd heibio. Trawodd hi y gallent fod wedi llenwi car Huw â hanner dwsin o blant ar y tro i'w cludo i'r arhosfan fysiau agosaf ar y briffordd, gan adael popeth arall yng nghist y bws. Efallai byddai'n rhaid gwneud hynny fyth, ond roedd diwedd y prynhawn yn dod yn nes ac ni wyddai amseroedd y bysys. A fyddent yn dal i redeg ar ôl chwech o'r gloch? Ar ben hynny, a fedrent grafu digon o arian at ei gilydd rhyngddynt i dalu am docyn i bawb? Nid edrychai neb arall fel pe baent yn poeni dim, ond nid ar eu hysgwyddau nhw y gorweddai'r baich. Er na ddywedodd Huw air cyhuddol wrth iddi esbonio'r sefyllfa, roedd yr olwg ar ei wyneb wedi datgan cyfrolau. Ond wedyn, os oedd e wedi rhagweld y byddai rhywbeth yn digwydd i'r fath raddau y cymhellwyd ef i wastraffu diwrnod cyfan yn dilyn y bws, pam na grybwyllodd ei bryderon fisoedd ynghynt? Ysgydwodd ei hun, wrth weld Winnie a Jean yn brysur yn clirio llestri i focsys ac aeth draw i gynnig help llaw.

'Sena i'n gweld bod modd rhoi'r rhain yn ôl yn y bŵt heb Les,' meddai Jean. 'Beth se'r pwyse'n neud pethe'n waeth?'

Roedd hynny'n bosibilrwydd cryf. Wedi'r cyfan, roedd olwyn ôl y bws ar y dde yn sefyll o leiaf naw modfedd oddi ar y ddaear am fod ei gymar yn ddwfn yn y ffos.

'Ta beth,' ychwanegodd Jean, 'byddwn ni 'ma am sbel dda 'to. Byddan nhw moyn rhwbeth arall i fyta cyn gadel. Trueni sdim pistyll i'w weld ar yr hewl – gallen ni neud mwy o *squash*.'

Cysgododd Dela ei llygaid rhag haul diwedd y prynhawn. 'Tase fferm yn agos ...' dechreuodd, ond ysgydwodd Winnie ei phen.

'Maen nhw i gyd mas o'r golwg,' meddai. 'Gallech chi gerdded am filltiroedd.'

A hithau ar fin dweud y dylai fod wedi holi'r nyrs ardal ynghylch y fferm agosaf, daeth gwaedd uwch na'r cyffredin i glyw Dela. Gwelodd bod y plant, a fu'n chwarae a dringo fel mwncïod ond eiliadau ynghynt, yn rhuthro tuag ati, gyda'r rhai ieuengaf yn cael eu tynnu ymlaen gerfydd eu breichiau. Cyraeddasant yn fyr o wynt.

'Hen foi off 'i ben â tryll! Mae e'n gweiddi arnon ni, Miss, a gweud sdim hawl 'da ni i fod 'ma.'

Cyn i Dela allu ymateb, roedd Winnie a Jean wedi dechrau bugeilio'r plant tua'r sticil. Cerddodd hithau'n araf at y garnedd. Ni allai weld neb i ddechrau, ond wrth iddi nesáu daeth diwedd gwn dau faril i'r golwg uwch ben y clawdd.

'Helô?' galwodd, yn y gobaith y byddai agwedd rhesymol yn ddigon i dawelu'r sefyllfa. Arhosodd yn ei hunfan yn sydyn pan newidiodd cyfeiriad y barilau, hyd nes eu bod yn pwyntio'n syth ati. Nid oedd eisiau dringo'r clawdd a gwneud ei hunan yn fwy o darged, felly camodd at y garnedd a safodd ar un o'r cerrig isaf. Byddai'n haws dowcio i gysgod gweddill y pentwr uchel o'r fan honno. 'Mae'n ddrwg iawn 'da fi os ydyn ni'n tresmasu ...' dechreuodd, gan ddisgwyl rhyw fath o ateb, ond dim ond sŵn traed a mwmial ddaeth o ochr arall y clawdd. 'R'yn ni ar drip ysgol,' parhaodd, 'ac fe gawsom ni ddamwain. Mae hanner y bws yn y ffos. Yr eiliad daw cymorth, byddwn ni'n gadael yn syth, dwi'n addo.' Er nad oedd hynny'n gwbl wir, nid oedd eisiau cyfaddef y gallent fod yno am oriau eto.

Distawodd y mwmial, a chlywodd ymdrechion i ddringo'r clawdd. Rhwygai planhigion wrth i'r dyn eu defnyddio fel mannau gafael, a dechreuodd barilau'r gwn chwifio'n enbydus. Closiodd Dela at y garnedd, gan ddisgwyl iddo danio'n ddamweiniol, ac edrychodd dros ei hysgwydd yn wyllt. Roedd Jean yn dringo'r sticil i'r ffordd, a hi oedd yr olaf. Diolch i'r drefn am hynny.

Pan drodd 'nôl, roedd wyneb wedi ymddangos rhwng y gweiriau ar ben y clawdd. Hen ddyn, fel y dywedodd Gerwyn, gyda gwallt gwyn llaes a llygaid cochlyd, ei ruddiau'n rhychau dwfn. Gweithiai ei geg fel pe bai'n cnoi rhywbeth. Rhythodd arni.

'Yr Hen Rai!' chwyrnodd. 'Melltith yr Hen Rai!'

Ceisiodd Dela fabwysiadu golwg o ddiddordeb cwrtais.

'Yr Hen Rai? Nhw sy berchen ar y safle, ife?'

'Ie! A sdim hawl 'da neb fod 'ma! Daw melltith lawr ar eich penne chi!'

Ysgydwodd Dela ei phen yn drist. 'Senach chi'n meddwl y bydden nhw'n maddau i blant bach, mewn argyfwng?'

Cnodd yr hen ŵr ar hyn yn llythrennol. 'Ond senach chi'n blentyn bach,' poerodd, ar ôl saib.

'Nadw,' cytunodd Dela, 'ond fi sy'n gofalu amdanyn nhw.'

'Pfff!' ebe'r dyn. Serch hynny, meddyliodd Dela ei fod yn ailfeddwl o weld ei lygaid yn newid ffocws i wylio rhyw fan tu ôl iddi. Gweddïodd nad oedd neb o'r plant wedi mentro i'r cae unwaith eto. Syfrdanwyd hi, o'r herwydd, i glywed llais dyn yn galw.

'Wiliam! Gair bach, os gwelwch yn dda.'

Er nad oedd hi'n dymuno troi'i phen, rhag ofn i'r gwn ddechrau chwifio i'w chyfeiriad, daeth yn ymwybodol bod camre hyderus yn agosáu.

'Shwd y'ch chi, Wiliam?' ebe'r llais yn sgyrsiol, a chamodd y newydd-ddyfodiad heibio i Dela gan ei chaniatáu i'w weld. Roedd e'n dal ac yn denau, mewn siwt haf ffurfiol, coler a thei a sgidiau sgleiniog. Cribwyd ei wallt llwyd 'nôl yn daclus o'i dalcen. Camodd i fôn y clawdd, ac roedd e'n ddigon tal i allu estyn ei law drwy'r tyfiant ar ei gopa. Yn reddfol, plygodd Wiliam er mwyn rhoi'r gwn i bwyso wrth ei draed ac wrth iddo ddiflannu o'r golwg am eiliad, gwefusodd y dyn 'Cerwch!' o gornel ei geg ar Dela.

Yn hanner cyrcydu, a chan ddilyn llwybr yr ochr draw i'r meini hir gorau gallai, dihangodd Dela. Pan gyrhaeddodd y sticil, gwelodd wynebau pryderus yn pipo arni o'r ffordd, ond edrychodd yn ôl cyn dringo. Roedd y dyn dieithr yn dal i siarad ac amneidio, gydag wyneb Wiliam yn codi a disgyn wrth iddo ddadlau a cheisio cadw'i gydbwysedd. Gan fod sylw'r hen ŵr ar y dyn, brysiodd Dela i ymuno â'r criw a'i disgwyliai.

'Wel, y jiw-jiw!' hisiodd Jean, wrth i Dela, gyda'i phen i lawr, ddod ati. Trefnwyd y plant mewn rhes hir, ddiogel, ac yn ddigon pell o'r fynedfa. 'Beth se fe 'di saethu'r stên!' Sylwodd ar aeliau Dela'n codi ac ychwanegodd yn frysiog, 'Neu chi, wrth gwrs.'

Pan fentrodd Dela daflu cipolwg dros y clawdd ymhen ychydig funudau, roedd y dyn dieithr yn camu yn ôl dros y borfa tuag atynt. Nid oedd sôn am Wiliam na'r gwn, a sylweddolodd bod ei choesau'n wan.

'Eric Edwards,' ebe ei hachubwr, gan estyn ei law. 'Dwi'n weinidog ar gapel Bethlehem lawr y ffordd.'

Roedd ei enw'n gyfarwydd. Hwyrach iddi ei glywed yn pregethu rhyw dro. 'Diolch i chi am eich help,' meddai, wedi cyflwyno ei hun. ''R'yn ni mewn picil, fel y gallwch chi weld.'

Gwenodd y dyn, fel pe bai'n gwybod hyn oll eisoes. Doedd e ddim mor hen ag y byddai gwyn ei wallt yn ei awgrymu, ond gan fod ei lygaid yn las golau iawn, a'i siwt yn llwyd, rhoddai argraff ddi-liw a'i heneiddiai. Edrychodd o'i amgylch ar gyflwr y bws.

'Byddwch chi sbel 'to, gweden i. A fydde o unrhyw help i chi ddefnyddio festri'r capel? Mae tai bach yn y cefn, a thap dŵr. Os na chewch chi achubiaeth cyn iddi nosi, mae pob croeso i chi aros yno.'

'Diolch o galon,' atebodd Dela. 'Dyna'r union beth ro'n i'n pryderu amdano.'

Ar ffurf crocodeil, gyda'r plant hŷn yn cario beth nad allai'r oedolion, cerddasant rhyw ganllath i lawr y ffordd, gyda'r gweinidog ar y blaen, yn chwilio am allweddi yn ei boced. Daeth yn syndod i Dela pan ymddangosodd capel o gerrig tywyll ar y dde gyda festri twt yn crogi o un ochr. Ymhen eiliadau o ddadgloi'r drws, roedd Jean wedi darganfod y gegin ac wedi dechrau gweithio. Gwenodd dros ei hysgwydd arnynt.

'Ma' gobeth am damed o swper!' meddai.

Roedd Eric Edwards eisoes yn symud tua'r drws, cyn troi ac estyn yr allwedd i Dela. 'Os gadewch chi cyn nos, dim ond cloi'r drws sy'n rhaid a gadael yr allwedd yn y clo.'

'Diolch eto,' meddai Dela. 'Esgusodwch fi am ofyn, ond sut wyddech chi ein bod ni yma?'

'Mae'r holl gymdogaeth yn gwybod,' atebodd, 'ac ro'n i'n amau os oeddech chi'n y cae, y bydde Wiliam Henry'n creu trafferth.'

'Dwedwch, pam roedd e mor gynddeiriog?' gofynnodd Dela.

'Mae'n debyg taw safle Neolithig yw e, er dwi ddim

yn hollol siŵr o hynny, ac mae e'n amddiffynnol iawn ohono.'

''Nôl Wiliam, caf i'n melltithio gan yr Hen Rai.'

'Chi a phawb arall! Mae'r peth wedi mynd yn obsesiwn, gwaetha'r modd.'

Er i Dela roi gorchymyn cychwynnol nad oedd neb i adael y festri, gwyddai'n iawn taw dianc yn ôl i'r cae neu o amgylch y bws fyddai nod y bechgyn yn arbennig. O leiaf roedd rhywfaint o dir o gwmpas y capel, ac wedi tipyn caniataodd i'r plant fynd allan i chwarae yno. Roedd yn rhaid iddi warchod y fynedfa i'r ffordd, ond nid oedd hynny'n anodd. Eto fyth, un o'r plant oedd y cyntaf i weld trwyn car Huw'n dychwelyd. Erbyn iddo fe a Les ddringo o'r car, roedd torf o blant wedi ymgynnull tu ôl i Dela wrth yr iet. Tynnodd Les wast ei drowsus i fyny, a gwenodd wrth ymlwybro tuag ati. Roedd ei fochau'n gochach o lawer na phan adawodd nhw.

'Ar 'i ffordd!' meddai. 'Teiar o gartre a thractor 'fyd o rownd ffor' hyn.' Arhosodd wrth flaen y bws ond parhaodd Huw i gerdded at y capel.

'Oes 'na goffi du'n rhwla?' gofynnodd Huw dan ei anadl, wrth iddo ddod drwy'r iet.

Nid oedd angen iddo ddweud mwy.

'O ble gawsoch chi'r addewid o dractor?' hisiodd Dela.

'O far y Royal Oak,' atebodd Huw'n sych. 'Wedi sawl peint atgyfnerthol.'

Gwyddai Dela na fyddai Huw wedi yfed alcohol, ond tybiodd y byddai Les nawr yn ychwanegu at ei bechodau trwy yrru dan ei ddylanwad. Fel pe bai wedi darllen ei meddyliau, cododd Huw ei ysgwyddau.

'Dim dewis ...' meddai.

'Gobeithio na fydd Gerwyn yn sylwi a dweud wrth Aneurin ei dad – heb sôn am y ffaith 'mod i'n siŵr taw ar ddisel pinc mae'r bws yn rhedeg.'

'Basa'n rhaid i Aneurin Plisman arestio hannar yr ardal, tasa fo'n dilyn y trywydd hwnnw.' Clustfeiniodd yn sydyn, cyn brysio yn ôl at yr iet. Deuai sŵn rhuo motor o'r cyfeiriad arall a chamodd allan i'r ffordd, ond roedd Les Garej eisoes yn chwifio'i freichiau ar y tractor a ymddangosodd yn chwydu mwg, gyda dyn mewn capan stabal wrth y llyw.

Y prif anhawster ynghylch llusgo'r bws o'r ffos oedd cadw'r plant draw o'r broses. Pe na bai hi wedi sefyll yn gadarn yn y fynedfa gul, byddent wedi bod dan draed pawb. Fel yr oedd hi, dringasant y mur i weld yn well. Wrth wylio'r dynion yn cysylltu'r gadwyn lusgo, cnodd ei gwefus wrth feddwl bod llawer mwy o waith i ddod pan gyrhaeddai'r teiar sbâr. Byddai angen jac grymus hefyd. Gobeithiodd yn daer bod Les wedi meddwl am hynny pan wnaeth yr alwad ffôn. Gwyliodd ef yn goruchwylio'r cyfan, yn goch ac yn chwysu, gan weiddi gorchmynion ac awgrymiadau, er na ddywedodd perchennog y tractor air o'i geg. Nid oedd culni'r feidr o unrhyw gymorth gan fod angen tynnu'r bws ar ongl, tua'r dde. Bob tro y llithrodd cefn y bws yn ôl i'r ffos, daeth ochenaid ddofn o'r haid o blant, yn debyg i dorf pêl-droed pan fethwyd â sgorio. Bu'n rhaid byrhau'r gadwyn a dechrau eto.

Erbyn cael y bws i aros yn simsan yn ei briod le, roedd Dela wedi hen laru ac roedd ei llygaid wedi'u hoelio'n bryderus ar y gorwel, lle suddai'r haul yn araf yn belen goch. Byddai'n nosi cyn bo hir, ac os deuai'r teiar o gwbl, byddai'n rhaid ei newid yn y tywyllwch.

Tynnwyd ei sylw yn ôl at y sefyllfa pan glywodd injan y tractor yn pellhau. Roedd y ffarmwr diddwedws wedi dadgyplu'r gadwyn a mynd ar ei hynt ac, yn siomedig, dringodd y plant o'r mur ac ailgychwyn eu gemau. Camodd Huw draw ati.

''Dan ni'n dŵad yn ein blaena, fesul tipyn,' meddai. 'Lwcus i chi ddod o hyd i'r fan hon.' Arhosodd yn ei unfan am eiliad. 'Oedd y festri ar agor, felly?'

Sylweddolodd Dela na wyddai Huw ddim am Wiliam a'i wn nac am garedigrwydd Eric Edwards, a brysiodd i esbonio.

'Safle Neolithig?' ebe Huw. 'Pwy fasa'n meddwl?'

Gwyddai Dela ei fod yn ysu i weld y lle, ond nid oedd ganddi unrhyw fwriad ei dywys o'i amgylch. Arbedwyd hi rhag gorfod dweud hynny gan sŵn motor arall. Gan fod y bws erbyn hyn yn ffurfio rhwystr i unrhyw gerbyd, gwgodd Dela gan ragweld mwy o drafferth, ond sioncodd Huw.

'Dyma ni'r teiar,' meddai, gan hercian i ffwrdd.

Roedd Les eisoes yn rholio teiar mawr i lawr ar hyd ei ochr dde a bu'n rhaid i Dela gamu allan i'r feidr i weld yn well. Daeth Winnie allan wrth iddi wneud.

'Mae Jean wedi berwi dŵr yn y bwyler rhywfodd,'

meddai. 'Bydd dished o de twym yn barod cyn bo hir. Os y'ch chi moyn sangwej neu gacen, dewch yn gloi.'

Dechreuodd fugeilio'r plant i mewn.

'Cadwch gwpwl yn ôl i Les a phwy bynnag sy 'di dod â'r teiar,' meddai Dela. 'Fydda i ddim yn hir.'

Roedd hi'n chwilfrydig ynghylch gyrrwr anweledig y moto-beic y gellid dirnad ei farrau llywio heibio i gornel gefn y bws. Wrth ddynesu, clywodd leisiau a sŵn rhywbeth trwm yn cael ei lusgo. Gallai ond gobeithio taw'r jac ydoedd, ond 'sbosib y cariwyd jac a theiar mawr ar gefn moto-beic? Gwelodd yn syth sut gwnaethpwyd hynny pan ddaeth seidcar i'r golwg. Safai Huw â'i gefn ati yn syllu lawr i'r ffos a throdd yn sydyn o glywed ei chamre.

'Diolch byth bod un o weithwyr Les ar gael,' meddai Dela'n ddiolchgar.

'Mm,' atebodd Huw, er na symudodd o'r fan.

Cododd ei ymateb amheuon ym meddwl Dela a phan glywodd lais adnabyddus yn dod o ben arall y bws, lle'r oedd Les a'r newydd-ddyfodiad yn sefyll yn y ffos sych i osod y jac, syllodd yn ddig arno. Gwyddai pwy ddaeth â'r teiar o Nant yr Eithin – Gareth, ei chyn-ddisgybl a mab hynaf Jean.

'Gareth yw hwnnw!' hisiodd. 'Paid â dweud taw crwtyn un ar bymtheg sy wedi gyrru'r holl ffordd 'ma! Oes ganddo drwydded? Nefoedd wen – beth tase rhyw blisman wedi'i ddala fe?'

Estynnodd Huw ei ddwylo. 'Sgin Les neb arall, nag oes?'

'Ydy e wedi bod yn rhedeg y garej a'r pympie petrol trwy'r dydd, hefyd?'

''Mwn i. Fedri di feddwl am unrhyw un mwy 'tebol?'

Tynnodd Dela anadl rwystredig. 'Ond er mwyn popeth ...' dechreuodd, cyn i lais atal gweddill y frawddeg.

'Helô, Miss!'

Pwysodd Dela ymlaen a gwelodd bod Gareth, gyda marciau olew ar ei wyneb, yn crechwenu arni o waelod y ffos wrth ddal tortsh, tra bod Les, gan duchan, yn gweithio handlen y jac.

'Gwelodd unrhyw un ti ar y ffordd lawr?' gofynnodd Dela'n daer.

Ysgydwodd Gareth ei ben. 'Naddo, glei!' meddai. 'We'n i'n mynd fel llecheden – lot rhy gloi i neb gael golwg dda.' Gwthiodd ei dafod i'w foch yn bryfoclyd a chwarddodd Les yn dawel yn ei drwyn.

'Byddi di'n mynd yn ôl yn fwy araf o lawer,' meddai Dela gyda thinc benderfynol.

O gornel ei llygad, sylweddolodd bod Winnie wedi dynesu at flaen y bws, gan bipo i'r ffos, fel pe bai'n chwilio am rywun.

'Mae tri o'r cryts 'di jengyd,' galwodd. 'Aethon nhw ddim ffor' hon, dofe?'

Ni sleifiodd neb heibio iddynt ond 'sbosib nad oedd dulliau eraill o adael tiroedd y capel.

'Maen nhw wedi mynd i'r cae eto,' meddai, gan deimlo'n oer. 'Os gwelith Wiliam Wallgo nhw!'

Dechreuodd Winnie frysio i'r cyfeiriad hwnnw, gyda Dela a Huw'n ei dilyn.

'Aethon nhw dros ben y wal gefen tu ôl i'r capel a thrwy'r cae nesaf,' meddai dros ei hysgwydd. 'Er sena i'n gwbod beth ar y ddaear maen nhw moyn 'na ...'

Ar y gair, trwy'r gwyll, gwelsant y tri'n baglu nerth eu traed dros y sticil o'r cae, ac yn rhedeg tuag atynt, gyda Gerwyn a Martin ar y blaen, a Jimmy, yr ieuengaf, yn eu dilyn. Hyd yn oed gyda'r golau'n gwywo, gallai Dela weld yr ofn ar wyneb Jimmy.

'Beth ddigwyddodd?' galwodd. 'Daeth y dyn yn ôl?'

Erbyn hyn roeddent yn parablu fel pistyllod, er nad ymddangosai taw Wiliam a'u gyrrodd o'r safle'r tro hwn. Edrychai Gerwyn yn euog, ac roedd ei ddwylo'n frwnt â baw. Gafaelodd Dela yn ei ysgwydd i arafu'r llif geiriau.

'Beth ydych chi 'di neud?' gofynnodd yn araf.

'Yr Hen Rai,' meddai'n fyr o wynt. 'Wedd e'n gweud y gwir!'

'Oedd 'na rywun arall 'na?' gofynnodd Winnie.

'Na. Ma' un o'r Hen Rai 'di gladdu yn y clawdd.' Tynnodd hances fawr yn llawn o rhywbeth o boced ddofn ei drowsus byr.

Clywodd Dela chwibaniad isel gan Huw. 'Gad i mi weld,' meddai'n isel ac, er yn anfodlon, estynnodd Gerwyn y bwndel iddo.

Dim ond wedi iddo ddadorchuddio'r cynnwys yn ofalus y sylweddolodd Dela ei fod yn dal gweddillion troed ddynol, sgerbydol. Syllodd pawb arni'n fud, hyd nes i Winnie ruthro at Jimmy a oedd yn chwydu'n ddilywodraeth i'r clawdd. Nid oedd golwg bod y ddau arall wedi'u heffeithio yn yr un modd.

'Darganfyddiad diddorol,' meddai Huw'n feddylgar.

Sniffiodd Gerwyn. 'Mae ei weddill e 'nôl yn y clawdd, sbo,' meddai. Amneidiodd yn wybodus. 'Chi'n credu taw'r *missing link* yw e, Mr Richards? Ody e wedi bod 'na am filoedd o flynyddodd?'

Mewn amgylchiadau eraill byddai Dela wedi ymfalchïo bod y tiwtora wnaeth Huw ar gyfer arholiad Lefn Plys Gerwyn wedi talu.

Yn ôl yn y festri, wrth yfed te a bwyta beth bynnag oedd ar ôl, cafwyd cryn dipyn o drafodaeth ynghylch sut i drefnu'r daith adref, o ystyried cymhlethdod pellach y canfyddiad.

''Dan ni oriau'n hwyr eisoes,' meddai Huw, 'er, gydag unrhyw lwc, mi fydd Eurig a Ceinwen wedi rhybuddio pwy bynnag y medran nhw o blith y rhieni.'

'Roedd yn ddoeth i'w ffonio nhw,' atebodd Dela, gan wylio Gareth yn begian am y gacen olaf un oddi ar ei fam. Gorffennwyd gosod y teiar newydd er gwaethaf y tywyllwch cynyddol.

Chwarddodd Huw'n dawel. 'Nhw 'di'r unig rai efo ffôn!'

'Beth pe bai Jean a Winnie'n mynd ar y bws gyda'r plant, gyda Gareth yn dilyn ar y moto-beic, rhag ofn i rywbeth arall ddigwydd?' cynigiodd Dela. 'Tasen ni'n dau wedyn yn galw yn yr orsaf heddlu yn Abergwaun gyda'r droed ...'

Eto, pan esboniodd y cynllun yn gyffredinol, roedd

yr olwg ar wyneb Gerwyn yn bictiwr. Tybiai Dela ei fod wedi gweld ei hun fel arwr mawr, ac wedi disgwyl cael ei gynnwys yn y daith i'r orsaf heddlu. Tynnodd Dela ef o'r neilltu.

'Cyn i ni gychwyn,' meddai'n gymodol, 'bydde'n beth da tase ti'n dangos i ni'n union o ble ddaeth y droed. Byddwn ni'n dweud wrth yr heddlu taw ti ddaeth o hyd iddi, a falle byddan nhw moyn siarad mwy â thi am y peth.'

Er y gallai weld nad oedd hyn yn llwyr gydfynd â'i ddyheadau, roedd yn ddigon.

Wrth gerdded i fyny'r feidr yng ngolau tortsh Huw, ni allai Dela anghofio am Wiliam, ac yn wir, gyda'r lleuad yn codi ac yn taflu cysgodion dwfn, crynodd o weld annaearoldeb y safle. Hi oedd yr olaf i ddringo dros y sticil, ac oedodd yno o sylweddoli y gallai ddirnad ffenest oleuedig ar draws y caeau. Os taw fferm Wiliam oedd yr adeilad, gobeithiai ei fod yn rhy brysur yn swpera i sylwi fod y tresmaswyr melltigedig wedi dychwelyd.

Erbyn iddi ymuno â Huw a Gerwyn, roeddent wrth y clawdd amgylchynol ar y dde. Yno roedd Huw'n sgleinio pelydrau'r dortsh dros dwll yn ei fôn yr ymddangosai ei fod yn treiddio i'r dyfnderoedd.

'Twll mochyn daear,' meddai Gerwyn yn bwysig. 'Buon nhw'n cloddio 'ma siŵr o fod achos sneb yn styrbo'r lle.'

'Pam aethoch chi i gloddio, 'te?' gofynnodd Dela.

'Meddylion ni falle y bydden ni'n gallu dala un ifanc.'

'A'i gario fe gartre ar y bws?'

'Dim ond un bach. Senan nhw'n fodlon i fi gael ci, ond we'n i'n meddwl falle bydden nhw gadel i fi gadw mochyn daear bach.'

'Wyt ti'n credu y basa fo wedi dofi? Maen nhw'n gallu bod yn hynod ffyrnig a chryf,' meddai Huw.

'Os dalwch chi unrhyw beth yn ddigon ifanc gallwch chi ei ddysgu e i neud pethe,' meddai Gerwyn yn hyderus. 'Ma' Mami wedi dysgu'r gath i sychu'i thraed ar y faten.'

Er na chrybwyllodd hynny i neb, roedd Dela'n pendroni ynghylch faint o'r corff fyddai ar ôl. Nid oedd moch daear yn anifeiliaid llysysol, heb sôn am lwynogod. Trodd ei phen pan glywodd ddwy injan yn tanio bron yn gydamserol – roedd yn bryd iddyn nhw fynd.

Lle tawel oedd gorsaf yr heddlu yn Abergwaun, ond o leiaf roedd yr heddwas canol oed, cysurus ar ddyletswydd yn adnabod Aneurin, heddwas Nant yr Eithin, fel yr oedd pob heddwas am filltiroedd, yn nhyb Dela. Wrth y ddesg flaen, ar ôl y cyflwyniadau a'r esboniadau angenrheidiol, estynnodd Huw'r hances a'i hagor.

Crychodd y sarjant drwyn. 'Seni 'ddi'n *prehistoric* ody 'ddi?'

Tynnodd focs cardfwrdd o gwpwrdd. Yna, yn dra gofalus, cydiodd yng nghorneli'r hances a chododd y cyfan i'r bocs. Edrychai fel pe bai'n falch i allu rhoi'r caead arno.

Ochneidiodd. 'Wel, bydd yn rhaid i fi fynd mas 'na, sbo, ond dim ond beic sy 'da fi. Alla i ddim gadel y steshon yn wag am hir. Ma'r ddou gwnstabl mas yn cadw trefen ar y sgwâr,' meddai. 'Mae'n nos Iou, wedi'r cyfan. Ffilm newydd yn y pictiwrs heno.'

'Basa fo o unrhyw gymorth tasach chi'n dod efo ni i neilltuo'r safle, ac wedyn medren ni eich cludo chi'n ôl yma?'

'Diolch i chi am gynnig,' atebodd yr heddwas, 'ond bydd yn rhaid i rywun aros mas 'na drwy'r nos, nes iddyn nhw gario'r corff bant, ta beth. 'Chwel, nawr 'i fod e yn y golwg, bydd y cadnoid ar ei ôl e, gallwch chi fentro.' Crychodd ei dalcen. 'Gall Hwlffor' benderfynu beth i'w neud, ond os byddech chi gystal â thynnu llun map i fi a gadel eich enwe a'ch cyfeiriade ...'

Allan ar y palmant unwaith eto, ffroenodd Huw'r aer. Roedd rhywbeth yn hallt amdano, yn wahanol i'r sawr gweiriau allan yn y wlad. Pwyntiodd at arhosfan fysiau ar draws y ffordd.

'Dyna lle byddat ti'n cysgu heno, blaw 'mod i wedi dilyn y bws.'

'Ha! Bydde'n well bod yn y Royal Oak.' Edrychodd Dela'n chwilfrydig arno. 'Beth wnaeth i ti ein dilyn ni?'

'Am fy mod yn nabod 'rhen Les, ac wedi gweld y siarabang gwarthus hwnnw droeon.'

'Nid gan Les y prynest ti dy gar?'

'Ddim ar fy nghrogi!' Ystyriodd ennyd. 'Basa pecyn o tsips yn llenwi twll?'

Eisteddasant yn y car ar y sgwâr i'w bwyta, ymysg aroglau finegr. Bu oesoedd ers i Dela gael tsips o bapur newydd fel hyn am fod poblogaeth Nant yr Eithin yn rhy fach i gynnal siop o'r fath. Llyfodd ei bysedd cyn eu sychu ar y papur.

'Bues i'n pendroni am y dyn yn y clawdd,' meddai. 'Ti'n gwbod – pwy oedd e a beth ddigwyddodd iddo.'

Sythodd Huw. 'Dyn?' gofynnodd. 'Be' welist ti i awgrymu dyn? Doedd hi ddim yn droed anferth.'

'Hyd y bysedd traed a'r siâp llydan, sbo. Falle 'mod i'n anghywir, cofia. Roedd merch yn y coleg 'da fi â thraed fel bad camlas.'

Gwenodd Huw. 'Hwyrach na chawn ni fyth wybod,' meddai, gan sgrwnshio'r papur yn belen, cyn ei osod ar y llawr tu ôl i'w sedd.

Edrychodd ar Dela o gil ei lygad ond ni adweithiodd hi, felly taniodd yr injan.

Ar y daith i Nant yr Eithin gwyddai Dela o'i ddull o yrru bod ei goes a anafodd yn ystod y rhyfel yn peri poen iddo ond roedd hi'n rhy flinedig i gynnig gyrru yn ei le. Caeodd ei llygaid ac ni agorodd nhw hyd nes iddi sylweddoli bod y car wedi aros tu allan i'r giatiau mawr o flaen iard yr ysgol. Codai ei chartref, Tŷ'r Ysgol, ychydig lathenni i ffwrdd, yn wyn dan y lleuad.

'Gallen i fod wedi cerdded lawr yr hewl o'r sgwâr,' meddai'n ymddiheurol.

'Be? Yn dy gwsg?' gofynnodd Huw. Edrychodd drwy ffenest y gyrrwr am eiliad. 'Dydi Stifin ddim adra o'r Cwt eto. Gwell i ti fynd i'r tŷ'n gyflym rhag ofn iddo ddŵad heibio a'n gweld ni.'

Cododd Dela ei llaw arno wedi cau'r iet ar ei hôl. Gallai ddychmygu'r clecs pe byddai hi a Huw yn cael eu gweld yn eistedd yn y tywyllwch yn ei gar yn hwyr y nos, ond roedd yr angen i fod mor ofalus yn rhwystredig. Cawsai pawb arall ryddid i gynnal perthynas agored, gariadus. Doedd e ddim yn deg!

Pennod 3

Pan ddaeth Dela i'r gegin y bore wedyn cofiodd iddi adael y papur tsips y noson gynt ar y bwrdd ac nid oedd aroglau'r finegr wedi gwywo. Wrth roi'r caead yn ôl ar y bin yn yr iard gefn, clywodd gar yn troi i mewn i fuarth yr ysgol. Pipodd dros ben wal yr ardd a gwelodd taw car Winnie Humphreys ydoedd. Chwifiodd ei braich i'w chyfarch gan sylwi mor flinedig yr edrychai.

'Dwi'n gwybod eich bod chi'n gydwybodol,' galwodd Dela'n uchel, mewn ymdrech i'w chalonogi, 'ond mae hyn yn eithriadol, yn arbennig ar ôl ddoe. O leiaf fe gyrhaeddoch chi gatre'n ddiogel.'

'O'n i'n meddwl bod cystal i fi ddechre rhoi trefen ar fy stafell. Bydd hi'n fis Medi whap a byddwn ni'n ôl wrthi.'

Gan nad oedd Dela'n bwriadu gwneud dim o'r fath tan y penwythnos cyn dechrau'r tymor newydd, amneidiodd yn gymeradwyol, ond roedd rhywbeth am osgo Winnie'n ei phigo.

'Oes whant dishgled fach arnoch chi cyn mynd ati?' gofynnodd.

'Bydden i'n falch o un mewn sbel fach.'

Wrth lenwi'r tegell pendronodd ynghylch y newid

yn Winnie. Sylweddolodd – gan nad oedd hi yno pan ddychwelodd y bws mor hwyr i'r sgwâr – ni welodd adwaith y rhieni. Bu'n rhaid i Winnie ymddiheuro ac esbonio. Doedd y rhieni ddim yn rhai heriol fel rheol, ond pwy wyddai? Teimlodd yn euog unwaith eto.

Oherwydd hynny, brysiodd i drefnu hambwrdd, ac mewn chwarter awr roedd hi'n ei gario i mewn i'r ysgol trwy'r drws cefn.

'Te!' galwodd.

Daeth o hyd i Winnie'n eistedd ar un o'r stolau bach yn stafell y babanod, yn byseddu trwy bentwr o lyfrau darllen cynnar mewn ffordd awtomatig. Serch hynny, gwenodd o weld yr hambwrdd.

'Nawr,' meddai Dela, wrth iddynt sipian, 'mae'n rhaid i fi ymddiheuro i chi. Mae'n ddrwg iawn 'da fi i chi orfod bod yn gyfrifol am y plant ar y daith yn ôl. Gobeithio na chawsoch chi unrhyw drafferth.'

'Dim yw dim!' meddai Winnie'n syn. 'A diolch byth, roedd y rhieni wedi trefnu i hala rhywun i mofyn pob plentyn. Cariodd Eurig Clawdd Coch hanner dwsin i'w cartrefi yn y cart, whare teg iddo. Mae'n debyg bod Ceinwen wedi neud te i'r rhieni oedd yn aros, hefyd.'

Rhoddodd Dela ochenaid o ryddhad. 'Ro'n i'n siŵr y bydde o leiaf un dyn bach ar ôl! O styried ei bod hi'n adeg mor brysur o'r flwyddyn.'

'Ie wir.' Edrychodd Winnie i'w chwpan, a gwywodd ei gwên.

Roedd mor amlwg bod rhywbeth ar ei meddwl, brathodd Dela ei thafod rhag cynnig mwy o sylwadau hwyliog. Gwyliodd hi'n ofalus a gwelodd hi'n tynnu anadl ddofn.

'Y corff yn y clawdd,' meddai'n sydyn. 'Y droed ddaeth Gerwyn o hyd iddi. Oedd gan yr heddlu unrhyw syniad ...?'

Lledaenodd Dela ei dwylo. 'Ar hyn o bryd, 'sda neb syniad o bwy allai'r truan fod. Ond sdim dwywaith bod yr heddlu am fynd ar drywydd y peth. Roedd sôn am roi gwybod yn syth i uwch reolwyr a neilltuo'r safle. Mwy na thebyg cewn ni glywed mwy gan Aneurin cyn bo hir.'

'Ie. Caiff Aneurin wbod ...' Amneidiodd yn bell.

Roedd amheuon Dela'n cyflymu fel caseg eira.

'Maddeuwch i fi am ofyn,' dechreuodd yn ansicr, 'ond oes gyda chi unrhyw syniad?'

Rhoddodd Winnie amnaid fitw a phlethodd ei gwefusau. 'Dwi'n ofni ...' sibrydodd, 'taw 'ngŵr i , Albert, yw e.' Parodd tawelwch stŵn Dela iddi ymhelaethu fesul hanner brawddegau. 'Wedd e ddim yn ddyn iach ... lot henach na fi ... buodd yn rhaid iddo ymddeol ... ond wedd e'n iawn rhan fwya o'r amser ... a bydde fe'n mynd am dripie bach ar y bws ... ac un dwrnod ddaeth e ddim gatre ...' Erbyn hyn roedd ei llygaid yn llaith a thynnodd hances fach o'i llawes.

Pam ar y ddaear, meddyliodd Dela iddi hi ei hun, na ddywedodd neb wrthi bod gan Winnie Humphreys ŵr a ddiflannodd? Pwysodd ymlaen a gafaelodd yn ei llaw.

'Mae'n ddrwg iawn 'da fi,' meddai. 'Pryd ddigwyddodd hyn?'

'Dros chwe blynedd 'nôl, a sneb wedi'i weld e o

gwbwl.' Ysgydwodd ei phen. 'Pan agorodd Mr Richards y macin 'na a gweles i'r peth tu fiwn ... we'n i'n ffaelu anadlu am eiliad. Tase Jimmy heb fod yn sâl a thynnu'n sylw i ...'

'Dwi'n synnu atoch chi'n llwyddo i ddal gafael yr holl ffordd adre,' meddai Dela'n deimladwy.

'We'n i'n rhacs a chysges i ddim whincad,' cyfaddefodd Winnie, 'ond wedyn cofies i'r bore 'ma amdanoch chi.' Edrychodd yn ymbilgar arni. 'Y'ch chi 'di neud pethe fel hyn o'r blaen sawl gwaith o bob sôn. Y'ch chi'n gweitho 'da'r heddlu ... fe ddwedan nhw bethe wrthoch chi.'

Chwarter awr yn ddiweddarach, caeodd Dela iet fawr iard yr ysgol gan wylio car Winnie'n treiglo i lawr y ffordd. Rhoddwyd y gorau i'r gwaith tacluso. Esgus oedd hwnnw, wedi'r cyfan. Aeth yn ôl i stafell y babanod i godi'r hambwrdd, gan bendroni ynghylch beth y gallai ei wneud. Ceisiodd wthio ymaith y posibilrwydd bod Albert wedi dianc yn fwriadol, er nad allai ei anwybyddu'n llwyr. Roedd yn amlwg bod enw Dela fel rhywun oedd yn ymhel â dirgelion wedi chwyddo o gael ei ailadrodd droeon, oherwydd credai Winnie bod ganddi linell uniongyrchol i ymholiadau'r heddlu. Doedd hynny ddim yn wir. Hyd yma, cafodd ei goddef o hyd braich, ac ni allai weld rhywun fel yr Uwch-arolygydd Gwyn Reynolds yn rhuthro i chwilio am ddyn aeth ar goll flynyddoedd ynghynt.

Hyd yn oed wedi cario'r hambwrdd yn ôl i Dŷ'r Ysgol ac wrth olchi'r llestri yn y gegin gefn, ni allai waredu'r darlun o wroldeb ei chyd-athrawes pan ganfuwyd y droed sgerbydol. Damo! Byddai'n rhaid iddi feddwl am rhywbeth.

Er mwyn rhoi cyfle i'w meddwl weithio ar y broblem, penderfynodd Dela chwynnu'r lawnt fechan o flaen y tŷ. Dyna lle'r oedd hi'n tynnu gwreiddiau dant y llew i fyny gyda thrywel, ac yn difaru gwneud o weld maint y twll o ganlyniad, pan glywodd sŵn yr iet fawr i fuarth yr ysgol yn agor eto. Cododd a gwelodd bod Jean yn dod yn syth ati. Rhaid ei bod hi, neu un o'i phlant niferus, wedi gweld car Winnie'n cyrraedd a gadael.

Rhoddodd Jean ei phen i'r ochr. 'Cethoch chi glywed te?' gofynnodd yn ddiymdroi.

Amneidiodd Dela. 'Dwi'n teimlo'n euog ei bod hi wedi gorfod bod yn gyfrifol am y plant ar y ffordd gatre ar ôl gweld y droed. Diolch byth eich bod chi gyda hi.'

'Ond o'ch chi ddim yn gwbod! Jawl, ma' blynydde ers iddo fynd. Stifin gofiodd yn sydyn yn hwyr neithwr.'

'Roedd shwd ddrwg 'da fi amdani,' meddai Dela.

'Sena i'n synnu. Mae e'n sobor o beth. 'Na pam mae'n gweitho, 'chwel.'

'Wrth gwrs, sdim incwm arall. Er, os oedd ei gŵr wedi ymddeol ...'

Tynnodd Jean wep. 'Mae e'n fwy *complicated* na hynny. Gall hi ddim rhoi bys ar unrhyw arian yn ei enw fe – dim pensiwn na dim – a hynny am sai'n gwbod faint o flynydde. Ma' nhw'n rhewi pob cownt banc os eith rhywun ar goll.'

'Ydyn nhw?' Synnwyd Dela gan y newyddion, a'r

ffaith bod Jean yn gyfarwydd â'r manylion ariannol. Mentrodd gwestiwn anodd. 'Odych chi'n credu taw diflannu'n fwriadol wnaeth e? Er mwyn dechrau bywyd newydd ... gyda rhywun arall, falle?'

'Nadw. Gweden i ei fod e wedi hen farw. 'Chwel, wedd e bwmtheg mlyne'n henach na hi, ac wedd rheswm pam fuodd yn rhaid iddo ymddeol.'

'Dywedodd hi nad oedd e'n ddyn iach,' cynigiodd Dela.

'Nag 'o'dd, 'te,' ebe Jean, gan chwyrlïo'i bys ger ei thalcen. 'Cofiwch, seni 'ddi byth wedi cyfadde hynny.'

'Ond roedd e'n mynd ar dripie ar y bws?'

'Wedd, a 'na hanner y broblem! Aeth e mor bell â Hwlffor' un dwrnod, er sneb yn siŵr iawn shwd gyrhaeddodd e'r fan honno, a buodd yn rhaid iddi fynd yr holl ffordd i'w mofyn e.'

'Doedd ganddi ddim teulu'n gefn iddi?'

'Mae mab yn Toronto, neu rhwle. Beth alle fe neud? Ond whare teg iddo, fe halodd arian iddi brynu'r car, rhag ofon bydde angen iddi fynd i whilo 'to. A digwyddodd e fwy nag unwaith hefyd, achos wedd yr hen foi'n ddigon slei i aros nes ei bod hi yn y gwaith cyn jengyd.'

Amneidiodd Dela. Roedd y darlun a gafodd gan Jean yn llenwi nifer o fylchau. 'Dwi'n deall mwy nawr,' meddai.

'Odych, sownd. 'Na pam mae hi moyn gwbod pwy o'dd y pŵr-dab ga'th ei gladdu yn y clawdd. Os taw Albert Humphreys yw e, o leia gall hi alaru, a chael ei bensiwn.' Gwnaeth geg gam. 'Lwcus iddi fod â systiffcêt dysgu. Beth wnele hi fel arall? Dim ond pw' nosweth o'n i'n gweud wrth y merched bod cael job dda'n bwysig – un y gallwch chi fynd yn ôl iddi os cewch chi'ch gadel yn weddw, neu'ch gadel *full stop*!'

'Ydy chi'n credu'n wirioneddol taw gŵr Mrs Humphreys yw'r corff, 'te?'

'Pwy sydd i weud? Tra'i fod e'n mynd i bobman galle fe fod wedi bennu yn y clawdd hwnnw, sbo. Gwedwch nawr ei fod e wedi dod odd'ar y bws a chrwydro heb wbod ble'r oedd e, ond wedi gweld yr hen le 'na gyda'r cerrig a mynd i gwato dros nos ...'

Wedi ychydig funudau, aeth Jean ar ei hynt i ddechrau ar ei gwaith glanhau i fyny yn y neuadd ginio, gan adael Dela'n tynnu mwy o chwyn a meddwl. Nid oedd am ddweud wrth Jean nad allai'r corff fod wedi cael marwolaeth naturiol. Wedi'r cyfan, roedd e'n gorwedd yn nhrwch y clawdd.

Ond pwy gloddiodd y bedd? A sut na welodd Wiliam Henry nhw'n gwneud hynny? A wyddai'r heddlu ei fod yn gwarchod y safle gyda gwn hela? Os oedd e'n hapus i bwyntio tryll at blant, beth fyddai ei adwaith i oedolyn dieithr yn halogi beddrod yr 'Hen Rai'? A ddylai hi rybuddio'r awdurdodau? A fydden nhw'n gwrando? Ar ben hynny, heblaw am Aneurin, ni fyddai heddweision y sir yn fodlon dweud dim wrthi. Cofiodd yn sydyn am Emlyn Roberts, y patholegydd ifanc wnaeth hi ei gyfarfod lan yn Abergorwel yn ystod yr haf blaenorol. Hyd yn oed os nad Emlyn a elwid i mewn i archwilio'r sgerbwd, byddai'n siŵr o adnabod y sawl oedd yn gwneud y gwaith. Ond a fyddai patholegydd dieithr yn croesawu ei chwestiynau? Roedd angen iddi bwyso a mesur mwy.

Wedi swper y noson honno, yn dal heb ddod i unrhyw benderfyniad, cofiodd bod Jean wedi'i hatgoffa am y whist dreif dan ofal y W. I. a gynhelid i fyny yn neuadd ginio'r ysgol am saith o'r gloch. Nid oedd gan Dela lawer o awydd mynd, er mai ond hanner canllath i ben yr iard fyddai'r daith, ond byddai cadw draw'n awgrymu ei bod yn cuddio oherwydd trafferthion y daith ysgol. Er bod y plant wedi mwynhau'r cyffro'n fawr iawn, efallai na fyddai eu mamau mor faddeugar. Aeth i'r llofft i newid ei dillad, gan ymarfer brawddegau cymodol.

Pennod 4

Er mawr syndod i Dela, trwy gydol y rownd gyntaf o chwarae cardiau, ni chrybwyllodd neb y daith wrthi. Yn hytrach, ymddangosai taw anawsterau priodasol Mrs Jefferies oedd testun y sibrwd ymhlith y merched o'i chwmpas. Nid oedd Dela wedi disgwyl ei gweld hi, ond roedd hi yno, yn chwarae ar fwrdd ym mhen draw'r neuadd. Awgrymai ei phresenoldeb na fu'n sâl o gwbl, er bod ei chyrls haearnaidd yn eithaf llipa. Daeth yn amlwg i Dela, wrth wrando, taw'r farn gyffredinol oedd bod gan Mrs Jefferies neb i'w feio ond hi ei hunan.

'*Ma' dannedd 'da phob ci ...*'

'*... ddim yn cael gwario ceinog heb ofyn iddi amdano. Beth y'ch chi'n ei ddisgwyl ...*'

'*... â fynte bwti'r lle byth a hefyd yn gwerthu pysgod o'r fan, mae'r cyfle i dorri mas wedi bod dan ei drwyn e ers oesoedd.*'

'*... synnu 'i fod e wedi aros mor hir.*'

Roedd hi wedi ei weld, felly. Os taw fe oedd y dyn pysgod, roedd hi wedi prynu o'i fan unwaith neu ddwy.

Erbyn i'r egwyl de gyrraedd, roedd Dela'n falch o'r cyfle i adael y cardiau. Cafodd ei hun yn eistedd gyda Mari, gwraig Aneurin Plisman, a manteisiodd ar hyn i ofyn iddi sut roedd Gerwyn ar ôl ei ganfyddiad dychrynllyd.

Chwerthiniad syn a gafodd fel ateb. 'Mae e fel y boi. A gweud y gwir, mae e'n browd o fod wedi dod o hyd i sgerbwd. Fel mae e'n gweud, "Pwy arall sy wedi dal troed rhywun marw yn 'i law?" Cofiwch, mae'n ddrwg da fi am Jimmy, 'rhen garan bach.'

'Am iddo gael y fath sioc, buodd e'n sâl?'

'Wel ie, ond yn benna am fod y lleill yn wherthin am ei ben.'

'Gobeithio y byddan nhw wedi anghofio erbyn i'r tymor newydd ddechau.'

'Dim gobeth o hynny. Ma' Gerwyn yn mynd i ofyn i Mr Richards y gweinidog am lyfyr ar sgerbyde i'w ddarllen dros yr haf cyn iddo fynd i'r ysgol fowr.'

'Os caiff e un, mae e'n debygol o fod yn llawn llunie ofnadw.'

Chwarddodd Mari eto. 'Gore i gyd. Falle rhoith hynny stop ar bethe.'

Ar ddiwedd y noson, wedi helpu i olchi'r llestri te, roedd Dela ymlith yr olaf i adael y neuadd. Cerddodd i lawr yr iard serth wrth ochr yr ysgol yn y tywyllwch yng nghwmni Hetty, howscipar Huw Richards, gan drafod eu diffyg llwyddiant. Roeddent ar fin troi wrth gornel yr ysgol pan glywodd Dela lais Jean yn galw arni.

'Miss Arthur! Cerwch yn gloi! Mae'ch ffôn chi'n canu.'

Ffarweliodd Dela'n frysiog â Hetty a chan weiddi diolch i Jean, rhedodd i'r tŷ.

Synnwyd hi taw Sarjant Lewis oedd yn ei galw o Abergwaun.

'Ddrwg 'da fi i'ch styrbo chi mor hwyr fel hyn ond nawr ddes i'n ôl i'r steshon,' meddai.

'Oes rhywbeth wedi digwydd, 'te?'

'Wes, 'te! Mae lle difrifol 'di bod 'ma drwy'r dydd. Ma' nhw 'di bod wrthi'n whilo'r safle, ond symudan nhw ddim y corff sbo fory. Mae'n edrych fel sen nhw'n bwriadu tynnu'r holl le ar led a dwi 'di gorfod trefnu tractor a threlar a chyfan. Sôn am drafferth!'

Er nad oedd hyn yn egluro'r rheswm am alw, roedd yn ddiddorol.

'Shwd aiff y tractor i'r cae? Dim ond sticil sy 'na.'

'Bydd yn rhaid iddyn nhw fynd i'r cae drws nesa a neud popeth o'r ochor arall.'

'Wiliam Henry sy'n berchen ar y cae hwnnw?'

'Nage, diolch byth! Mae Jones Parcrhedyn yn foi rhesymol. Fe sy pia'r tractor a'r trelar. Chi'n nabod Wiliam Henry, odych chi?'

'Ddweden i ddim 'mod i'n ei nabod, ond dwi'n bendant yn gyfarwydd â diwedd barilau ei wn hela.'

Enynnodd hynny lai o adwaith na'r disgwyl. 'O ie, hwnnw. Sdim byth cetrys ynddo – ond wedyn dyw pobol o bant ddim yn gwbod hynny, odyn nhw?'

'Nadyn, Sarjant.'

Brysiodd yn ei flaen. 'Ta beth, 'na pwy o'dd yn trefnu popeth fel sarjant-mejor wedd rhyw grwt ysgol â golwg arno fel gwdihŵ a gofynnodd e i fi gysylltu â chi.'

'Emlyn Roberts y patholegydd,' meddai Dela'n syth.

'Ie! Chi'n gwbod am bwy dwi'n sôn, 'te. Ma' hynny'n rhwbeth, sbo.'

'Gaf i ofyn sut ddysgodd e 'mod i yno pan ganfuwyd y droed?'

'Achos aeth e drwy'r holl adroddiad a gwelodd eich enw chi. Peth nesa wedd e moyn i fi'ch ffonio chi i ofyn i chi ddod lawr fory.'

Ceisiodd Dela feddwl sut i wneud hynny, ond roedd y Sarjant wedi rhagweld y broblem honno.

'Gallwch chi ddala'r bws wyth o'r gloch i Abergweun a dod 'ma i'r steshon. Af i mas â chi i'r lle. Cethon ni fencyd car o Hwlffor' dros dro. *Lap of luxury*!'

Ar ôl cytuno a gorffen yr alwad, pendronodd Dela wrth baratoi am y gwely. Y bws oedd y dewis rhesymol. Byddai'n rhaid iddi fod ar y sgwâr chwarter awr yn gynnar, rhag ofn. Roedd yn rhy hwyr i ffonio Huw heno i ddweud wrtho, ond efallai bod hynny'n beth da. Er mwyn lleddfu tipyn ar ei chydwybod, sgrifennodd nodyn esboniadol iddo, i'w wthio drwy ddrws Tŷ'r Capel y bore wedyn.

Pennod 5

Er mai dim ond o drwch blewyn y daliodd Dela'r bws, cafodd hen ddigon o amser i ymlacio ar y daith am fod y cerbyd yn mynd i bobman cyn cyrraedd Abergwaun. Roedd yr heddwas yn aros amdani tu allan i'r orsaf, gan bwyso'i benelin ar do car mawr du.

'Codoch chi 'da'r wawr, 'te,' meddai gan wenu, cyn agor y drws i sedd y teithiwr iddi.

Er iddo ei rhybuddio am yr holl weithgarwch o amgylch y safle, nid oedd Dela wedi disgwyl iddo gael ei weddnewid yn llwyr o'r cae gwag a'r feidr ddiarffordd a adawodd prin ddeuddydd ynghynt. Gollyngwyd hi yno a gyrrodd y Sarjant ymaith. Wrth iddi ddynesu ar droed roedd y tractor a'i droli olwynog isel yn cael ei arwain trwy'r fynedfa i'r cae nesaf.

Draw ger y clawdd perthnasol roedd Emlyn Roberts yn goruchwylio'r cyfan. Aeth cryn amser heibio ers iddi ei weld a thybiodd Dela ei fod wedi aeddfedu, gan ddyfod yn fwy solet, rhywfodd. Ymddangosai bod ei nerfusrwydd a'i ansicrwydd wedi diflannu, ond wedyn, o beth allai hi ei weld, nid oedd yr Uwch-arolygydd Gwyn Reynolds yno i arthio arno. Wrth iddi gamu drwy'r fynedfa ar ôl y trelar, gwelodd Dela bod gwaith mawr ar fin digwydd. Roedd Emlyn yn gwneud siâp hirsgwar gyda'i freichiau a stumiau gwthio a thynnu, gyda'r dynion o'i amgylch naill ai'n edrych yn betrus neu'n amneidio. Deallodd yn syth pam fod angen y tractor a'r troli. Roedd e eisiau nid yn unig y corff, ond yr holl bridd a'i amgylchynai.

Ar y safle ei hun arhosai mwy o ddynion gyda rhofiau ac offer arall. Roedd gan un ohonynt lif hir. Brasgamodd Emlyn at y fynedfa i'w chyfarch.

'Dethoch chi!' meddai.

Cerddodd Dela gydag ef tua'r sticil, gydag yntau'n esbonio fel pistyll, a hithau'n falch o glywed y dinc frwdfrydig a fu'r fath galondid iddi'r flwyddyn gynt.

'Wrth gwrs,' atebodd Dela. 'Mae gyda chi waith o'ch blaen. Odych chi'n bwriadu tynnu'r holl ran honno o'r clawdd i'w harchwilio?'

'Mwy neu lai,' cyfaddefodd. 'Dwi wedi ymddiheuro mlaen llaw i Mr Jones, ac mae e'n deall y bydd bwlch anferth yn y clawdd, ond dyw e ddim i'w weld yn becso am hynny.' Gostegodd ei lais gan estyn ei law iddi ddringo'r sticil. 'Smo fi'n credu bod lot o bethe diddorol yn digwydd ffor' hyn fel rheol. Y peth yw, 'chwel, sdim modd gwbod faint mor hir mae'r corff wedi bod 'na. Gallwn ni ddim fforddio anwybyddu beth sydd o'i amgylch e.'

Gwelai Dela'r rhesymeg tu ôl i'w gynllun, ond roedd yr annibendod yn mynd i fod yn dreth ar amynedd pawb. Roedd cloddiau Sir Benfro'n drwchus iawn, a byddai'n rhaid cau'r twll wedyn. Syllodd o'i hamgylch, yn ddiolchgar nad oedd sôn am Wiliam Henry'n gwgu arnyn nhw dros y clawdd cefn. Chwifiodd Emlyn ei fraich dros y safle.

'Dwi'n ffaelu credu mor ddiniwed mae'r lle 'ma yn ystod y dydd. Ges i'r crîps yn ddifrifol pan ddes i mas 'ma neithwr. Nefodd, gyda'r lleuad uwch ben a'r cerrig yn sefyll yn twlu cysgodion ...' Crynodd yn ddramatig.

'Beth o'ch chi'n ei wneud 'ma yn y tywyllwch?'

'Cael gweld shwd le sydd i'w gael – hawdd credu bryd hynny bod hwn yn hen, hen safle. Oes Haearn neu rhwbeth. Gallwch chi weld bod y meini hir yn arwain at y twmp. Beth ar y ddaear o'n nhw'n 'i neud 'ma, gwedwch?'

'Rhywbeth ysbrydol, falle? Bydde 'na offeiriad neu rywun pwysig yn sefyll ar y carnedd i gynnal defod?'

'Fel pwlpud? Gyda'r diaconied yn amenio islaw?'

Gwenodd Dela'n breifat wrth feddwl am adwaith Huw i'r fath gyferbyniaeth. Eto fyth, ni ddylai Emlyn fod ar y safle gyda'r nos ar ei ben ei hun.

'Odych chi'n bwriadu neud y gwaith archwilio yma?' gofynnodd, rhag ofn.

'Nadw. Mae 'da fi fan waith, lle cysges i neithwr mas ar y feidr er mwyn i'r heddlu allu mynd gartre, felly bydda i'n dilyn y tractor o 'ma, er mwyn cadw llygad ar y dadlwytho.'

'A ble fydd hynny'n digwydd?'

'I ddechre, yn sgubor wag Mr Jones y ffermwr. Bydd yn rhaid rhoi popeth trwy ridyll. Dyw e ddim yn ddelfrydol, ond dylen i fod wedi bennu erbyn nos yfory.

Aiff popeth ddaw i'r golwg lan i'r labordy'n Abertawe lle galla i edrych arno gyda'r offer cywir.'

'Ble fyddwch chi'n cysgu? Ddim yn y fan 'to, gobeithio.'

'Bydda i ddim yn cysgu o gwbwl, mwy na thebyg, er bod teulu'r ffermwr wedi cynnig gwely i fi, chware teg iddyn nhw.'

Cadwodd Dela o'r ffordd yn ystod y broses drafferthus. Safodd allan ar y feidr, hanner ffordd i fyny'r clawdd a wahanai'r ddau gae. Nid oedd yn hawdd cydamseru gweithredoedd y dynion yn y ddau le. Roedd Emlyn eisoes wedi hongian llinynnau dros y clawdd o un ochr i'r llall i ddynodi lled y bwlch y dymunai ei greu, ac er mwyn medru gweld i mewn i'r ddau gae, dringodd yntau i ben y clawdd. Pryderai Dela ei fod yn weladwy dros ben yn y fan honno, ond gobeithiai bod yno ddigon o'i gymdogion i rwystro Wiliam Henry rhag gwneud unrhyw beth ffôl.

Tra oedd y gweithwyr yn llifio a rhofio er mwyn rhyddhau ochrau'r beddrod, roedd dau arall yn dadgysylltu'r troli o gefn y tractor. Ymddangosai taw'r bwriad cychwynnol oedd tynnu ei echel gefn a'i deiars ôl, er mwyn ffurfio goleddf i lusgo'r beddrod i fyny i eistedd arno, ond sylweddolwyd bod lefel y cae rhywfaint yn uwch na'r safle. Oherwydd hyn, gosodwyd rhes o brennau trwchus i arwain o fôn y clawdd i gefn y troli fel yr oedd. Ni ffurfiodd y rhain lwybr hollol wastad, ond â darn mawr o bren haenog yn gorwedd arnynt gyda tharpolin wedi'i daenu drosto roedd yn ffordd handi o gaffael y beddrod ar wyneb cadarn.

Erbyn iddynt lwyddo i wthio a thynnu hyd nes bod y darn hirsgwar o bridd yn gorwedd ar y tarpolin, roedd pawb yn chwys botsh. Daeth Emlyn i lawr o ben y clawdd i helpu, a thra bod y dynion yn y cae arall yn gorchuddio'r darn â haenau o darpolin a'i glymu'n sownd yn ei le gyda chadwyni, cripiodd ef i mewn i'r bwlch a adawyd, gan brocian y pridd â'i fysedd. Rhaid ei fod yn fodlon â'r canlyniad, oherwydd dechreuodd un weithio winsh â llaw, ac yn araf iawn symudodd yr holl fwndel ar hyd y prennau ac i fyny i'r troli. Caewyd y cefn â bar haearn, a baciwyd y tractor ato i'w gysylltu unwaith yn rhagor.

Dringodd Dela i lawr cyn ymuno ag Emlyn, a oedd yn rhwbio'r pridd o'i ddwylo gyda hances. Roedd y bwlch yn ddigon mawr i ddal iet lydan. Cymerai oriau maith i ridyllio'r holl bridd ac nid oedd technegydd i'w weld ymhlith y cynorthwywyr. Gweithwyr fferm neu heddweision oeddent oll, ac roedd y gweithwyr fferm eisoes yn dechrau paratoi prennau a hoelio ffrâm at ei gilydd i lenwi'r agendor.

'Reit, 'te!' meddai Emlyn. 'Aeth hwnnw'n well na'r disgwyl o bell ffordd. Tase hi wedi dod i'r glaw …'

'Byddwch chi dan do yn y sgubor, o leia,' cytunodd Dela, 'ond byddwch chi'n rhidyllio am oesoedd. Gewch chi gymorth gan yr heddlu lleol?'

Cnodd Emlyn ei wefus gan edrych arni'n arwyddocaol. 'Wel …'

Gwawriodd ar Dela taw dyna holl bwrpas y gorchymyn i Sarjant Lewis gysylltu ar frys â hi. Wrth wneud ei gynlluniau'r noswaith gynt, roedd Emlyn wedi sylweddoli bod angen mwy nag un pâr o ddwylo i fynd drwy'r beddrod â chrib fân. Pe bai heb weld ei henw ar yr adroddiad am y canfyddiad, hwyrach na fyddai'r syniad o'i galw i'r safle wedi'i daro. Cyn iddi allu protestio nad oedd ganddi unrhyw brofiad technegol o'r fath, trodd Emlyn ei ben yn sydyn, gan regi dan ei anadl.

Credodd Dela'n syth fod Wiliam Henry wedi ailymddangos oherwydd diffoddwyd injan y tractor yn ddisymwth. Ond na, llais tawel y gellid ei glywed yr ochr arall i'r clawdd. Swniai fel rhywun yn gweddïo.

'Beth yffach ...?' hisiodd Emlyn.

Cydiodd Dela'n rhybuddiol yn ei fraich, a rhoddodd ei bys ar ei gwefus.

'O Dduw, bendithia waith dy weision yn eu gorchwyl brudd, a boed iddynt gofio taw un o'th blant di yw'r truan a gladdwyd yn y fan hon ...'

Gan nad oeddent yn sefyll yn union gyferbyn â'r twll yn y clawdd, dim ond ar ongl y gallent weld coesau'r dynion. Ymhlith y rhai mewn trowsus gwaith *corduroy* neu iwnifform â sgidiau trymion roedd un mewn trowsus du a sgidiau sgleiniog anaddas at gerdded mewn cae.

'Y gweinidog lleol,' gwefusodd Dela, ac roedd yn falch o weld Emlyn yn amneidio. Gobeithiai eu bod yn anweledig. O gornel ei llygad, daeth yn ymwybodol o ferch ifanc oleubryd yn sefyllian ar y feidr, gan esgus gwrando ar y weddi ond mewn gwirionedd yn syllu arnynt o dan ei hamrannau.

'Caewch eich llyged a rhowch eich pen i lawr,' mwmialodd wrth Emlyn, a oedd yn dechrau shwfflan ei draed yn ddiamynedd. 'Ry'n ni'n cael ein gwylio.'

Pennod 6

'Dwi'n dal heb ddeall pam ro'n nhw yno,' meddai Emlyn, wrth iddo yrru Dela draw i'r fferm ychydig yn ddiweddarach. 'O'n i'n credu na fydde'r weddi byth yn dod i ben. Esgus i fusnesan, falle?'

Cododd Dela ei hysgwyddau. 'Mae'n bosibl, ond buodd Eric Edwards yn help aruthrol pan o'n i ar ben fy nhennyn y diwrnod o'r blaen. Dwi'n tybio bod parch mawr iddo yn y gymdogaeth. Doeddwn i ddim yn gwybod bod ganddo ferch.'

'Feronica,' meddai Emlyn, wrth newid gêr yn swnllyd.

Cofiodd Dela am y cyflwyniadau a'r ysgwyd llaw a ddilynodd y weddi. 'Falle 'mod i'n annheg, ond mae 'na rywbeth bach yn od amdani.'

'Chi'n credu 'ny?' atebodd Emlyn yn syn. 'Roedd hi'n edrych yn iawn i fi. Croten fach serchog.'

Oherwydd dyn wyt ti, meddyliodd Dela'n ddistaw. Nid oedd dwywaith bod Feronica wedi bod yn fwy awyddus o lawer i gwrdd ag Emlyn nag â hithau, a heb feddu ar y crebwyll i gelu'r ffaith honno.

Agorodd fuarth fferm fawr lewyrchus o'u blaenau, gyda'r ffermdy eang yn eu hwynebu, a nifer o adeiladau pwrpasol o bob tu. Gwelodd Dela bod caeau'n ymestyn tua'r gorwel tu ôl i'r adeiladau. Tynnodd Emlyn y brêc llaw i fyny tu allan i sgubor y safai ei dau ddrws ar agor led y pen.

'Maen nhw'n deidi,' meddai'n edmygus, gan bipo i mewn i'r gofod, lle safai'r bwndel dan ei darpolin ar y troli. Roedden nhw hyd yn oed wedi gosod blociau pren wrth bob olwyn i'w atal rhag rholio. 'O'n i'n ofni y bydde rhywun wedi tynnu'r holl beth odd'ar y troli a'i adel e ar y llawr. Bydd hyn yn arbed ein cefne ni i radde.'

Roedd e wedi dringo allan ac yn taflu drysau cefn y fan ar agor cyn i Dela osod ei throed ar lawr. Ymunodd ag ef wrth iddo dwrio a derbyniodd ddau focs cardbord ganddo, llawn bagiau papur brown.

Dros do'r fan, sylweddolodd Dela bod eu dyfodiad wedi tynnu'r preswylwyr i ddrws y ffermdy, gyda Mr Jones ei hun yn sychu ei geg â chefn ei law, wrth frysio atynt.

'Popeth fel y'ch chi moyn e?' galwodd. Edrychai'n ddyn cryf yn ei bumdegau, gydag wyneb a liwiwyd gan yr haul a dwylo fel rhofiau.

Erbyn hyn roedd Emlyn wedi tynnu toreth o bethau o gefn y fan, gan gynnwys dau ridyll, bwcedi metel sgleiniog yn dal tryweli a llond braich o gynfasau. Gallai Dela weld bod mwy fyth i ddod.

'Ody, diolch!' atebodd Emlyn. 'Unwaith bod popeth yn y sgubor, bydd 'da fi well syniad shwd i fynd ati.'

Syllodd Jones ar y pethau ac yna trodd at un o'r

dynion iau. 'Bordydd,' meddai a diflannodd dau o'r criw i mewn i'r ffermdy.

Gwenodd arnynt. 'Gallwch chi byth â gweitho o'r llawr, allwch chi?' meddai. Hwpodd ei ddwylo i bocedi ei drowsus. 'Beth y'ch chi'n mynd i neud, yn gowyr?'

'Paratoi, cyn dim byd arall,' meddai Emlyn. 'R'ych chi wedi sgubo'r llawr eisoes, dwi'n gweld. '

'Seno fe'n ofnadw o lân, mae arna i ofon,' mentrodd dynes ganol oed, gwallt brith, mewn ffedog.

'Sdim rhaid iddo fod, Mrs Jones,' meddai Emlyn gan wenu. Wrth reswm, roedd e wedi cyfarfod â'r teulu'r noson gynt. 'Aiff y cynfase hyn drosto, 'chweld, yn arbennig o dan lle byddwn ni'n gweithio.' Cododd ei olygon yn sydyn. Roedd byrddau ysgafn yn cael eu cario o adeilad. 'Cewch chi weld nawr.'

Cydiodd yn nolenni'r bwcedi a dilynodd pawb ef i mewn i'r sgubor yn chwilfrydig. Wedi iddo daenu cynfasau ar y llawr hyd at olwynion y troli, gosodwyd y byrddau arnynt bob ochr iddo yn ôl ei gyfarwyddyd, gan adael digon o le iddyn nhw gerdded o'u hamgylch. Ymdrechodd Dela i edrych fel pe bai'n hollol gyfarwydd â'r drefn hon, a rhoddodd un bocs cardbord ar bob bwrdd, gan obeithio bod hynny'n gywir. Roedd Emlyn yn mwynhau cael cynulleidfa, ac wrth iddo osod mwy o'r offer, esboniodd y broses. Gwrandawodd Dela'n astud.

'Y peth pwysig yw gwybod o ble'n union mae pob darn o dystiolaeth yn y pridd yn dod. Dyna pam mae 'na ddwy orsaf waith ar wahân. Un i fi ar y dde ac un i Miss Arthur fan hyn ar y chwith. Byddwn ni'n dechrau rhidyllio o'r ddwy ochor, o'r top i lawr, ac os daw rhywbeth i'r golwg, byddwn ni'n ei roi mewn bag papur wedi'i farcio â phensel ...' Ymbalfalodd ym mhoced brest ei siaced am ddwy bensel, 'Gyda p'un ai y daeth e o'r dde neu'r chwith, y top, y canol neu'r gwaelod, gyda disgrifiad o beth yw e. Bydd y bagiau'n cael eu rhoi yn ôl yn y bocs yn y drefn y canfyddwyd y pethau. Mae'n bwysig rhannu'r lle'n unedau gwaith ar wahân yn ogystal, fel nad yw'r pridd sydd heb gael ei ridyllio'n cymysgu â beth wnaethpwyd eisoes.'

Roedd dau o'r dynion agosaf at y drws yn sibrwd â'i gilydd, a throdd y ffermwr ei ben atynt.

'Ie,' meddai, 'cystal i chi mofyn un.' Gwenodd ar Emlyn. 'Ma'r bois yn gweud bydd isie whilber arnoch chi at y pridd sbâr. Gallwn ni roi trelar jyst tu fas i'r drws i chi allu'i wagio fe. Daw y pridd yn handi er mwyn llenwi'r twll.'

'A bydd isie brat arnoch chi, Miss,' ychwanegodd ei wraig, 'neu bydd eich dillad chi'n stecs.'

Roedd hyn eisoes wedi taro Dela, ond gwenodd yn ymddiheurol. 'Diolch. Ro'n i ar y fath frys y bore 'ma, anghofies i'n oferol.'

Amneidiodd Mrs Jones. 'Dwa i mas ag un i chi gyda dished o de,' meddai.

Hebryngodd Emlyn y criw i'r drws, ac roedd Dela'n falch o'i glywed yn canmol y trefniadau.

'Cystal ag unrhyw beth gallen i fod wedi trefnu fy hunan. Gwych! Proffesiynol tu hwnt. Dwi wedi gweld technegwyr â llai o glem.'

Gellid gweld bod hyn yn plesio.

'Os y'ch chi angen unrhyw beth, cofiwch weiddi,' oedd geiriau olaf Jones wrth iddo adael.

Disgynnodd tawelwch dros y sgubor, a brysiodd Emlyn i dynnu ei siaced cyn gwisgo cot hir frown dros ei grys.

'Cyn i chi ddechre,' meddai Dela, 'sut i chi wedi esbonio 'mhresenoldeb i i'r teulu Jones?'

Gwthiodd Emlyn blaen ei dafod rhwng ei ddannedd gan chwincio. 'Arbenigwraig leyg achlysurol.'

'Neis,' atebodd Dela.

Daeth i sefyll o flaen ei fwrdd ef, gan blethu ei breichiau. 'Dwi'n mynd i'ch gwylio chi am sbel fach, er mwyn gweld beth a sut i'w wneud.'

Ymhen deg munud, roedd hi'n ôl wrth ei bwrdd ei hun, yn gosod allan y trywel, y rhidyll, y bwced a'r bocs o fagiau papur o'r chwith i'r dde, tra oedd Emlyn yn dadlapio'r tarpolin ac yn hongian tapiau dros y darn anferth o bridd. Eglurodd ei system wrth wneud.

'Mae'r tâp hwn sy'n rhedeg o un pen i'r llall hanner ffordd ar hyd wyneb y beddrod yn dynodi'r pwynt rhwng y chwith a'r dde. Mae'r rhain,' chwifiodd nifer o dapiau ati, 'yn dynodi'r adrannau.' Gosododd nhw'n llorweddol, gan gyfrif dan ei anadl. 'Chwech adran i gyd. Byddwn ni'n dechrau gyda'n gilydd yn adran un – ond dim ond cyn belled i lawr y darn pridd â'r tâp hwn.' Wrth siarad, roedd e'n weindio tâp o gwmpas yr holl ddarn, rhyw drydedd ran o'r ffordd i lawr o'r top. 'Reit? Os dewch chi o hyd i rywbeth, dangoswch e i fi. Wedyn, byddwch chi'n ei roi e mewn bag a nodi, "Top, Chwith, Adran 1" arno yn ogystal â beth yw e.'

Symudodd Dela i ben y troli a wynebai'r drws. 'Oes angen i ni nodi p'un pen o'r twlpyn oedd yn y safle a ph'un yng nghae Mr Jones?'

Sgrifennodd Emlyn ar ochr ei focs cardbord a'i godi er mwyn iddi weld. Mewn llythrennau bras nodwyd 'Safle' ar y chwith gyda saeth hir yn pwyntio i'r dde lle rhoddwyd 'Cae Parcrhedyn'.

'Iawn,' meddai Dela, gan wneud yr un peth.

Y broblem fwyaf i ddechrau oedd y ffaith eu bod yn gorfod gwaredu'r holl dyfiant o gopa'r beddrod, cyn cyrraedd pridd o gwbl. Gwyliodd Emlyn yn tynnu gwreiddiau'r planhigion ar led a'u harchwilio'n fanwl, ac ymdrechodd i fod yr un mor drylwyr.

Cyrhaeddodd y whilber ymhell cyn iddi lenwi un bwced, ond roedd ei dwylo'n ddu, ac yn debygol o dduo llawer mwy.

'Dwi'n edrych ymlaen at bridd moel, rhaid cyfaddef,' meddai, wrth arllwys cynnwys ei bwced cyntaf i'r whilber, lle disgynnodd y talpiau o lystyfiant gyda chlec.

Chwarddodd Emlyn. 'Buon ni'n lwcus nad oedd coeden wedi blaguro. Digon o faeth, 'chweld.'

Nid oedd Dela'n siŵr ei bod yn dymuno ystyried hynny. Roedd yn ddiolchgar bod gan y sgubor ffenestri uchel, er bod gwres y dydd yn treiddio drwyddynt yn ogystal â golau. Gallai ond ddychmygu'r gwaith a fu ynghlwm wrth waredu llwch o le mor naturiol lychlyd.

Tybiodd y byddai Emlyn yn cynnau lampau er mwyn parhau i weithio gyda'r nos.

Clywodd sŵn wrth y drws ac aeth i'w agor. Safai Mrs Jones yno yn cario hambwrdd o de, brechdanau a chacenni. Dros ei braich hongiai'r ffedog y bu Dela'n ysu amdani.

'Chi 'di dachre, 'te?' meddai, gan bipo dros ysgwydd Dela.

'Odyn, ond dwi'n barod am hyn! Diolch yn fawr i chi.'

Ar fin troi'n ôl at ei gwaith, sylwodd ar y ddynes yn codi ael a chlosiodd.

'Mae isie i chi berswadio fe i fyta,' hisiodd. 'Seno 'di llyncu mwy nag un llond pen o unrhyw beth ers neithwr. Eiff e'n sâl. Mae hen bwmp dŵr rownd y gornel i chi olchi'ch dwylo.' Pwyntiodd at dywel a sebon a orweddai un ochr i'r hambwrdd.

'Fe wna i 'ngore,' addawodd Dela, a chydag amnaid fodlon, aeth Mrs Jones yn ôl i'r ffermdy.

Pan daflodd Emlyn gipolwg frysiog ar yr hambwrdd, cododd ei ysgwyddau ac edrychodd ar ei ddwylo brwnt.

'Ddylen ni ddim byta dim,' meddai'n bendant. 'Sdim modd gwbod faint o facteria sydd yn y pridd.'

'Pwmp, tywel, sebon. Nawr.' atebodd Dela'n blwmp, gan wneud ystum â'i bawd at y buarth.

Er iddo fynnu eu bod yn rhwbio alcohol o botel fach dros eu dwylo ar ôl eu golchi, roedd Dela'n falch o weld Emlyn yn syrthio ag awch at y cinio picnic. Eisteddasant ger y drws ar ffrwrwm gyfleus, gyda'r hambwrdd rhyngddynt. Yn unol â'i air, roedd Jones wedi gosod trelar gyda styllen lydan yn ymestyn o'i gefn agored er mwyn gwthio'r whilber i fyny i'w gwagio. Gwaith i Emlyn fyddai hynny, penderfynodd Dela. Erbyn hyn nid oedd sôn am neb yn croesi'r buarth. Gorweddai hen gath yn yr haul ar sìl un o ffenestri blaen y ffermdy a brefai defaid yn y pellter. Uwch ei phen, gallai Dela weld gwenoliaid yn gwibio i nyth dan fondo'r clowty gwag gyferbyn â'r sgubor. Gallai hi fod wedi treulio prynhawn cynnes a phleserus iawn yno.

Tu ôl iddi, gorweddai'r pentwr pridd gyda'i gyfrinachau. Cnodd ei gwefus wrth feddwl am beth allai ddod i'r golwg.

'Ch'mod Emlyn,' meddai, 'dwi'n ffaelu gweld sut y galle rhywun fod wedi cwato corff cyfan tu fewn i glawdd. Wedi'r cyfan, maen nhw'n debygol o fod yn solet dros ben. Bydde angen y gwaith rhyfedda i'w guddio fe'n llwyr.'

Sniffiodd Emlyn. 'Oni bai bod twll gweddol o faint yn bodoli eisoes. Weithe mae cloddiau'n edrych yn gwbl solet o'r tu allan ond mewn gwirionedd maen nhw'n llawn twneli drwyddyn nhw draw, ar ôl blynyddoedd o gloddio gan anifeilied. Oherwydd hynny, sdim ffordd o wbod sut bydd y corff yn gorwedd.'

'Ond does bosib y bydde twneli o'r fath yn rhedeg yn hollol syth? A phwy alle stwffio corff rownd cornel tu fewn i glawdd heb allu gweld beth maen nhw'n ei wneud?'

Gwnaeth Emlyn geg gam. 'Blaw 'i fod e wedi cael ei dorri'n ddarne ...' cynigiodd.

Roedd honno'n ddelwedd annymunol arall, ac yn awgrymu bod posibilrwydd na ddeuai gweddill y corff i'r golwg.

Aethant yn eu blaenau drwy'r prynhawn, gan glirio pob adran ar hyd top y pentwr yn ei dro. Aeth y pridd yn fwy llaith, ond ychydig iawn oedd i'w ganfod. Yr unig gyffro deimlodd Dela oedd pan ddaeth o hyd i fotwm. Dangosodd ef i Emlyn.

'Hen fwtwm o grys,' meddai, 'er, dwi'n ame a yw e'n arwyddocaol, am iddo ddod o dop y pentwr. Bagiwch e, ta beth.'

'Chi'n credu fod y corff lawr yn y gwaelod, felly?' gofynnodd.

Sychodd Emlyn fflawiau o bridd o'i sbectol gyda'i lawes. 'Odw,' atebodd, 'er sdim dal. Lawr wrth fôn y clawdd oedd y twll y daeth y droed ohono. Ro'n i'n ofni y bydden i wedi torri drwy'r corff trwy beidio â gwneud y darn pridd yn ddigon llydan, ond doedd dim i'w weld pan es i miwn i'r bwlch i edrych. Y cwestiwn yw, faint o'r corff fydd ar ôl, os datgloddiwyd troed mor hawdd?'

'O'r safle aeth y corff i mewn?'

Amneidiodd Emlyn. 'Yn bendant, ddweden i. Bydde fe wedi cael ei wthio i mewn â'i ben yn gyntaf. Ysgwyddau person yw'r pwynt lletaf – os ewn nhw i mewn fe ddilynith y gweddill, a gallwch chi blygu coesau a thraed i fyny'n haws na thrio cuddio hanner uchaf corff.'

Roedd hynny'n wir, ond os rhedai tyllau digon o faint i foch daear neu lwynogod drwy'r clawdd, ni fu sôn amdanynt hyd yn hyn. Bu'r gwaith cyn belled yn gymharol hawdd, ond er bod Emlyn yn dal i fynd ati'n ddiflino, roedd ei chefn hi'n gwynegu rhwng ei hysgwyddau. Pryd fyddai hi'n amser swper, tybed?

Pennod 7

Eisteddodd Dela wrth y bwrdd mawr yn stafell fwyta'r ffermdy, gan geisio celu mor ddiolchgar oedd hi i orffwys ei thraed, er bod y boen rhwng ei hysgwyddau'n gwneud iddi wingo. Roedd hi'n falch iddi wneud ymdrech i lanhau ei hewinedd hefyd. Meddyliodd i gychwyn bod y teulu wedi mynd i drafferth mawr ar eu cyfer ond cyrhaeddodd gwesteion eraill, sef Eric Edwards y gweinidog a'i ferch, Feronica.

'Dyma ni'n cwrdd eto,' ebe Eric, wrth ysgwyd llaw â hi. Os oedd e'n gweld y peth yn rhyfedd ei bod hi, fel athrawes ysgol gynradd, yn cynorthwyo'r patholegydd, ni ddywedodd hynny, er iddi ddirnad chwilfrydedd yn ei lais. Efallai bod y disgrifiad ohoni fel 'arbenigwraig leyg achlysurol' wedi cael ei ailadrodd.

Gwnaeth Eric ystum i annog Feronica i'w chyfarch hefyd, ond ni chafodd fwy na gwên a ddiflannodd yn syth. Yn hytrach, aeth i eistedd yn ymyl Emlyn, gan fflicio'i gwallt a gwneud llygaid mawr. Wir, roedd angen iddi dreulio mwy o amser yn yr awyr iach. Yn ei ffrog haf llawes fer, roedd croen ei breichiau mor wyn, gallech ddilyn trywydd y gwythiennau glas arnynt. Serch hynny, roedd hi'n gofalu am ei dwylo, oherwydd roedd sglein ar ei hewinedd perffaith, hirgrwn. Yn ffodus, roedd Dela'n eistedd yn ddigon agos at Emlyn i'w gicio'n ysgafn pan gododd ei gyllell a'i fforc cyn i Eric ddweud gras.

Treuliodd y pryd bwyd yn gwrando gan ddysgu, fesul tipyn, pwy oedd pwy. Idwal oedd enw bedydd Mr Jones ei hun, a Megan oedd ei wraig. Roedd ganddynt ddau fab, Dyfed, yr hynaf o bob golwg a oedd yn briod â Rita, dynes denau a wisgai ei gwallt mewn rholiau oedd bron â dymchwel, a John di-briod, y mab iau a oedd yn debycach i'w fam, trwy fod yn fyrrach a mwy sgwâr o gorff. Roedd gan Dyfed a Rita ddau o blant, bechgyn bach a fwydwyd eisoes. Ni rwystrodd hyn iddynt fegian am ddanteithion o blât eu mam-gu, na rhuthro o gwmpas yn eu pyjamas.

Bob tro y byddent yn diflannu o'r stafell, gwyddai Dela o'r ffordd roedd Emlyn yn sbecian i gyfeiriad y ffenest ei fod yn pryderu y cawsent eu denu gan gynnwys y sgubor. Gwenodd yn breifat o'i weld yn llyncu ei bwdin ar ras, er gwaethaf ymdrechion Feronica i'w ddiddori, ac ni synnwyd hi pan drodd ati gan godi ei aeliau. Roedd e'n ysu i fynd yn ôl at ei waith a golygai hynny bod ei saib hithau ar ben hefyd.

'Senach chi moyn dished o de, 'te?' oedd adwaith Idwal, pan ofynnodd Emlyn iddynt eu hesgusodi.

'Dwa i ag un mas i chi,' cynigiodd Megan, gan wenu o weld Dela'n gwefuso diolch.

Torrodd llais Feronica drwy'r codi a chrafu cadeiriau. 'Ond pam nad alla i fynd mas gyda nhw?'

Sylwodd pawb a disgynnodd tawelwch. Roedd Eric

yn pwyso draw tuag ati ac yn ceisio dal ei llaw, er ei bod hi'n benderfynol o beidio ag edrych arno.

'Am fod Dr Roberts a Miss Arthur yn dilyn trefn benodol a phwysig wrth wneud y gwaith. Beth tase dy bresenoldeb di'n tynnu eu sylw ar eiliad dyngedfennol a pheri iddynt wneud camgymeriad ofnadwy?' Swniai mor benderfynol â hi, ac er iddi gochi a phlethu ei gwefusau'n bwdlyd, ni phrotestiodd.

'Buodd Iwan a Dafydd yn edrych mlaen i chi ddarllen stori iddyn nhw fel nos Sadwrn ddwetha', cynigiodd Megan. 'Maen nhw wedi bod yn siarad am y peth drwy'r wthnos.'

Ni chredai Dela hynny am eiliad, gan na ddangosodd Feronica'r diddordeb lleiaf yn y plant drwy'r swper, ond serch hynny aeth hi gyda Rita i roi'r bechgyn yn y gwely. Cododd pawb arall a dechreuodd Dela ddidoli llestri. Sylwodd bod Eric yn edrych arni. Tybed a oedd e, fel hi, wedi amau nad diddordeb yn y gwaith oedd gan Feronica, ond dyhead i dreulio mwy o amser gydag Emlyn?

'Mae'n ddrwg gen i am hynny,' meddai Eric gan edrych yn lletchwith. Ceisiodd Dela wenu'n gysurol ac aeth yn ei flaen yn dawel. 'Dyw hi ddim wedi gweld corff marw o'r blaen, a phe bai'n dod i'r golwg bydde fe'n debygol o roi sioc ofnadwy iddi. Dyw hi ddim yn groten gref ... mae'n dioddef gyda'i nerfau ...'

Amneidiodd Dela, fel pe bai'n cydymdeimlo'n llwyr. Galwyd Eric draw gan Idwal a gorffennodd Dela'r gwaith o gasglu llestri'n feddylgar. Ni fyddai'r un o'r dynion wedi meddwl am eu clirio. Gallai ddeall pam fyddai Feronica'n dymuno siarad mwy ag Emlyn. Wedi'r cyfan, faint o ddynion cymharol ifanc o'r un statws gawsai hi'r cyfle i'w gweld yn yr ardal unig hon? Roedd yn bur amlwg bod statws yn beth pwysig i drigolion y Mans, a bod statws adlewyrchedig Eric a Feronica'n bwysig i deulu Idwal Jones, os oeddent yn eu gwahodd i swper bob nos Sadwrn. Falle pe bai pawb yn fwy naturiol gyda Feronica, byddai hithau'n llai pwdlyd a mursennaidd.

Cyrhaeddodd y te wrth i Emlyn mofyn y lampau o gefn y fan. Goleuwyd nhw'n syth, er mawr ryddhad i Dela. Roedd y gwaith rhidyllio a chwilio'n ddigon anodd heb orfod straenio'ch llygaid. Gyda'r lampau'n tywynnu dros y safle gwaith, gadawyd y bryn o wair sych yng nghefn y sgubor yn y cysgodion. Gwair y llynedd oedd hwn. Deuai cynhaeaf eleni i'r fan yn ei dro. Trodd ei sylw at y beddrod. Cliriwyd yr haen uchaf yn llwyr ac o leiaf hanner yr ail haen. Gwelodd bod Emlyn yn syllu'n ddwys ar rywbeth yn y pentwr, gan godi ei lamp yn uchel.

'Drychwch!' meddai'n daer, gan bwyntio i lawr.

Dim ond rhywbeth brownllyd ydoedd, fel pe bai top carreg lefn wedi dod i'r golwg ymysg y pridd. Trodd i weld Emlyn yn ymbalfalu mewn bag. Brysiodd yn ôl ati'n cario brwsh cul, a dechreuodd fflicio'r pridd i ffwrdd yn ofalus.

'Penglog?' gofynnodd Dela.

'Dwi ddim yn credu 'ny. Tebycach i badell yr ysgwydd, blaw bod top penglog y person yn hollol fflat!'

Edrychodd arni â gwên fawr. 'Chi'n gwbod beth mae hyn yn ei olygu, on'd y'ch chi?'

'Bod 'na gorff cyfan?' mentrodd Dela.

'Bod 'na gorff o gwbwl!' sibrydodd. 'Meddyliwch tasen ni wedi rhidyllio'r holl bentwr heb ganfod dim …' Rhoddodd ochenaid hapus. 'Ond ro'n i'n iawn – mae e 'ma. Diolch byth.'

Os oedd Emlyn ar frys cyn canfod yr asgwrn, gweithiodd yn ddycnach fyth nawr, a chynorthwyodd Dela ef trwy frwsio â brwsh mwy llydan er mwyn iddo allu gwneud y gwaith manwl ac, ar brydiau, trwy ddal y lamp i fyny er mwyn iddo weld yn well.

Pan ddaeth cnoc ar ddrws y sgubor, edrychodd Dela ar ei watsh. Roedd hi ymhell wedi deg o'r gloch. Gobeithiodd fod Eric a Feronica wedi mynd adref. Serch hynny, pan agorodd y drws, Megan Jones oedd yno gyda hambwrdd arall o de a bisgedi, a thu ôl iddi, Rita'n cario dwy garthen. Amheuai Dela eu bod ar fin mynd i'r gwely a diolchodd iddynt am eu haelioni. Syfrdanwyd y dair gan waedd fuddugoliaethus gan Emlyn.

'Y benglog!' galwodd, gan edrych draw arnynt. 'Gallwch chi ddod miwn i weld os y'ch chi moyn!'

'Ddim thenciw fowr,' atebodd Megan yn harti, tra bod Rita'n crychu ei thrwyn.

'Mae e'n credu bod gan bawb yr un stumog gref ag e,' sibrydodd Dela.

'Mae e'n lwcus eich bod chi 'ma – bydde fe'n treulio'i hunan yn rhacs fel arall – eiff e ddim i'r gwely heno 'to, gallwch chi fentro,' meddai Rita, cyn troi ar ei sawdl.

Arhosodd Megan i Dela roi'r hambwrdd a'r carthenni i lawr. 'Tŷ bach?' gofynnodd, dan ei hanadl.

Cerddodd y ddwy ar draws y buarth yng ngolau'r lloer.

'Mae Rita'n iawn,' meddai Megan. 'Neiff e ddim cysgu, ond gallech chi gymryd napyn bach ar ben y gwair. Mae e'n eitha sych, a bydd e ddim yn goglish os rhowch chi'r garthen 'dano chi.'

Ar yr eiliad honno, swniai'n syniad gwych, ond daliwyd sylw Dela gan oleuadau'n symud ar draws y caeau y gellid eu dirnad yn y pellter o fwlch rhwng dau adeilad.

'Ody Wiliam Henry wedi mentro mas i weld pwy fuodd wrthi yn safle'r Hen Rai?' gofynnodd, bron iddi hi ei hun.

Clywodd Megan yn piffian. 'Sena i'n credu 'ny. Bydd e'n rhy fishi'n cwrso pobol sy'n lampo am gwningod. Sena i'n gwbod shwd ma' Iago'n gallu byw 'da fe. Ond mae e'n dad-cu iddo, sbo.'

'Ife Wiliam Henry sy'n berchen ar yr hen safle?'

Ysgydwodd Megan ei phen. 'Nage. Sneb yn gwbod yn iawn pwy sy berchen arno. Mae e wastod wedi bod yn rhyw le bach ar wahân, ch'mod? Cofiwch, Wiliam Henry sy wedi trasho a phladuro'r borfa drwy'r haf, bob blwyddyn ers i fi fod 'ma. Bydde'r safle i gyd dan y drain blaw am hynny.' Edrychodd yn resynus. 'Mewn ffordd, sdim ots 'da neb ffor' hyn 'i fod e mor od bwti'r safle. Llai o waith i bawb arall.'

Manteisiodd Dela ar y cyfle i olchi mor drylwyr

ag y gallai yn ogystal â defnyddio'r tŷ bach, ond roedd yr wybodaeth a gafodd gan Megan yn werthfawr. Wrth reswm, os claddwyd y corff yn ystod y gaeaf, gallai wythnosau fynd heibio heb fod angen i Wiliam Henry fynychu'r lle. Byddai'n ddiddorol gwybod pryd ddechreuodd obsesiwn yr hen ŵr i gadw pawb draw. Ai obsesiwn ffug ydoedd, am mai fe wnaeth y claddu? Ond wedyn, os felly, oni fyddai'n well ganddo i'r llystyfiant fynd yn rhemp er mwyn cuddio unrhyw olion?

Pennod 8

Yn gynnar iawn ar y bore Sul, dihunodd Dela i sŵn chwyrnu Emlyn o ben arall y pentwr gwair. Cododd ei phen yn flinedig i edrych ar ei watsh – chwech o'r gloch. Dim ond rhyw bedair awr o gwsg gafodd hi ac roedd e'n dal wrthi pan roddodd hi'r ffidil yn y to. Roedd yn fwy ymwybodol nawr o'r sawr anghynnes a ddeuai o'r pentwr nag y bu'r noson gynt. Os bu unrhyw obaith taw corff cyn-hanesyddol ydoedd, roedd y drewdod cynyddol yn tystiolaethu i'r gwrthwyneb. Erbyn iddi hi roi'r gorau iddi, roedd amlinell yr holl sgerbwd yn weladwy, er bod llawer o'i rannau isaf yn dal yn y pridd. Gyda haul y bore'n ei gynhesu, roedd yn bosibl ei arogleuo hyd yn oed drwy'r tarpolin y taflodd Emlyn drosto cyn cysgu. Call, meddyliodd Dela, gan wylio'r clêr mawr glas yn hedfan o gwmpas yn ddioglyd.

Cododd yn dawel gan geisio ystwytho ei chyhyrau. Chwiliodd yn ei bag am ddrych bach ac roedd yn falch i weld nad oedd ei gwallt yn llawn gwair. Gwthiodd un o'r drysau mawr yn agored a slefiodd allan i'r buarth. Draw yn y clowty roedd ffigyrau aneglur yn symud ymysg y da godro. Pwmpiodd ychydig o ddŵr i'w llaw a rhwbiodd ei hwyneb.

Y peth doethaf fyddai mynd am dro bach i glirio ei phen ac er mwyn gadael i Emlyn gysgu. Crwydrodd i lawr y feidr a arweiniai o'r fferm gan ryfeddu, fel y gwnaeth eisoes yn Nant yr Eithin, mor doreithiog oedd y tyfiant ar y cloddiau. Pigodd ddwy fefusen wyllt fitw, felys. Daeth allan i'r ffordd gyfarwydd a arweiniai heibio i'r safle. Dros ben y sticil gellid gweld bod y gwaith o lenwi'r bwlch yn y clawdd wedi mynd rhagddo i'r graddau bod adeiladwaith pren yn ei le. Cerddodd ymlaen tua'r capel a synnwyd hi i ddirnad symudiad sydyn yng nghanghennau'r goeden a warchodai'r iet. Clywodd sŵn tocio a syrthiodd nifer o frigau i'r llawr. Daeth dyn oedrannus i'r golwg, gan blygu i'w godi. Nid Wiliam Henry oedd e.

'Bore da!' galwodd Dela.

Neidiodd y dyn o glywed llais annisgwyl, ond yna gwenodd. Gwisgai sbectol drwchus ac roedd ei drowsus a'i wasgod *corduroy* yn frith o ddarnau o ddail. Pwysodd ar fur y fynwent.

'Duw, chi mas yn gynnar!' meddai'n hwyliog. 'Gweles i ddim chi'n dod a dwi'n gweld fel eryr ers cael y rhain.' Cyffyrddodd â'i sbectol cyn estyn ei law, ar ôl ei sychu ar ei drowsus. 'Tomos Morgan.'

'Dela Arthur,' meddai Dela. 'Ry'ch chi'n gynharach fyth ac yn gweithio hefyd.'

Amneidiodd Tomos. ''Ramser hyn o'r flwyddyn ma'r hen lwyni'n tyfu troedfeddi bob dydd. Cyn bo hir, bydde pobol ddim yn gallu dod miwn trwy'r iet, medde fe, Edwards y gweinidog. A bydde hynny ddim yn siwto.'

Awgrymai ei eiriau nad oedd y gweinidog yr un mor boblogaidd yma ag ym Mharcrhedyn.

'Ac ar ôl i fi bennu fan hyn nawr, draw â fi i gefen y Mans, i neud 'run peth. Ar ddydd Sul, cofiwch.' Ceisiodd gipio brigyn uwch ei ben ond methodd. 'Rachel Onnen-ddu dwi ei hangen fan hyn. Mae'n dalach na dyn.'

'Ry'ch chi'n cadw'r holl fynwent yn hyfryd, chwarae teg i chi,' atebodd Dela, gan obeithio nad achosodd ei disgyblion ysgol unrhyw ddifrod.

Tapiodd Tomos ochr ei drwyn yn gyfrinachol. 'Ma' hynny'n bwysicach fyth iddo fe, Edwards. Mae ei wraig wedi'i chladdu 'ma, 'chweld. Ma'r bedd yn *show*.'

Gwnaeth ystum i'w galw i mewn. Dilynodd Dela ef yn chwilfrydig o amgylch y festri. Gan mai o flaen y capel y bu gan mwyaf yn ystod ei harhosiad yma, ni roddodd lawer o sylw i'r beddau tu ôl iddo. Mewn safle canolog ymysg y beddau tywyll arferol, codai un mawr, o farmor gwyn. Disgleiriai fel goleudy yn yr haul. Nid oedd smotyn o faw nag alga arno, nac ychwaith ar y gofeb mewn llythrennau aur. Darllenodd Dela'r geiriau 'Alexandra Edwards, 1903–1933'.

'Druan fach,' meddai. 'Buodd hi farw'n fenyw ifanc.'

'Do 'te!' atebodd Tomos. ''Rhen difftheria gymerodd hi un gaea. Wedd y ferch, Feronica, bwti saith a dalodd hi fe 'fyd. Daeth hi drosto, ond gallech chi dyngu, o shwd mae'n cael ei thrin, y buodd hi'n sâl byth ers hynny.'

Er bod hyn yn cadarnhau llawer o amheuon Dela, gwelodd taw ei phwrpas yno oedd edmygu'r bedd, nid holi.

'Mae siŵr o fod angen gwaith difrifol i gadw'r bedd fel hyn,' meddai. 'Mae marmor gwyn yn staenio'n hawdd.'

'Ody. Ond ddim fe sy'n sgrwbo. Y Blods sy wrthi bob gafel.'

Crechwenodd o weld yr olwg syn ar ei hwyneb. 'Wrth gwrs, y'ch chi'n ddierth 'ma. Rhwbeth i neud â'r corpws 'na lusgon nhw o'r hen le cerrig.'

'Odw,' cytunodd Dela. 'Dwi'n helpu'r patholegydd sy'n archwilio'r corff draw ym Mharcrhedyn, fferm Mr Idwal Jones.'

Rhoddodd Tomos grawc o chwerthin. 'Gyda'r Idwals y'ch chi 'te! Bydd hynny'n creu strach! Dyw'r Blods a'r Idwals ddim wedi siarad â'i gilydd ers dros ddeugen mlynedd. Dwi'n siŵr rhoie Blodwen ganpunt i fod yn berchen ar y cae nesa at y lle cerrig.'

'Amser hir iawn i ddala dig,' meddai Dela'n feddylgar.

'Gredech chi byth!' cytunodd Tomos. 'Dwi'n cofio'r holl beth yn dachre. Buodd Idwal a Blodwen yn caru, 'chweld. Wedd priodas wedi'i threfnu a chyfan, ond gadawyd Idwal yn sefyll yn y sêt fowr. Ac er bod y ddou wedi priodi pobol er'ill a chael teuluoedd wedyn, dyw nhw ddim wedi madde. Wedd Blod yn ame bod wajen arall 'da fe.'

'Oedd hynny'n wir?'

'Os oedd e, sneb yn gallu rhoi enw arni. Sena i'n credu taw dyna pam ballodd hi ei briodi fe. Wedd pethe'n wahanol pwr'ny. Gwas ffarm wedd Idwal ym Mharcrhedyn, yn byw ar ddeg swllt yr wthnos a'i fwyd, ond wedd tad Blodwen yn berchen ar 'i ffarm ei hunan. Dwi'n meddwl bod rhywun wedi perswadio Blodwen y galle hi neud yn well.'

'Ond mae Parcrhedyn yn fferm fawr erbyn hyn.'

'Ody. Wncwl i Idwal oedd yn berchen arni, 'da dou fab, ond lladdwyd y ddou yn y Rhyfel Mowr. Idwal gadwodd y lle i fynd. Daeth y ffarm iddo bwti bum mlyne ar hugen yn ôl achos wedd 'na ddim plant er'ill. Ac mae'n rhaid gweud, mae e wedi rhoi trefen ar bethe.'

'Mae'n amlwg bod ganddo fe statws. Mae e'n ffrind mawr i'r gweinidog.'

'Mae'r ddou deulu'n cystadlu am y gore i fod yn *chums* iddo. 'Na pam mae'r Blods yn cadw'r bedd mor lân.' Cliriodd ei wddf a phoerodd i'r borfa. 'Seno fe, Edwards, yn torri cnau gwag, chwaith. Mae Idwal 'di gallu prynu mwy o dir ac anifeilied tra bod Blodwen 'di gorfod aros fel y mae. Buodd farw ei gŵr, ac er bod ei phlant Beti a Mici'n byw gatre i helpu, dyw'r tir ddim mor dda. Dyle hi fod wedi priodi Idwal ac mae hi'n gwbod 'ny.'

Hynod ddiddorol, meddyliodd Dela, er na wyddai a oedd gan yr hanes unrhyw berthnasedd i'r corff. Beth bynnag, roedd Tomos Morgan erbyn hyn yn pwyntio at fedd arall.

'Ma' chi groten fach arall fuodd farw cyn ei hamser, ond ei theulu sy'n cadw'r bedd yn neis. Ma' mwy o barch 'da fi rhywfodd at hynny. Blode bob cwpwl o wthnose, a phethe ffansi 'da iorwg a chelyn yn y gaea.'

Darllennodd Dela'r gofeb ar y bedd llai rhodresgar hwn: 'Joy Wilson 1923–1943'.

'Pwy oedd hi?' gofynnodd.

Tynnodd Tomos wep. 'Rhywun o bant. Wedd hi'n blentyn imbed o eiddil o'r dechre – rhy sâl i fynd i'r ysgol rhan fwya o'r amser. *Kidneys*, medden nhw. Do'dd dim sbectol deidi 'da fi pwr'ny, ond o'n i'n gallu gweld y lliw drwg oedd arni. Lwcus bod 'da ni Marian fel nyrs ardal, ontefe? Halwyd hi lawr 'ma'n un fach, falle yn y gobeth y bydde awyr y wlad yn gwneud lles iddi. Duw, buodd galar ar ei hôl hi.'

Ymlwybrodd Dela yn ôl i'r sgubor gan brosesu'r wybodaeth hon. Sylweddolodd bod Feronica damaid yn hŷn nag a feddyliodd. Edrychai fel merch yn ei harddegau ond roedd hi'n ddwy ar hugain. Wrth iddi nesáu, ymddangosodd John ar drothwy'r ffermdy, yn dal darn o dost.

'Brecwast!' galwodd, cyn diflannu'n ôl i'r tŷ.

Ymunodd Dela â phawb arall yn y gegin. O weld Emlyn ar ei draed yn cydio mewn mygaid o de a phlataid o fwyd, ar fin gadael, meddyliodd y byddai'n rhaid iddi hithau wneud yr un peth, ond i'w rhyddhad, doedd ddim ei hangen arno.

'Shteddwch a bytwch,' meddai, â'i geg yn llawn. 'Bydda i'n iawn. Gwaith manwl yw e nawr.'

Serch hynny, er iddi fwyta llond bola, ni oedodd Dela'n hir. O'r sgwrs a'r paratoadau o'i hamgylch, dysgodd y byddai'r rhan fwyaf o'r teulu'n mynd i'r capel am ddeg. Gan gario hambwrdd arall o de croesodd y buarth i'r sgubor, lle'r oedd y clêr glas yn dechrau mynd yn niwsans.

'I ble ddiflannoch chi'n gynharach?' gofynnodd Emlyn.

Swatiodd Dela gleren cyn ateb. 'Mas am dro, draw i'r capel, lle'r oedd hen foi o'r enw Tomos Morgan yn gweithio yn y fynwent.' Sicrhaodd bod y drysau ar gau. 'Mae 'na hanes eitha diddorol o gweryla rhwng teuluoedd yn y lle 'ma. Galle fe fod yn arwyddocaol.'

'A buoch chi'n pwmpo'r bachan yn ddidrugaredd, sbo!'

'Dwi ddim yn pwmpo,' atebodd Dela'n ffug-urddasol. 'Porthi'n gynnil ydw i.'

Gwrandawodd Emlyn ar yr hanes wrth frwsio, fflicio a rhoi pethau pitw mewn bagiau bach gwyn.

'Trawodd fi,' gorffennodd Dela, "mod i weld gweld beddau dwy fenyw ifanc fu farw ymhell cyn eu hamser. Falle nad oes cysylltiad, ond ydych chi'n credu taw merch yw ein corff ni hefyd?'

'Mae'n ddigon bach,' cytunodd Emlyn, 'ond hyd nes bod y pelfis cyfan 'da fi, a falle'r benglog, mae'n anodd dweud. Cyn diwedd y bore dylen i allu lapio'r holl beth fel y mae a'i gario fe i Abertawe.' Syllodd ar yr esgyrn o'i flaen. 'Dyw'r ardal hon ddim yn lle sy'n awgrymu bod Jack the Ripper wedi atgyfodi, rhaid cyfaddef.'

Digon gwir, meddyliodd Dela. Hoffai fynd i'r gwasanaeth boreol ond ni ddymunai ymddangos fel pe bai'n ysu i ddianc o'r sgubor. Synnwyd hi felly pan edrychodd i fyny arni.

'Pam nad ewch chi i'r capel gyda nhw?' gofynnodd. 'Bydde'n gyfle i chi weld yr holl gymeriadau. Galle un ohonyn nhw fod yn gyfrifol am y corff, wedi'r cyfan.' Edrychodd yn falch o'i gweld yn gwenu. 'Falle cyffesith rhywun nawr. Ma' nhw'n ofnadw o grefyddol 'ma.'

Dyma'r trydydd tro i'r ffaith bod Emlyn mewn amgylchedd anghyfarwydd ei tharo. 'Dy'ch chi ddim yn dod o gefndir capelig?' gofynnodd.

'Jiw nadw. *Opium of the masses* yw e.'

Yn amlwg, bu'n gwrando ar Gwyn Reynolds. Eto, sylweddolodd wrth geisio tacluso'i hun na fu sôn am y gwrda hwnnw cyn belled. Byddai wedi disgwyl tîm cyflawn gyda'r Uwch-arolygydd yn trefnu pawb, ond roedd Emlyn ar ei ben ei hun yn llwyr. Pam, tybed?

Pennod 9

Edrychodd Dela o'i hamgylch yn slei. Capel plaen, gwledig oedd Bethlehem, er bod rhywun wedi peintio'r rhosyn plastr ar y nenfwd yn bert. Eisteddai dynes mewn het bluog wrth yr harmoniwm, fymryn tu ôl i'r sedd fawr. Roedd Idwal yn y sedd fawr gyda'r diaconiaid eraill, a'i deulu'n un rhes yn y seddau ochr o flaen Dela, heblaw am John a arhosodd adref. Eisteddai teulu arall, y credai Dela taw'r Blods oeddent, yn eu hwynebu ar draws y capel. Roedd tebygrwydd rhyngddynt â'r ddynes wrth yr harmoniwm.

Wrth iddynt ganu'r emyn cyntaf gwelodd Dela ddynes anghyffredin o fawr yn sleifio i mewn cyn eistedd yn y cefn. Ai dyna Rachel Onnen-ddu, fel y galwodd Tomos Morgan hi? Rhaid ei bod dros chwe troedfedd o daldra. Gwelodd teulu Parcrhedyn hi'n cyrraedd hefyd, a chlywodd Dela nhw'n sibrwd bod Marian siŵr o fod wedi cael ei galw allan. Doedd 'na ddim sôn am y nyrs ardal a chan fod dyfodiad Rachel wedi galw Marian i gof, dyfalodd Dela eu bod yn perthyn.

Eisteddai Feronica yn un o'r seddi blaen yn agos i'r harmoniwm. Edrychodd i fyny'n obeithiol pan ddaeth Dela i mewn cyn sylweddoli nad oedd Emlyn wedi dod gyda hi. Gellid darllen ei meddyliau a'i stumiau fel ysgrifen ar ddudalen. Tybiodd Dela bod ei noswaith ar fferm Parcrhedyn wedi cyrraedd clustiau'r Blods, oherwydd syllwyd arni'n ddwys ar draws y capel gan ddynes yn ei thridegau, mewn ffrog haf o liw gwyrdd marwaidd. Wrth ei hymyl eisteddai dyn iau, yr oedd angen torri ei wallt arno. Treuliodd y gwasanaeth yn byseddu drwy'r llyfr emynau, er i'r ddynes ei brocian â'i phenelin. Cafodd Dela argraff o rywun plentynnaidd. Ai'r ddau hyn oedd Beti a Mici, plant Blodwen? Tu ôl iddynt, eisteddai dyn o oddeutu'r un oedran, a gwelodd losin yn cael ei drosglwyddo'n chwim dros ysgwydd Beti i'w law yn ystod yr ail emyn. Er nad ellid dweud bod unrhyw un yn y capel yn hynod o smart, gan gynnwys hi ei hunan, credai Dela iddi ddirnad gwahaniaeth rhwng ansawdd dillad y ddwy garfan elyniaethus. Roedd siwtiau dynion Parcrhedyn yn ffitio'n well, ac roedd hetiau'r merched yn fwy ffasiynol.

Tomos Morgan ac un arall aeth o amgylch i gymryd y casgliad. Yn ffodus roedd gan Dela hanner coron i'w roi yn y ddesgl. Gwenodd pan chwinciodd arni'n gymeradwyol. Tynnwyd ei sylw gan fwy o sibrwd rhwng Megan a Rita unwaith i Tomos fynd heibio.

''Run hen hat sy am ei phen hi. Ma'r cefen fel tin hwyaden. Pryd brynodd hi 'ddi?'

'Cyn y rhyfel. A wedd hi ddim yn ei siwtio pwr'ny.'

Blodwen, yn bendant, oedd y ddynes wrth yr harmoniwn. Derbyniodd y fath garedigrwydd gan fenywod Parcrhedyn, ysgydwyd hi braidd i'w clywed yn siarad mor sbeitlyd. Penderfynodd ganolbwyntio ar y bregeth am y tro.

Llipa a gorsyml oedd pregeth Eric, ym marn Dela, er y gwyddai ei bod yn ei gymharu â Tudful, a allai godi to capel â'i hwyl, a Huw a allai ddrysu cynulleidfa gyda'i ddadansoddiadau deallusol. Efallai mai dyna oedd aelodau Bethlehem yn ei werthfawrogi. Oherwydd hyn, roedd hi'n falch pan ddaeth yr oedfa i ben. Roedd hi ar ei thraed ac yn codi ei bag, gyda theulu Pharcrhedyn yn gwneud yr un fath, pan glywodd waedd sydyn. Edrychodd pawb o'u hamgylch yn ffwndrus.

Roedd Blodwen yn pwyso dros y pared pren a wahanai safle'r harmoniwm o'r sedd gyferbyn, a chydag un llaw roedd hi'n gwneud stumiau galw ar ei phlant tu ôl ei chefn. Credodd Dela am eiliad ei bod am geisio dringo dros y gwahanfur, ond ni wnaeth.

Pipodd Dela dros bennau Megan a Rita, ond yr unig beth y gallai hi weld oedd pâr o draed a hem gwaelod cot yn gorwedd yn yr eil. Clywodd Rita'n ochneidio'n deimladwy a gofynnodd, 'Rhywun yn sâl?'

Roedd Megan eisoes ar ei ffordd allan o'r sedd, ond trodd Rita ati.

'Feronica, druan fach,' mwmialodd. 'Mae'n pango fel 'na.' Cliciodd ei bysedd i ddynodi mor sydyn byddai hi'n llewygu.

Brysiodd Eric Edwards i lawr o'r pulpud, tra bod y diaconiaid yn tindroi wrth i Beti a Mici ruthro at y fan drwy'r sedd fawr, gyda Blodwen yn hisian cyfarwyddiadau taer. Ni symudodd Dela. Ni argyhoeddwyd hi bod Feronica wedi llewygu o gwbl, ac roedd y fath dorf wedi ymgynnull o'i chwmpas, prin bod lle i neb arall. Rhwng y murmur lleisiau clywodd y gweinidog yn galw enw ei ferch, a rhedodd rhywun allan i'r festri i mofyn cwpanaid o ddŵr. Roedd yr Idwals a'r Blods yn siarad ar draws ei gilydd yn cynnig awgrymiadau, ond yn sydyn edrychodd Eric Edwards i fyny.

'Rachel ...' galwodd yn ymbilgar.

Fel y Môr Coch yn rhannu'n ddau o flaen Moses, gwnaeth yr aelodau eraill lwybr iddi ddynesu ac o flaen llygaid syn Dela, plygodd Rachel a chododd Feronica yn ei breichiau, fel pe bai'n bluen. Trodd Rachel, a chydag Eric yn brysio ar ei hôl, brasgamodd yn hamddenol allan o'r capel gyda'i baich. Wedi eiliad o gyfyng-gyngor, heidiodd y ddwy garfan allan hefyd, gyda Dela'n dilyn. O'u gweld yn cystadlu i gadw gam yng ngham â Rachel a'r gweinidog, a chynnig cymorth bob yn ail, cofiodd Dela am eiriau Tomos Morgan. Doedd e ddim wedi gorddweud. Roedd y peth yn ffars. Ynghanol y brygowthan, a anwybyddwyd yn llwyr gan Rachel, gwelodd hi'n troi ei phen at Eric.

'Ma'r pic-yp 'da fi,' meddai. 'Unwaith y cyrhaeddwn ni'r tŷ, af i mofyn Marian.'

Y peth olaf a welodd Dela oedd Rachel yn dilyn Eric trwy ddrws y Mans, rhyw ganllath i lawr y ffordd, gan gau'r drws yn benderfynol gyda'i sawdl, a gadael i bawb arall i sefyll ar y llwybr. O'i safle wrth iet flaen y Mans, gwrandawodd Dela ar fwmial anfodlon y ddwy garfan.

Ymddangosai fod y Blods yn ofnadwy o siomedig am fod Eric a Feronica i fod i fwyta cinio Sul gyda nhw. Roedd Blodwen ei hun bron yn ei dagrau wrth fynd heibio i Dela, ond clywodd Beti'n ceisio ei chysuro.

'Gallwn ni wastod ddod draw â dou blât o gino iddyn nhw. Bydd ddim whant cwcan ar Mr Edwards heddi. Falle bydd angen mwy o help unwaith i Marian gael golwg arni.'

Syllodd ei mam i fyny'n ddiolchgar arni. Os oedd rhywbeth yn araf ynghylch Mici, doedd hynny ddim yn wir am ei chwaer. Roedd y dyn a dderbyniodd y losin yn loetran gerllaw, ac ymunodd â nhw ar eu taith 'nôl i fyny'r ffordd.

Wrth gerdded adref gyda theulu Parcrhedyn, teimlai Dela'n lletchwith. Gwyddai eu bod yn ffrwyno'u tafodau yn ei phresenoldeb ond synhwyrodd nad allent benderfynu p'un ai i fod yn grac am nad nhw oedd yn gofalu am Feronica, neu'n orfoleddus am fod cinio Sul y Blods gyda'r gweinidog wedi methu. Nid oedd unrhyw amheuaeth ei bod yn rhyddhad iddynt i'w gweld hi'n rhuthro yn ôl i'r sgubor at Emlyn.

Roedd e â'i drwyn bron yn cyffwrdd â'r corff, ond amneidiodd ati. Lansiodd Dela'n syth i mewn i'w stori fawr, wrth dynnu ei het a'i gosod ar y garthen yn y gwair. Parablodd am sbel heb unrhyw adwaith, felly synnwyd hi pan gododd ei ben yn sydyn.

'Cafodd hi blacowt, do fe?' Crychodd ei dalcen. 'Oes angen meddyg ...?'

'Nac oes!' atebodd Dela. 'Bydd y nyrs ardal yn galw.

Mae'n debyg 'i fod e'n ddigwyddiad rheolaidd.' Efallai'r rheswm dros y llewygu yn y capel oedd y gobaith y cawsai Emlyn ei anfon i'w harchwilio. Eto, os oedd y llewygu'n digwydd yn rheolaidd, awgrymai hynny bod rhywbeth yn bod arni. Cnodd ei gwefus.

Gwenodd Emlyn, fel pe bai'n deall yn iawn, cyn troi 'nôl at y pentwr. 'Cwpwl o fwceidi 'to a bydda i'n barod i fynd.'

Nid oedd ots gan Dela nad oedd yn bwriadu aros am ginio Sul. Sbeciodd ar y pentwr. Roedd y brwsio dyfal wedi dadorchuddio'r holl sgerbwd, a orweddai ar ei ochr dde, mewn siâp bwa gyda'i ochr chwith yn dal yn y pridd oddi tano. Aethai'r sgerbwd yn ei bridd gweddilliol yn hawdd i gefn fan Emlyn.

Wrth syllu, tyfodd ei hamheuon taw merch ydoedd. Dywedodd hyn, ond ysgydwodd Emlyn ei ben.

'Blaw am fod yn dal yn rhy gynnar i ddweud yn siŵr,' meddai, 'mae 'na bethe eraill sy'n awgrymu dyn.' Trodd at ei fwrdd gwaith, lle'r oedd ganddo ddesgl yn dal beth edrychai fel dail pydredig. Pwyntiodd atynt. 'Beth sydd ar ôl o'i ddillad,' meddai.

Symudodd Dela'n nes. 'Dyna i gyd?'

'Falle bod mwy i'w ganfod ar y rhan o'r sgerbwd sydd yn y pridd, ond ie, dyna'r cyfan hyd yma. Dwi'n ame taw fest a drafers oedd amdano. Bydde bronglwm a sane wedi para damed yn well – ch'mod, *hook and eye* metel ar fronglwm a neilon yn y sane.' Gwenodd arni. 'A chyn i chi ddweud y galle'r corff fod yn ferch rhy ifanc i wisgo'r fath bethe, nid penglog plentyn yw hwn. Mae'r *epipheses* wedi cau. Galla i weld cymaint â hynny.'

Gwyddai Dela ei fod yn sôn am y semau yn asgwrn copa'r benglog, byddent yn cau pan gyrhaeddai person ei lawn dwf.

'Beth hoffen i wybod,' parhaodd Emlyn, 'yw a fuodd e farw yn ei ddillad isa neu a stripiwyd e?'

'Mae'n haws ymnyddu rhywun i dwll mewn clawdd os nad ydyn nhw'n gwisgo cot fawr a sgidie,' meddai Dela. 'Falle gobeithiodd y llofrudd y bydde fe'n pydru'n gyflymach hefyd.'

Ymhen prin awr, er mwyn peidio â tharfu ar amser cinio'r teulu, roedd Emlyn wedi pacio popeth, ac roedd e'n goruchwylio trosglwyddo'r gweddillion yn y tarpolin i gefn y fan. Nid oedd y bwndel yn ddim byd o'i gymharu â'r pentwr gwreiddiol. Llithrodd i mewn yn ddidrafferth, a dringodd Dela i sedd y teithiwr, wedi ysgwyd llaw â phawb.

Canodd Emlyn y corn wrth adael y buarth a chwifiodd Dela ei braich trwy ffenest agored y teithiwr.

'Dyle fod bws yn mynd o Abergwaun yn ôl i Nant yr Eithin,' meddai Emlyn, wrth droi i ymuno â'r briffordd.

Er i Dela amneidio, roedd hi'n rhagweld arhosiad hir iawn yn y dref gyda dim i'w wneud. Syfrdanwyd hi, felly, pan waeddodd Emlyn yn sydyn.

'Co fe!'

Yn y pellter o'u blaenau, treiglai bws ar hyd y ffordd. Rhoddodd Emlyn ei droed ar y sbardun er mwyn ei ddal, ac am eiliad credodd Dela eu bod am daro cefn y bws.

Fodd bynnag, siomwyd y ddau i'w weld yn troi i lawr i'r chwith i Wdig yn lle mynd drwy'r dref.

'Damo!' meddai Emlyn dan ei anadl, wrth arafu. Yna chwarddodd. 'Cystal i fi fynd â chi gatre.'

Protestiodd Dela oherwydd bod ganddo daith hir o'i flaen ond wfftiodd Emlyn hynny.

''Na'r peth lleia y galla i ei wneud. Chi 'di arbed oriau i fi.'

Paratôdd Dela am daith wyllt trwy afael yn dawel fach yn nolen y drws.

Pennod 10

Nid oedd yn syndod iddynt gyrraedd sgwâr pentref Nant yr Eithin ymhen deugain munud. Y syndod oedd na ddigwyddodd unrhyw anhap iddynt ar y daith.

Cyn dringo allan, sgrifennodd Dela ei rhif ffôn i'w rhoi iddo.

'Dwi'n siŵr bod croeso i chi ddod i mewn am ddishgled o de,' cynigiodd ond o'r ffordd roedd e'n refio'r injan, gwyddai na fyddai Emlyn yn derbyn.

Cododd ei llaw arno wrth iddo sgrialu o gwmpas y sgwâr er mwyn wynebu'r cyfeiriad cywir, yn ymwybodol bod Hetty eisoes yn sefyll wrth ddrws Tŷ'r Capel, gyda Huw Richards tu ôl iddi. Sgleiniodd yr haul am eiliad ar sbectol Emlyn gan wneud iddo edrych yn orffwyll, ond ymhen dim, roedd cefn y fan yn pellhau i fyny'r rhiw.

Cerddodd Dela ar hyd y llwybr rhwng y cerrig beddau at y tŷ gan wenu.

'Ody e wedi dreifo fel 'na'r holl ffordd o Abergweun?' gofynnodd Hetty. 'Chi moyn *aspirin*?'

Gyda Hetty'n gwneud brechdan a the iddi, rhoddodd Dela fraslun i Huw o'r holl ddigwyddiadau.

'Mae'n ddrwg 'da fi nad allen i gysylltu,' meddai. 'Gobeithio na fuest ti'n poeni. Daeth yr alwad ffôn mor hwyr, ac roedd y bws yn gadael mor gynnar, buest ti'n lwcus i gael nodyn trwy'r drws. Ta beth, bryd hynny, wyddwn i ddim pam roedd Emlyn Roberts wedi gofyn i fi ddod lawr.'

Ymestynnodd Huw ei goesau hir o'i flaen yn y gadair freichiau. 'Wir?' gofynnodd, ond roedd e'n gwenu. 'Doeddwn i ddim yn pryderu. Wedi'r cwbl dim ond dau reswm allai esbonio dy absenoldeb di dros nos. Naill ai dy fod ti ynghanol rhyw waith busnesa, neu roeddet ti wedi cael dy arestio. Mae hynny bob amsar yn bosibilrwydd, yn tydi?'

Cododd ael i glywed am y rhidyllio diddiwedd drwy'r nos.

'Gynno fo neb arall i helpu? 'Mhle roedd ei gadfridog, tybad? Yr Uwch-arolygydd Comiwnistaidd.'

Rhaid i Dela gytuno bod hyn yn benbleth.

'Doedd dim sôn am hwnnw.' Ystyriodd am ennyd. 'Mae gen i syniad bod Emlyn wedi gwirfoddoli i mofyn y corff, falle er mwyn profi i Reynolds ei fod yn fwy na "chrwt ysgol â systifficêts". Gweithiodd e fel gwallgofddyn.'

'Fel 'na mae o'n gyrru hefyd,' mwmialodd Huw.

Cyrhaeddodd Hetty gyda'r bwyd, ac wrth fwyta'i brechdan, parhaodd Dela i ddisgrifio'r cymeriadau a beth a welodd yn y fynwent a'r oedfa, gan sylwi bod Huw'n gwneud nodiadau pitw yn ei ffordd arferol.

'Dwi wedi cwrdd ag Eric Edwards fwy nag unwaith,' meddai yntau wedi saib. 'Yn yr Undeb ac mewn Cyrdda Mawr. Hogyn tawal, trist, o be' dwi'n ei gofio.'

Sipiodd Dela ei the. 'Mae gyda fe ddigon i fod yn drist yn ei gylch, rhwng Feronica a'r ffrae rhwng yr Idwals a'r Blods. Gallai'r cystadlu chwerthinllyd droi'r un mor sydyn yn elyniaeth.'

'Dwi'm erioed wedi cael y broblem honno.'

'Dwi'n synnu.' Palodd Dela ymlaen cyn iddo allu adweithio i'r sarhad. 'A dwi newydd gofio rhywbeth arall. Oeddet ti'n nabod gŵr Winnie Humphreys, neu'n bwysicach, wyt ti'n gwbod pa fath o ddyn oedd e o ran maint?'

Eisteddodd Huw yn ôl yn ei gadair.

'O ble ddaeth y syniad hwnnw?' gofynnodd.

Esboniodd Dela am y sgyrsiau a gafodd gyda Winnie a Jean wrth i Huw fynd i chwilota yn un o'r cypyrddau. Estynnodd ddarn bratiog o bapur iddi, wedi ei ddiraddio trwy fod allan yn yr haul a'r glaw. Poster wedi llwydo oedd e, er ei fod yn dal yn ddarllenadwy.

Setlodd Huw ei hun yn ôl yn ei gadair. 'Pan ddois i adra o India wedi fy 'nafu, roedd y posteri ar hyd y lle. Mi dalodd hi i argraffu'r rhain yn fuan wedi iddo ddiflannu. Cedwis i un, rhag ofn. Hwn 'di'r corff?'

O ddarllen y disgrifiad manwl, sef dyn o chwe troedfedd a modfedd o daldra, yn pwyso pymtheg stôn, ysgydwodd Dela ei phen.

'Annhebygol iawn. Un llai o lawer yw'r truan, oni bai fod ei siâp bwa yn ei fedd yn rhoi'r argraff anghywir.' Pwffiodd. 'Bydd yn rhaid i fi drio pico draw i ddweud wrthi.'

'Dim ond ychydig fisoedd sydd ar ôl o'r saith mlynedd angenrheidiol, dwi'n credu.'

Dylai Dela fod wedi disgwyl iddo wybod am bethau fel hynny ond tynnodd wep arno. Cymerodd Huw hyn fel arwydd y dylai esbonio.

'Pan o'n i yn y fyddin, byddai milwyr yn diflannu'n gyson, 'sti.'

'Hyd yn oed yn India, lle'r oeddet ti?'

Amneidiodd. '*Absent without leave* oeddan nhw, nid *missing in action*. Ac mi fydda'u tâl nhw'n gorffan gan greu anawsterau mawr i deuluoedd yn ôl ym Mhrydain. '

'Oedden nhw'n ailymddangos yn aml?'

'Rhai, os na lwyddon nhw gael lle ar long. Basan ni'n clywad bod yr Heddlu Milwrol wedi'u harestio nhw a'u carcharu am ffoi. Dyna un peth i feddwl amdano ynghylch y corff. Os oedd o'n ddyn ifanc, ai rhywun yn trio ffoi i'r Werddon niwtral oedd o? Mae'n dibynnu'n llwyr am faint fu'r corff yno.'

'Bydden i'n synnu os claddfa ddiweddar iawn oedd hi. Roedd y corff bron yn sgerbwd llwyr.'

'A chlywist ti ddim sôn am neb diarth yn yr ardal, neu rywun lleol aeth ar goll yn annisgwyl?'

'Neb cyn belled, ond doeddwn i ddim mewn sefyllfa i ofyn, chwaith. Hyd nes bod Emlyn wedi casglu pob tystiolaeth, dim ond dyfalu y gallwn ni.'

Edrychodd Huw ar ei watsh a chodi ar ei draed. 'Ysgol Sul,' meddai, 'a chyfla i ti gysgu gan i ti fod ar dy draed drwy'r nos. Awn ni draw i weld Winnie

Humphreys ar ôl te. Bydd Hetty'n gwybod ymhle mae hi'n byw.'

Herciodd allan. Roedd Dela'n pendwmpian cyn iddo gau drws y tŷ ar ei ôl.

Wrth eistedd ym mharlwr taclus Winnie Humphreys marciau pedwar, tra oedd hi yn y gegin yn berwi tegell, edrychodd Huw a Dela ar ei gilydd. Esgus amlwg oedd mynd i wneud te, i guddio ei dagrau. Bu'n dorcalonnus i weld y gobaith ar ei hwyneb pan agorodd y drws iddynt. Dechreuodd Dela ddifaru galw heibio o'r eiliad honno ac ni leddfwyd ei hymdeimlad o drueni pan ddiolchodd Winnie iddynt am ddod, er nad ei gŵr oedd y corff. Pipodd o'i hamgylch yn chwilfrydig, gan feddwl bod tu mewn i'r tŷ, a leolid mewn casgliad o dai mor fach nad ellid mo'i alw'n bentref, yn dangos ôl gofal, tra bod angen peintio ei ffenestri a'i waliau allanol. Roedd Winnie'n gwneud beth allai, meddyliodd.

''Cw fo, ddudwn i,' meddai Huw'n sydyn, gan bwyntio at un o'r llu o ffotograffau ar hyd y muriau. Cododd Dela i'w hastudio, yn enwedig yr un a ddangosai Winnie ac ef ar ddiwrnod eu priodas. Hyd yn oed yn ei ieuenctid, roedd e'n dal ac yn dew, mewn gwrthgyferbyniaeth llwyr â Winnie. Symudodd ymlaen at rai o'r lluniau eraill a sylweddolodd bod eu mab yng Nghanada'n debyg i'w dad, a chanddo feibion ei hun yr un mor debyg ond â dannedd mawr, gwyn a gwallt wedi'i dorri i sefyll i fyny'n syth fel brwsh llawr ar y copa. Clywodd Huw'n hisian arni dan ei anadl, ac eisteddodd i lawr eiliad cyn i Winnie ddychwelyd.

Wedi i'r te gael ei arllwys, pwyntiodd Dela at y llun o'r bechgyn â'r gwallt syfrdanol.

'Dyna lun hyfryd,' meddai. 'Eich wyrion chi ydyn nhw?'

Amneidiodd Winnie. Roedd ei llygaid yn gochlyd, ond roedd y pwl wedi mynd heibio. 'Ie. Mae Hank yn bedair ar ddeg a Chuck yn ddeuddeg erbyn hyn. Harold a Charles yw eu henwau bedydd, ond chi'n gwbod fel y mae plant ...' Ysgydwodd ei phen. 'Dydw i erioed wedi gweld ei wraig, Annette, na'r plant. Falle dewn nhw draw rhywbryd.'

'Teulu llewyrchus iawn o bob golwg,' cynigiodd Huw.

'Buodd Terry, fy mab, yn lwcus. Mae e'n rheoli melin lifio, ac mae angen pren. Arhosodd e yn ei swydd drwy'r rhyfel.' Gwenodd yn egwan. 'Dyna un peth i fod yn ddiolchgar amdano. Gallen i fod wedi'i golli fe hefyd.'

Aeth Dela i'w gwely'n gynnar y noson honno, yn gwbl luddedig. Bu'n anodd cadw'i llygaid ar agor yn ystod y gwasanaeth yn y capel am chwech a bu cerdded i lawr y feidr yn ôl i Dŷ'r Ysgol wedyn fel camu trwy driogl. Serch hynny, â'i phen ar y gobennydd, cafodd ei hun yn pendroni ynghylch beth ddylai ei wneud nawr. Oni bai i Emlyn ei ffonio o Abertawe, ni fyddai'n clywed dim mwy am y corff. Roedd Abertawe'n bell o Nant yr Eithin. Ar y llaw arall, roedd Cwm y Glo, cartref ei rhieni mabwysiedig, Tudful a Nest, yn ddim ond taith fer ar y trên i'r ddinas. Byddai ychydig ddyddiau yn y Mans yng Nghwm y Glo'n lladd dwy frân ag un garreg. Wrth i'w llygaid gau cofiodd bod angen iddi siarad ag Aneurin

Plisman er mwyn dysgu beth wnaethpwyd pan aeth gŵr Winnie ar goll, ond rhaid iddi beidio ag awgrymu y dylid fod wedi gwneud mwy i ddod o hyd i Albert Humphreys. Os gwelai ef yn pedalu'n araf iawn ar hyd y feidiroedd, byddai modd dechrau sgwrs ag ef, os mai dim ond er mwyn gofyn unwaith eto am gyflwr meddwl Gerwyn fel ei brifathrawes ofalgar.

Wedi penderfynu ar ei chamau nesaf, trodd ar ei hochr a chysgodd.

Pennod 11

Roedd hi wedi deg o'r gloch pan ddihunodd ar y bore Llun, a sylweddolodd bod angen dybryd arni i mofyn nifer o bethau o'r siop ar y sgwâr. Roedd y tipyn llaeth oedd ganddi ar ôl ar fin suro, hyd yn oed yn ei jwg mewn basn o ddŵr oer. Dyna'r gwaethaf o'r haf, meddyliodd, wrth balu i fyny'r feidr i'r siop.

Roedd cwsmer yn gadael wrth iddi ddod drwy'r drws, a gwelodd Ceinwen hi ar unwaith o du ôl i'r cownter.

'Mae rhywun dierth yn y siop, Iori,' galwodd yn gellweirus. 'Shwd jengoch chi o'r siâl, 'te, Miss Arthur?'

Ymunodd Dela yn y gêm. 'Trwy ddefnyddio ffeil ewinedd ar farrau'r gell,' atebodd, gan estyn ei rhestr a'i llyfr *rations* iddi.

''Na'r ffordd ore,' cytunodd Ceinwen. 'Haloch chi ofon arnon ni, cofiwch!' Cydiodd yng ngwddf ei hoferol i bwysleisio hynny.

'Do fe?'

Roedd Iori, gŵr tawel, call Ceinwen wedi hwpo'i ben drwy'r llen o stribedi gleiniog a wahanai'r siop o'u cartref, ac allan o olwg ei wraig, chwinciodd ar Dela, cyn ymgilio.

'W'en i'n ffrwcs i gyd pan na ddaethoch chi gatre ar y bws dwetha.' Ysgydwodd ei phen arni, cyn troi i mofyn tun o bys o'r silffoedd uchel. 'Fel gwedes i wrth Iori, 'sbosib eu bod nhw'n meddwl taw chi laddodd y corff 'na?'

Gwyddai, felly, taw wedi mynd i lawr i'r safle yr oedd hi. Roedd Ceinwen yn gwylio a gwrando'n ddi-baid ac roedd ganddi gof fel eliffant.

Brysiodd i dorri darn o gaws gyda'r weiar mileinig, cyn ei droi'n ddestlus i mewn i bapur gwyn. 'Ma'r jawled 'na wedi'i rhoi hi yn y siâl, wedes i. Miss Arthur ni, meddylia!'

'Na, dim byd fel 'na,' atebodd Dela, gan feddwl ei bod yn gallach dweud y gwir, i ryw raddau. 'Roedd angen llygad-dyst arnyn nhw o ble'n union oedd y corff. Gallen nhw byth ofyn i'r plant, wedi'r cyfan.'

'Ond buoch chi bant drwy'r nos!'

'Do, ond roedd 'na lot o waith i'w wneud, ac angen pob pâr o ddwylo. Bues i lan hyd nes ddau o'r gloch y bore.'

Culhaodd llygaid Ceinwen. 'Ble cysgoch chi, 'te?'

Gwenodd Dela'n gysurlon. 'Bues i'n lwcus iawn – roedd y ffermwr oedd biau'r cae nesaf yn byw gerllaw, a ches i fwyd a llety. Pobol garedig dros ben.'

Yn anffodus ni chafodd hyn yr effaith ddisgwyliedig.

'Ond os taw nhw oedd yn berchen ar y tir, gallen nhw fod wedi lladd y person a'i gladdu fe,' meddai Ceinwen. 'O'ch chi ddim yn nerfus?'

O'i glywed yn cael ei ynganu mor ddi-flewyn-ar-dafod, gwelodd Dela bod hynny'n bosibilrwydd, a chwiliodd am ateb boddhaus.

'Doeddwn i ddim ar fy mhen fy hunan. Roedd y patholegydd swyddogol yno drwy'r adeg. Buodd e'n ddigon caredig â rhoi lifft gartre i fi.'

Agorodd Ceinwen ei llygaid yn fawr. Roedd hi wedi gweld Emlyn yn troi'r fan yn ei ffordd ddienaid.

'Beth, hwnco?' gofynnodd. 'Ody e'n swyddogol, 'te? Tebycach i whyrligwgan.'

Talodd Dela am ei phwrcasau wedi i Ceinwen rwygo'r cwpons perthnasol allan o'i llyfr. Drwy'r ffenest fach ar y dde gallai weld ffigwr yn gwthio beic ar draws y sgwâr. Aneurin Plisman. Esgusododd ei hun a brysiodd allan i'w ddal, er y gwyddai y byddai Ceinwen yn eu gwylio'n siarad.

Bu'n syniad da i holi am Gerwyn ei fab, oherwydd yn wahanol i'w wraig yn y whist dreif, roedd i'w weld yn poeni am effaith y canfyddiad ar y plentyn. Cofiodd Dela bod iddo elfen deimladwy annisgwyl. Gwelodd ef yn cnoi cil am y sefyllfa.

'Mae e'n iawn nawr,' meddai, 'ond gall pethe fel hyn ddod yn ôl.' Gwingodd dan ei diwnig. 'Dwi wedi gweld digon o gyrff i wbod hynny.'

Ysgydwodd ei hun. 'W'en i moyn siarad â chi, ta beth,' meddai'n fwy hwyliog. 'Llwyddodd y Sarjant o Abergweun gael gafel ynddo chi, dwi'n deall.' Amneidiodd Dela'n ddi-air. 'Beth wedd e isie mor hwyr y nos?'

Er i Dela ymdrechu i fod mor gynnil ac amwys ag y

gallai, ni allai ei atal rhag gofyn cwestiynau plismonaidd. Roedd e wedi dyfalu iddi chwarae rhan allweddol yn y gwaith o ddadorchuddio'r corff.

'Beth wedd e, 'te?' gofynnodd yn blwmp. 'Dyn neu fenyw?'

Lledaenodd Dela ei dwylo, nad oedd yn hawdd gyda'i phwrcasau. 'Dyna'r cwestiwn mawr, Mr Jenkins. Ro'n i'n dueddol o feddwl, o faint y corff, taw menyw oedd hi, ond mae'r patholegydd yn credu ar hyn o bryd ei fod e'n ddyn, a fe ddyle wbod. Bydd angen iddo wneud mwy o waith cyn bod yn siŵr,' ychwanegodd yn rhybuddiol.

'Jiw, jiw.' Ystyriodd Aneurin hyn.

Cododd Dela ael arno i'w annog i fynegi ei feddyliau a gwenodd arni.

'Dim ond meddwl w'en i bod dyn yn ffito'n well na menyw, rhwng popeth,' meddai'n gyfrinachol. Sylwodd ar ei hedrychiad chwilfrydig. 'O beth ddealles i, wedd y safle ddim mor bell â hynny o Abergweun ac Wdig. Ma' harbwr yn Wdig, ac un llai yng Nghwm Gweun. Ma' nhw'n dod draw o Werddon yn 'u cannoedd a mynd ar dramp rownd y ffermydd i whilo am waith. Dynon sy'n dod, ddim menywod. Galle fe fod yn Wyddel yn hawdd.'

Ehangodd ei theori'n helaeth am funud, gan wneud i Abergwaun swnio fel Efrog Newydd, gyda miloedd o drueiniaid yn heidio yno.

'Dwi'n gweld y synnwyr yn eich theori,' atebodd yn gymodol, 'a dwi'n siŵr y bydd yr heddlu o Abertawe yn edrych yn fanwl ar unrhyw gysylltiad ag Iwerddon, ond mae 'na fwy i hyn. Mae'n annhebygol iawn bod y corff wedi marw'n naturiol ...' Ataliodd ei hun am eiliad. 'Neu falle y dylen i ddweud nad claddfa naturiol gafodd e.'

Bu bron i Aneurin ollwng ei feic ar lawr. 'Be' chi'n feddwl?'

Taflodd Dela gipolwg o'i hamgylch ond nid oedd neb yn agos. 'Roedd e reit tu fiwn i'r clawdd, Mr Jenkins, o dan tunelli o bridd. Aeth rhywun i drafferth anhygoel i'w gladdu'n fwriadol lle na fydde neb yn meddwl edrych amdano.'

'Wel, y mowredd!' ebe Aneurin. 'Nage damwen wedd e, 'te.'

'Nage,' atebodd Dela gan ychwanegu, 'ac nid Albert Humphreys oedd e, chwaith.'

'Ddim os nad wedd e'n slabyn mowr,' cytunodd Aneurin. 'Feddylies amdano fe. Duw, wedd e'n crwydro i bobman, rhen garan.'

'Clywes i nad oedd e'n iawn yn feddyliol ond yn iach o gorff.'

''Na'r broblem, 'chweld. Do'dd dim dal i ble fydde fe'n mynd. Galle fe fod wedi cyrraedd Llunden ar y trên. Mae'n beth od rhyfedda ei fod e'n gallu prynu ticedi fel se dim yn bod arno. Ac unweth roedd e mas o'r ardal, bydde neb yn 'i nabod e.'

'Aeth e lawr i Hwlffordd, ondofe?' ebe Dela. 'Shwd ddaeth e i sylw rhywun yn y fan honno?'

Amneidiodd Aneurin yn ddoeth. 'Nawr 'te! Wedd hynny'n damed o lwc, achos aeth e i'r banc i godi mwy o arian – er mwyn mynd 'mhellach, siŵr o fod – ond sylwodd y ferch nad oedd 'da fe unrhyw syniad shwd i lenwi siec. Lot o sgribls gafodd hi. Galle hi weld ei fod e'n meddwl ei fod wedi gwneud popeth yn iawn, a galwodd hi'r heddlu lleol. Diolch i'r drefen bod ei enw ar y llyfyr siec, a bod modd dod o hyd i'w gyfeiriad e trwy gofnodion y banc.'

'Oes gan unrhyw un syniad pam roedd e mor benderfynol o deithio?'

Cododd Aneurin ei ysgwyddau mawr. 'Blaw fod e wedi gweitho am sbel fel trafaeliwr i rhyw gwmni amaethyddol, galle Winnie ddim meddwl am reswm pam. A wedd e ddim wedi gwneud hynny ers ugen mlynedd a mwy.' Ystyriodd am eiliad. 'Mae'n dal i edrych i fi taw rhywun o bant yw'r corff, ch'mod. Y peth yw, dwi'n derbyn adroddiade am bobol o'r holl shir sy'n mynd ar goll – mae pob heddwas yn 'u cael nhw. Sena i'n cofio derbyn unrhyw notis o neb lleol o'r ardal honno'n diflannu ers o leiaf ddeng mlynedd, blaw am un dyn, a daeth hwnnw gatre'n fyw ac iach.'

Wrth ymlwybro'n ôl i Dŷ'r Ysgol, gwelodd Dela bod Aneurin wedi arbed gwaith iddi trwy sôn am yr hysbysiadau swyddogol o bobl colledig. Roedd hynny'n cau allan unrhyw un lleol, oni bai wrth gwrs, na chafodd yr heddlu wybod amdano. Ond mewn ardal wledig, 'sbosib na fyddai cymdogion yn sylwi ar unrhyw ddiflaniad parhaol? Digalonwyd hi wrth feddwl taw dieithryn llwyr a gladdwyd yn y clawdd, oherwydd roedd yn anodd gweld pam fyddai rhywun yn ei ladd a'i gladdu, heb sôn am yr anhawster o ddarganfod pwy oedd e a'i gysylltiad â'r ardal. Gobeithiai'n daer y byddai Emlyn yn dod o hyd i rhyw gliw.

Rhoddodd ei phwrcasau i gadw unwaith iddi gyrraedd y tŷ, cyn codi'r ffôn i alw Tudful a Nest. Ymhen pum munud, roedd hi'n ôl yn y gegin yn berwi'r tegell. Yn ôl y disgwyl, roeddent yn falch iawn i'w chroesawu i'r Mans, er bod Nest wedi gofyn ambell gwestiwn siarp a ddangosai ei bod yn amau bod gan Dela bwrpas dirgel. Ar ei ffordd i fyny'r grisiau i bacio'i chês, cofiodd taw dim ond ei rhif ffôn yn Nant yr Eithin oedd gan Emlyn. Ni fyddai o unrhyw werth â hithau yng Nghwm y Glo. Trodd yn ôl at y ffôn. Cysylltodd y gweithredydd hi'n syth â phrif orsaf heddlu Abertawe, a daeth ei lais adnabyddus dros y lein.

'Falch i chi alw. Dewch draw pryd bynnag gallwch chi.'

Roedd ar fin troi unwaith eto am y llofft pan sylweddolodd bod yn rhaid iddi ffonio Huw cyn ymadael y tro hwn. Nid ellid dweud bod ei adwaith ef yn llawn cyffro.

'Hm. Mae Cwm y Glo'n dipyn agosach i Abartawe, yn tydi?'

'Dwi'n addo cadw mewn cysylltiad. Cei di glywed yr eiliad dwi'n dysgu unrhyw beth. Falle bydd angen dy gysylltiade di arna i.'

'Dwi'n dy gredu di, er fasa miloedd ddim.'

Pennod 12

Am unwaith, nid oedd y daith ar y trên yn llawn oediadau. Gwyliodd Dela'r dirwedd yn mynd heibio'r ffenest a chyfrifodd beth oedd ganddi fel anrhegion. Er na fu ganddi lawer o amser i baratoi, roedd sgarff i Tudful a menig i Nest wedi'u gwau'n barod ar gyfer y gaeaf. Yn ddelfrydol byddai wedi gallu begian cwningod neu fenyn gan Eirug Clawdd Coch, ond yn niffyg hynny cliriodd ei phantri o wyau Norman a darn o gig moch hallt, yn ogystal â phecyn siwgwr bron yn llawn. Roedd wedi defnyddio ei chwponau melysion i brynu siocled hefyd, ac aeth hwnnw i'r bag. Ni fyddai'n cyrraedd yn waglaw. Treuliodd weddill y daith yn pipo'n chwilfrydig ar ei chyd-deithwyr, gan ddod i'r penderfyniad ei bod bron yn amhosibl dweud p'un ai oedd un ohonynt heb fod yn ei iawn bwyll.

Dros swper y noson honno, dywedodd wrth Tudful a Nest am y Trip Ysgol, y canfyddiad yn y clawdd a'r hanes am Albert Humphreys. Pwysleisiodd nad oedd modd gwybod llawer o ddim am y corff hyd nes i Emlyn orffen ei waith, a'i bod yn gwbl bosibl na ddeuai unrhyw beth i'r golwg. Wrth siarad, gwelodd y wên fach wybodus ar wyneb Nest, ond trwy drugaredd ni chyhuddwyd hi o ddefnyddio'r Mans a'i drigolion fel gwesty cyfleus. Roedd hi newydd orffen ei haraith pan chwifiodd Tudful ei bib ati.

'Ynghylch chwilio am ŵr dy gydweithwraig,' cychwynnodd, 'hyd yn oed os nad oedd hi'n fodlon cyfadda nad oedd o'n iawn yn feddyliol, hwyrach y basa'r plismon lleol yn gwybod ac mi fydda wedi holi mewn ysbytai ac ysbytai'r meddwl. Tasa fo wedi'i ganfod yn conffiws ofnadwy, dyna lle basan nhw'n ei roi.'

'Chi'n iawn, ond ymhle? Bydden i'n tybio bod heddlu'r sir wedi anfon negeseuon allan dros dde Cymru os nad ymhellach.'

Ysgydwodd Nest ei phen. 'Ddrwg ofnadwy gin i am ei wraig, sti. Meddylia am y pryder a'r unigrwydd am dros chwe mlynadd. Heb sôn am gael y modd i fyw. Wrach mai yn ei enw fo oedd y cyfrif banc a'r llyfr rhent, heb sôn am y bilia.'

'Dwi'n credu eu bod nhw'n berchen ar eu tŷ, ond ry'ch chi'n iawn am bopeth arall.'

Edrychodd Nest yn arwyddocaol arni. 'Gynnon ni *joint account*, sti.'

Gwenodd Tudful tu ôl i gwmwl o fwg. 'Pan fydda i'n rhedag i ffwrdd efo'r organyddes, bydd Nest yn ei wagio fo. Fydd gin i ddim dima goch i fyw tali arno.'

Canodd y ffôn yn y stydi a chododd Tudful i'w ateb.

Galwodd Nest ar ei ôl. 'Mae Miss Wilias yr organyddes dros ei phedwar ugain – bydd angan i ti frysio!'

Wrth olchi'r llestri gyda Nest yn y gegin, trawodd Dela bod Tudful ei hun yn dynesu at oedran ymddeol.

'Pryd mae Tudful yn bwriadu ymddeol?' gofynnodd. 'Odych chi wedi gwneud unrhyw gynlluniau?'

Taflodd Nest gipolwg i gyfeiriad drws caeedig y stydi. 'Mae'r capal wedi gofyn iddo aros ymlaen,' sibrydodd.

Roedd yn hawdd gweld pam, ac yntau'n bregethwr mor rymus, ond ar y llaw arall, nid oedd prinder gweinidogion, nawr bod y milwyr wedi'u gollwng o'r lluoedd arfog. Fel y colegau addysgu, tybiodd Dela bod y colegau diwinyddol dan eu sang. Dywedodd hyn ond chwarddodd Nest.

'Mae Tudful yn deud 'u bod nhw wedi arfar â'r diawl sy gynnon nhw. Galla un newydd fod ganwaith gwaeth, a llawar drutach.'

'Mae'n gompliment anferth i chi'ch dau. Maen nhw'n cael pâr gweithgar am bris un,' atebodd Dela'n bendant.

Derbyniodd Nest hyn â gwên ond yna sobrodd. 'Mi drawodd sefyllfa Mrs Humphreys dant efo fi,' meddai. 'Dwn i'm be' ar y ddaear y baswn i'n ei neud taswn i'n colli Tudful. Y capal sy pia'r Mans.'

'Byddech chi'n dod ata i, wrth gwrs,' oedd ateb syth Dela.

Syllodd Nest arni a llyncodd. 'Ond mi fyddi di'n priodi rhyw dro ...'

'Ie, pryd fydd hynny?' atebodd Dela.

'Paid â deud eich bod chi'n dal i ffraeo'n gacwn am bopeth!'

'Nadyn, dy'n ni ddim cynddrwg ag y buon ni, ond

sdim brys arno. Falle nad yw'r eiliad cywir wedi dod, neu falle bod y ffaith iddo golli un gwraig a phlentyn yn rwystr seicolegol.'

'Neu ella'i fod o ofn gofyn a chael ei wrthod!' Hwpodd Nest ei thafod i'w boch wrth ddweud hyn.

'Bydde fe ddim yn cael ei wrthod.'

'Ydy o'n gwbod hynny?'

'Mae e'n gwbod popeth arall ar y ddaear.'

Sychodd Nest ei dwylo gwlyb ar dywel. 'Dyna'r peth rhyfedd am ddynion – mae beth sy'n amlwg i ni ferchaid weithia'n ddirgelwch llwyr iddyn nhw. Ac i'r gwrthwynab, 'mwn i.'

Ymunodd Tudful â'r ddwy yn y stafell fyw dros gwpanau o de.

'Pwy oedd ar y ffôn?' gofynnodd Nest, gan estyn ei gwpan iddo.

Ochneidiodd Tudful. 'Agnes.'

Roedd Dela'n gyfarwydd â'u cymdoges drws nesaf, ond synnwyd hi i glywed amdani'n ffonio'r Mans.

'Eto?' gofynnodd Nest.

Amneidiodd Tudful gan rholio'i lygaid, ond roedd Dela wedi'i drysu'n llwyr erbyn hyn.

'O ble wnaeth hi'r alwad?'

Gwnaeth Tudful ystum â'i fawd i gyfeiriad y wal a wahanai'r ddau dŷ. 'Cafodd hi ffôn rhai misoedd yn ôl.'

'Ac mae hi'n eich ffonio chi, er mai dim ond trwch wal sydd rhyngddoch chi?'

'O, yndi. Yn enwedig rŵan.'

Edrychodd Dela o un i'r llall. Gwenodd Nest arni, cyn cydio yn ei gwaith crosio.

'Mae Hari wedi dyweddïo,' meddai.

Aeth nifer o bethau drwy feddwl Dela a daeth y cyntaf ohonynt allan o'i cheg cyn iddi allu ei atal.

'A phwy yw'r druan fach ddiniwed sy'n mentro i ffau'r llewod? Meddyliwch am fod yn briod â Hari gydag Agnes yn fam yng nghyfraith i chi!'

Credai Agnes bod ei mab yn sant, ond gwyddai Dela bod hynny ymhell o'r gwirionedd, ta waeth am ei swydd fel heddwas.

Gwnaeth Tudful ystum ddoniol. 'Dydi'r matar ddim yn hollol fel y byddat ti'n ei ddychmygu. Mae'n wir bod Agnes ar ei cheffyl gwyn yn ddifrifol, ond nid oherwydd Iris, y ddyweddi. Mae'n debyg bod yn rhaid i chi gael caniatâd gan yr heddlu i briodi os ydych chi'n heddwas, ac mae'n ofynnol i'r ddyweddi a'i theulu fod yn wynnach na'r eira.'

Ystyriodd Dela hyn. 'Mae hynny'n gall, sbo. Ond bydden nhw wedi bod yn gallach i edrych yn fanwl ar hanes ieuenctid Hari ei hunan cyn ei gyflogi.'

'Rhy hwyr i hynny,' meddai Tudful gan chwerthin. 'Ond dwi'm 'di clywad unrhyw sôn ei fod o'n cambyhafio rŵan.'

Mwmialodd Dela rhywbeth am lewpart a smotiau.

'Cofia, dydi o ddim yn byw adra mwyach,' meddai Nest. 'Mae o draw yn Abertawe. Yn ôl Agnes mae'r llety maen nhw'n ei ddarparu i'r heddweision dibriod yn gyntefig.'

'Wrth gwrs 'i fod e! Bydde'r Ritz ddim digon da, nac unrhyw ddyweddi, chwaith.'

Yn y gwely'r noson honno, pendronodd Dela ai trosglwyddo'n fwriadol wnaeth Hari i Abertawe er mwyn cael llonydd i garu pwy fynnai. Os felly, byddai angen iddo fynd i John o'Groats i atal Agnes rhag busnesa. Gobeithiodd bod y ddyweddi'n ferch gref, ffraeth. Ni fyddai gan groten swil unrhyw obaith yn y frwydr.

Y bore canlynol, safodd Dela tu allan i brif orsaf heddlu Abertawe mewn cyfyng cyngor. A fyddai cerdded i mewn a gofyn am Emlyn yn creu anawsterau iddo? Yn y diwedd, aeth i'r blwch ffôn agosaf a galwodd y rhif a roddodd Emlyn iddi'r diwrnod cynt. Wrth iddi esbonio ei phenbleth, ac ymhle yr oedd hi, gallai ei glywed yn yfed te'n frysiog.

'Chi'n iawn,' meddai. 'Dwa i mas i'ch mofyn chi. ''Rhoswch yn y man lle'r y'ch chi.'

Ni ddaeth neb o ddrws blaen yr adeilad, ond yn sydyn sylweddolodd bod rhywun yn chwifio'i freichiau arni o stryd gul ar y dde. Brysiodd ato, ac aethant trwy ddrws di-nod yng nghefn yr adeilad. Ar ôl dilyn nifer o goridorau a disgyn set o risiau, gwthiodd Emlyn ddrws ym mherfeddion y lle a agorodd i ddangos stafell fawr, llawn meinciau ag iddi sawr diheintydd cryf. Crogai lampau pwerus o'r nenfwd. Arweiniwyd Dela at fainc benodol, lle gorweddai'r sgerbwd, yn gwbl rhydd o'i bridd. Atgyfnerthwyd yr argraff o berson bach.

'Ddrwg 'da fi na fydd ddim llawer i chi weld. Sdim lot ar ôl, erbyn hyn,' meddai Emlyn.

'Doedd 'na ddim cyfoeth o gliwiau o dan y corff, felly,' meddai Dela.

'Oedd a nac oedd,' ebe Emlyn. 'Doedd 'na ddim sôn am ddillad allanol wedi'u stwffo miwn i'r twll. Yn anffodus, roedd y dillad isaf wedi pydru'n waeth o dano fe na'r darne gweloch chi yn y sgubor.'

'Bues i'n meddwl am y rheiny,' meddai Dela. 'Os aeth rhywun i'r drafferth o dynnu ei ddillad allanol, pam na thynnon nhw ei ddillad isaf hefyd?'

'Mm,' meddai Emlyn gan wenu, 'falle am 'u bod nhw'n hollol gyffredin? O'n i'n gobeitho y bydde rhyw ddarn bach o elastig wedi para – oherwydd y rwber, ch'mod – ond doedd na ddim byd. Dyn byr o ryw bum troedfedd a thair modfedd oedd e, a doedd 'na ddim mwy o gnawd arno nag ar hen gwrcath Mam. Rhwle yn ei ddauddegau, gwedwch? Sdim ôl traul ar ei gymale fe, top y glun na'r ysgwydd, fel y bydde tase fe lot yn hŷn na hynny, ond roedd ei ddannedd doethni fe wedi dod drwodd yn llawn.'

'Mae hynny'n gliw ynddo'i hunan,' meddai Dela'n galonogol.

'Ody, sbo. Ond …' Edrychodd arni'n fuddugoliaethus, 'des i o hyd i un peth hynod. Blew.'

'Blew anifail?'

'Nage. Ei flew e. Chi'n gwbod fel mae gwallt a blew corfforol yn para'n well na chroen er ei fod yn dod yn rhydd wrth i'r croen bydru.' Ni wyddai Dela hynny, ond amneidiodd. 'Ro'n i'n ffaelu deall o ble ddaeth yr holl flewiach du yn y pridd i ddechre. Mae'n rhaid i fod e fel arth dan ei ddillad. Diolch i'r drefn bod y pridd gyda'r corff. Tasen i wedi gwaredu hwnnw, bydden i ddim callach.'

Roedd Dela'n dal i'w chael yn anodd dychmygu'r corff fel y dyn y bu.

Aeth Emlyn draw at stof nwy fechan a gosododd degell i ferwi arni wrth barhau i siarad.

'Mae mwy a mwy yn cael ei sgrifennu a'i drafod am amgylchfyd corff a'r pwysigrwydd o archwilio popeth,' meddai dros ei ysgwydd. 'Drychwch ar Haig – bydden nhw byth wedi'i ddal e petaen nhw heb whilo pob modfedd o'r iard lle'r oedd e wedi toddi'r fenyw druan 'na mewn asid ac arllwys y llaid dros y llawr. Ei *gallstones* hi ddalodd e yn y diwedd. Toddon nhw ddim yn yr asid.'

'Daethoch chi o hyd i rywbeth tebyg?'

'Ro'n i'n gobeitho am ddant, rhaid cyfaddef. Tase rhywun wedi rhoi crasfa ofnadw iddo, a bwrw dant yn rhydd, bydde'n rhoi syniad o shwd buodd e farw, ond mae ei ddannedd e'n berffeth. Gwell o lawer na'n nannedd i. A sdim sôn am anaf amlwg i unrhyw asgwrn.'

Syllodd Dela ar y sgerbwd. Er nad oedd hi wedi gweld dwsinau ohonynt, roedd rhywbeth yn ddieithr amdano. Beth oedd hynny? Ai ei gulni, neu hyd ei fysedd? Clywodd Emlyn yn troi llwy mewn cwpanau.

'Chi'n credu na chafodd e ddigon o fwyd yn blentyn, neu bod rhyw salwch arno?' gofynnodd Dela.

Cariodd Emlyn y cwpanau draw at y fainc. 'Bydde ei

ddannedd e wedi dioddef tase hynny'n wir, neu bydde *rickets* wedi dangos yn esgyrn ei goese.'

Cymerodd Dela ei chwpan â diolch a sipiodd ei the. Roedd e'n rhy gryf o lawer. 'Jyst meddwl o'n i nad yw'r sgerbwd yn edrych fel Cymro.'

Bu bron i Emlyn boeri te wrth chwerthin. 'Shwd olwg arbennig sy ar sgerbwd Cymro, 'te?'

Gwenodd Dela'n resynus. 'Wel, dy'n ni ddim yn ofnadw o dal yn gyffredinol, o'i gymharu â'r Saeson, ond ry'n ni'n sgwâr, fel y coliars. Mae'n coese ni'n fyrrach na'n cyrff. Mae hwn yn goese i gyd.'

Sylwodd bod Emlyn yn syllu arni â llygaid pell. Camodd draw at silff lyfrau ar y wal gyferbyn. Gwyliodd Dela ef yn chwilota.

'Am beth y'ch chi'n whilo?' galwodd, ond roedd Emlyn eisoes ar ei ffordd yn ôl ati, yn byseddu trwy rhyw gyfrol.

Mwmialodd dan ei anadl wrth ddynesu. 'O'n i'n ame ... rhwbeth ... ond o'n i'n ffaelu ... hyd nes i chi ddweud ... meddwl taw fi o'dd yn dychmygu ...'

Arhosodd Dela iddo bwyllo.

'Y peth ddywedoch chi am beidio ag edrych fel Cymro,' meddai. 'Dwi wedi gweld torf o sgerbyde, rhwng popeth. O'n i'n gwbod bod hwn yn wahanol, ond ro'n i'n trio esbonio hynny'n feddygol – fel effaith salwch, neu rhyw gyflwr genedigol – ond feddylies i byth am hil! Ddim lawr yn Sir Benfro.' Roedd e'n dal i ffrwtian drwy'r tudalennau wrth siarad. 'Sdim lot o gnawd ar ôl, fel y byddech chi'n disgwyl, ac mae beth sydd i gael yn dywyll, ond gall y pridd a'r halwynau ynddo wneud hynny. Beth os oedd e'n dywyll ei groen i ddechrau? Rhywun, dwedwch, o ardal Môr y Canoldir, neu hyd yn oed o'r Caribî?'

'Roedd 'na Eidalwyr yn garcharorion rhyfel, wrth gwrs, ond oni fydde rhywun wedi adrodd am un a ddiflannodd?' gofynnodd Dela. 'A beth fydde rhywun o bellach bant yn ei wneud lawr yng nghefn gwlad Sir Benfro? Dwi'n gwbod bod pobol o bob cenedl lawr yn y docie yng Nghaerdydd ond y tro cyntaf i fi weld rhywun gwirioneddol groenddu oedd bataliwn o filwyr Americanaidd yng Nghwm y Glo. Roedden nhw'n ddynion mawr, llydan. Mae hwn yn eiddil mewn cymhariaeth.'

Gwenodd Emlyn. Roedd e wedi canfod rhywbeth. 'Sdim rhaid iddo fod yn Americanwr du. Buodd miloedd o Indiaid yn ymladd.' Trodd y llyfr er mwyn iddi weld llun o benglog gydag esgyrn boch mwy amlwg. 'Chi'n credu taw dyna beth alle fe fod?'

O syllu ar benglog y corff, roedd yn rhaid i Dela gytuno, ond doedden nhw ddim gam ymhellach ymlaen o ran ei adnabod fel unigolyn. 'Oedd 'na unrhyw beth o gwbwl yn y pridd oddi tano a fydde'n dweud mwy?' gofynnodd.

'Roedd 'na ambell beth,' meddai Emlyn, 'ond sda fi ddim syniad ar hyn o bryd a yw nhw'n bwysig. Dwi ddim hyd yn oed wedi tynnu popeth ar led 'to, ond mae pob croeso i chi edrych arnyn nhw.'

Aeth draw at fainc arall lle gorweddai hambyrddau

dan orchudd. Estynnodd fenig rwber iddi a gefel hir, denau. Roedd nifer o ddarnau hynod bitw o frethyn ynghlwm wrth lystyfiant. Trodd un neu ddau drosodd yn ddigalon. Yn sydyn, sgleiniodd rhywbeth am eiliad fer o lwmpyn o bridd. Dechreuodd Dela ei dynnu ar led yn ofalus.

'Beth yw hwn, 'te?' gofynnodd.

'Rhwbeth metel, dwi'n credu,' atebodd Emlyn. 'Falle wasier?'

Ysgydwodd Dela ei phen. Er bod gwreiddiau rhyw blanhigyn wedi ymnyddu eu hunain yn dynn amdano, daeth yn amlwg taw darn o gadwyn aur ydoedd. Heb iddi orfod gofyn, gwthiodd Emlyn chwyddwydr i'w llaw. Gallai Dela weld bod un ddolen bob pen i'r gadwyn wedi agor. Oedd 'na fwy ohoni'n rhywle?

Tynnodd Emlyn fenig rwber am ei ddwylo a dechreuodd rhwbio'r llwmpyn pridd rhwng ei fysedd.

'Ha!' meddai. Yn gorwedd ar ei fys, roedd y clesbyn. 'Dyle fod stamp y gwneuthurwr ar hwn os yw e'n aur.'

'Dwi'n meddwl 'i fod e,' meddai Dela, ond er iddynt syllu, roedd yn anarllenadwy.

Golchodd Emlyn y ddau ddarn aur mewn desgl a chododd Dela ei haeliau ar y sglein ychwanegol a ysgogwyd gan hynny.

'Mae hwn yn ddarn da,' meddai. 'Drychwch mor felyn mae'r aur – o leia deunaw carat – dim byd tebyg i'r gemwaith naw carat sydd wedi bod ar werth yn y wlad hon ers blynyddoedd.'

'Ai dwyn y gadwyn oedd y pwynt?' gofynnodd Emlyn. 'A driodd rhywun rwygo'r peth o'i wddf e?'

'Camgymeriad oedd hynny, os felly,' atebodd Dela. 'Torrodd e, am fod aur o garat uchel yn feddal. Dyna un o'r rhesymau pam y maen nhw'n ychwanegu metelau eraill, er mwyn ei galedu tamed.'

'A'i wneud e'n rhatach,' ychwanegodd Emlyn. 'Mae e hefyd yn atgyfnerthu'r argraff o rywun o dramor. Odych chi'n nabod unrhyw ddyn o'r wlad hon sy'n gwisgo cadwyn?'

'Nadw. Dim ond dynion *flashy* sy'n gwisgo modrwy ar eu bys bach, hyd yn oed. Bydde'n werth i chi gael gemydd proffesiynol i edrych ar hwn.'

Aeth Dela ac Emlyn trwy weddill yr hambyrddau ond heblaw am hoelen hynafol, roedd y prinder tystiolaeth yn drawiadol.

'Bydda i'n socian y darne o frethyn mewn toddiant,' meddai Emlyn, 'ond maen nhw wedi pydru cymaint, dwi'n ofni bydd y broses yn dinistrio rhai'n llwyr. Ac os oes 'na rhywbeth fel enw neu farc londri, dim ond tameidiau gaf i.' Crychodd ei drwyn. 'Fel y dywedes i, sdim lot ar ôl.'

'Fedrwch chi amcangyfrif ers pryd y buodd y corff yno?' gofynnodd Dela.

Pwffiodd Emlyn. 'Rhai blynyddoedd, dyna i gyd. Dyw e ddim newydd ei gladdu, ond dyw e ddim wedi bod yno ers canrifoedd, chwaith.'

Cofiodd Dela eiriau Huw am ei brofiadau yn India. 'Adeg y rhyfel?' gofynnodd. 'Dyna pryd roedd pobol o wledydd eraill yn debygol o gyrraedd pellafoedd Sir Benfro.' Roedd Emlyn wedi troi ei ben i'r ochr yn feddylgar ac felly palodd Dela ymlaen. 'A allai'r llofrudd fod wedi credu bod dillad y dyn yn ffordd o'i adnabod? Am ei fod yn gwisgo iwnifform?'

'Syniad da oedd gofyn i chi ddod draw,' meddai Emlyn, cyn edrych ar ei watsh. 'Odych chi'n ffansïo tamed o gino?'

Pennod 13

Roedd cantîn yr orsaf yn byrlymu â dynion mawr yn bwyta ag awch. Bachodd Dela'r bwrdd olaf wrth i Emlyn fynd i'r cownter i mofyn brechdanau a the i'r ddau ohonynt. Dywedai rhywbeth wrthi bod rhywun yn syllu arni ac edrychodd i fyny. Draw ger y cownter eisteddai Hari John, mab Agnes, ac o'r olwg filain ar ei wyneb, gwyddai Dela nad oedd e'n falch o'i gweld. Anwybyddodd ef.

Mewn lle mor gyhoeddus, bu'n rhaid trafod mewn lleisiau isel. Buont yn siarad am wneud ymholiadau gyda'r lluoedd arfog i weld a aeth unrhyw un ar goll o dras estron. Byddai hynny ynddo'i hun yn cyfyngu ar y dyddiadau pryd gellid fod wedi claddu'r corff.

'A bydde gyda swyddfeydd y lluoedd arfog fanylion am daldra a golwg unrhyw berson ddiflannodd,' meddai Emlyn yn obeithiol. 'Bydde hynny'n arbed lot o hela sgwarnogod.'

'Digon gwir,' cytunodd Dela, 'ac os yw'r person o dras Asiaidd, gwedwch, mae'n rhaid gofyn faint o filwyr o'r isgyfandir hwnnw ddaeth i Brydain. Onid yn y Dwyrain Canol oedden nhw? '

'Oni bai taw Prydeiniwr oedd e o'r cychwyn,' ebe Emlyn. 'Ddylen ni ddim anghofio taw dyfalu ry'n ni.'

Gan eu bod yn trafod mewn ffordd mor jocôs, mentrodd Dela ofyn cwestiwn amherthnasol.

'Ydy Gwyn Reynolds yn dal i weithio o'r orsaf hon? Sdim sôn wedi bod amdano cyn belled. Ro'n i'n meddwl falle'i fod e wedi symud.'

'Na, mae e'n dal 'ma, ond mae e bant yn sâl.'

'Ody e? Dim byd difrifol, gobeithio?'

'Mae e wedi cael llawdriniaeth ar ei drwyn. *Sinus abcess* a pholyps. Mae'n debyg bod ei wyneb e wedi whyddo fel balŵn. 'Nôl Sarjant Defis, o leiaf, pan aiff e draw â gwaith iddo.'

'I bwy fyddwch chi'n ateb nawr, 'te?'

'Neb. Dyw Gwyn ddim yn un i drosglwyddo'r awenau. Mae e'n ffonio deirgwaith y dydd. Os unrhyw beth mae e'n fwy presennol na phan mae e'n yr orsaf.'

'Galla i ddychmygu – ond ydy e'n gwybod am y gwaith buodd yn rhaid ei wneud ar y corff yn y sgubor?' gofynnodd Dela.

Sniffiodd Emlyn. 'Mae e'n gwbod bod 'na gorff wedi'i ganfod mewn man anodd ei gyrraedd, a'i fod nawr yn cael ei archwilio gen i yn y labordy ac mae hynny'n hen ddigon.'

'Dwi'n gweld.'

'Nadych, os caf i ddweud.' Pwysodd Emlyn ymlaen yn gyfrinachol. 'Tase'r holl griw wedi dod lawr gyda fi, bydden nhw wedi clirio cymaint ag y gallen nhw'n gyflym er mwyn cludo'r corff i ffwrdd, neu'n waeth byth, wedi gadael i'r heddlu lleol ei wneud e. Sdim dal a fydde'r cloddio wedi datgymalu'r sgerbwd. Miwn â nhw gyda'u rhofie! Dwi wedi clywed am hynny'n digwydd droeon. Bydde neb wedi rhidyllio troedfeddi o bridd.'

'Felly achub ar y cyfle i wneud popeth yn drylwyr oeddech chi.'

'Ie! A chan 'mod i'n eitha ffrindie gyda'r Sarjant, doedd ganddo ddim gwrthwynebiad. Ces i fenthyg un o'r camerâu mawr. Mae'r lluniau o'r safle'n cael eu datblygu nawr.'

'Wnaethoch chi ddewis y corff hwn yn benodol am ei fod yn bell bant o Abertawe?'

'Do a naddo. Sdim cymaint â hynny o gyrff amheus yn dod i'r golwg. Hunanladdiade a damweiniau yw nhw, gan mwyaf, ac mae meddyg yr heddlu lleol yn anfon adroddiad atom ni. Os ydyn nhw'n amau rhywbeth maen nhw'n gofyn am ail bâr o lygaid, neu'n fynych iawn yn anfon samplau. Ond roedd ein corff ni'n wahanol o'r cychwyn.'

'Sneb yn cael ei gladdu'n ddamweiniol na lladd ei hun ym mherfeddion clawdd.'

'Yn hollol. Cofiwch, falle bod Gwyn wedi meddwl taw hen sgerbwd o'r Oesoedd Canol oedd e, a dyna pam ces i ganiatâd. 'Halwch y gwdihŵ lawr 'na iddo gael rhwbeth i'w neud.'

'Ar ôl eich gwaith yn Abergorwel y llynedd, dwi'n credu bod mwy o barch i chi na hynny.'

'Anodd gwbod gyda Gwyn Reynolds.'

'Cytuno.'

Bu syniad yn datblygu yng nghefn meddwl Dela trwy gydol y sgwrs. 'Tasen i'n galw draw i weld yr Uwch-arolygydd, a fydde hynny'n creu anawsterau i chi?'

'Dwi ddim yn gweld pam,' atebodd Emlyn wedi saib, 'ond i chi ofalu beth ddwedwch chi.'

'Fel bob amser yn y cwmni hwnnw. Bydd angen cyfeiriadau arna i.'

Nid argyhoeddwyd hi o glywed ei fod yn byw mewn byngalo ar y ffordd allan o'r Mwmbwls nad ellid mo'i fethu. Gan y gallai Dela golli'r ffordd mewn pentref un stryd, gwnaeth nodyn o'r cyfeiriad a'r bws angenrheidiol. Erbyn iddi orffen gwneud hynny, roedd Emlyn wedi cael cyfle i ailfeddwl.

'Beth yn union fydd eich esgus chi am alw?' gofynnodd gyda thinc bryderus.

'Mae 'na fater lawr yn Nant yr Eithin dwi angen ei gyngor e amdano fel heddwas hynod brofiadol,' atebodd Dela.

Chwarddodd Emlyn i mewn i'w gwpan de. 'Chi'n giwt hefyd.'

Gan adael Emlyn i roi chwiliadau ar waith, gadawodd Dela'r orsaf trwy yr un drws di-nod yn y cefn. Brysiodd at y blwch ffôn, i ffonio Huw. Doedd gan neb fwy o gysylltiadau answyddogol â'r fyddin nag ef ac roedd yn bosibl y cawsai'r wybodaeth am filwyr diflanedig cyn Emlyn, oherwydd byddai angen i hwnnw wneud cais ffurfiol. Daeth yn syndod iddi felly, â hithau'n anelu'n ddall at y blwch, i deimlo llaw gref yn gafael yn ei braich. Edrychodd i fyny mewn braw.

'Beth ddiawl y'ch chi' neud 'ma 'to?' hisiodd Hari John. 'Ody 'ddi wedi'ch hala chi 'ma i sbeio?'

Ysgydwyd Dela gan ei ddicter. 'Pwy? Dy fam? Nadi, wrth gwrs. Dwi ddim wedi'i gweld hi o gwbwl.'

Rhochiodd Hari yn ei drwyn. 'Pidwch ag edrych mor ddiniwed. Smo fi'n cael munud o lonydd!'

Ar fin dweud mwy, tynnwyd ei sylw gan un o'i gydweithwyr yn ymddangos rownd y gornel. Gollyngodd ei braich yn ddisymwth a cherddodd i ffwrdd, fel pe baent heb siarad.

Dihangodd Dela i mewn i'r blwch ffôn.

'Ewadd,' meddai Huw. 'Faint o bobol Asiaidd sy'n Sir Benfro?'

'Dyna'r cwestiwn.'

'Ac mae'r hogyn 'na, Emlyn, yn sicr mai dyna be' ydi o?'

'Nadi,' cyfaddefodd Dela, 'ond gan nad yw Aneurin wedi cael adroddiad am neb o'r sir a ddiflannodd am hydoedd, nid brodor o'r ardal oedd y person.'

'Medra fo fod yn unrhyw un o unrhyw le, felly,' meddai Huw.

'Yn anffodus, gallai. Ar y llaw arall, o styried absenoldeb ei ddillad allanol ...'

'Oherwydd eu bod nhw'n hawdd eu nabod, 'mwn i.'

'Ie. A beth sy'n haws ei nabod nag iwnifform?'

'Wela i. Aros eiliad.' Clywodd Dela siffrwd papur cyn i Huw siarad eto.

'Manylion,' meddai, a dechreuodd Dela ddisgrifio popeth a wyddent cyn belled am y corff.

Allan o'i golwg hi, safai Hari John yng nghysgod drws siop yn ei gwylio â diddordeb mawr.

Pennod 14

Nid oedd byngalo Gwyn Reynolds yn anodd ei ganfod wedi'r cyfan, ond ni chafodd Dela ateb wrth y drws blaen. Roedd y tŷ ar ei ben ei hun gyda llwybr bob ochr iddo'n arwain i'r cefn, felly cerddodd Dela i lawr un ohonynt. Estynnai gardd hir o'i blaen, ac o gyflwr y lawnt, torrwyd ef y prynhawn hwnnw. Draw o dan yr un goeden ddeiliog ger y ffens gefn, eisteddai Reynolds mewn cadair gynfas, gyda het haf am ei ben a glasied o gwrw yn ei law. Doedd e ddim ar ei wely angau felly, meddyliodd Dela wrth iddi alw ei enw a chwifio ei braich ato.

Neidiodd yntau o'r gadair a bu bron iddo sarnu ei gwrw, ond rhoddodd y gwydr i lawr a brysiodd ati.

'Jiw jiw,' meddai'n syn, 'nec o'n i'n erfyn eich gweld chi!'

Edrychai fel pe bai wedi bod mewn sgarmes gas, ac roedd ei drwyn a'i fochau'n dal wedi chwyddo. Rhoddodd Dela'r sach bapur y bu'n ei chario iddo.

'Anrheg fach,' meddai, yn falch iddi ddod ar draws becws wrth ddisgyn o'r bws. 'Dim ond bynsen neu ddwy, mae arna i ofn.'

'Ewn nhw lawr yn grêt!' atebodd. Syllodd arni'n

chwilfrydig. 'Sdim iws cynnig cwrw i chi, oes e? Gwnaiff dishgled y tro?'

'Bydde hynny'n hyfryd. Diolch.'

Camodd Reynolds drwy'r drws cefn agored i'r gegin a gosododd degell i ferwi.

'Shwd aeth y llawdriniaeth?' gofynnodd Dela, gan bwyso yn erbyn ochr y drws agored.

'A ffor' y'ch chi'n gwbod am hynny?' atebodd Gwyn yn syth.

Hoffai Dela allu ateb ei fod yn gwbl amlwg o'i wyneb ond nid oedd pwynt ei gythruddo. 'Dwi yng Nghwm y Glo am gwpwl o ddiwrnodau, ac mae mam un o'ch cwnstabiliaid chi'n byw drws nesaf i'r Mans.'

'Pff!' meddai Gwyn. 'Mae'r tomtoms yn dal i witho, dwi'n gweld. Ond diolch i chi am ofyn, sa'ch 'ny. Dwi'n gwella'n slow bach.'

Ceisiodd Dela beidio â syllu'n ddigywilydd o gwmpas y gegin a thrwy'r drws a arweiniai allan i'r rhodfa, ond roedd y byngalo'n nodweddiadol o gartref dyn sengl canol oed. Nid oedd yn anniben, ond nid oedd yn llawn cysur, chwaith. Gwyliodd ef yn rhoi llestri ar hambwrdd gyda phlatiau ar gyfer y byns. Oherwydd iddo wneud y fath ymdrech i fod yn groesawgar, aeth i gau'r drws ar ei ôl pan gamodd allan i'r ardd. Ysgydwodd Reynolds ei ben.

'Gadewch e ar agor,' meddai. 'Os daw galwad ffôn mae angen i fi fod o fewn clyw.'

Dilynodd Dela ef i waelod yr ardd, a brysiodd Gwyn Reynolds i mofyn cadair gynfas arall ar ei chyfer.

Gwelai'r peth yn obeithiol nad oedd e wedi cysylltu ei hymweliad yn syth ag Emlyn a'r corff.

Wedi iddi wrando ar hanes ei lawdriniaeth, a swniai'n erchyll o boenus, mentrodd Dela grybwyll ei rheswm dros alw.

'Dwi mor falch ei fod wedi gweld eich bod chi'n gwella a'm llyged fy hunan,' meddai. 'A dweud y gwir, ro'n i'n pryderu y bydde galw'n ormod o dreth arnoch chi, yn enwedig am 'mod i angen eich cyngor chi.'

'Beth y'ch chi 'di neud nawr?'

'Dim,' atebodd Dela gan wenu, 'a dwi'n ame nad alla i wneud unrhyw beth. Dyna pam ro'n i moyn siarad â chi.'

Sylwodd, wrth iddi ddisgrifio diflaniad Albert Humphreys, sefyllfa drist Winnie a'i chais am gymorth, ei fod yn gwrando'n astud.

'Y broblem fawr, fel y gwela i,' gorffennodd yn wylaidd, 'yw nad alla i feddwl yn fy myw am rhyw drywydd i'w ddilyn sydd heb ei ddilyn eisoes.' Cododd ael arno. 'Mae'n rhaid eich bod chi wedi chwilio am ddwsinau o bobl yn eich gyrfa. Gallwch chi awgrymu agwedd newydd y gallen i edrych arno? Hyd yn oed os nad ydw i'n llwyddo, bydda i o leiaf wedi gwneud rhywbeth. Dwi'n gweithio gyda Mrs Humphreys bob dydd, ac mae'n druenus i weld yr effaith mae diflaniad ei gŵr yn parhau i'w gael arni.'

Gwelodd bod ei chais wedi'i blesio, ond serch hynny, nid oedd llygedyn o obaith yn ei wyneb. Cymerodd lymiad arall o gwrw ac ysgydwodd ei ben.

'Ma' diflaniade fel hyn yn faich, ch'mod,' atebodd.

'Cofiwch, maen nhw'n debycach o ddigwydd mewn trefi na mas yn y wlad.' Plethodd ei wefusau. 'Fel rheol, mae dau opsiwn pan mae oedolion yn diflannu – naill ai bod pobol wedi ffoi a gwneud bywyd newydd, neu maen nhw wedi marw, p'un ai o achosion naturiol neu ddim. Ond o glywed ei fod e ddim yn ei bethe pan aeth e ar goll yn *forty two*, dwi'n ame taw dim ond yr ail opsiwn sydd ar ôl erbyn hyn.'

'Dyna dwi'n ei ofni hefyd,' cytunodd Dela, 'er bod Mrs Humphreys yn dal i fyw mewn gobeth. Gallwch chi ddim diffodd gobaith, sdim ots pa mor afresymol yw e. Dwi'n gwbod sut deimlad yw hynny.' Gwelodd wep Gwyn, ac er nad oedd wedi bwriadu sôn amdani hi ei hun, teimlodd bod yn rhaid iddi esbonio. 'Colles i 'nyweddi mewn gwersyllfa carcharorion rhyfel yn y Dwyrain Pell. Dwi'n cofio meddwl – beth os ydyn nhw'n anghywir? Beth os taw dianc wnaeth e?'

'Sgrifennodd neb atoch chi – rhyw uwch-swyddog?'

'Do, chware teg iddo. Ond fel y gwyddoch chi, dwi'n dueddol o ame pethau, ac fe fuodd cyfnod byr pan o'n i'n meddwl, gan fod cymaint o filwyr yn marw o gamdriniaeth, newyn a salwch yn y gwersyllfeydd ofnadwy, y gallen nhw fod wedi gweud camgymeriad.'

'Neu hyd yn oed wedi cyhoeddi marwolaeth rhywun oedd wedi jengyd er mwyn i'r Japs beidio â mynd i whilo?'

'Ie! Cofiwch, bydde hynny'n beth creulon iawn i'r teuluoedd, ond wedyn, os taw modd o gwato dihangfa oedd e, a bod y milwr yn cyrraedd adref yn fyw, bydde'r rhan fwyaf o bobol yn madde'r twyll.'

'Ond daeth e ddim gartre.'

'Naddo, ac o feddwl amdano, doedd e ddim y math o ddyn i gynllunio sut i ddianc.'

Daeth i feddwl Dela er bod hyn yn ddiamau'n wir am Eifion, y byddai Huw wedi bod yn cynllwynio o'r eiliad gyntaf oll, gan chwilio am bob bwlch a gwendid. I guddio'r saib dywedodd, 'Dwi'n siŵr y byddech chi wedi trio dianc, tase chi yn y sefyllfa honno.'

'Pwy sydd i weud? Galla i weld pam fod profedigaeth eich cyd-athrawes yn faich arnoch chi. Ond ar ôl chwe mlynedd, hyd yn oed tase chi'n gallu dilyn llwybr ei gŵr o'i gartre i'r bws, gwedwch, bydde'n anodd cael gwbod pwy oedd yn gyrru'r bws neu bwy oedd yn clipo'r ticedi ar ddwrnod penodol. Dyw cwmnïe ddim yn cadw hen rotas wythnosol, odyn nhw?'

'Nadyn, a dwi'n siŵr y bydde ein heddlu lleol wedi holi ar y pryd, pan roedd popeth yn ffres ym meddylie pobol, yn enwedig ar ôl y digwyddiad lawr yn Hwlffordd.'

Amneidiodd Gwyn cyn codi ar ei draed. 'Mwy o de?' gofynnodd, a phan wrthododd Dela gan ddweud y byddai'n rhaid iddi adael cyn bo hir, aeth i'r gegin i wneud tebotaid iddo'i hun. O bellter clywodd Dela gloch yn canu, a bu saib cyn i'r Uwch-arolygydd ddychwelyd.

'Lifft,' meddai Gwyn Reynolds yn ddisymwth, wrth eistedd. 'Os nad aeth e i grwydro'r anialwch rownd ffor' chi ... lle galle'r defed fod wedi'i fyta fe ...'

Nefoedd!

' … Tase fe wedi dala'r bws, bydde'r dreifar wedi'i nabod e a gweud ar y pryd. So, gafodd e lifft 'da rhywun. Ar gefen tractor neu rwbeth.'

'Ond i ble?'

Sniffiodd Gwyn Reynolds am y tro cyntaf y prynhawn hwnnw. ''Na'r cwestiwn. A phwy fydde'n rhoi lifft iddo os o'n nhw gwbod yr amgylchiade? Bydde pobol leol yn fwy tebygol o fynd ag e gatre.'

'Rhywun dieithr yn gyrru drwodd falle – ond roedd petrol wedi'i ddogni a dyw'r trafaelwyr masnachol ddim wedi bod ar yr hewl ers blynyddoedd.'

''Na pam o'n i'n meddwl taw tractor oedd debycaf.'

Serch hynny, ni allai Dela weld Albert yn sefyll ar gefn tractor heb i neb sylwi, yn enwedig ar hyd priffyrdd.

Hebryngodd Gwyn Reynolds hi i ddrws blaen y byngalo, lle sylweddolodd Dela bod gweddill y tŷ mor anniddorol â'r gegin. Ffarweliodd ag ef gyda diolch ac roedd hi bron wrth yr iet flaen, pan glywodd waedd. Trodd i weld Gwyn yn brysio tuag ati'n chwifio ffolder yn ffyrnig.

'Sôn am *false pretences*! Moyn gwbod am y corff hwn o'ch chi, ontefe?'

Ceisiodd Dela edrych yn ddiniwed. 'Pa gorff y'ch chi'n feddwl, nawr, Mr Reynolds?'

'Yr un lawr yn Shir Benfro daeth y plant o hyd iddo.' Ffliciodd drwy'r tudalennau'n ddiamynedd. 'Jawl, o'ch chi 'na!'

Roedd e wedi canfod ei henw fel y gwnaeth Emlyn.

'Oes posibilrwydd taw Albert Humphreys yw e?'

gofynnodd Dela. Gobeithiodd y byddai'r cwestiwn yn rhoi rheswm derbyniol am alw arno.

'Pa mor dal oedd e?'

Wedi iddi ddweud wrtho, ysgydwodd ei ben. 'Nage, 'te. Bachan ifanc, byr o'dd hwn.'

Smaliodd Dela dderbyn yr wybodaeth am y tro cyntaf â thamaid, ond nid gormod, o siom. 'O leiaf y galla i ddweud hynny wrth Winnie.'

'Gallwch.' Parhaodd i ddarllen yn gyflym. 'Ond mwy na thebyg byddwch chi'n fy ngweld i lawr 'na cyn bo hir. Sdim golwg ddiniwed ar hyn.'

Cerddodd Dela i lawr y ffordd, gan wybod ei fod yn ei gwylio. Ai camgymeriad llwyr oedd mynd i'w weld? Cysurodd ei hun ei fod o leiaf wedi cael gwybod am ei chysylltiad â'r corff yn y clawdd, heb dynnu Emlyn i drybini.

Cyrhaeddodd blatfform yr orsaf yn Abertawe heb orfod rhuthro, ond wrth sefyll i aros am y trên sylweddolodd bod Agnes, cymdoges Tudful a Nest, yn aros hefyd ymhellach i lawr. Ni edrychai ei bagiau fel pe bai wedi bod yn siopa am lawer o ddim. A oedd Hari'n dweud y gwir, ei bod hi'n loetran o amgylch ei lety yn y gobaith o'i weld? Trodd Agnes i wrando ar ddatganiad o'r uchelseinydd a gwenodd Dela gan godi ei llaw arni.

'Am faint y'ch chi lan yn y Mans, 'te?' gofynnodd Agnes, ar ôl datgan syndod o'i gweld.

'Cwpwl o ddiwrnode, 'na'i gyd. Mae'n wylie'r haf nawr, ac roedd gen i bethau i'w gwneud yn Abertawe.' Smaliodd gofio rhywbeth yn sydyn. 'Ces i sioc i weld

Hari ar ddyletswydd ar y stryd!' meddai. 'Sylweddoles i ddim taw dyna lle mae e nawr. Roedd golwg smart arno, fel bob amser.'

'Bydde fe fel trempyn sen i ddim yn casglu'i ddillad brwnt e a'u golchi nhw. Smo chi 'di gweld dim byd tebyg i'r lojin! Twlc parod. 'Na lle dwi wedi bod heddi, yn dod â chryse glân iddo.'

Daeth y trên yn araf ar hyd y lein tuag atynt, ac yn y prysurdeb o ddod o hyd i ddrws cyfleus, cafodd Dela'r cyfle i deimlo trueni drosti a dicter â'i mab anniolchgar. Wedi'r cyfan, roedd yn rhaid i Agnes ennill ei bywoliaeth fel teilwres ac roedd y teithiau hyn yn tynnu oriau o'i diwrnod gwaith. Daethant o hyd i adran wag a suddodd Agnes yn ddiolchgar i un o'r seddau ger y ffenest. O'r golau a ddaethai drwyddo, roedd croen ei hwyneb yn dynn dros esgyrn ei bochau. Edrychai'n flinedig a llwyd a thybiodd Dela ei bod yn gorfod gweithio'n hwyr y nos i orffen y gwnïo dibendraw. Parablodd Agnes yn ddi-baid drwy hyn oll, a dysgodd Dela ei bod hi'n arfer mynd â bwyd i Hari'n ogystal.

'Sdim dal pryd caiff e gino teidi, oes e?'

Gan fod Dela wedi gweld Hari'n bwyta llond bola yn y cantîn, roedd hi'n amau hynny. Ni allai benderfynu p'un o'r ddau oedd mwy ar fai. Hwyrach, pe bai Agnes yn llai cydwybodol, byddai Hari'n sylweddoli cymaint roedd hi'n ei wneud. Falle ddim, oherwydd credai fod ganddo hawl i fywyd hawdd. Cynyddodd ei dicter ymhellach pan sylweddolodd bod bwyd diangen Hari'n dod o lyfr *rations* ei fam, gan nad oedd e'n byw yn y tŷ erbyn hyn. Nid oedd syndod bod Agnes wedi teneuo.

Buont yn sgwrsio'n hwylus drwy'r daith ac wrth ddringo'r tyle i fyny o'r orsaf yng Nghwm y Glo. Ni allai Dela beidio â sylwi arni'n twthian wrth wneud hyn, ac erbyn iddynt gyrraedd eu drysau blaen, gwelodd ei bod yn dal ei hochr. Gwenodd wrth ffarwelio, ond aeth Dela i mewn i'r Mans yn feddylgar.

Pennod 15

'Dy gyhuddo di o sbeio dros ei fam?'

Roedd Tudful a Nest yn stŵn o glywed yr holl hanes yn ystod swper. Fel pe na bai'r posibilrwydd taw rhywun o dramor oedd y corff yn y clawdd yn ddigon, roedd cyhuddiad Hari John yn rhoi'r eisin ar y deisen. Gwenodd arnynt.

'Dylen i fod wedi sylweddoli y bydde fe'n debygol o fod o amgylch yr orsaf yn rhwle. A doedd e ddim yn fy nghredu o gwbwl, roedd hynny'n amlwg. Tase fe wedi'n gweld ni'n dwy'n trafod ar y platfform wedyn ...'

Arllwysodd Nest fwy o de i bawb. 'Mae hi draw 'cw o leiaf deirgwaith yr wsnos, sti. Roeddat ti bron yn sicr o'i gweld hi. Mae ei chwsmeriaid yn dechra cwyno, ac os nad ydy hi'n ofalus, byddan nhw'n mynd at wniadwraig arall.'

'Roedd golwg flinedig iawn arni.'

'Welist ti'r dyn Reynolds yn yr orsaf?' gofynnodd Nest yn sydyn, gan droi'r llwy yn ei chwpan. 'Sna'm sôn wedi bod am hwnnw hyd yma, nacoes? '

'Mae e adre yn ei fyngalo ger y Mwmbwls yn gwella o lawdriniaeth. Dyna lle bues i'r prynhawn 'ma.'

'Ar be' gafodd o lawdriniaeth? Ei dymar ddrwg?'

'Nage, ei drwyn.'

'Bechod,' mwmialodd Tudful yn sych, ac amneidiodd Nest.

Ni allai Dela eu beio am eu hadwaith ddideimlad. Aeth prin flwyddyn heibio ers i fywyd ac enw da teulu'r Mans gael eu bygwth yn ddifrifol, gyda Gwyn Reynolds yn chwarae rhan flaenllaw yn y ddrama. Doedden nhw ddim wedi anghofio'r driniaeth gafodd Tudful ganddo.

Er mwyn ysgafnhau'r awyrgylch, chwythodd Dela ei bochau allan. 'Mae golwg fel hyn arno, os yw hynny o unrhyw gysur.'

Chwarddodd Nest. 'Pa esgus roist ti am alw?' gofynnodd gan chwincio.

'Roedd gen i Albert Humphreys i holi amdano,' atebodd, 'ac a dweud y gwir, cawsom ni sgwrs dda am beth allai fod wedi digwydd. Mae e'n brofiadol, wedi'r cyfan. Ro'n i'n credu 'mod i wedi cael dihangfa oherwydd doedd 'na ddim sôn ei fod yn gwybod dim am fy nghysylltiad i â'r corff. Ond, yn anffodus, cyrhaeddodd adroddiad am y peth o'r brif orsaf fel ro'n i'n gadael, ac wrth gwrs sylweddolodd e wir bwrpas yr ymweliad.' Ochneidiodd. 'Ac ro'n i'n gwneud mor dda cyn hynny ... ro'n i hyd yn oed wedi prynu dwy fynsen iddo.'

'Dyna be' gei di am drio llwgrwobrwyo'r heddlu,' meddai Tudful yn gellweirus. 'Oedd gynno fo unrhyw syniada defnyddiol?'

Ysgydwodd Dela ei phen. 'Blaw am awgrymu iddo gael ei fwyta gan ddefaid mewn cae anghysbell. Ond dwi'n ofni ei fod e'n iawn i raddau – nid am y defaid – ond am y ffaith na fydd neb yn cofio erbyn hyn.'

'Mae hynny'n wir hefyd am y corff yn y clawdd, yn tydi?' meddai Nest. 'Os buodd o yno ers blynyddoedd.'

'Ody, ar wahân i'r sawl laddodd e. Bydd e'n cofio.'

'Cafodd o'i lofruddio'n bendant, felly?' holodd Tudful, wrth danio ei bib.

'Mae popeth mor amwys,' cyfaddefodd Dela, 'ond sdim amheuaeth iddo gael ei gladdu'n ddirgel. Mae rhywun yn euog o hynny, beth bynnag.'

Sugnodd Tudful i annog y baco i gydio. 'Mae'n awgrymu anfadwaith,' cytunodd.

Pan ganodd y ffôn yn y stydi, roedd hi wedi deg y nos, ac roedd Tudful a Nest wedi hen fynd i'r gwely. Roedd Dela wedi aros yn y stafell fyw i orffen darn cymhleth o wau, a brysiodd i'r stydi i'w ateb.

'Ddrwg gin i alw mor hwyr,' meddai Huw. ''Mond rhyw bum munud yn ôl y gadawodd f'ymwelydd. Isio rhoi gwybod oeddwn i bod fy ffrind wedi cysylltu.'

Er na ddywedodd Huw hynny, gwyddai Dela taw cyfaill yn y swyddfa gofnodion gyda'r fyddin oedd y ffrind. Efallai am fod ei geisiadau iddo'n rhai answyddogol, fel rheol roedd Huw'n ofalus iawn i beidio â'i enwi dros y ffôn.

'Unrhyw beth?'

'Neb tebyg.'

Roedd hyn yn siom ond synhwyrodd Dela bod rhywbeth arall ar ei feddwl.

'Oes 'na broblemau?' gofynnodd.

Clywodd sŵn fel ochenaid.

'Cei di ddyfalu pwy oedd f'ymwelydd i.'

Ni allai Dela feddwl am neb. 'Dim syniad.'

'Musus Jeffries.'

'Beth ar y ddaear oedd hi ei eisiau?'

'Chdi – ond doeddat ti ddim adra.'

'Pam fi?'

'Er mwyn rhoi wltimatwm. Naill ai dy fod ti'n cael gwarad ar Winnie Humphreys yn syth bìn, neu mae hi'n ymddiswyddo.'

Cymerodd rhai eiliadau i Dela brosesu hyn. 'Beth mae Winnie wedi'i neud iddi?'

'Dwyn ei gŵr, medda hi. Anwybyddodd synau syn Dela. "Nôl dy gogyddes, sgrin fwg yw diflaniad Albert. Dydi Winnie ddim yn hidio tysan am ddod o hyd iddo, ac mae'n gwybod yn iawn na fedri di wneud dim, yn bennaf am ei bod hi wedi'i ladd o a'i gladdu o eisoes. Ymdrech haerllug i gael dy gydymdeimlad di ydi'r cais, er mwyn i ti ochri efo Winnie.'

'Sawl awr o hyn gest ti?'

'Tair – a dwi ddim callach rŵan nag o'n i pan agoris i'r drws iddi.'

'Oes ganddi brawf pendant o'r dwyn neu'r lladd?'

'Nac oes siŵr! Aeth y cyhuddiadau'n fwyfwy annhebygol po fwyaf o de yfodd hi. Ac ar ben y cyfan, dyna lle'r oedd y gŵr, y Casanova cyhuddedig, yn ista tu allan yn ei fan waith yn aros amdani.'

'Am deirawr? Mae'n swnio fel pe bai Mrs J. yn colli arni.'

Ystyriodd Dela'r ymweliad wrth roi ei gwallt mewn cyrls clipiau yn y gwely rhai munudau'n ddiweddarach. Swniai'r cyhuddiadau'n gwbl orffwyll. Hawdd dychmygu'r olwg ar wyneb Huw wrth iddo wrando arnynt. Efallai dyna'r rheswm dros ymweliad mor hir, oherwydd gallai Mrs Jefferies weld nad oedd e'n credu gair. Er nad oedd hi'n edrych ymlaen at orfod ymdopi â'r cymhlethdod newydd hwn, rhaid cyfaddef bod meddwl am Mrs Jefferies ddisyfl ac urddasol yn ymddwyn fel rhyw lances hysterig yn syfrdanol. Nid allai wneud dim nawr, felly trodd ar ei hochr a chysgodd.

Cododd Dela ar un benelin, yn hanner cwsg, ac edrychodd ar y cloc ar y bwrdd bach. Hanner awr wedi tri. Beth ddihunodd hi? Ar fin suddo 'nôl ar y gobennydd, clywodd gnocio afreolaidd. Llamodd Dela o'r gwely, gan wthio'i thraed i sliperau a thynnu ei gŵn wisgo amdani. Clywodd ddrws stafell wely Tudful a Nest yn agor a brysiodd allan i'r landin. Safai Nest yno yn ei gŵn wisgo hithau, gyda'i gwallt mewn plethau.

'Odych chi'n sâl?' gofynnodd Dela.

'Ro'n i'n credu taw ti oedd yn galw,' atebodd Nest.

Wrth iddynt syllu ar ei gilydd, clywsant y cnocio unwaith eto.

'Agnes!' meddai'r ddwy ar yr un pryd.

'Allwedd sbâr?' holodd Dela, a rholiodd Nest ei llygaid.

'Rhwla yn y stydi,' sibrydodd.

Cipiodd Dela ei thortsh o'i bag llaw cyn carlamu i lawr y grisiau, wrth i Nest ddihuno Tudful. Aeth drwy ddrorau'r stydi'n ddi-fudd hyd nes i Tudful ymddangos yn ei ddillad nos a llwyddo i roi ei law ar yr allwedd dyngedfennol. Brysiodd y tri i fyny'r llwybr drwy'r ardd, gyda Tudful yn clymu gwregys ei ŵn wisgo wrth fynd.

'Be' os ydi hi 'di gadal y goriad yn y clo?' sibrydodd Nest, wrth i'r allwedd wrthod troi ar y cynnig cyntaf. Sgleiniodd Dela'r dortsh ar oleddf trwy'r ffenest dros ben y sinc. Nid oedd sôn bod yr allwedd yn y drws.

'Stiff yw e, 'na i gyd,' hisiodd, ac yn wir, trodd o'r diwedd.

Cliciodd Nest y golau yn y cyntedd ac anelodd yn syth am y grisiau.

'I fyny'n fama y bydd hi,' meddai.

Clywsant ochneidio a phan wthiodd Nest y drws agosaf ar agor, safodd y tri ohonynt yn yr adwy am eiliad. Roedd y gwely'n wag, ond â'r dillad yn bendramwnwgl dros bob man. Ar yr olwg gyntaf nid oedd sôn am Agnes, ond pan gamodd Nest ar draws y stafell yn benderfynol, sylweddolodd Dela ei bod wedi gweld troed wen yn gwthio allan ar y llawr yr ochr draw. Pwysodd Nest i lawr gan furmur geiriau cysurlon cyn codi ei phen.

'Dela,' sibrydodd. 'Dos i nôl bwcad o ddŵr poeth, sebon a chadachau. Tudful, mae angan i ti ffonio'r meddyg ar frys.'

Wrth i Dela redeg y tap a chwilio am y sebon a'r cadachau, gallai glywed Tudful yn siarad ar y ffôn. Ni wyddai fwy na hi beth oedd yn bod ar Agnes, ond roedd ei enw'n ddigon i hoelio sylw'r meddyg. Roedd hi'n rhuthro i fyny'r grisiau heibio iddo wrth iddo orffen yr alwad.

'Bydd o yma mewn chwinciad,' galwodd Tudful dros ei ysgwydd.

Ar y landin roedd Nest eisoes yn tynnu gŵn nos glân a thywelion o'r cwpwrdd crasu.

'Mae isio i ni ei chodi hi'n ofalus,' hisiodd. 'Poen ofnadwy yn ei hochor ac mae hi wedi chwydu.'

'Gallwn ni ei wneud heb alw Tudful?' sibrydodd Dela.

'Mae'n rhaid i ni,' atebodd Nest. 'Basa hi'n marw o gywilydd tasa fo'n ei gweld hi fel hyn.'

Tra bod Nest yn pwyso dros ganllaw'r grisiau i ddweud wrth Tudful i aros am gnoc y meddyg, aeth Dela i mewn i'r stafell dywyll. Hoffai allu cynnau'r golau ar y nenfwd, ond gan gofio geiriau Nest, bodlonodd ei hun trwy gynnau'r lamp ar y bwrdd bach. Nesaodd at yr ochr lle gorweddai Agnes ar ei hochr mewn pwll drewllyd o gyfog, gyda'i gŵn nos wedi'i dynnu i fyny i ddangos coesau gwynion, tenau.

Wrth iddi benlinio yn ei hymyl, a strelio'r cadach yn y dŵr, sylweddolodd taw ceisio cyrraedd y pot siambar oedd Agnes, wrth i'r pwl cyfogi ddod drosti.

Roedd hi wedi ei gyrraedd o leiaf unwaith yn ystod y nos, oherwydd nid oedd yn wag. Clywodd hi'n hisian mewn poen.

'Mae'n iawn, Agnes,' meddai'n dawel. 'Dy'ch chi ddim ar eich pen eich hunan rhagor. Mae'r meddyg ar ei ffordd.'

A dweud y gwir, roedd hi'n difaru peidio â gweld yn gynharach bod rhywbeth mawr yn bod arni, ac oherwydd hynny sgwriodd a golchodd yn ddygn.

Roedd y meddyg cystal â'i air a chyrhaeddodd ond funudau wedi i Nest a Dela lwyddo i godi Agnes a'i rhoi i orwedd ar y gwely. Gwyliodd Nest yn tacluso'r cynfasau, tra bod Tudful yn ateb y drws.

Roedd y tri ohonynt yn sefyll yn y stafell fyw pan ddaeth y meddyg ifanc i lawr y grisiau rhyw ddeng munud wedyn. Hwpodd ei ben i mewn a chododd ei aeliau arnynt.

'Is there a phone?' gofynnodd yn obeithiol.

Er bod y teclyn hwnnw bron o dan ei drwyn yn y cyntedd, gan fod ffôn tŷ yn anghyffredin, gellid maddau iddo am beidio â'i weld yn syth. Wedi ei ddangos iddo, aeth Dela yn ôl at Tudful a Nest, gan hanner gau'r drws. Safodd yno i wrando, gan anwybyddu ystumiau Tudful.

'Severe right sided abdominal pain,' clywodd, 'considerable emesis, fever. Yes, possibly gallbladder or even incipient peritonitis. About five minutes? I'll wait.'

O'i glywed yn rhoi'r derbynnydd yn ei grud, symudodd Dela'n gyflym i ffwrdd o'r drws.

'Mae e wedi galw ambiwlans,' hisiodd.

'Mi fydd angan bag nos a phetha molchi arni, felly,' sibrydodd Nest.

Ac felly y bu, gyda Tudful a'r meddyg yn gwylio am yr ambiwlans trwy ffenest y stafell fyw a Dela a Nest yn rhuthro i gasglu'r pethau angenrheidiol. Daeth Dela o hyd i gês bychan ar ben y wardrob yn un o'r stafelloedd gwely sbâr, a rhyngddynt, gyda Dela'n penlinio ar lawr y landin i bacio, crynhowyd popeth.

'Dannadd gosod!' ebe Nest yn sydyn. 'Welist ti nhw'n unman?'

Ysgydwodd Dela ei phen a rhedodd Nest i'r stafell ymolchi gan ymddangos yn dal gwydr lle nofiai'r dannedd.

'Pasia hancas i mi,' meddai, cyn eu lapio'n ddiogel.

Roedd Dela wedi gweld cylchgrawn *Titbits* ar y bwrdd bach yn ymyl gwely Agnes ac aeth i'w mofyn. Hwyrach na fyddai ei angen am rai dyddiau, ond byddai'n ddefnyddiol wrth i'r claf wella. Gorweddai Agnes yn hollol lonydd gyda'i llygaid ynghau ac aeth sgryd drwy Dela. Heb ei dannedd, edrychai fel corff. Wrth iddi droi, daeth llais o'r gwely.

'Hari,' crawciodd Agnes. 'Bydd e'n poeni 'i enaid ...'

Na fydd ddim, meddyliodd Dela ond ceisiodd swnio'n galonogol. 'Rhown ni wybod iddo nawr,' meddai. 'Bydd yr ambiwlans 'ma whap.'

Roedd hi'n clicio latshys y cês pan gyrhaeddodd y cerbyd. Cariwyd Agnes i lawr y grisiau, a'i rhoi ar stretsiar yn y cyntedd cyn ei wthio i lawr y llwybr blaen. Cododd y meddyg ei law arnynt wrth frysio at ei gar a gyrrodd yr ambiwlans i ffwrdd.

Pwffiodd Tudful fel pe bai wedi rhedeg ras. 'Mae hi'n sâl,' meddai dan ei anadl, a chofiodd Dela nad oedd e wedi gweld Agnes o gwbl hyd nes yr eiliadau olaf.

'Ody,' cytunodd Dela. 'Ac nawr mae'n rhaid i fi drio ffonio fy hoff berson, Hari Sant.'

Rhoddodd Tudful rhyw chwerthiniad sych. 'Pob lwc i ti. Sgyni hi ddim syniad sut i nodi rhifau ffôn. Tasa rhif y meddyg heb fod gen i ar gof, baswn i ar goll fyth.'

Dangosodd y llyfryn hynod anniben iddi, lle cofnododd Agnes rifau wedi eu sgrifennu ar draws ei gilydd, heb ddilyn yr wyddor.

'Bois bach,' meddai Dela. 'Am rywun mor drefnus ...'

'Wrach nad ydi hi wedi dod i arfar eto,' cynigiodd Nest. 'Cystal i ti ffonio'r *exchange* a gofyn iddyn nhw chwilio am y rhif. Mae'n rhaid bod ffôn yn l+ety'r heddweision.'

Roedd hi'n gywir, ond serch hynny, dim ond canu a chanu wnaeth hwnnw'n ddiddiwedd. Rhoddodd Dela'r gorau iddi a throdd y tri'n flinedig am y drws cefn er mwyn dychwelyd i'r Mans.

Pennod 16

Estynnodd Nest fag papur dros ei hysgwydd o sedd y teithiwr i gynnig losin i Dela. Roedd Tudful, wrth lyw'r car, eisoes wedi gwrthod darn o daffi triogl. Dros frecwast hwyr iawn y bore canlynol, roeddent wedi penderfynu taw'r peth callaf oedd i Tudful fynd â'r ddwy yn y car i Abertawe i weld Agnes yn yr ysbyty wedi iddynt alw'n y brif orsaf heddlu er mwyn ceisio cael gafael ar Hari.

'Ella na fydd modd siarad efo fo ond o leiaf caiff o wybod os ddudwn ni wrth y ddesg flaen,' meddai Nest, wrth gnoi. 'Be' arall fedrwn ni ei neud?'

Amneidiodd Dela wrth sugno'n ofalus. Doedd ganddi ddim bwriad peryglu ei dannedd. 'Diolch am gynnig lifft, Tudful,' meddai. 'Mae hyn yn llai trafferthus o lawer na'r trên.'

Roedd y taffi'n dal i lynu fel plastr i do ceg Dela wrth iddynt aros eu tro i siarad â'r heddwas ar ddyletswydd, felly roedd hi'n falch taw Tudful esboniodd eu gorchwyl yno. I'w syndod, amneidiodd yr heddwas tu ôl i'r ddesg.

'Cethon ni alwad o'r ysbyty bore 'ma,' meddai. 'Ma' Cwnstabl John wedi cael gwybod am ei fam. Diolch am ddod, sa'ch 'ny.'

Tybiodd Dela bod Agnes wedi mynnu'n daer, hyd yn oed dan effaith cyffuriau, i'r ysbyty gysylltu â'r orsaf.

'Newyddion da,' meddai Nest. 'Mae'n swnio fel pe bai ein cymdogas yn teimlo fymryn yn well. Awn ni i'r ysbyty rŵan.'

'Smo fi'n gwbod faint o werth fydd hynny, cofiwch,' rhybuddiodd yr heddwas. ''Nôl yr alwad, cafodd hi *emergency operation* cyn i'r wawr dorri. Bydd hi ar ddihûn?'

Wrth drafod allan ar y palmant, y farn gyffredinol oedd bod cystal iddynt fynd i'r ysbyty ta beth.

'Gallwn ni ofyn i'r nyrs a oes angan rywbeth penodol arni,' meddai Nest.

'Taswn i wedi meddwl,' ychwanegodd Tudful, 'mi fedrwn i fod wedi dod â llyfr iddi ddarllan pan fydd hi'n well.'

'Tudful bach,' chwarddodd Nest, 'fedra i ddim gweld Agnes yn straffaglu efo *Gweledigaethau'r Bardd Cwsg* na dim arall o'r stydi.'

'Be' mae hi'n ei ddarllan felly?'

'*Titbits*!' atebodd Dela a Nest gyda'i gilydd.

'Be' 'di hwnna?' mwmialodd Tudful, gan ysgwyd ei ben.

'Cylchgrawn clecs,' meddai Dela gyda gwên.

Yn anffodus, bu cael mynediad at Agnes yn rhwystredig, oherwydd dim ond dau ymwelydd a ganiateid wrth bob gwely, a gallent weld, wrth bipo trwy ddrws y ward hir, bod rhywun yno eisoes. Merch yn ei hugeiniau oedd hi, wedi ei gwisgo'n smart iawn, â gwallt tywyll cyrliog.

'Y ddyweddi, ddudwn i,' sibrydodd Tudful.

Pwniodd Nest ef â'i phenelin. 'Awn ni'n dau i ista am ugain munud,' meddai, 'tra mae Dela'n dangos ei thrwyn. Pan ddaw hi allan, awn ni i mewn, os ydi'r hogan wedi mynd. Sna'm rhyw olwg effro iawn ar Agnes.'

Roedd hynny'n wir, a phan welodd y ferch Dela, roedd yn amlwg o'i gwên o ryddhad ei bod yn falch o gael rhywun i sgwrsio â nhw. Nid oedd mymryn mwy o liw yng nghroen Agnes nag y bu'r noson gynt, ond o leiaf roedd hi'n cysgu'n dawel.

Cyflwynodd Dela ei hun fel rhywun ar ei gwyliau a arferai fyw yng Nghwm y Glo. Bu'n ofalus i beidio â dweud ei bod yn aros drws nesaf i Agnes oherwydd byddai Hari'n sicr o glywed.

'Oedd Mrs John yn gwnïo i chi?' gofynnodd y ferch, yn sydyn.

Daliodd Dela sgert ei ffrog New Look allan i'w dangos. 'Hi wnaeth hon,' atebodd. 'Sneb tebyg iddi yn yr ardal.'

Gwridodd y ferch. 'Chi'n iawn.' Pwysodd ymlaen yn gyfrinachol. 'Mae hi'n mynd i neud fy ffrog briodas i. Dwi wedi dyweddïo â'i mab, Hari.'

'Odych chi?' Cadwodd Dela un llygad ar Agnes wrth ynganu hyn, ond nid oedd sôn ei bod hi ar ddihûn. 'Llongyfarchiade! Dwi'n siŵr y bydd hi'n ffrog arbennig.'

Cafodd Dela weld y fodrwy ddyweddïo – saffir canolog gyda diamwntau yn ffurfio petalau blodyn o'i amgylch – ac wrth ei hedmygu, ni allai Dela ond amau nad Hari dalodd amdani. Torrwyd ar draws ei meddyliau gan gwestiwn anodd.

'Shwd ar y ddaear glywsoch chi bod Mrs John yn sâl?'

Sut allai hi esbonio hynny? 'Dwi'n ffrind i gymdogion iddi,' meddai'n amwys. 'Synnen i byth os yw'r dref gyfan yn gwybod erbyn hyn. Mae hi mor boblogaidd fel teilwres, on'd yw hi?' Smaliodd ystyried am eiliad. 'Dywedodd hi unwaith bod ei mab yn heddwas – mae'n rhaid ei bod yn anodd iddo gael amser rhydd.'

'Ody, dyna pam ddes i, a gweud y gwir. Daw e heno.'

'Buoch chi'n lwcus i gael saib o'r gwaith,' cynigiodd Dela a gwenodd y ferch.

'Ddim mewn gwirionedd. Mae 'nhad yn rhedeg cwmni adeiladu a dwi'n gweithio iddo'n trefnu'r llyfrau a rotas y gweithwyr. Roedd hi'n sioc enbyd i dderbyn yr alwad ffôn y bore 'ma, ond nawr 'mod i wedi ei gweld hi, galla i ddweud wrth Hari nad oedd pethau cynddrwg ag roedden nhw'n ei ofni.'

'Beth oedd yn bod, felly?' gofynnodd Dela.

Gostyngodd y ferch ei llais. 'Ro'n nhw'n credu bod yr *appendix* wedi byrstio ond doedd e ddim. Dalon nhw fe mewn pryd.'

'Diolch byth am hynny!' meddai'n Dela'n ddidwyll.

Yn fuan wedyn, ffarweliodd Dela ag Iris a gadawodd. Canfu Tudful a Nest yn y cyntedd.

'Os siaradwch chi â hi, peidiwch â sôn amdana i,' sibrydodd, a enynnodd olygon syn.

'Be' wnest ti i'r hogan?' gofynnodd Tudful.

'Dim o gwbl,' meddai Dela, 'ond o gofio y bydd Hari'n clywed popeth, mae'n gallach i beidio â chynhyrfu'r dyfroedd. Af i at y car i aros amdanoch chi.'

'A ddihunodd Agnes o gwbl?' gofynnodd Dela, pan gyrhaeddodd y ddau rhyw chwarter awr yn ddiweddarach.

''Mond am eiliad, wrth i mi gymryd ei llaw,' atebodd Nest. 'Gadawodd Iris cyn i ni fynd i mewn ...' Gwenodd yn gellweirus. 'Felly, doedd na'm peryg o sôn amdanat ti a dy weithgaredda sbeio!'

Taniodd Tudful yr injan.

'Hogan gydwybodol o bob golwg,' meddai.

'O leiaf sylweddolodd hi bod angen i rywun ymweld ag Agnes,' cytunodd Dela.

'Dillad neis iawn,' meddai Nest, wrth chwilio am y bag o daffi. 'Dydi hi ddim yn dod o deulu tlawd.'

'Nadi wir,' cytunodd Dela, gan ymhelaethu ar beth a ddysgodd ganddi am ei chefndir.

Ysgydwodd Tudful ei ben. 'Wela i ddim pam fod Agnes mor gynddeiriog am reola'r heddlu ynghylch priodi, a'r hogan yn dod o deulu cefnog. Dydan nhw ddim yn debygol o fod yn giari-dyms, nac'dan?'

'Sgwn i a yw Agnes yn gynddeiriog am fod yr heddlu'n meiddio ame chwaeth ei chyw gwyn,' meddai Dela. 'Gall e byth wneud dim o'i le, wedi'r cyfan.'

Chwarddodd Tudful yn ddwfn yn ei frest. 'Digon posib.'

Trawyd Dela gan syniad. 'Ai dyma'r tro cyntaf i chi weld Iris?' gofynnodd.

'Ia. Tydi hi ddim wedi dod draw i'r tŷ, hyd y gwn i,' meddai Nest.

'Ydy Agnes wedi'i gweld hi, 'te?'

'Maen nhw wedi cwarfod yn bendant,' atebodd Nest. 'Aethon nhw i gael te mewn rhyw westy gyda ffws fawr. Dyna pryd clywodd Agnes eu bod am ddyweddïo. O bob sôn, mae'r fodrwy cystal â'r *Crown Jewels*.'

'Mae'n hyfryd,' cytunodd Dela. 'Odych chi'n gwbod pwy dalodd amdani?'

Pesychodd Tudful. ''Dan ni'n ama bod Agnes wedi "helpu" Hari efo'r gost.'

'Rhaid deud 'mod i'n ddiolchgar bod Agnes wedi cymryd ati'n ddifrifol,' meddai Nest. 'Ac o'i gweld hi yno'n ista yn ei hymyl, ces i fy nghalonogi. Roedd o'n dangos natur neis.'

'Sdim iws iddi fod yn neis,' mwmialodd Dela. 'Bydd angen iddi fod yn gyfrwys ac yn benderfynol gydag amynedd Job.'

Gwenodd Tudful arni dros ei ysgwydd, 'Blaw am yr amynadd, mae angen iddi fod yn debyg i chdi, felly.'

Ni allai Dela feddwl am ffawd gwaeth nag un Iris – yn wir, byddai'n well ganddi fod yn sefyllfa Winnie.

Wrth i weddill y prynhawn cynnes dreiglo heibio, gyda Tudful yn ei stydi a Nest yn potsian yn yr ardd, aeth Dela i orwedd ar y soffa i ddarllen. Clywodd y ffôn yn canu yn y stydi ac ymddangosodd Tudful wrth ddrws y stafell fyw eiliadau wedyn.

'Emlyn Roberts i chdi,' meddai.

Brysiodd Dela at y ffôn.

'Unrhyw newyddion?' gofynnodd yn obeithiol.

'Dim byd o swyddfeydd y lluoedd arfog hyd yn hyn,' atebodd Emlyn. 'Ar y llaw arall, mae'r wybodaeth ges i gan y gemydd yn ddiddorol. Mae'r gadwyn aur yn un dda – dau garat ar hugain mae'n debyg. Ond beth sy'n wirioneddol gyffrous yw bod y gemydd yn dweud taw o India y daeth hi.'

Cododd calon Dela'n syth. 'Llwyddodd e i ddarllen y stamp arni.'

'Ddim dim ond hynny. Nâth e nabod e'n syth, medde fe, am ei fod e'n derbyn gwaith trwsio o Lunden a Chaerdydd o bryd i'w gilydd. Dysgodd e dros y blynyddoedd bod teuluoedd o'r is-gyfandir hwnnw'n hoff iawn o aur, er taw'r merched sy'n ei wisgo fel rheol, fel rhan o'u gwaddol priodas.'

Ystyriodd Dela hyn. 'A yw'n bosibl nad y corff oedd biau'r gadwyn, felly? A dynnodd e'r gadwyn o wddwg ymosodwr wrth ymladd am ei fywyd?'

'Cwestiwn da. Os taw'r claddwr oedd ei berchennog, ai merch o dras Indiaidd oedd hi? Mae'n anodd credu hynny. O styried yr holl waith cloddio, dwi bron o'r farn ein bod ni'n chwilio am ddau berson euog.'

'Ydyn ni'n edrych am gwpwl?' gofynnodd Dela. 'Menyw i ladd, gwedwch, a dyn i gladdu? A fynte'n un bach, tenau, dyw hi ddim yn amhosibl y galle menyw fod wedi'i drechu.'

Gwnaeth Emlyn rhyw sŵn mwmial diflas. 'Dyna'r peth arall ro'n i moyn trafod gyda chi.' Bu saib wrth iddo ddewis ei eiriau. 'Dyw hyn ddim yn bendant, cofiwch, ond dwi'n ofni iddo gael ei gladdu'n fyw.'

'Na!' Oerodd Dela drwyddi. 'Oedd 'na arwyddion ei fod wedi ymdrechu i ddianc o'i fedd?'

'Dim byd mor sicr â hynny.' Cliciodd ei dafod yn erbyn ei ddannedd. 'Ac wrth ddweud iddo gael ei gladdu'n fyw, dwi ddim yn golygu ei fod e'n ymwybodol o gael ei gladdu.'

'Beth y'ch chi'n feddwl, 'te?'

'Mae 'na ormod o bridd yn ddwfn yng nghefn ei drwyn iddo fod wedi disgyn yno'n ddamweiniol, pan y'ch chi'n styried ei fod e'n gorwedd ar ei ochor. Tase fe'n gorwedd yn wynebu i fyny, byddai'n hawdd i bridd ddisgyn tase'i geg e ar agor. Ond roedd ei ên bron ar ei frest, a dyle hynny fod wedi atal ymdreiddiad i'r gradde dwi'n ei weld.'

'Oni bai ei fod e'n dal i anadlu,' cynigiodd Dela.

'Ie. Dwi'n ame ei fod e ar fin marw, ond yn dal i gymryd ambell i anadl fas.'

'A dy'ch chi ddim cam ymhellach ymlaen o ran pam roedd e yn y cyflwr hwnnw?'

'Dwi wedi bod dros yr esgyrn droeon, yn enwedig y benglog a'r asennau. 'Chweld, pe bai wedi cael ei drywanu, hyd yn oed heb feinwe ar ôl, yn aml mae'r gyllell wedi taro asgwrn, a gallwch chi weld marc bach. Gan nad oedd e'n ddyn tew, byddai hynny'n fwy tebygol fyth. A chafodd e mo'i saethu â gwn chwaith, oherwydd 'sbosib na fyddai un neu ddau o'r peledi neu fwled wedi dod i'r golwg o'r pridd os nad o'r sgerbwd ei hun.'

'A gafodd ei dagu?'

'O bosib, er nad yw'r asgwrn hyoid wedi'i dorri. Y broblem yw bod dulliau lladd fel mygu neu wenwyno'n anodd eu dirnad o gorff ar ffurf sgerbwd fel hwn a does 'na ddim byd cyfleus fel arsenig, sy'n para, i'w ganfod o'r profion cychwynnol. Cadwes i'r pridd o amgylch y stumog yn arbennig, rhag ofn. Ta beth, tase fe wedi'i wenwyno, bydde 'na fwy o gyrff cynrhon yn y pridd.'

Wedi ffarwelio ag ef, aeth yn ôl i'r soffa'n feddylgar. Sut ar y ddaear yr anablwyd y dyn ddigon i alluogi'r claddwr i'w waredu? A wyddai'r claddwr nad oedd e'n farw pan gladdwyd ef? A oedd rheswm pam nad ellid ei adael allan i'w ganfod? A ddigwyddodd damwain ffordd yn hwyr y nos, a meddyliodd y sawl a drawodd y dyn ei fod wedi'i ladd? Gallai ddychmygu'r panig dilynol a'r ysfa i guddio'r corff ac esgus nad oedd dim wedi digwydd. Ond roedd hynny'n awgrymu rhywun fyddai'n cario rhaw yn rheolaidd mewn cerbyd – cerbyd fferm efallai – a hefyd yn gwybod am y safle. Daeth yn fwyfwy argyhoeddedig taw person lleol gladdodd y corff. Cofiodd yn sydyn am eiriau gorddramatig Ceinwen yn siop Nant yr Eithin am ei harhosiad dros nos yn yr ardal ymhlith llofruddion. Am unwaith, roedd posibilrwydd cryf bod Ceinwen yn gywir. Ceisiodd ailafael yn ei llyfr ond roedd cwestiynau'n dal i darfu ar ei gallu i ganolbwyntio. Beth os taw cam gwag fyddai ymholiadau Emlyn fel rhai Huw gyda'r fyddin? Cysurodd ei hun bod y lluoedd arfog yn cynnwys y Llynges a'r Awyrlu yn ogystal. Wrth gwrs, nid oedd yn rhaid i'r corff fod yn aelod o'r lluoedd arfog, os taw trio dianc i'r Werddon rhag cael ei gonsgriptio oedd e, ond os felly, beth oedd mor adnabyddadwy am ei ddillad fel bod angen eu tynnu? A beth oedd arwyddocâd y gadwyn aur?

Pennod 17

'Mae o d'isio di eto!' galwodd Tudful o ddrws y stydi'r bore wedyn pan oedd Dela a Nest yn golchi'r llestri brecwast.

Yn wir, Emlyn oedd yn galw'r eildro, ond o ansawdd y sŵn roedd e'n ffonio o flwch ffôn cyhoeddus.

'Mae e'n ôl yn y gwaith,' oedd ei eiriau cyntaf, brysiog.

Nid oedd angen iddo ddweud pwy.

'Odych chi wedi cael trafferth?' gofynnodd Dela.

'Nadw, sy'n rhyfedd. Ond o'n i moyn eich rhybuddio chi. Cewch chi alwad cyn bo hir. Mae e moyn i chi ddod miwn.'

'Er mwyn rhoi llond pen i fi?'

Clywodd chwerthin gresynus. 'Mae e wedi gweld eich enw chi ar yr adroddiad o ddod o hyd i'r corff.'

'Dwi'n gwbod. Ro'n i yno yn y byngalo pan gyrhaeddodd hwnnw. Smo fi'n siŵr a gredodd e taw dim ond moyn gwbod o'n i ai corff dyn aeth ar goll o'n hardal ni chwe blynedd yn ôl oedd fy rheswm dros alw.'

'Aeth dyn ar goll o'ch ardal chi yn wirioneddol?' ebe Emlyn gyda thinc anghrediniol.

'Do, wrth gwrs! Ac mae ei wraig yn athrawes y

babanod yn yr ysgol ac wedi gofyn i fi edrych i'r mater. Dwi ddim mor ddiened â chreu stori ffug y galle fe'i gwirio'n hawdd.'

'O'n i'n meddwl falle y buodd yn rhaid i chi ddod o hyd i reswm yn gyflym.'

'Na. Buon ni'n trafod y person am sbel fach. Y cwestiwn yw, faint dwi i fod i wybod am y corff yn y clawdd? Os aiff e lawr 'na mae e'n sicr o glywed am y rhidyllio yn y sgubor.'

'Dyna o'n i'n ei feddwl. Ody 'ddi'n well cyfaddef cyn cychwyn?'

Gwnaeth Dela sŵn diamynedd. 'Peidiwch â bod yn ymddiheurol o gwbl! Dywedwch yn rhesymol – gan ei fod ef ei hun wedi dod â fi i weld y corff yn Abergorwel y llynedd – eich bod chithau wedi manteisio ar yr un cyfle.'

'O, neis iawn!' meddai Emlyn yn llon. 'Gall e ddim fy meio i am neud yr un peth. O'n i'n gwbod ei bod hi'n werth cysylltu â chi.'

'O ble'r y'ch chi'n ffonio'n union?'

'O'r bocs ger yr ysbyty. Ces i syniad sydyn ...' O'i lais, bu'r syniad yn llwyddiant. 'Cewch chi syrpréis pan ddewch chi draw.'

Bu'n rhaid i Dela aros am alwad Gwyn Reynolds. Aeth Tudful allan ar neges gan adael y stydi'n wag ond gydag hunanataliad aruthrol, gadawodd iddo ganu sawl gwaith cyn ei ateb. Swniai Reynolds dipyn mwy cymodol na'r disgwyl wrth ei chyfarch. Rhaid bod Emlyn wedi dilyn ei chyfarwyddyd ynghylch beth i'w ddweud wrtho.

'Buoch chi'n garedig i roi help llaw i'r crwt, mae'n debyg,' meddai Reynolds.

Gwnaeth Dela sŵn diymhongar. 'Pwy arall oedd e'n mynd i'w gael, Mr Reynolds? Bydde'n rhaid i un o'r heddweision lleol gael ei gymryd o'i ddyletswyddau, a galle fe ddim recriwtio ffarmwr.'

'Na alle 'te! Un ohonyn nhw sy'n gyfrifol! Bown' o fod, o styried bod isie cerbyd a rhaw a gwybodeth leol.'

Da iawn, Gwyn, meddyliodd Dela. 'Lladdwyd y person yn rhywle arall, yn eich barn chi?'

'Mwy na thebyg, achos beth ddiawl o'dd e'n neud yn yr hen safle cerrig? Ma'r llunie'n ddigon i hala ofon arnoch chi. Fel bod yn Stonehenge ganol nos.'

'Ydy'r canlyniadau cyn belled yn rhoi unrhyw gliw o gwbwl?' gofynnodd Dela.

'Os y'ch chi moyn, gallwch chi ddod draw i weld a chael gair 'da Emlyn,' meddai Gwyn, cyn ychwanegu, 'o'n i wedi gobitho taw hen, hen gorff oedd e, ond dyw e ddim. *Typical*!'

Rhoddodd Dela'r derbynnydd 'nôl yn ei grud gyda gwên. Bu dadansoddiad Emlyn o beth gymhellodd Gwyn Reynolds i'w anfon i Sir Benfro ar ei ben ei hun yn hollol gywir.

Wedi dysgu ei bod am fynd eto i Abertawe, penderfynodd Nest ddod gyda hi a phicio i'r ysbyty i weld Agnes.

'Hwyrach na fydd yr hogan yn medru mynd yno bob dydd, sti,' meddai.

'Falle taw Hari fydd yno, yn annog ei fam i smwddio

crysau ar y ward,' atebodd Dela'n ddrygionus. 'Gofalwch na chewch chi'ch gwirfoddoli i wneud ei waith golchi.'

Ffarweliodd y ddwy â'i gilydd wrth adael yr orsaf yn Abertawe, a cherddodd Dela draw at ei chyrchfan. Yr un heddwas oedd tu ôl i'r ddesg flaen.

Cododd ei ael arni. 'Mam pwy sy'n sâl heddi, 'te?' gofynnodd.

Gwenodd Dela. 'Mae'r Uwch-arolygydd Gwyn Reynolds yn aros amdana i,' atebodd. 'Ond sda fi ddim syniad a yw ei fam yn sâl.'

Trodd yr heddwas i weiddi dros ei ysgwydd. 'Dai – un i'r ffwrnes danllyd!' Ystyriodd hi wrth i heddwas arall ymddangos o'r cefn gan gario mygiau o de. 'Odych chi moyn i Dai aros 'da chi?'

Roedd tymer ddrwg Gwyn Reynolds yn amlwg yn enwog drwy'r orsaf. 'Na, bydda i'n iawn, diolch,' atebodd Dela. 'Abednego yw fy enw canol.'

Crechwenodd yr heddwas i mewn i'w fyg o de.

Wrth iddi wrando ar Gwyn Reynolds yn mynd drwy'r adroddiad, y gwyddai Dela ei gynnwys yn bur dda eisoes, gwyliodd ef o ochr arall ei ddesg. Er bod arlliw o chwydd yn dal dros bont ei drwyn, doedd ei wyneb ddim fel balŵn mwyach. Roedd hi ar fin ceisio meddwl am gwestiwn deallus pan ddaeth cnoc ar y drws.

'Miwn!' cyfarthodd Reynolds.

Rhuthrodd heddwas ifanc i'r stafell gan chwifio papur. Roedd gwên lydan ar ei wyneb ac er iddo ymddiheuro am darfu arnynt, ni allai hyd yn oed wep sych Reynolds atal ei frwdfrydedd.

'Newyddion, syr,' meddai, 'o'r Awyrlu. Ffôn dwy funud yn ôl. Dwi'n credu bod e'n bosibilrwydd.'

Cymerodd Reynolds y darn papur o'i law, gan redeg ei lygad drosto. 'Unrhyw beth o'r Llynges neu'r Fyddin?'

Ysgydwodd y llanc ei ben. 'Dal i aros,' meddai.

'Tra bo' ti'n aros, cer i neud te i ni.'

Cododd i'w hebrwng o'r stafell a chredodd Dela iddi glywed y geiriau 'hambwrdd a bisgedi' yn cael eu sibrwd, ond gan ei fod wedi gadael y papur ar ei ddesg, roedd ei holl fryd ar geisio ei ddarllen, wyneb i waered. Dychwelodd Reynolds bron ar unwaith, a gobeithiodd Dela y byddai'n cofio'r ychydig a welodd.

Erbyn iddynt orffen ei te, nid oedd hi llawer callach ynghylch cynnwys y ddogfen, oherwydd os nad oedd Reynolds yn pwyso ei benelin arni, roedd papurau eraill yn ei chelu. Rhwng ei rhwystredigaeth a gorfod bod yn ofalus i beidio â dangos chwilfrydedd noeth, rhoddodd ochenaid ddistaw o ryddhad pan gododd Reynolds unwaith eto.

'Reit 'te,' meddai, 'cystal i ni fynd lawr at y crwt.' Cipiodd y papur tyngedfennol oddi ar ei ddesg. 'Bydd e moyn gweld hwn.'

A finne hefyd, meddyliodd Dela, wrth ei ddilyn i lawr i berfeddion yr adeilad.

'Miss Arthur, shwd y'ch chi?' ebe Emlyn, braidd yn or-harti, ym marn Dela, ond camodd ymlaen i ysgwyd ei law.

'Neis eich gweld chi eto, Doctor Roberts – bant o'r baw a'r clêr y tro hwn!' atebodd.

147

Pwffiodd Reynolds. 'Sgubor, myn yffarn i! O't ti ddim yn poeni am *contamination* 'chan?'

Lledaenodd Emlyn ei ddwylo. 'O'dd e'n lanach nag unman arall cyfleus. Gweloch chi'r llunie o faint y beddrod, sbo? Doedd 'na ddim ffordd o lusgo hwnnw am filltiroedd.'

Cnodd Reynolds ei wefus isaf. 'Oedd e werth yr holl drafferth o weitho drwy'r nos?' gofynnodd. 'Gallet ti ddim fod wedi tynnu'r corff mas a thamed o'r pridd a dod yn ôl 'ma i neud y gwaith?'

'Gallen wir,' atebodd Emlyn, wrth symud draw at y fainc lle cadwai'r hambyrddau. 'Ond bydden i wedi colli pethe pwysig. Fel hon, er enghraifft.' Arllwysodd y darn o gadwyn aur i gledr ei law o fag bychan. Disgleiriai dan y goleuadau.

Smaliodd Dela nad oedd wedi gweld y darn o'r blaen. 'Mae e'n un da,' mwmialodd.

Sniffiodd Reynolds a sylweddolodd Dela mai o hen arfer y gwnaethai hyn nawr ac nid o angenrhaid. 'Ma' menywod yn gwbod am bethe fel hyn.'

'Nid dim ond menywod,' meddai Emlyn gan wenu. 'Mae adroddiad y gemydd yn ddiddorol hefyd. Mae hon bron yn aur pur a chafodd ei gwneud yn India.'

'Do fe nawr?' meddai Gwyn Reynolds. Gwenodd a daliodd y darn papur allan i Emlyn ei weld. 'Daeth hwn drwodd o'r Awyrlu funud 'nôl. O't ti'n iawn, gw'boi! Mae'n edrych yn debygol taw fforiner yw e. Drycha ar yr enw.'

Darllenodd Emlyn yn gyflym. 'Anjun Engineer,'

meddai. Agorodd ei lygaid wrth ddarllen y gweddill. 'Mae e'n ffitio, rhaid cyfaddef. O Gaerdydd yn wreiddiol hefyd.'

'Roedd y person hwn yn yr Awyrlu, felly?' gofynnodd Dela.

Amneidiodd Emlyn. 'Oedd, ond diflannodd e ym mis Mai, pedwar deg dau. Daeth e ddim yn ôl o benwythnos rhydd. *Aircraftsman* oedd e, mae'n debyg.'

'*Other ranks* yw hynny,' ebe Reynolds. 'Sdim dal beth o'dd 'i waith e.' Ysgydwodd ei ben. 'Dylsech chi weld y rhestre di-ddiwedd o ddynon ddiflannodd o'r lluoedd arfog – jawl, ma' syndod bod unrhyw un ar ôl. Tase fe wedi bod yn wyn ac yn dalach, bydde dim gobeth rhoi enw arno!'

'Posibilrwydd yn unig yw'r dyn hwn, 'te?' gofynnodd Dela.

Tynnodd Reynolds wep. 'Ie. Ma'r tsiaen 'na'n help, ond dyw e ddim yn rhoi pob darn o'r jig-so yn ei le, ody e? Tase'i iwnifform yn dal amdano ...' Crychodd ei drwyn wrth feddwl. 'Bydd yn rhaid i ni whilo i gefndir y bachan Engineer 'ma cyn meddwl am siarad â'r teulu, os oes 'na un. Falle bydde rhyw ddeintydd yn nabod 'i ddannedd e ...'

Ar fin dweud bod ei ddannedd yn berffaith, cnodd Dela ei thafod cyn troi at Emlyn. 'Oedd 'na waith llenwi neu dynnu a fydde'n rhoi cliw?'

Syllodd Emlyn arni'n ddisyfl. 'Nac oes, yn anffodus. Ond mae 'na un peth amdano.' Symudodd draw at ei ddesg a thynnodd ddalen anghyfarwydd allan o amlen a'i dal i fyny i'r golau. Gellid gweld pelydr-X o asgwrn, yn llwyd yn erbyn cefndir du. 'Dyw e ddim yn hawdd ei weld ond torrodd e 'i fraich dde rhywbryd.'

Yn wir, roedd llinell y toriad mor fain, bu'n rhaid i Gwyn Reynolds a Dela gulhau eu llygaid er mwyn ei ddirnad.

Camodd Reynolds yn ôl. 'O ble ddiawl gest ti *X-ray*?' gofynnodd yn syn.

'Ffrind yn yr ysbyty,' atebodd Emlyn yn ddi-hid. 'Ro'n i'n gobeithio gweld rhyw anaf ar yr esgyrn fydde'n rhoi syniad o sut buodd e farw. Ond dyma beth ges i. Dyw e ddim yn brawf absoliwt o bwy yw e …'

'Ond mae e'n rhwbeth arall i ofyn amdano,' gorffennodd Reynolds. Gwthiodd ei ddwylo i bocedi ei drowsus. 'Falle bydd gan rhyw gwnstabl fuodd ar y bît am flynyddodd yn y rhan honno o Gaerdydd syniad am y teulu.'

Swniai'n gyndyn, braidd, ond efallai bod materion tiriogaethol rhwng heddluoedd yn bwnc llosg. Gwelodd Dela ef yn dod i benderfyniad.

'Bydd yn rhaid mynd at Heddlu Caerdydd yn gyntaf, beth bynnag,' cyfaddefodd. 'Smo hi'n deg gweud wrth pobol bod 'u mab nhw'n gorff os nad y'ch chi'n gwbwl siŵr, ody e? Falle bod modd cael gwbod pwy oedd 'i feddyg teulu e – er mwyn cadarnhau iddo dorri'i fraich cyn mynd atyn nhw. Ac mae hynny i gyd yn dibynnu pa mor hir mae'r teulu wedi byw yn yr un man.' Syllodd yn ddiflas ar y sgerbwd. 'Gallwch chi byth â gofyn i unrhyw aelod o'r teulu ddod miwn i adnabod hwnna. Bydden nhw fyth yn cysgu 'to.'

Synnwyd Dela gan ei agwedd deimladwy – efallai cafodd lawdriniaeth ar ei emosiynau yn ogystal â'i drwyn.

Cael a chael oedd hi i Nest gyrraedd yr orsaf cyn i'r trên adael. Bu Dela mor hy â chadw'r drws ar agor o dan lygad dig y giard, gan dynnu Nest i mewn ar yr eiliad olaf cyn iddo chwythu ei chwiban. Bu modd iddynt fachu dwy sedd olaf mewn cydran lawn. Oherwydd hynny, ni allent drafod fel y dymunent, er ei bod yn amlwg bod gan Nest hanes i'w adrodd. Er gwaethaf holl annog di-air Dela, plethodd ei gwefusau.

Wedi cyrraedd Cwm y Glo, gyda Dela erbyn hyn yn chwys o chwilfrydedd, cerddasant allan i'r stryd.

'Beth ddigwyddodd?' hisiodd.

Taflodd Nest gipolwg dros ei hysgwydd. 'Wel!' meddai, cyn cau ei cheg unwaith eto i adael i rywun fynd heibio. 'Dim sôn am y ddyweddi'r tro hwn,' sibrydodd, 'ond mi roedd Hari yno, fatha iâr ar farwor isio gadal y lle. Gwenu fel giât pan gyrhaeddis i.'

'A sut mae Agnes erbyn hyn?'

'Yn mendio, ddudwn i, am 'i bod hi'n brysur yn cynllunio'i chyfnod adfer ac yn cymryd yn ganiataol y bydd Hari'n dod adra i ofalu amdani.'

'O, diar,' ebe Dela'n sarcastig.

'Roedd o'n fy llygadu i fel dyn ar fin boddi. Ddudist ti, 'ndo?'

Gallai Dela weld beth oedd ar fin dod. 'Odych chi wedi cytuno i ysgwyddo'r baich?'

Gwnaeth Nest geg gam. 'Dwn i'm, wir. Bydd yn rhaid i mi drio cael perswâd ar Tudful i'w chael hi 'cw am ryw wsnos, neu mi fydda i'n rhedag yn ôl a mlaen ati'n ddibendraw.'

'Byddwch chi lan a lawr y stâr ganwaith y dydd os daw hi atoch chi, beth bynnag.'

Palodd y ddwy ymlaen i fyny'r tyle tua'r Mans, gan ystyried y broblem yn ddiflas.

Pennod 18

Yn syndod i'r ddwy, roedd Tudful yn aros amdanynt ac yn chwifio darn o bapur atynt drwy'r ffenest flaen.

'Mae isio ysgrifenyddas arnat ti,' meddai wrth Dela. 'Dwi newydd sgwennu llith o nodiada oddi wrth y patholegydd. Roedd o'n credu y byddat ti adra erbyn hyn.'

Gafaelodd Dela'n awchus yn y darn papur, ond bu'n rhaid i Tudful ei ddarllen iddi, oherwydd ni allai ddatrys ei lawysgrifen pitw.

'Deud mae o bod teulu'r corff – be' 'di hwnna – rwbath "Engineer" – yn cadw siop gornel ar un o strydoedd cefn Caerdydd, yn ôl heddwas lleol sydd â bît yno ers ugain mlynadd. Ac wrth i'r heddwas hwnnw gofio'r ddamwain ffordd berthnasol, roedd o hefyd yn gallu cadarnhau bod yr hogyn 'di torri ei fraich pan oedd o'n blentyn.'

'Hwrê!' meddai Dela, cyn brysio i esbonio beth ddysgodd yn ystod y dydd.

Wedi swper y noson honno, ffoniodd Huw.

'Dydi o'm yn disgwyl iddyn nhw fedru clymu'r enw wrth y corff mor hawdd,' meddai wedi iddi ddweud ei hanes. 'Ond wedyn, wrach bod yr enw mor anghyffredin, bydda'r heddwas lleol yn cofio amdano. Un o ganlyniadau gwell y Raj, 'mwn i.'

'O'r cyfnod hwnnw ddaeth yr enw, felly?'

'Ia. Pan adeiladwyd y rheilffyrdd. Os oeddach chi'n gyrru trên, roeddach chi'n rhywun o statws. Ond o be' ddudist ti, welist ti mo'r papur gyda'r wybodaeth yn ei gyfanrwydd. Oedd 'na fwy arno?'

'Oedd,' cyfaddefodd Dela. 'Dwi'n siŵr na ddarllenes i'r cyfan. Mae gen i syniad i fi weld rhyw enw fel "Williams" ond gallen i fod yn dychmygu hynny.'

'Pwy oedd o?'

'Enw'r clerc roddodd yr wybodaeth i'r heddlu?'

'Pam fasa enw'r clerc ar y ddogfen?' gofynnodd Huw.

'Er mwyn iddyn nhw wybod pwy i ofyn amdano os oes angen mwy o wybodaeth?'

'Tena iawn,' atebodd Huw. 'Meddwl o'n i ella bod enw 'i gadfridog ar yr adroddiad ohono'n diflannu. Mi fydda rhywun mewn awdurdod wedi arwyddo'r peth wedi'r cyfan – rhyw Group Captain neu Squadron Leader.'

'Bydd cael gafael ar y cadfridog yn anodd. Sdim dal i ble'r aeth pawb ar ôl gadael y lluoedd arfog ar ddiwedd y rhyfel.' Ochneidiodd Dela. 'Tasen i'n galw i gydymdeimlo â'r teulu, falle bydde un ohonyn nhw'n cofio ei enw.'

'Hmm,' ebe Huw. 'Mae isio dod o hyd i'r teulu cyn hynny.' Roedd e'n shifflan tudalennau wrth siarad. 'Syndod,' mwmialodd yn sydyn.

'Beth?'

'Mae 'na dri "Engineer" yng Nghaerdydd.'

'Oes e? Sawl cyfeiriadur ffôn sy 'da ti, 'te?'

'Prydain gyfan,' atebodd. 'Ond cofia mai dim ond y rhai sy'n berchen ar ffôn ydi'r "Engineers" hyn.'

'Reit,' meddai Dela, 'darllena'r cyfeiriadau i fi. Bydd e'n fan dechrau.'

'Na wna,' meddai Huw'n blwmp, a phan hisiodd Dela drwy ei dannedd, ymhelaethodd. 'Ddylat ti ddim mynd yno i fusnesa hyd nes dy fod ti'n gwbl sicr bod y teulu'n gwybod. Mae isio i ti roi ychydig ddyddiau i brosesau'r heddlu gyrraedd y pwynt hwnnw.'

Er yn rwgnachlyd, roedd yn rhaid iddi dderbyn bod hynny'n gall.

'Faint yw ychydig ddyddiau?' gofynnodd.

'Hyd nes i mi ddod i fyny,' meddai Huw. 'Ro'n i'n bwriadu dod, beth bynnag, i wneud tipyn o ymchwil. Ella 'mhen rhyw ddeuddydd. Ond dim ond ar yr amod bod y teulu wedi cael gwybod eisoes. Dy waith di fydd sicrhau fod y dasg honno wedi'i chyflawni.'

A sut ar y ddaear allai hi wneud hynny? Oedodd am ennyd ger y bwrdd ffôn gan lygadu llyfryn cofnodi rhifau'r Mans. Nid oedd llyfr arall i'w weld. Gwthiodd ei phig i mewn i'r stafell fyw.

'Sda chi ddim cyfeiriadur ffôn, 'te?' gofynnodd.

Ysgydwodd Tudful ei ben. 'Os oes angan rhif rhywun arna i nad ydy o yn y llyfr bach, 'mond gofyn wrth y genod ar y switsfwrdd sy'n rhaid. Fel rheol, maen nhw'n dod o hyd i bobl yn hawdd, os ydi'r cyfeiriad gynna i.'

Dyna'r broblem, meddyliodd Dela, wrth eistedd a gafael yn ei gwau. Doedd ganddi mo'r cyfeiriadau.

Ymhen rhyw awr, aeth Nest allan i wneud te i'r tri ohonynt. Pan ddaeth yn ôl gyda'r hambwrdd, roedd yn amlwg bod rhywbeth ar ei meddwl.

'Unwaith i mi orffan hwn,' meddai gan gydio yn ei chwpan, 'dylen i bicio drws nesa i nôl mwy o ynau nos a dillad isaf i Agnes. Golchis i beth oedd amdani'r noson gynta, ond mae isio rhagor. Dwn i'm am faint fydd hi yn yr ysbyty, wedi'r cyfan.'

'Af i,' meddai Dela, gan yfed ei the'n frysiog a chodi. Ynghanol ei holl bendroni, daeth delwedd annisgwyl iddi o gyntedd Agnes gyda'i silff ffôn. Gallai wirio iddi weld nifer o gyfeiriaduron arno.

Roedd yr haul yn machlud pan agorodd Dela ddrws cefn y tŷ drws nesaf, ond roedd digon o olau iddi allu brysio drwy'r tŷ at y silff yn y rhodfa. Roedd 'na lu o gyfeiriaduron ffôn, ac aeth drwyddynt yn gyflym. Caerdydd! Gydag un llaw ar fwlyn y grisiau, a'r llyfr tyngedfennol dan ei braich, clywodd leisiau'n dynesu at y drws blaen. Safodd yn ei hunfan yn betrus. Daeth y lleisiau'n agosach a sylweddolodd taw llais Hari oedd un ohonynt. Daro! Nid oedd hi eisiau ei gyfarfod, yn enwedig gan ei bod ar fin dwyn un o lyfrau ffôn ei fam.

Bron heb feddwl, rhuthrodd yn ôl i'r gegin yng nghefn y tŷ. Syllodd o'i hamgylch, gan glywed allwedd yn troi yn y drws blaen wrth chwilio am rywle i guddio. Agorodd ddrws y pantri cyfyng, a sleifiodd i mewn, yn dra ymwybodol y byddai'n cael ei ffeindio pe bai Hari'n penderfynu gwneud te a dod i edrych am laeth. Gwrandawodd. Nid dyn oedd ei gydymaith. Yn hytrach, roedd 'na biffian a rhyw brotestiadau ffug. Merch, yn bendant. Iris? Gwgodd wrth i bethau dwymo'n gyflym iawn, ond gwywodd y lleisiau'n sydyn pan gaewyd drws mewnol. Ni chlywodd neb yn dringo'r grisiau, felly roeddent wedi ymgilio i'r stafell fyw. Chwythodd Dela ochenaid o ryddhad, ond sut allai mofyn y gynau nos yn y sefyllfa hon? Gallai aros, sbo, hyd nes iddyn nhw adael, ond roedd posibilrwydd bod Hari'n bwriadu treulio'r nos yn y tŷ, a beth bynnag, pe bai hi yno am oes, byddai Tudful a Nest yn dod i chwilio amdani. Cystal mynd yn ôl i'r Mans ac egluro.

Roedd hi wedi cripian allan at y drws cefn a'i agor yn dawel fach pan sylweddolodd y byddai'n rhaid iddi wneud sŵn wrth ei gloi. Efallai na chlywsent, ond pwy wyddai? A pheth arall, pam oedd e wedi teithio'r holl ffordd o Abertawe i'w hen gartref? Onid oedd unrhyw fan arall y gallai Hari ac Iris fynd iddo i garu? Beth am lety'r heddweision? Os oedd e ac Iris wedi dyweddïo, 'sbosib na fyddai modd iddo allu ei chroesawu yno? Yn y parlwr, os nad yn ei stafell. Beth os nad Iris oedd y ferch hon? Efallai bod ei gyd-letywyr wedi cwrdd ag Iris eisoes, a'i bod yn rhy beryglus i ddod â merch arall i'r llety. Esboniai hynny eu presenoldeb yma i'r dim.

Nid oedd Agnes yn cadw'r fath ardd lysiau doreithiog â Nest, ond roedd hi'n tyfu tomatos mewn potiau ger y drws cefn. Gan gadw un llygad ar ffenest y gegin, gwthiodd Dela'r llyfr ffôn rhwng dau ohonynt. Yna stampiodd ei thraed ar y llwybr a throdd yr allwedd yn swnllyd yn nghlo'r drws. Camodd i mewn i'r gegin, cyn oedi.

'Helô?' galwodd, gan obeithio ei bod yn swnio tamaid yn nerfus. 'Helô? Pwy sy 'ma?'

Pan ymddangosodd Hari o'r stafell fyw fel jaci jympar o focs tân gwyllt, neidiodd Dela yn ôl fel pe bai wedi cael braw. Yna gwenodd.

'O, diolch byth taw ti sy 'na!'

Ni allai ond sylwi bod lliw yn ei fochau a'i wallt yn anniben. Ysgydwodd ei ben, cystal â gofyn pwrpas ei hymddangosiad.

'Halodd Nest fi draw i mofyn mwy o ddillad nos i dy fam. Clywes i sŵn wrth i fi agor y drws a meddylies i bod rhywun wedi torri mewn i'r tŷ.' Tapiodd ei brest, i ddynodi bod ei chalon wedi bod yn curo'n galed. 'Cofia, os wyt ti'n bwriadu mynd draw i'r ysbyty fory, falle bydde'n well 'da ti i gasglu'r dillad dy hunan.'

Gwyddai na fyddai hynny'n apelio, ond ystyriodd Hari'r cynnig.

'Na,' meddai, wedi saib. 'Bydd e'n fwy cyfleus i chi neud e. Smo fi'n siŵr 'to pwy siffts sy 'da fi. Siffts prynhawn dwi'n credu.'

'Wrth gwrs,' amneidiodd Dela. 'Mae'n anodd gwbod a fyddan nhw'n siwto'r oriau ymweld.'

Wrth iddi fynd heibio iddo, sylwodd Dela ei fod wedi camu'n ôl gan lenwi adwy drws y stafell fyw. Brysiodd i fyny'r grisiau. Ymhen pum munud roedd hi'n barod i ddod i lawr. Hyd yn oed o'r cysgodion ar ben y grisiau gallai weld nad oedd Hari wedi symud, ond o'r safle uchel hwnnw, gan nad oedd drws y stafell fyw wedi'i gau'n llwyr, tynnwyd ei sylw gan adlewyrchiad pen rhywun yng ngwydr y cwpwrdd tseina oddi mewn. Oni bai fod Iris wedi lliwio'i gwallt a mabwysiadu steil hollol wahanol ...

Llwyddodd Dela i wrthsefyll y demtasiwn i'w gadw'n siarad ac ymadawodd trwy ddrws y cefn, gan droi'r allwedd yr un mor swnllyd yn y clo. Gydag un symudiad chwim, tynnodd y llyfr ffôn o'i guddfan a brysiodd i ffwrdd. Roedd hi'n falch o weld bod golau yng nghegin y Mans i oleuo ei ffordd a bod Nest yn golchi'r cwpanau te yn y sinc.

'Lle buost ti?' gofynnodd hi, wrth i Dela ddod drwy'r drws. 'A be' 'di'r llyfr yna?'

'Canlyniadau bwrglera,' atebodd Dela. 'Ac mae Hari'n chwarae triciau ar Iris.'

Rhoddodd Nest wên fach wybodus. 'Ydy. Efo hogan gwallt melyn.'

'Odych chi wedi'u gweld nhw gyda'i gilydd o'r blaen?'

'Na. Dim ond eu gweld nhw'n dod i mewn trwy'r drws ffrynt. Basa fo wedi bod ganwaith callach i ddefnyddio'r drws cefn.'

'Diolch byth na wnaeth e,' meddai Dela'n deimladwy.

Sylweddolodd Dela na wyddai Hari bod pawb o drigolion y Mans eisoes wedi gweld Iris, neu ni fyddai wedi meiddio dod â'r ferch arall i dŷ ei fam mewn ffordd mor amlwg. Awgrymai hynny nad oedd Iris wedi sôn am weld ymwelydd arall wrth wely Agnes. Neu, efallai ei bod wedi crybwyll y peth ond doedd ganddo ddim diddordeb. Ni allai ddeall perthynas o'r fath, yn enwedig â hwythau'n cynllunio i briodi. Er bod Huw'n gwneud iddi rincian ei dannedd weithiau, ni allai fyth ei gyhuddo o beidio â gwrando.

Roedd hi'n fflicio drwy'r llyfr ffôn yn y cyntedd a newydd ddod o hyd i'r ddalen berthnasol pan ddaeth Tudful allan o'i stydi, gan syllu dros ei hysgwydd. Pwyntiodd Dela at y tri enw.

'Dyma'r "Engineers" sydd â ffôn,' meddai. 'Mae'n bosibl bod un o'r teuluoedd hyn ar fin derbyn newyddion ofnadwy.'

Rhoddodd Tudful ei fys ar yr enw cyntaf. 'Nid y rhain, ddudwn i. Yli, mae'r cyfeiriad rhy bell o'r ddinas. Mae'r ddau arall yn y strydoedd cefn, ond wedyn, hwyrach na fydd yr enw "Engineer" uwch ben y drws, ble bynnag mae'r siop.'

'Pam?'

'Basa'n camarwain cwsmeriaid i feddwl taw gweithdy peiriannau sydd yno.'

Meddyliodd am hyn wrth lanhau ei dannedd cyn mynd i'r gwely. Cymerodd yn ganiataol y byddai'n weddol hawdd dod o hyd i'r siop, ond efallai ddim. Ac nid dyna oedd ei phroblem fwyaf. Sut allai hi ddysgu p'un ai y rhoddwyd y newyddion i'r teulu neu ddim? A fyddai Emlyn yn gwybod? Ni feiddiai ofyn i Reynolds. Yn waeth fyth, wedi derbyn y newyddion trist, onid oedd yn debygol y byddai'r siop ar gau? A hithau wedi ymfalchïo yn ei gallu i ganfod gwybodaeth heb gymorth Huw, roedd yn dân ar ei chroen i feddwl ei fod yn gywir yn ei ddadansoddiad. Aeth i dynnu'r llenni yn ei stafell wely. Tywynnai'r lleuad dros yr ardd ac wrth sefyll yno, gwelodd ddau gysgod yn cerdded i lawr y llwybr o dŷ Agnes tua'r feidr gefn. Rhy hwyr Hari bach, meddyliodd.

Ni allai ond teimlo trueni mawr dros Iris. Doedd ganddi ddim syniad i bwy roedd hi'n clymu ei hun. A beth oedd yn ei gymell i botsian, beth bynnag? Gallai ddeall pe baent, fel pâr wedi dyweddïo, wedi manteisio ar y ffaith bod y tŷ'n wag, ond roedd dod â chroten arall yno'n ffolineb llwyr. Serch hynny, trawodd hi y gallai'r angen i beidio â rhoi esgus i neb glecian fod wedi rhoi gormod o ffrwyn ar ei pherthynas gyda Huw. Yn Nhŷ'r Capel roedd Hetty'n warchodwraig naturiol, heb sôn am Ceinwen yn gwylio popeth o'r siop, ond roedd treulio gormod o amser gyda'r nos yn ei thŷ hi'n beryglus. Gallai swyddi'r ddau fod yn y fantol – oedden nhw'n rhy ymwybodol o hynny? Dringodd i'r gwely'n feddylgar.

Pennod 19

'Dela!'

Cododd Dela ei phen o'r rhes o bys roedd hi'n eu pigo, a gwelodd bod Tudful yn sefyll wrth y drws cefn agored yn gwneud stumiau'n dal ffôn. Roedd hi'n weddol gynnar y bore canlynol – am unwaith, nid oedd hi wedi cysgu'n wych ac wedi codi am saith.

Brysiodd at y tŷ.

'Pwy?' gofynnodd.

'Huw,' atebodd Tudful, wrth roi'r tegell i ferwi.

Roedd hyn yn annisgwyl, a phan gododd y derbynnydd, ymddangosai, o'r siarad, bod rhywun arall gyda Huw yn ei stydi.

'Mae Aneurin yma,' esboniodd Huw. 'Mae o wedi cael clywad trwy ffynonellau swyddogol bod y corff wedi'i adnabod. Gan dy fod ti i ffwrdd, roedd o'n meddwl y byddat ti isio gwybod. Dyma fo.'

Trosglwyddwyd y ffôn i law Aneurin a gellid ei glywed yn anadlu'n drwm.

'Diolch i chi am drafferthu,' meddai Dela. 'Pwy oedd y truan yn y diwedd?'

'Chi o'dd yn iawn,' atebodd Aneurin, gan ddadblygu

ei bapur. 'Rhywun o bant ymhell. Ddim Gwyddel. Rhyw foi o'r enw Anjun Engineer.'

'O ble ddaeth e, 'te?' gofynnodd Dela.

'O Ga'rdydd!' meddai Aneurin, fel pe bai hynny'n gwbl amhosibl. Darllenodd y cyfeiriad allan yn araf wrth i Dela nodi enw'r stryd yn llechwraidd.

Ochneidiodd yn ddwfn. 'We'n i'n eitha siŵr taw Gwyddel fydde fe hefyd, ond dyle fod yn hawdd iddyn nhw ddod o hyd i rywun welodd e bwti'r lle.'

'Gobeithio eich bod chi'n iawn, Mr Jenkins. Pwy bynnag oedd e, bydd y newyddion yn sioc i'w deulu. Mae'n ddrwg 'da fi am yr heddweision fydd yn gorfod rhoi gwybod iddyn nhw.'

'Ie wir. Mae'n gweud fan hyn, "Family have been informed". Sena i'n credu eu bod nhw'n hala'r enw mas heb weud wrth y teulu'n gyntaf. Meddyliwch tase fe yn y papur newy' a nhwythe heb glywed!'

Rhyw deirawr yn ddiweddarach, rhuthrodd Dela o'r swyddfa docynnau yng ngorsaf Cwm y Glo drwodd i'r platfform. Ar ôl ymadawiad Aneurin roedd Huw wedi datgan ei benderfyniad i deithio i fyny i Gaerdydd y bore hwnnw, felly paciodd Dela ei chês, er mwyn dychwelyd gydag ef i Nant yr Eithin ar ôl bod yno. Roedd hi wedi bwriadu mynd adref y diwrnod canlynol, beth bynnag, ond cymerodd y gwaith pacio fwy o amser nag a feddyliodd, fel arfer. Roedd y trên eisoes yn sefyll yno'n pwffian a charlamodd Dela at ble'r oedd Huw yn pwyso allan o un o'r ffenestri'n chwifio'i fraich. Agorodd y drws iddi.

'Bydd yn rhaid i ni sefyll,' meddai. 'Ella bydd lle i ista ar ôl Abertawe.'

Prin y slamiwyd y drws ar ei hôl pan gafwyd ysgydwad i ddynodi eu bod ar eu hynt. Roedd pob man yn llawn a bu'n rhaid iddynt wasgu eu hunain i gornel y rhodfa. Heblaw am deithwyr eraill yn sefyll gerllaw, cerddai nifer i fyny ac i lawr y trên yn ddi-baid. Nid oedd modd dweud dim na chawsai mo'i glywed gan rywun.

'Gest ti gyfla i feddwl mwy am yr enwa?' sibrydodd Huw

'Dim ond taw rwbeth yn dechre gydag 'W' oedd e. Ac mae'n bosibl 'mod i'n anghywir. Falle taw 'M' oedd e wyneb i waered.'

'Llawysgrifen, felly.'

'Ie.'

Llithrodd y dirwedd heibio. Codai strydoedd o waelodion cymoedd ac i fyny ar ben un bryn safai capel yn ei fynwent. Byddai angen i'r aelodau fod yn bur heini i'w gyrraedd. Mynwent, meddyliodd Dela'n sydyn.

'Beth?' gofynnodd Huw, heb iddi ddweud dim.

Tynnodd wep hyll arno. 'Pan o'n i lawr yn y ... lle,' dechreuodd. Amneidiodd Huw. 'Dangoswyd dau fedd i fi o ferched fuodd farw'n ifanc.' Gostegodd ei llais. 'Wilson oedd enw un ohonyn nhw. Nawr, a ydw i wedi cadw'r enw yng nghefn fy nghof a dyna pam dwi'n credu ei fod yn un o'r posibiliadau ar y ddogfen?'

'Neu ai dyna'r enw welist ti mewn gwirionedd?' gorffennodd Huw.

'Ie. Wrth gwrs, hyd yn oed os taw dyna'r enw, dyw hynny ddim yn golygu bod 'na gysylltiad.'

'Nac 'di, ond mae o'n ddiddorol.'

Wedi cyrraedd Caerdydd, aethant i ollwng ei chês yn y swyddfa fagiau cyn prynu brechdan a the yn y bwffe. Yn ffodus iawn, roedd bwrdd yn rhydd mewn cornel, a gwnaethai'r wrn te tu ôl y cownter y fath sŵn chwythu a berwi, roedd eu sgwrs mor breifat ag y gallai fod.

'Sgwn i a fydd modd gofyn am gadfridog y corff pan fydda i'n siarad â'r teulu?' pendronodd Dela'n uchel. 'Y broblem yw, os caf i enw iddo, ble mae e nawr?'

Ochneidiodd Huw. 'Ond beth yw dy esgus di am alw, a sut alli di ddod â fo i mewn i'r sgwrs? '

Nid oedd Dela eisiau cyfaddef ei fod yn gywir. 'Dwi'n bwriadu meddwl am hynny wrth chwilio am y siop.'

A dweud y gwir, bu dod o hyd i'r stryd yn dipyn o dasg, a hyd yn oed pan welodd y geiriau Corner Stores tu allan i siop gornel, gydag arwydd pitw uwch ei phen yn datgan 'Prop: G Engineer', doedd hi ddim pellach ymlaen yn ei chynllun. Syllodd ar y pentwr brwsys, bwcedi a choed tân mewn bwndeli tu allan ar y palmant. Roedd tu mewn y siop yn weladwy drwy'r ffenest, ac o ystyried mor brin yr oedd popeth ers oesoedd, rhaid canmol gallu'r perchennog i gaffael stoc. Efallai bod modd dechrau sgwrs ar sail hynny, ond pam fyddai hi ag unrhyw ddiddordeb yn y peth oni bai ei bod yn cadw siop ei hunan? Ai dyna'r esgus y bu'n chwilio amdano? Cyn y gallai newid ei meddwl, camodd dros y trothwy.

Draw ym mhen pellaf y gofod llawn dop, safai

menyw ganol oed tu ôl i'r cownter yn cyflawni archeb dynes oedrannus a eisteddai ar stôl galed. Siomwyd Dela braidd i sylweddoli taw dynes leol oedd yn gwasanaethu. Un o weithwyr y siop, efallai, ac nid un o'r perchnogion. Byddai gofyn am gael siarad â nhw'n ddideimlad. Crwydrodd o amgylch y silffoedd, gan godi dau far o sebon i'w prynu. Roedd cyflawni'r archeb yn dod i ben.

'Bydd eich mab yn rhydd i ddod â'r pethe draw prynhawn 'ma?' crawciodd y cwsmer oedrannus.

'Bydd, wrth gwrs,' atebodd y ddynes. 'Dilip!' galwodd.

Herciodd dyn ifanc, cloff i'r siop o'r cefn. Roedd yntau rhywle yn ei ddauddegau, ac yn weddol dywyll ei groen. Cyffyrddai ei ddwy ael â'i gilydd dros bont ei drwyn, ac roedd ganddo wallt du, trwchus. Os taw ef oedd mab y ddynes tu ôl y cownter, hi neu ei gŵr oedd 'Prop: G Engineer' wedi'r cyfan. Cymerodd yn ganiataol taw teulu cwbl Indiaidd oedd gan Anjun Engineer, ond nid oedd hynny, o reidrwydd, yn wir. Camodd o'r ffordd wrth i'r mab a'r cwsmer adael.

Gwenodd y ddynes arni pan ososododd y sebon ar y cownter, gan chwilio yn ei phwrs am yr arian cywir.

'Dwi wedi bod yn edrych am sebon Vinolia ers oes!' meddai Dela'n frwdfrydig. 'Mae'n amlwg bod gyda chi gyflenwyr da.' Edrychodd o'i hamgylch. 'Ar gyfer popeth, ddweden i!'

'Gan ein bod ni yma ynghanol y ddinas ers 'mhell dros ugen mlynedd, mae'r cyflenwyr yn ein nabod ni a sdim pellter mawr i deithio.' Gwthiodd y ddynes y botymau ar y til mawr.

Ochneidiodd Dela'n ddwys. 'Gwir iawn.' Stumiodd ei meddwl am eiliad. 'Dwi'n byw mas yn y wlad, lawr yn y gorllewin, a bues i'n meddwl am agor siop debyg i hon. Mae pobol yn cwyno byth a beunydd eu bod nhw'n ffaelu cael gafael ar bethau.'

Canodd y gloch uwch ben y drws a daeth y mab cloff i mewn.

'Popeth yn iawn?' gofynnodd ei fam. Amneidiodd ef yn fyr a diflannodd unwaith eto i'r cefn.

Ceisiodd Dela feddwl sut i ymestyn y sgwrs. Edrychodd i fyny ar y silffoedd cefn – byddai tun o bys cystal â dim, er y byddai'n rhaid iddi ei gario am weddill y dydd. Ynghanol y rhesi tuniau safai llun o ddyn ifanc, wedi'i liwio â llaw. Nid Dilip oedd e ond rhywun iau, gwell ei olwg o lawer. Aeth sgryd bach drwyddi i feddwl y gallai fod yn edrych ar Anjun Engineer fel yr oedd e.

'Dyna lun da,' meddai. 'Ffotograffydd proffesiynol o bob golwg. Ond wedyn roedd ganddo fachgen golygus i dynnu llun ohono.'

Gwelodd y fam fel pe bai rhywun wedi'i tharo, a theimlodd Dela'n euog.

'Ydw i wedi dweud rhywbeth o'i le?' gofynnodd.

'Na, na,' atebodd Mrs Engineer. 'Fy mab arall yw e, Anjun. Roedd e yn yr Awyrlu. Aeth e ar goll rhai blynyddoedd 'nôl. Daethon nhw o hyd iddo'n ddiweddar. Buodd e farw, 'chweld.'

'Do fe? Mae'n ddrwg iawn 'da fi i glywed hynny.'

Gallai Dela weld dagrau yn llygaid y fam nawr. 'Galla

i gydymdeimlo â chi,' mentrodd. 'Colles inne fy nyweddi yn y Dwyrain Pell. Roedd e mewn gwersyll carcharorion.'

Tyfodd ei heuogrwydd wrth ddweud hyn. Dyma'r eildro iddi ddefnyddio marwolaeth Eifion at bwrpasau nad oeddent yn hollol ddilys.

Sniffiodd Mrs Engineer gan chwilio am hances yn ei llawes. 'Dim ond echddoe cawsom ni wybod ar ôl yr holl amser,' meddai.

'A dyma fi'n tarfu arnoch chi yn eich galar,' meddai Dela'n ddidwyll. 'Dwi'n siŵr eich bod chi wedi dal i obeithio – gallwch chi ddim help. Ro'n i'r un peth, ac yn holi pawb am unrhyw friwsionyn o wybodaeth. Yn y diwedd, daeth llythyr swyddogol oddi wrth ei gadfridog. Llythyr caredig, ond dyna ddiwedd ar obeithio.'

Sioncodd y ddynes fel pe bai geiriau Dela wedi taro tant. 'Chi'n iawn! Sgrifennes i at yr Awyrlu sawl gwaith, ond ro'n nhw'n gwbod dim, neu'n pallu dweud. Yr unig berson dwi wedi trafod â nhw ers i Anjun ddiflannu oedd Capten iddo.' Gwenodd yn sydyn, a gwelodd Dela'r tebygrwydd rhyngddi â'r mab a gollodd. 'Shwd ŵr bonheddig, hefyd.' Ysgydwodd ei phen. 'I feddwl am y gwaith mawr wnaeth e yn ystod y rhyfel, mae'n ofnadwy ei fod e'n gorfod trampan rownd siope'n trio cael busnes. Blaw am bobol fel fe bydde Hitler wedi ennill.'

'Daeth e yma?' gofynnodd Dela, gan ddal ei hanadl.

'Do. Bwti flwyddyn 'nôl, falle. Gwelodd e'r enw uwch ben y drws.' Chwarddodd yn sych. 'Sdim lot o bobol o'r enw Engineer i gael. O India ddaeth teulu fy ngŵr yn wreiddiol.'

Amneidiodd Dela fel pe bai heb wybod hynny.

'Oedd e'n gwerthu pethau defnyddiol?' gofynnodd.

'O'dd, diolch byth. O'dd ddrwg 'da fi amdano, a fynte wedi mynd lawr yn y byd, so rhoies i gynnig ar ei gwmni. Maen nhw wedi bod yn eitha da.' Trawodd syniad arni a dechreuodd chwilota mewn drôr. 'Gadawodd e hanner dwsin o gardie. Cystal i chi gael rhai, os y'ch chi meddwl am gyflenwyr.' Estynnodd ddwy garden fach wen i Dela, a darllenodd hi'r enw arnynt gyda'i chalon yn curo.

'Wilson,' meddai wedi saib.

'Ie. Group Captain Wilson, fel yr o'dd e. Doedd neb tebyg iddo, yn ôl Anjun.'

O gornel ei llygad, daeth Dela'n ymwybodol fod y mab hŷn yn sefyllian yn y cysgodion tu hwnt i'r drws a arweiniai i'r cefn. Pam, tybed? Rhoddodd y cardiau ym mhoced ei siaced.

'Diolch yn fawr i chi am eich help,' meddai. 'Bydda i'n bendant yn ei ffonio.'

Allan ar y palmant, gan ddal i deimlo'n dwyllodrus, cerddodd i ffwrdd yn araf. Roedd hi wedi troedio ugain llath, yn dechrau meddwl taw dyna fyddai ei diwedd hi o ran yr Engineers nes iddi glywed llais yn hisian.

'Miss!'

Trodd i weld Dilip yn baglu tuag ati.

'Anghofies i dalu?' gofynnodd, gydag wyneb syn.

Ysgydwodd ei ben yn ddiamynedd.

'Na. O'n i moyn eich rhybuddio chi am Wilson.' Poerodd yr enw ag atgasedd. 'Gŵr bonheddig, myn yffarn i!'

'Ydy e'n twyllo'ch mam gyda'r archebion?'

'Na! Mae hi'n credu bod yr houl yn sheino o'i din e. Fel roedd Anjun, y ffŵl dwl.'

'Beth wnaeth e i'ch brawd?'

'Ei drin e fel ei was bach personol.' Edrychodd o'i amgylch ond nid oedd neb i'w weld. 'Ei hala fe ar rhyw negeseuon answyddogol lawr i'r gorllewin dro ar ôl tro. A ble y'ch chi'n meddwl ddaethon nhw o hyd i'w gorff? Lawr yn Sir Benfro.' Tynnodd wyneb arwyddocaol.

'Odych chi'n credu bod cysylltiad?'

Cododd ei ysgwyddau. 'Wedes i wrtho fwy nag unweth – os cei di ddamwen a dod i sylw'r heddlu, pwy gaiff y bai? Ti, ddim Wilson.'

'Pam fydde fe wedi cael damwen? Oedd e'n gyrru cerbyd?'

'Moto-beic. Bydde fe'n cael ei hala ar deithie fydde'n cymryd teirawr a mwy a wedyn yn gorfod dod yn ôl yr un dydd.'

'I beth?'

Culhaodd Dilip ei lygaid. 'Stwff marchnad ddu, dwi'n meddwl. Roedd rhyw sgam 'da Wilson ond doedd Anjun ddim isie gofyn gormod. Bydde rhyw gês lleder 'da fe ar gefen y beic a bydde fe'n rhoi hwnnw i'r bobol roedd eu cyfeiriad nhw gyda fe, a dod yn ôl ag e at Wilson wedyn. Roedd e'n wag yn mynd lawr ac yn llawn yn dod yn ôl, gyda chortyn yn glymau drosto i gyd.'

'Ac roedd hyn yn digwydd yn rheolaidd?' gofynnodd Dela er roedd hi'n poeni ei bod yn dangos gormod o ddiddordeb.

'O, bois, o'dd 'te. A wastod ganol gaea gyda'r hewlydd yn slip â rhew. Oedd e'n pryderu? Nag o'dd e! Fel y gog am bwti'r peth. Ond talodd e gyda'i fywyd, ondofe?' Pwyntiodd ei fys ati. 'Ac mae hynny'n profi i fi taw rhyw sgam beryglus oedd e ac fe benderfynodd rhywun ei waredu fe fel towlu ci i ffos.'

'Felly, doedd gan neb syniad pam ddiflannodd eich brawd?' gofynnodd Dela

'Nac oedd. Roedd pawb yn credu taw cachgi *deserter* o'dd e, ond bydde fe erio'd wedi ffoi o'r RAF – roedd e'n dwlu ar yr holl beth. Y saliwtio, yr iwnifform, y *glamour*! 'Na i gyd oedd ei siarad e.'

Ystyriodd Dela. 'Odych chi wedi meddwl dweud hyn wrth yr heddlu?' gofynnodd. 'Maen nhw siŵr o fod yn pendroni yng nghylch pam roedd eich brawd lawr yn Sir Benfro o gwbwl.'

Wfftiodd Dilip yr awgrym. 'Smo fi'n mynd yn agos atyn nhw. Ddim ar ôl cael y Redcaps yn mynd drwy'r tŷ fel storom pan ddiflannodd Anjun. Dylsech chi fod wedi'u clywed nhw'n cyhuddo Mam o'i gwato fe a'i bygwth hi. Blaw am y droed 'ma, bydden nhw wedi bod yn falch i allu 'meio i. Lliw rong, 'chweld.' Camodd yn ôl fel un a sylweddolodd ei fod yn trafod materion dwys gyda dieithryn. 'Sori,' mwmialodd, 'dim ond isie'ch rhybuddio chi am Wilson o'n i.'

'Dwi'n gwerthfawrogi hynny,' atebodd Dela, ond roedd e eisoes yn codi'i law ac yn hercian yn ôl at y siop.

Pennod 20

Gorchwyl nesaf Dela oedd dod o hyd i flwch ffôn allan o olwg y siop a galw'r rhif ar y cerdyn. Gresynodd nad oedd modd iddi roi gwybod i Huw, ac wrth aros ei thro ger y blwch rai strydoedd i ffwrdd, dechreuodd bryderu sut i ofyn am Wilson yn benodol. Pe bai'n defnyddio'r stori am agor siop ei hun, ni fyddai gan atebwr yr alwad yn swyddfa'r cwmni reswm i sôn amdano. Tynnodd y cardiau o'i phoced a syllodd arnynt. Doedden nhw ddim 'run peth. Tynnwyd llinell mewn pensel drwy'r rhif ffôn ar un ohonynt ac ysgrifennwyd rhif arall oddi tano. Pam? A symudodd y cwmni? O'r diwedd, roedd y blwch yn wag a chamodd i mewn. Ar y silff gorweddai cyfeiriadur, a chwiliodd yn frysiog am yr enw 'Hargreaves'. Na, doedd y cwmni ddim wedi symud. Roedd y cyfeiriad yr un peth â'r un ar y cardiau. Ai rhif personol oedd yr un mewn pensel? Ond pam fyddai Wilson wedi ei roi i Mrs Engineer? Byddai angen rhif preifat os oedd Wilson yn dal i werthu pethau ar y farchnad ddu i berchnogion siopau. Eto, efallai taw ei gysylltiad ag Anjun a barodd iddo wneud y fath beth. Gallai fod wedi gofyn iddi ei ffonio pe bai'n clywed unrhyw newyddion. Os felly, a wnaeth Mrs Engineer hynny eisoes? Gan groesi ei bysedd, galwodd y rhif mewn pensel.

Pan atebodd dynes y ffôn, gan barablu enw a chyfeiriad anghyfarwydd, dyfalodd Dela mai perchnoges tŷ lojin oedd hi.

'Ydy Mr Wilson ar gael, os gwelwch yn dda?'

'Nadi,' ebe'r fenyw yn swrth. 'Mae e mas ar ei rownd.'

'Mae'n ddrwg 'da fi. Wrth gwrs ei fod e. Odych chi'n gwbod pryd mae e'n debygol o fod adre?'

Ystyriodd y fenyw. 'Bydd e wedi bennu swper erbyn wyth, sbo,' meddai. 'Ond bydd yn rhaid i chi fod yn glou. Fel rheol, mae e mas trwy'r drws fel wenci wedyn.'

'Iawn,' atebodd Dela. 'Fe alwa i marcie wyth.' Credodd iddi gofio enw'r stryd. 'A beth yw'r rhif eto?'

Cyn gadael y blwch ffôn, nododd Dela'r cyfeiriad. Doedd ganddi'r un syniad ymhle'r oedd e, ond hwyrach y byddai gan Huw ffordd o'i ganfod.

Yn y caffi, lle'r oeddent wedi trefnu i gwrdd ar ddiwedd y prynhawn, rhoddodd Dela'r holl hanes iddo.

'Bydd yn rhaid i ni fynd adra ar y trên llaeth dros nos,' oedd ei sylw cyntaf.

'Sdim rhaid i ti aros,' meddai Dela. 'Gallet ti fynd adre.'

'A dy adal di yn nwylo'r dyn roedd yr hogyn cloff mor amheus ohono? Byth! Bydd o'n dy weld di fel bygythiad.'

'Bydd e'n fwy parod i siarad 'da fi os nad wyt ti fel rhyw fwgan yn y cefndir.'

'Er mwyn Tad, fedri di'm gweld? Rwyt ti'n mynd i ofyn wrtho am yr hogyn oedd yn arfer gneud petha anghyfreithlon drosto! Ella bod yr heddlu eisoes wedi bod mewn cysylltiad ag o. Dwyt ti ddim yn mynd yno ar dy ben dy hun.'

Gwnaeth Dela un ymdrech olaf. 'Mwy na thebyg byddwn ni'n cael rhyw sgwrs fach barchus ym mharlwr y tŷ lojin.'

'Gall lot ddigwydd mewn parlwr, sti. Mi fydda i ar y stryd tu allan yn aros amdanat ti.' Tynnodd chwiban o'i boced a'i estyn iddi. 'Cadwa hwn yn handi – a defnyddia fo!'

Bu'n rhaid iddynt wneud i'w pryd bara'n hir, ond serch hynny, buont yn cerdded a sefyllian am oes er mwyn peidio â chyrraedd y tŷ lojin yn rhy gynnar. Gadawodd Dela ef ar ben y stryd a martsiodd i lawr i'r tŷ cywir, gan deimlo'r chwiban fel lwmpyn caled ym mhoced ei siaced.

Am unwaith, roedd yr argraff a roddodd perchnoges y tŷ ar y ffôn yn ei gweddu'n berffaith. Agorodd y drws prin fodfedd a phipodd allan yn ddrwgdybus, cyn i Dela esbonio am y trefniant. Dynes dal, denau mewn ffedog oedd hi, â'i cheg yn un llinell syth. Camodd yn ôl i'r cyntedd yn anfodlon.

'Dethoch chi, 'te,' meddai. 'Buoch chi'n lwcus. Mae e'n dal 'ma.'

Dilynodd Dela hi i gefn y tŷ ar hyd rhodfa a beintiwyd yn frown sgleiniog. Ni fyddai'r chwiban o unrhyw werth yn y fan hon. Agorodd y berchnoges ddrws ar y chwith a gwnaeth ystum â'i phen.

Pan gamodd Dela i mewn i'r parlwr, a oedd mor

frown a digroeso â'r rhodfa, gydag un ffenest a edrychai dros rhyw fath o gwrt hynod gul rhwng waliau uchel, credodd y byddai'r berchnoges yn mofyn Wilson o ryw stafell arall. Ond cododd dyn ar ei draed o gadair freichiau ger y lle tân gan estyn ei law. Saethodd aeliau Dela i fyny mewn syndod. Roedd Wilson yn gwbl wahanol i'r disgwyl. Dychmygodd ef fel rhywun golygus, carismatig, ond o'i blaen safai rhywun byr, siabi, yn colli'i wallt a dros ei bwysau o gryn dipyn. Yr unig beth oedd ar ôl o'i ddyddiau yn yr RAF oedd y mwstásh.

'Grŵp Capten Wilson,' meddai, 'diolch i chi am gytuno i gwrdd â fi. Mae'n ddrwg 'da fi am alw mor ddisymwth, ond ro'n i eisiau achub ar y cyfle, wedi i mi glywed pethau da am eich cwmni gan Mrs Engineer.'

Gwenodd ac amneidiodd Wilson yn ddi-air, gan edrych dros ysgwydd Dela i gyfeiriad y drws. Ysgydwodd ei llaw am eiliad, cyn symud heibio iddi. Safodd am ennyd yn gwrando wrth y drws, ac yna agorodd ef yn llechwraidd a gwthiodd ei ben drwy'r adwy. Gan roi ei fys ar ei wefus, galwodd Dela ymlaen. Brysiodd ymhellach i lawr y rhodfa, gan ddal i wneud stumiau ar Dela cyn troi i'r chwith. Cadwodd Dela ei llaw ar y chwiban yn ei phoced wrth ei ddilyn. Beth ar y ddaear oedd ystyr hyn? Agorodd Wilson ddrws i'r tu allan a chafodd Dela ei hun yn y cwrt a welodd drwy'r ffenest.

'Peidwch â chwmpo dros y bin a watsiwch eich pen,' hisiodd Wilson.

Ufuddhaodd Dela er nad oedd yn hawdd oherwydd culni'r lle – rhwng wal y tŷ a'r mur oedd yn ei wahanu o'r tŷ nesaf. Crogai cawell gig ar gadwyn o follt a yrrwyd i mewn i'r mur hwnnw, lle'r oedd clêr yn ceisio cael mynediad drwy'r rhwyll yn ei ddrws. Gosodwyd ef yn union lle byddai wedi taro'i phen heb y rhybudd.

Gyda'i goesau byrion yn gweithio fel peiriant, roedd Wilson bron yn rhedeg erbyn hyn at y drws pren ym mhen draw'r ardd. Taflai gipolygon pryderus dros ei ysgwydd yn gyson, a dim ond wedi iddo gau'r drws hwnnw y tu ôl i'r ddau ohonynt y siaradodd eto.

'Sori am hynny,' meddai'n fyr o wynt. 'Mae hi'n gwrando ar bopeth. Gallwch chi byth â chael sgwrs breifat.'

Amneidiodd Dela gan syllu ar y feidr gefn unig a redai am lathenni maith i'r chwith a'r dde.

'Dewch mlaen,' meddai Wilson, gan afael yn ei phenelin, gyda bysedd sigledig. 'Ewn ni i'r Red Lion.'

Yn rhesymegol, nid oedd angen i Dela fod yn ofnus, ond nid dyma'r math o ymddygiad llwfr a ganiataodd y wlad i ennill yr Ail Rhyfel Byd. Doedd bosib fod perchnoges ei dŷ lojin yn fwy brawychus na'r Luftwaffe. Ar ben hyn, roedd feidiroedd, o brofiad llym, yn ei gwneud yn nerfus, ac roedd hon ymhell o glyw Huw allan ar y stryd.

'Ydy'r Red Lion yn lle neis?' gofynnodd.

Llyfodd Wilson ei wefusau. 'Mae unrhyw le'n well na'r tŷ.'

Esboniai hynny sylwadau'r berchnoges am ei arfer o adael yn gyflym ar ôl swper. Gwyddai Dela bod llety yn brin fel aur, felly ni ofynnodd y cwestiwn ynghylch pam roedd e'n dal i fyw yno. Yn ei thyb hi, treuliai Wilson bob eiliad y gallai yn y Red Lion. Sbeciodd ar y gwythiennau coch ar ochr ei drwyn, ac er nad oeddent yn brysio mwyach, roedd ei fysedd ar ei phenelin yn parhau i ysgwyd. Rwyt ti'n bendant wedi dod i lawr yn y byd, meddyliodd, ond serch hynny, gallet ti fod yn beryglus. Ni ddylai anghofio hynny.

Gobeithiai'n daer nad arweiniai'r feidr yn syth i gefn y dafarn, lle na fyddai ganddi unrhyw obaith o dynnu sylw Huw, ond trodd Wilson i'r chwith a gwelodd Dela'r stryd y daeth ohoni. Daethant allan rhyw ddwy ganllath i ffwrdd o'r tŷ lojin. Cyflymodd Wilson ei gamau, fel ceffyl yn nesáu at ei stabal, ond llwyddodd Dela i daflu cip draw i'r man ble gallai weld Huw yn pwyso yn erbyn lamp stryd, gyda'i het wedi'i dynnu lawr dros ei dalcen, fel rhyw gangster mewn ffilm.

'Ww!' meddai, gan esgus baglu ar y pafin a cholli ei hesgid.

Yn ystod y ffws dilynol, gyda hithau'n chwilio â'i throed am ei hesgid gan brotestio'n uchel wrth Wilson nad oedd hi wedi troi ei phigwrn, ni fentrodd edrych draw i weld a oedd Huw wedi sylwi. Yn wir, roedden nhw wedi cyrraedd libart y Red Lion, ac roedd Wilson wedi agor y drws mawr iddi ymhen chwinciad.

Deallodd Dela ddau beth yn syth. Ni ellid dweud bod y dafarn yn 'lle neis', ac roedd Wilson yn amlwg yn un o'r selogion. Arweiniodd hi drwodd o'r prif far i'r *snug* ac unwaith iddo ei gosod tu ôl i fwrdd bach mewn cornel, aeth i mofyn diodydd iddynt, heb gynnig sylw pan ofynnodd Dela am lemwnêd. Cymerodd gryn amser iddo ddychwelyd, ac roedd yn demtasiwn i godi a mynd at y drws i'r prif far i weld a lwyddodd Huw i'w ddilyn, ond arhosodd yn ei hunfan.

Ymddangosodd Wilson o'r diwedd yn cario gwydr peint a diod feddal Dela, ond pan eisteddodd ar stôl gyferbyn â hi, gallai wynto ei fod eisoes wedi llyncu rhyw wirod.

'Ers pryd y'ch chi'n nabod Mrs Engineer?' gofynnodd, gan chwilio yn ei boced am ei sigaréts.

'Dim ond ers heddiw,' atebodd Dela. 'Galwes i mewn i mofyn cwpwl o bethe, a sylwes ar ei stoc dda hi. Ond chi'n gwbod, dwi'n teimlo'n ofnadwy 'mod i wedi tarfu arni gyda chwestiynau a hithe wedi cael y fath brofedigaeth.'

Yfodd Wilson lymaid o'i beint, ond nid oedd amheuaeth bod ei eiriau wedi taro tant. Palodd Dela ymlaen.

'Mae'n debyg eich bod chi'n nabod ei mab ... roeddech chi'n yr Awyrlu gyda'ch gilydd ... dwi ddim yn cofio'r enw, mae arna i ofn ... ond dywedodd hi bod e wedi cael ei ganfod yn farw ychydig ddyddiau 'nôl.'

Plethodd Wilson ei ddwylo rhwng ei bengliniau a syllodd ar y bwrdd o'i flaen.

'Anjun,' meddai, dan ei anadl.

'Rhwbeth fel 'na,' cytunodd Dela. 'Gallwch chi ddychmygu mor euog ro'n i'n ei deimlo'n holi am gyflenwyr da wedi hynny. A dweud y gwir, ro'n i'n synnu bod y siop ar agor.' Gwyliodd ef yn ofalus. O'i adwaith, ni wyddai Wilson am y canfyddiad. 'Ond dyna beth alwodd eich enw chi i gof Mrs Engineer, a rhoiodd hi un o'ch cardiau i fi. Ar ôl iddi fynd i'r fath drafferth dan yr amgylchiade, roedd hi'n ddyletswydd arna i i drio cysylltu â chi.'

Oedd e'n gwrando arni? Anodd dweud.

'Bydd yn rhaid i fi alw draw 'na,' mwmialodd.

'Dwi'n siŵr y bydde hi'n sobor o falch o'ch gweld chi,' ebe Dela'n galonogol. 'Yn enwedig â chithe'n ei nabod e. Oedd e'n unig blentyn?'

Ysgydwodd Wilson ei ben. 'Mae 'na frawd hŷn, ond mae coes fer 'da fe. Galle fe ddim gwasanaethu.'

'Na, wrth gwrs, ond o leiaf mae gyda hi rywun.' Ystyriodd, fel pe bai mewn penbleth. 'Falle na ddealles i'n iawn, ond buodd e ar goll am amser?'

'Blynyddoedd,' atebodd Wilson. 'Ddrwg 'da fi am y fenyw a hithe'n weddw i ddechre. O bob sôn, cafodd hi amser ryff y jawl – esgusodwch fi am regi – pan ddiflannodd e. Dywedodd hi ble'r oedd e yn y diwedd?'

'O, nawr 'te,' meddai Dela, gan esgus chwilio'i chof. 'Ife Sir Benfro? Ie, dwi'n credu 'ny.'

Gwelwodd Wilson. Gorffennodd ei beint mewn un llwnc a chododd yn ansicr ar ei draed. 'Un arall?' gofynnodd yn awtomatig ond gwrthododd Dela gyda gwên.

Bu'n rhaid iddi aros eto iddo ddychwelyd. Pe bai hyn yn parhau byddai Wilson yn rhy feddw i ateb unrhyw gwestiynau'n gall. Ond y tro hwn, beth bynnag a yfodd wrth y bar, daeth yn ei ôl yn fwy sionc.

'Reit,' meddai gan gynnau sigarét arall, 'shwd siop sy 'da chi?'

Disgrifiodd Dela ei chynllun celwyddog i agor siop mewn pentref gan ymhelaethu ynghylch canfod lle addas.

'Siop fel un Mrs Engineer fydde'n ddelfrydol,' meddai, yn benderfynol o gadw ei henw yn y sgwrs. 'Ond wedyn, fel y dywedodd hi, mae bod ynghanol y ddinas yn fantais anferth. Dwi ddim isie mynd i gostau a chanfod wedyn nad oes modd cael gafael ar ddim. Odych chi'n cyflenwi ledled de Cymru?'

Crafodd Wilson ei ben-glin trwy frethyn ei drowsus. 'Chi'n gall i wneud yr ymchwil,' atebodd. 'Y broblem fwya'r dyddie hyn yw prinder popeth gyda'r dogni diddiwedd.' Tapiodd ei fys ar y bwrdd. 'Gallwn ni byth â rhagweld beth fydd ar gael, i ddechre, ac wedyn bydd derbyn unrhyw archeb yn dibynnu ar faint o siope erill sydd angen eu cyflenwi'n weddol agos i chi. Mae'n rhaid i'r rowndyn fod yn werth ei neud, 'chweld.'

Amneidiodd Dela i'w annog.

'Tase chi'n meddwl agor siop, dwedwch, yr ochor hon i Gaerfyrddin, bydde 'na ddim anhawster. A pheth arall, mae angen i chi feddwl am faint o gwsmeriaid ry'ch chi'n debygol o'u denu. Mae tref yn well o lawer na phentre'r dyddie hyn.'

Syllodd Dela'n edmygol arno. 'Mae'n swnio fel se chi wedi treulio'ch oes gyfan yn y busnes.'

'Dyma 'ngwaith i ers gadael yr ysgol. Yr unig fwlch oedd yn ystod y rhyfel.'

Os bwlch hefyd, meddyliodd Dela, gan gofio cyhuddiadau Dilip. Trawyd hi gan rywbeth. 'Mae'n rhaid bod eich profiad chi o drefnu archebion a chyflenwi wedi talu ar ei ganfed yn yr Awyrlu. Mae bod yn Grŵp Capten yn swydd gyfrifol.'

Chwarddodd yn dawel i'w beint. 'Gwobr am beidio â marw oedd e. Do'n i ddim yn beilot na dim. Gwaith gweinyddol oedd e – tebyg iawn i beth ro'n i'n ei wneud o'r blaen.' Tynnodd wep. 'O'ch chi'n byw'n hirach trwy gadw'ch traed ar y ddaear.'

'Oedd mab Mrs Engineer yn beilot, 'te?'

'Nac oedd. Roedd e'n clercio drosta i. Os y'ch chi'n meddwl bod cael cyflenwadau ar gyfer siop fach yn mynd i fod yn anodd, meddyliwch am drio bwydo llwyth bob dydd 'nghanol y rhyfel. Weithe, ro'n i'n gorfod crafu 'mhobman am fwyd i'r bechgyn. Y rheiny oedd yn dod yn ôl, 'ta beth ...'

Cododd Dela ar ei thraed. 'Yr un peth eto i chi?' gofynnodd.

Llyncodd Wilson weddillion ei ddiod. 'Diolch. Peint o hanner a hanner, os gwelwch yn dda.'

Er na wyddai Dela beth oedd 'hanner a hanner', gwenodd ac aeth drwodd at y prif far. Dymunai weld a lwyddodd Huw ddehongli ei sioe gyda'r esgid a'u dilyn i'r Red Lion. Edrychodd o'i hamgylch wrth aros ei thro, ond roedd y diodydd ar y bar cyn iddi ei weld mewn cornel bell, gyda'i het ar y bwrdd o'i flaen ond gyda golwg glir o'r drws a'r bar. Ni feiddiodd ei gyfarch, er y gwyddai ei fod wedi'i gweld. Wrth dalu, daliwyd ei llygad gan ddeuddyn a bwysent ar ben pellaf y bar, gan drafod yn ddwys. Ni ellid clywed gair, ond roedd rhywbeth yn eu dull o beidio ag edrych ar Huw'n benodol yn drawiadol. Gan nad oedd e'n yfed alcohol, nac yn amlwg yn aros am neb, a'i fod mewn siwt drwsiadus, doedd e ddim yn perthyn i'r lle hwn. Gallech wirio taw plisman ydoedd ar wyliadwraeth, ond nid oedd modd iddi ei rybuddio o hynny.

Aeth yn ôl at Wilson, gan obeithio dod â'u sgwrs i ben cyn bo hir, er na ddysgodd hi ddim am gysylltiad rhyngddo â Sir Benfro. Ond bu Wilson yn meddwl yn ei habsenoldeb, ac fel pe bai wedi darllen ei meddyliau, lansiodd ef ei araith ar pam fyddai'n annoeth iddi feddwl am agor siop bob dim yn rhywle anghysbell. Ceisiodd Dela feddwl am resymau dros wneud hynny.

'Ddim hyd yn oed mewn tref farchnad, dywedwch? Dyle bod digon o fasnach yn y mannau hynny, 'sbosib? Rhaid cyfaddef 'mod i wedi sylwi bod prisiau eiddo'n is tu fas i Gaerdydd.'

Amneidiodd Wilson yn amheus. 'Falle'u bod nhw,' atebodd, 'ond cael y cyflenwadau'n rheolaidd fydd y broblem. Bydde angen i chi fod â chludiant a, falle, trefniant gyda ffermydd lleol am lysie, llaeth ac ati. Ond chi fydde'n rhaid mofyn popeth, ac ar ben rhedeg siop, mae hynny'n golygu bod allan gyda'r nos a theithio am filltiroedd. Wrth gwrs, tase chi'n fodlon gwneud taith hir, ar ben hynny, lan i'n warws ni unwaith y mis i mofyn nwyddau tun a siocled, a phethau fel 'na ...'

Gwrandawodd Dela gan amneidio. Sut oedd lori

a Ceinwen yn dod i ben â hyn oll? Ac ni fu sôn am gysylltiadau masnachol yn Sir Benfro o gwbl. Byddai wedi disgwyl, yn ôl geiriau Dilip Engineer, iddo ensynio, o leiaf, bod modd iddo gyflenwi nwyddau ar y slei. Ond wedyn, doedd e ddim yn ei hadnabod. Efallai taw rhywbeth yr oedd e'n ei gynnig i gwsmeriaid hirsefydlog yn unig oedd hynny. A sut ar y ddaear y gallai hi grybwyll bedd Joy Wilson?

'O ble y'ch chi'n dod yn wreiddiol?' mentrodd, gan droi'r pwnc. 'Nid acen Caerdydd yw honno.'

Ysgydwodd ei ben. 'Nage. 'Mhellach lan yn y Cymoedd yw 'nghartre yn Efail-goch – mae Mam yn dal i fyw yno.' Gwnaeth geg gam. 'Mae hi yn ei saithdegau erbyn hyn a dyw hi ddim wedi bod yn iach ers blynyddoedd, a gweud y gwir.'

'Dyna drueni,' ebe Dela. 'Ody 'ddi'n gallu cael triniaeth?'

Pwffiodd Wilson. 'Smo fi'n credu bod lot y gallan nhw neud erbyn hyn. Tynnon nhw un *kidney* sbel hir yn ôl, ond mae'r llall yn dechre mynd nawr.'

Gwnaeth Dela synau teimladwy. 'A dwi'n siŵr bod eich swydd yn ei gwneud hi'n anodd i chi alw heibo'n gyfleus.'

'Peidwch â sôn! Cofiwch, sdim iws cwyno, ma' pobol y capel wedi bod yn dda ofnadw wrthi. Smo fi'n gwbod beth fydden i'n ei wneud hebddyn nhw – yn enwedig y gweinidog, Mr Daniels a'i wraig.'

Amneidiodd Dela. Dysgodd rhywbeth o'r diwedd. Os taw arennau drwg oedd gan Joy Wilson, gallai fod yn wendid teuluol, a byddai Tudful yn sicr o wybod rhywbeth am y Parchedig Daniels, ni waeth o ba enwad y deuai. Edrychodd ar ei watsh.

'O, bois!' meddai. 'Bydd yn rhaid i fi fynd.' Cododd ar ei thraed. 'Diolch yn fawr i chi am fy ngweld i ac am eich cyngor. Fe gadwa i eich cerdyn yn ddiogel.'

Er i Wilson godi er mwyn ysgwyd ei llaw, nid oedd sôn ei fod yntau am adael. Yn nhyb Dela, dyna lle byddai tan i'r dafarn gau. Camodd drwy'r prif far at y drws, gan ddisgwyl i Huw ei dilyn o'i gornel, ond i'w syndod nid oedd e yno mwyach.

Pennod 21

O flaen y dafarn, disgwyliodd Dela weld Huw yn loetran yn rhywle, ond nid oedd sôn amdano ar y stryd dywyll. Doedd bosib ei fod wedi pwdu a mynd am y trên. Nid oedd neb yn yr ale y daethant allan ohoni. Rhoddodd gynnig ar y fynedfa ar yr ochr arall i'r adeilad. Tybiai taw rhan o diroedd y dafarn oedd hon, ac arweiniai at gwrt cefn lle derbynnid cyflenwadau. Deuai synau o'r fan honno, er y gallent fod yn rhan o waith y dafarn. Daeth lleisiau uchel yn ffarwelio o'r tu mewn wrth i'r drws mawr agor, a sleifiodd Dela'n gyflym i gysgod y fynedfa. Trodd yr ymadawyr i'r cyfeiriad arall ac wrth i sŵn eu lleisiau wywo, sylweddolodd bod y synau o'r cefn yn uwch. Rhyw sgwffio traed a glywai, a rhywun yn dweud ambell air yn isel.

Cripiodd ymlaen i fod yn siŵr, gan gadw un llaw ar y mur. Neidiodd pan glywodd rhywbeth yn disgyn a sgathru'n fetelaidd dros y llawr cobls. Bu bron iddi syrthio pan gyffyrddodd ei bysedd â gwagle sydyn, ond arbedodd ei hun. Yn y tywyllwch, nid oedd wedi sylwi bod drws mewn encil ddofn yn y wal. Aeth i sefyll yno, gyda'i chalon yn curo, cyn pipo allan i'r dde, yn y gobaith o weld beth oedd yn digwydd yn y cwrt. Tynnodd yn ôl yn syth, gan frathu ei thafod rhag gweiddi. Tywynnai golau gwan o ffenest lofft tua chefn y tŷ nesaf dros olygfa frawychus o ddynion yn ymladd. Daliai'r golau gopaon eu capiau ac ambell benelin neu asgwrn boch. Edrychodd eto. Na, nid ffrae gyffredinol oedd hon, ond yn hytrach un dyn yn dal dyn arall tra bod trydydd yn ei ffusto'n galed. Huw oedd y dyn a gawsai ei ddal.

Syniad cyntaf Dela oedd rhuthro atynt a neidio ar gefn y ffustwr, ond amheuai a oedd hi'n ddigon cryf i'w dynnu i ffwrdd. Taflodd olygon i fyny ac i lawr yr ale. Oedd na ddarn hir o bren neu rywbeth tebyg yn gyfleus? Nac oedd. Beth oedd ganddi i'w ddefnyddio fel arf? Ei bag llaw? Roedd yn lledr solet gyda chlesbyn metel. A fyddai clatsien gyda hwnnw'n ddigon i atal y grasfa? Wrth ei symud i'w llaw dde, teimlodd lwmpyn yn ei phoced. Y chwiban. Cododd ef i'w gwefusau a'i chwythu'n ffyrnig deirgwaith.

Clywodd waedd ac yna bu tawelwch am eiliad hir. Dechreuodd rhywun redeg a dowciodd Dela'n reddfol i ddüwch yr encil. Daeth ffigwr heibio iddi ar ras, heb ei gweld, gyda'i gapan wedi'i dynnu i lawr dros ei dalcen a hem ei siaced yn fflapio. Gwelodd ef yn cyrraedd y stryd ac yn rhedeg nerth ei draed i ffwrdd i'r dde. I ble'r aeth y llall? Daeth allan o'i chuddfan a nesáu at y fan lle'r agorai'r ale i'r cwrt. Tarodd ei throed yn erbyn rhywbeth a phlygodd i'w godi. Pren o'r diwedd. Byddai un ymosodwr yn haws delio ag ef na dau. Cripiodd ymlaen.

'Dela!'

Pwysai Huw yn erbyn math o gysgodfa agored,

gydag un fraich wedi'i lapio am ei stumog. Deallodd Dela, wrth frysio ato, bod ei ymosodwyr wedi gwahanu, un i gyfeiriad y stryd a'r llall naill ai dros ben y wal gefn neu yn ôl i mewn i'r dafarn. Os aeth i'r dafarn gallai fod yn mofyn mwy o'i ffrindiau. Oherwydd hyn, taflodd fraich rydd Huw dros ei hysgwydd.

'Dere'n glou,' hisiodd.

'Mae bod yn dy gwmni di'n beryg bywyd!' ebe Huw wrth iddynt hercio'n boenus allan i'r stryd.

Bu bron i Dela ei ollwng. 'Dy fai di dy hunan yw hyn am eistedd mewn tafarn ryff yn yfed pop ac edrych fel y gŵr drwg ar bawb. Pwy o'n nhw? Y ddau ddyn yn trafod wrth y bar? Pam na symudest ti bant? Ro'n nhw'n amlwg ddim isie i neb glywed eu sgwrs.'

'Amlwg i bwy? Dwi'm 'di arfar â'r dosbarth troseddol fel chdi.'

'Ac o ble gest ti'r chwiban? Aneurin?' heriodd Dela.

'Hen un sbâr – ers llynedd – ffordd o alw'n gilydd mewn argyfwng, rhag ofn, 'sti.'

'Diolch i'r drefn amdano, ta beth. Drycha, mae pawb yn gadael y dafarn. Maen nhw'n credu bod plismyn ar'u ffordd.'

Yn wir, roedd y stryd wedi prysuro'n aruthrol. Cerddodd y ddau i ffwrdd yn lletchwith, gyda Dela'n cadw llygad ar agor am Wilson, ond hwyrach ei fod wedi dianc i lawr yr ale gefn yn ôl i'w dŷ lojin.

Trwy gydol y daith gerdded drafferthus i orsaf y rheilffordd, bu Dela'n pryderu am yr oriau y byddai'n rhaid iddynt eu treulio'n aros am y trên llaeth. Pe bai modd perswadio Huw, byddai wedi archebu tacsi i'r ysbyty agosaf, ond gwyddai nad oedd gobaith iddo gytuno. Rhoddodd ef i eistedd yn welw ar fainc cyn mynd i brynu tocynnau.

'Cerwch at y platfform nawr,' meddai'r swyddog.

Edrychodd Dela arno'n syn.

'Mae'r trên saith yn hwyr iawn,' esboniodd y dyn. 'Mae e'n sefyll 'na eisoes. Hastwch, w!'

Rhoddodd ei rhyddhad o glywed hyn yr egni iddi hanner cario Huw trwy'r giatiau ac wedyn ei wthio i mewn i'r trên. Prin yr eisteddasant cyn dechreuodd y trên symud. Wrth iddi geisio gael ei gwynt ati, caeodd Dela ei llygaid. Teimlodd law Huw yn chwilio am ei llaw hi ac eisteddodd y ddau'n ddistaw am rai munudau, cyn iddo ochneidio.

'Dylswn i fod wedi aros tu allan ar y stryd,' mwmialodd.

Nid nawr oedd yr amser i Dela gytuno.

'Sut wnaethon nhw dy gornelu di?' gofynnodd.

'Trwy 'nilyn i i'r tŷ bach. Roeddat ti newydd brynu mwy o ddiodydd ...'

Agorodd y drws i'w cydran yn sydyn a gwthiodd dynes ei phen i mewn, cyn penderfynu nad oedd digon o le yno iddi hi a'i haid o blant. Manteisiodd Dela ar y cyfle i holi.

'Beth o'n nhw moyn? Ddwynon nhw rwbeth?'

'Dim. Doedd 'ngwynab i ddim yn ffitio. Ella bod gan Wilson rwbath i'w neud â'r peth.'

'Buodd e'n siarad â nhw?'

Ysgydwodd Huw ei ben. 'Ddim i mi weld.' Gwingodd wrth i'r trên sboncio.

'Roedd Wilson mor wahanol i beth ro'n i wedi ei ddisgwyl.'

'Oeddat ti wedi dychmygu rhyw fath o Errol Flynn?'

'O'n!' Pan welodd ef yn gwenu, aeth ati i roi'r holl hanes iddo.

Wedi iddi orffen, gofynnodd Huw, 'A ddudodd o ddim byd amheus o gwbwl?'

'Naddo, ond cafodd e sioc i glywed taw yn Sir Benfro y canfuwyd corff Anjun.'

'A chest ti'm cyfla i holi a oedd gan Wilson gysylltiada'n Sir Benfro?'

'Ddim ar ôl iddo ddweud nad oedden nhw'n cyflenwi 'mhellach lawr na Chaerfyrddin. Falle bod modd holi mwy am ei fam wanllyd yn Efail-goch. Arennau drwg oedd gan Joy Wilson hefyd, yn ôl Tomos Morgan.'

'Mm. Dydi Daniels Efail-goch, y gweinidog, ddim yn gyfarwydd. Ella bydd Tudful yn 'i nabod.'

'Bydda i'n ei ffonio fory,' atebodd Dela.

Ymhen ychydig funudau sylweddolodd bod Huw'n cysgu, a dechreuodd hithau bendwmpian.

Roedd yn tynnu at hanner nos erbyn iddynt gyrraedd Nant yr Eithin ac wedi eistedd cyhyd, roedd Huw mor boenus ac anystwyth bu'n rhaid i Dela gael cymorth y gorsaf-feistr i'w helpu oddi ar y trên.

'Jiw, jiw, Mr Richards bach, beth ddigwyddodd i chi?' gofynnodd hwnnw, ond gan fod wyneb Huw cyn wynned â'r galchen yng ngoleuadau'r orsaf, arweiniodd ef yn syth i'w swyddfa a'i osod yn yr unig gadair freichiau. Pwysodd Huw ei ben yn erbyn y cefn ac anadlodd yn ddwfn.

Gwnaeth y gorsaf-feistr ystum i annog Dela i'w ddilyn allan drwy'r drws.

'Shwd ar y ddaear y'ch chi'n mynd i'w gario fe lan i Dŷ Capel?' mwmialodd.

Cododd Dela ei hysgwyddau.

Edrychodd ef ar ei watsh. 'Bydd y fan bost ddim 'ma am orie.' Sbeciodd drwy'r ffenest ar y claf. 'Sena i wedi'i weld e cynddrwg ers blynydde. Ei hen anaf yw hyn?'

Atebodd Dela cyn ystyried. 'Nage, ymosodwyd arno'n gwbl ddireswm.'

'Ble ar y ddaear buoch chi i'r fath beth ddigwydd?'

'Lan yng Nghaerdydd.'

'Hen le diwardd. Ond wedyn, 'na'r gwaetha o'ch dilyn chi bwti'r lle. Os nad yw e'n well mewn chwarter awr, dwi'n galw Doctor Davies.'

Yn y diwedd, y meddyg gludodd Dela a Huw yn ôl i Dŷ'r Capel yn ei gar. Rhyngddynt, llwyddasant i'w helpu i fyny'r grisiau i'w stafell wely, ac arhosodd Dela allan ar y landin. Roedd hi ar fin mynd i lawr i'r gegin i ferwi'r tegell pan ymddangosodd y meddyg yn sydyn gan wgu. Suddodd ei chalon o weld bod ei agwedd biwis arferol, a feiriolodd gryn dipyn o weld cyflwr Huw, wedi dychwelyd.

'Gaf i gynnig te i chi?' gofynnodd Dela.

'Sdim byd cryfach, sbo? Nago's wrth gwrs. Ddim fan hyn.'

'Bydd angen moddion arno?'

'Dwi 'di rhoi potel fach wrth y gwely iddo gymryd llwyed ar y tro. Mae e wedi cracio asen, yn bendant, a rhwng hynny a'r cleise, bydd e'n boenus. Peidwch â gadel iddo dynnu'r rhwymyn. Dwi'n gwbod 'i fod e'n anghysurus, ond bydd e'n help. Wneiff e ddim gwahanieth i'r anaf, ond bydd e'n ei rwystro rhag neud lot o ddim.' Edrychodd o'i amgylch yn chwilfrydig. 'Dim Hetty, 'te?'

Awgrymai ei eiriau taw cynllun llwyr oedd eu dychweliad ganol nos er mwyn manteisio ar absenoldeb yr howsgiper.

'Mae hi draw gyda'i chwaer tan y bore, mae'n debyg,' atebodd Dela'n llyfn, gan edrych ar ei watsh. 'Bydda i yn y gegin yn aros amdani ac yn trio cadw ar ddi-hun.'

'Byddwch ... nawr,' ebe'r meddyg dros ei ysgwydd, wrth ddisgyn y grisiau.

'Diolch yn fawr i chi am ddod mas,' meddai'n llipa, er gwaethaf ei ensyniadau. 'Ro'n i'n pryderu.'

'Hm.' Trodd ati wrth y drws. 'Dyw hi ddim yn ddigon i chi beryglu'ch hunan trwy botsian, heb dynnu pobol erill miwn i'r cawl?'

Cododd ei het feddal o'r bwrdd bach ger y drws gyda gwên fach, heb ddisgwyl ateb i'w saeth eiriol.

'Potsian?' gofynnodd Dela. 'Dyna beth yw dal llofruddion, ife? Dylech chi roi cynnig arni. Bydde fe'n rhywbeth i chi neud wedi ymddeol.'

'Ha! Tasen i'n cael fy lladd, dwi'n ame nad chi fydde'n dal y llofrudd.'

Agorodd y drws a chamodd allan i'r llwybr.

'Bydde ddim angen whilo am lofrudd dynol,' ebe Dela o'r trothwy. 'Os na laddith y ffags chi, gwnaiff y wisgi.'

Pennod 22

Parodd ei hwyliau buddugoliaethus hyd nes iddi sylweddoli nad y meddyg yn unig fyddai'n gweld ei harhosiad yn Nhŷ'r Capel fel pwnc clecs. Gan mai ffermwyr oedd o'i chwmpas, byddai rhywun yn sicr o fod wedi'i gweld eisoes. Felly, er iddi wirio cyflwr Huw sawl gwaith, arhosodd gan mwyaf yn stafell flaen y tŷ, a wynebai'r heol, gyda'r golau trydan yn disgleirio fel begwn. Sicrhaodd y gellid ei gweld drwy'r ffenest flaen a'r ffenest ar yr ochr dde a roddai olwg dda iddi o siop Iori a Ceinwen.

Tua phump o'r gloch y bore, daeth Iori allan o ddrws pellaf y prif adeilad cyn dadgysylltu'r iet a arweiniai at fuarth ar y dde. Rhedent dyddyn yn ogystal â'r siop o le deuai'r llaeth a brynai'n rheolaidd. Brysiodd Dela i'r gegin. Canfu'r can llaeth gwag yn y pantri. Dim ond mymryn oedd ar ôl yn y jwg a byddai angen mwy yn fuan. Esgus delfrydol i achub y blaen ar unrhyw ensyniadau.

Ni fyddai Iori'n hir yn godro ei dair buwch, a dymunai Dela siarad ag ef yn hytrach na'i wraig, felly rhaid iddi fod yn gyflym. Roedd y wawr yn torri wrth iddi groesi blaen y siop, heibio i'r pympiau petrol. Un golau a dywynnai o lofft y siop, ond roedd yn ddigon iddi allu gweld. Wrth ddynesu at y clowty gallai glywed sŵn cnoi rhythmig y gwartheg a sawru gwres eu cyrff trwm.

Safodd am eiliad wrth y drws agored. Roedd Iori'n cyrcydu ar stôl deircoes, gyda'i wyneb yn erbyn ystlys y fuwch, gan fwmial canu wrth i'w fysedd medrus wasgu'r llaeth i'r bwced. Bob hyn a hyn syllai'r fuwch arno dros ei hysgwydd. Dychmygodd Dela bod rhyw dynerwch yn yr edrychiad.

Pesychodd yn dawel. 'Iori?'

Neidiodd, wedi'i syfrdanu, a gwenodd Dela'n ymddiheurol.

'Miss Arthur? Chi sy 'na'r amser hyn o'r bore?' meddai'n betrus. 'Gwedodd Ceinwen bod rwbeth o'i le yn Nhŷ'r Capel. Mae'r gole 'di bod mlaen drwy'r nos.'

'Mae hi'n iawn,' atebodd Dela. 'Ry'n ni yn ei chanol hi, mae arna i ofon.'

'Ody'r gweinidog 'di cael hen bwl cas 'to?'

'Nadi, ond mae e wedi cracio asen yn ôl y meddyg ac mae e'n boenus. Gyda Hetty bant 'da'i chwaer dwi'n trio cadw pethe i fynd. Gaf i brynu can o laeth, plis?'

Rhwbiodd Iori ei ddwylo ar ei drowsus wrth godi ac estyn ei law am y can.

'Cwmpodd e, 'te?' gofynnodd, gan symud draw i stên anferth a safai yn y llaethdy drws nesaf.

Gan iddi sôn am yr ymosodiad wrth y gorsaf-feistr rhaid ei ailadrodd gan wybod y byddai'r hanes dros y fro gyfan cyn diwedd y bore unwaith i Iori ddweud wrth

Ceinwen. Serch hynny, tybed a oedd modd gwella'r stori rhyw fymryn?

'Ro'n ni wedi bod yng Nghaerdydd – fynte'n ymchwilio a finne'n siopa – heb sylweddoli bod yr amser yn brin i ni ddal y trên yn ôl. Buon ni'n ddigon twp i fynd lawr rhyw stryd gefen i arbed amser. Daeth rhyw ddynion aton ni a trio 'mygwth i.'

Edrychodd Iori i fyny o'i waith yn llenwi'r can o'r stên â jwg enamel. 'Moyn eich bag chi, sbo,' mwmialodd.

'Ie. Ond safodd y gweinidog o'm mlaen i a chafodd e 'i fwrw'n galed.'

'Y cachgwn,' chwyrnodd Iori. 'Shwd jengoch chi?'

'Gwaeddodd rhywun o ben y stryd. Rhedodd y dynion bant.' Ochneidiodd. 'Buon ni'n lwcus.'

'Duw mowr!' Chwifiodd Iori ei law pan welodd Dela'n agor ei phwrs. 'Presant i Mr Richards,' meddai. 'Bydd Ceinwen draw whap, gallwch chi fentro.'

O bydd, meddyliodd Dela wrth ruthro i fyny'r grisiau at Huw wedi rhoi'r tegell i ferwi.

'Dihuna!' meddai'n ddiangen, gan fod Huw'n hanner eistedd yn erbyn y gobennydd yn darllen. 'Mae Ceinwen ar ei ffordd.'

'Paid ti â meiddio dŵad â hi i fyny i fama!'

'Fe wna i 'ngore glas i'w chadw hi yn y gegin, ond rwyt ti'n ei nabod hi cystal â fi. Mae angen i'n dwy stori ni am beth ddigwyddodd fod yr un peth, rhag ofn.'

Fodd bynnag, wedi iddi esbonio, roedd yn amlwg nad oedd e'n llwyr werthfawrogi ei hymdrechion i'w bortreadu fel arwr.

'Wyt ti'n siŵr na chest titha anaf? Cnoc ar dy ben, ella?'

'Bydda'n ddiolchgar! Wyt ti wirioneddol isie i bawb wbod i ni fod mewn tafarn?' Cafodd syniad brawychus. 'Beth ddywedest ti wrth y meddyg?'

''Mond i ddau ddyn ymosod arna i,' atebodd. Edrychodd arni'n heriol. 'Fedra i mo'u rhaffu nhw fel chdi.'

Symudodd Dela at y drws. Ni fyddai Ceinwen llawer hwy. 'Cyfle da i ti ymarfer ac i fwynhau bod yn arwr. Ond, ta beth, bydd tawedogrwydd yn mynd ymhellach nag ymffrostio.'

Wrth iddi droi am y grisiau clywodd ef yn mwmial,

'Be' ddiawl sgin i i ymffrostio amdano?'

Roedd siâp digamsyniol Ceinwen i'w weld drwy hanner uchaf gwydr y drws blaen wrth iddi gyrraedd y cyntedd.

'Odych chi'n siŵr nawr bydd Mr Richards yn iawn ar 'i ben 'i hunan? Bydde hi ddim yn well i ni fynd lan i gadw llygad arno fe?'

Swniai Ceinwen yn siomedig wrth droi ei llwy yn ei chwpanaid o de yn y gegin.

'Na fydde. Mae e'n cysgu,' atebodd Dela, 'a dwi'n falch o hynny. Mae'r moddion yn gweithio, diolch byth. Roedd e'n ofnadw o boenus ar y trên.'

Ysai i weld Hetty'n dychwelyd. Pa bwnc sgwrsio fyddai'n tynnu sylw Ceinwen o'r posibilrwydd cyffrous o weld y gweinidog yn ei wely?

'O'n i ddim ond yn meddwl pw' ddwrnod,' meddai'n

ffug chwilfrydig, 'mae'n rhaid ei bod hi'n anodd iawn i chi dderbyn cyflenwade at y siop, gyda'r holl ddogni petrol.'

Cododd Ceinwen ei haeliau. 'Derbyn? Sena ni wedi derbyn dim wrth y cyflenwyr mowr ers oesoedd, blaw am betrol a disel pinc. Ry'n ni'n gorfod mynd i'w mofyn e 'i gyd o Gaerfyrddin a dim ond hyn a hyn gewch chi! Weithe daw pobol â'u stwff aton ni, ch'mod, tato, garaitsh neu fale, os yw nhw'n mofyn petrol neu moyn rhwbeth o'r siop.'

'Cynddrwg â hynny?'

'Pan ddaw'r *rations* i ben, a'r holl waith papur diddiwedd, bydda i'n dawnso ar y sgwâr. Tasen nhw'n eu cadw nhw'r un peth o fis i fis bydde'n haws ond maen nhw'n mynd lan a lawr fel ioio. Wyth owns o gaws yr wthnos un mis, pedwar yr un nesaf, ond o leia mae nhw'n neud mwy nag un siort o gaws nawr ...'

Gwrandawodd Dela gan borthi yn ôl y gofyn. Dywedodd Wilson y gwir am hynny, o leiaf. Cododd Ceinwen o'r diwedd a phwyntiodd at y cloc ar y mur.

'Mae'n bryd i fi agor y siop,' meddai, 'neu bydd ciw mas trwy'r drws.'

Nid oedd Dela erioed wedi gweld ffenomenon o'r fath yn Nant yr Eithin ond cododd hithau.

'Mae'n ddrwg 'da fi am eich cadw chi,' ymddiheurodd. 'Diolch i chi am ddod draw.'

'Cofiwch weiddi os allwn ni neud unrhyw beth,' meddai Ceinwen wrth dramwyo'r rhodfa i'r drws blaen, ond ni allai atal ei hun rhag taflu un olwg obeithiol, olaf i fyny'r grisiau.

Wedi cau'r drws ar ei hôl hoffai Dela allu ffonio Tudful ond sylweddolodd nad oedd eto'n saith y bore. Wrth betruso am hyn, clywodd allwedd yn troi yn y drws blaen ac ymddangosodd Hetty.

'Miss Arthur fach!' ebe honno'n syn.

'Gredech chi ddim mor falch ydw i o'ch gweld chi,' atebodd Dela.

'Pam? Beth ddigwyddodd? Ody e'n iawn?'

Ysgydwodd Dela ei phen, a lansiodd i mewn i'r hanes.

'O, jiw!' meddai Hetty pan roeddent yn y gegin unwaith eto'n berwi'r tegell. 'A wedd yn rhaid i hyn ddigwydd a finne bant! Lwcus nad o'dd e ar 'i ben 'i hunan.'

'Ontefe,' cytunodd Dela. 'Shwd mae eich chwaer erbyn hyn?'

Bu saib bach cyn i Hetty ateb. 'Mae'n gwella.' Tynnodd gwpan a soser ychwanegol o'r seld. 'Os ody e ar ddi-hun, falle bydd e'n falch o ddished a bara menyn.' Syllodd am ennyd ar y can llawn llaeth. 'Buoch chi mas yn barod?'

Eglurodd Dela.

'Betia i bod Ceinwen wedi dod draw fel shot,' oedd sylw Hetty.

'Fel bwled o ddryll,' cytunodd Dela, 'ond llwyddes i i'w chadw hi lawr fan hyn.'

Gan ddweud bod yn rhaid iddi wneud galwad ffôn

bwysig, gadawodd y gegin, ond gallai glywed Hetty'n dal i chwerthin wrth osod hambwrdd i Huw. O'r llofft deuai sŵn shifflan llyfrau, felly ni chawsai'r brecwast ei wastraffu. Wrth ddeialu'r gweithredydd i'w chysylltu â Chwm y Glo, meddyliodd bod stafell wely Huw yn ddim mwy nag estyniad o'i stydi. Pe baent yn priodi, nid oedd ganddi unrhyw fwriad cysgu yn Llyfrgell Genedlaethol Cymru – ond byddai honno'n frwydr arall.

'Wrth gwrs!' cytunodd Tudful, wedi clywed ei chais. 'Mi rydw i'n ei nabod o. Wrach bydd angan i mi feddwl am ryw esgus da. Ydy Huw'n sâl iawn?'

'Mae e'n darllen, ta beth,' atebodd Dela. 'Ble mae Nest?'

'Mae'n golchi'i gwallt.'

Roedd Dela'n falch o hynny, oherwydd cawsai glywed yr hanes (gwir y tro hwn!) am yr ymosodiad yn ail-law.

'Ac ry'ch chi'n gwybod pa gwestiyne penodol i'w gofyn?'

'Wyt ti'n credu 'mod i'n dwp, hogan? Mi fydda i'n slei fatha llwynog wrth dynnu'r wybodaeth allan ohono.' Cyn i Dela allu adweithio'n anghrediniol, ychwanegodd, 'Bu'r hogyn Emlyn 'na ar y ffôn neithiwr eto – isio i ti ffonio fo'n ei waith heddiw. Rwyt ti'n hynod boblogaidd y dyddia hyn.'

Pe bai hynny ond yn wir, meddyliodd Dela wrth roi'r derbynnydd i lawr. Daeth blinder drosti fel ton a theimlodd ddiflastod. Pan ddaeth allan o'r stydi, roedd Hetty'n dod o'r gegin gan gario bag siopa.

'Os arhoswch chi bum munud cyn gadel ...' meddai.

Aeth Dela i ffarwelio â Huw. O'i weld yn dymchwel sawl tafell o fara menyn a jam, calonogwyd hi nad oedd unrhyw beth yn bod ar ei stumog. Eisteddodd ar erchwyn y gwely, a orchuddiwyd gan lyfrau agored.

'Dwi ddim yn gwbod shwd alli di gadw ar ddi-hun,' meddai. 'Dwi bwti marw isie cysgu.'

'Gei di gyfla'n fuan,' atebodd Huw, gan sipian te.

'Byddi di'n iawn nawr bod Hetty yma. Chwarae teg iddi am fynd mor aml i garco'i chwaer, ond gweles i ei heisiau neithiwr.'

Synnwyd hi i glywed Huw'n chwerthin i'w gwpan. Edrychodd arni'n gellweirus.

'Nid mynd i weld ei chwaer y mae hi,' sibrydodd.

Syllodd Dela arno. 'Pwy, 'te?'

'Eirug, lawr yng Nghlawdd Coch.'

Agorodd Dela ei llygaid yn fawr. 'Na!'

'Sylwist ti ddim bod gynni hi ddannadd gosod newydd sbon?'

'Mae lot o bobol wedi cael dannedd newydd ers i'r NHS ddechre. A sbectol,' meddai'n anniddig. 'Ydy pawb ond ni'n dilyn bywyd carwriaethol cyffrous a chudd, gwed?'

'Ydan, 'mwn i.'

Ar y gair, clywsant sŵn y drws blaen yn agor, a chododd Dela ar ei thraed. Rhoddodd gusan ar foch Huw cyn mynd am y drws. Daeth ei lais ati o'r gwely.

'Basat ti'n licio rhwbath fel 'na?'

Edrychodd Dela dros ei hysgwydd. 'Bydden, sbo.'

'Digywilydd!' oedd ei ateb â gwên lydan.

Roedd y ffôn yn canu wrth iddi ddadgloi drws Tŷ'r Ysgol, a gollyngodd ei chês i'w hateb.

'Lle buost ti?' meddai llais Tudful. 'Dyma'r eildro i mi drio d'alw di.'

'Nawr gyrhaeddes i,' meddai Dela gyda'i gwynt yn ei dwrn. 'Dwi'n cymryd yn ganiataol bod 'na newyddion.'

'Oes. Peth da i mi ffonio'n syth – mae Ronnie Daniels a'r Musus yn mynd at y mab y prynhawn 'ma. Roedd Wilson yn deud y gwir am iechyd ei fam ond doedd Ronnie rioed wedi clywad sôn am unrhyw blentyn yn perthyn iddyn nhw a fu'n byw lawr yn Sir Benfro, ac mae o wedi bod yn weinidog yn Salem ers bron i ddeng mlynedd ar hugain.'

'Dim cysylltiad o gwbwl, felly.'

'Mm. Gofynnis i a oedd Mrs Wilson yn arfar ymweld â pherthnasa lawr yn y gorllewin ond fedra fo ddim dwyn unrhyw achlysur i gof. Ond cofia, mae hi 'di bod yn ddynas wanllyd ers blynyddoedd. Tua deugain ydy Wilson.'

'Ife? Mae golwg hŷn arno.' Gwnaeth Dela syms yn ei phen. 'Bydde Joy Wilson yn bump ar hugain tase hi 'di byw. Nid Wilson oedd ei thad, os yw e'n ddeugain. Oes 'na frodyr neu chwiorydd?'

'Nac oes. Unig blentyn ydy o ac roedd ei fam eisoes yn weddw cyn i Ronnie gyrraedd Salem. A 'swn i'n ama'n fawr nad hi oedd mam yr hogan, chwaith. Dynas barchus iawn.'

Sugnodd Dela ei dannedd. 'Mae hyd yn oed y parchus yn pechu.'

O ble ddaeth Joy Wilson, felly, a beth ddigwyddodd i'w mam? Sylweddolodd bod Tudful yn siarad eto.

'Ddudodd Ronnie Daniels un peth diddorol wrth ganmol Mrs Wilson. Cafon nhw fenyn cartra ganddi fwy nag unwaith yn ystod y rhyfal. Roedd o wedi'i lapio mewn papur gwyn dienw, er bod stamp ysgallen ar y menyn. Tybad o ble ddaeth hwnnw?'

Diolchodd Dela iddo cyn ffarwelio. Gwnâi synnwyr pe bai Wilson wedi cadw pecynnau o fenyn fferm ar gyfer ei fam os taw dyna beth yr anfonwyd Anjun i'w mofyn. Oni ddywedodd wrthi bod bwydo'r criw o ddynion ifanc dan ei ofal wedi bod anodd? Ai dim ond ymdrech i chwyddo'r cyflenwadau oedd teithiau Anjun? Fel gweithiwr i gwmnïau cyflenwi bwyd am flynyddoedd, byddai gan Wilson lu o gysylltiadau defnyddiol dros dde Cymru. Er bod gwerthu menyn o ffermydd yn answyddogol yn dal i fod yn groes i'r rheolau, ni allai feio Wilson am wneud. Roedd hi ei hun wedi cario menyn i Gwm y Glo oddi wrth Eirug – o bosib yn gwbl anghyfreithlon.

Rhoddodd gynnig ar ffonio Emlyn, ond ni chafodd ateb, felly, gan ddylyfu gên aeth i orwedd yn ddiolchgar. Yn wir, roedd hi mor flinedig, ciciodd ei sgidiau i ffwrdd a thynnodd y cwrlid drosti heb drafferthu matryd.

Pennod 23

Sŵn car a'i dihunodd. Dywedai'r cloc larwm dri o'r gloch. Gorweddodd am eiliad, ond pan glywodd giatiau mawr iard yr ysgol yn grwgnach, cododd yn ffwndrus gan wthio'i thraed i'w sgidiau. Daeth cnoc ar y drws wrth iddi redeg ei bysedd drwy ei gwallt.

Rhyw bum munud wedyn, roedd hi'n gwneud te i Winnie Humphreys a eisteddai'n ddagreuol a di-air yn y parlwr. Beth ddigwyddodd? A oedd Mrs Jefferies wedi cario'r frwydr i dir y gelyn? Gan nad oedd Dela i fod i wybod am gyhuddiadau'r gogyddes, byddai'n rhaid troedio'n ofalus.

Cymerodd ddwy gwpanaid o de cyn i Winnie ddechrau esbonio.

'Mae rhwbeth yn digwydd a dwi ddim yn ei ddeall o gwbl,' meddai'n araf. 'I ddachre, ro'n i'n siopa yng Nghastellnewydd Emlyn echddoe a sylwes i bod menyw ar yr ochor arall i'r stryd yn hanner cwato ac yn edrych arna i. Dim ond cip ges i'r tro cyntaf, ond gweles i hi 'to pan ddes i mas o'r ail siop, a'r drydedd.'

'O'ch chi'n ei nabod?' gofynnodd Dela.

'O'n. Mrs Jefferies – ond wedd hi'n goch fel twrci.

Bydden i wedi galw "helô" ... ond wir, wedd golwg mor gas ar 'i hwyneb hi.'

Amneidiodd Dela. Nid hyn, er yn gythryblus, oedd yr holl hanes. Aeth Winnie yn ei blaen.

'Bydden i wedi anghofio amdano siŵr o fod, ond y bore 'ma daeth y fan bysgod rownd 'to.'

Smaliodd Dela feddwl. 'O ie,' meddai, 'dyna fan Mr Jefferies.'

'Ie. Anamal iawn y byddai i'n gweld y fan o gwbwl. Ond y gwylie hyn, mae e wedi galw ddwywaith yn barod.'

'Sut berson yw e?' gofynnodd Dela.

'Mae e'n dawel a pholéit,' atebodd Winnie. 'Cofiwch, mae rhyw liw od ar 'i wallt e.' Sipiodd ei the. 'Ond wedyn, galwodd e bore 'ma 'to, a'r tro hwn gofynnodd e am gael gair.' Aeth ei llygaid yn bell, a rhoddodd ei chwpan i lawr.

Sythodd Dela yn ei sedd. 'Beth oedd e moyn?' sibrydodd.

Hyd nes i Winnie wenu am y tro cyntaf ni sylweddolodd mor bryderus y swniai ei geiriau.

'Dim byd fel 'na!' meddai, gan ysgwyd ei phen. 'Ond wedd e'n sobor o lletchwith. Dwedodd e bod rheswm pam ddechreuodd e alw mor fynych ond wedd e ddim wedi teimlo'n ddigon dewr i siarad â fi hyd nes y bore 'ma.'

Crychodd Dela ei thalcen ac amneidiodd Winnie. 'Ers i ni ddod o hyd i'r corff ar y trip ysgol, yr holl siarad 'mhlith ei gwsmeriaid yw y galle fe fod yn Albert, fy ngŵr. Doedd Mr Jefferies ddim yn ein nabod ni, achos do'n ni ddim ar ei rowndyn bryd hynny, ond wedi clywed taw yn Abergweun y buon ni ar y trip, cofiodd e'r dyn y rhoiodd lifft iddo flynyddoedd ynghynt.'

Daliodd Dela ei hanadl. Gyda'i holl sôn am ddefaid ac anialwch, roedd hi wedi dadystyried syniad Gwyn Reynolds bod Albert wedi derbyn lifft. Roedd Winnie wedi magu hyder o'r siarad, a daeth gweddill yr hanes allan fel pistyll.

'Wedd e'n arfer rhoi lifft i bobol yn weddol fynych, medde fe, am fod mynd i unman mor anodd yn ystod y rhyfel, a doedd y dyn ddim wedi neud argraff arno, achos rhoiodd e lifft i rywun arall ar y ffordd yn ôl a wedd hwnnw'n feddw!'

'I ble'r oedd Mr Jefferies yn mynd?' gofynnodd Dela.

'Lawr i Gwm Abergweun ac i Wdig. Mae pysgotwyr yn dala mecryll o'r cei a bydden nhw'n gwerthu iddo weithe. Y peth yw hyn ... wedd y dyn tebyg i Albert ar ei ffordd i'r Werddon. Dangoses i lun o Albert iddo, ond yr unig beth y galle fe gofio amdano oedd 'i fod e'n weddol fowr â gwallt gwyn a'i fod e'n pryderu'n ofnadw am fod yn rhy hwyr i ddala'r llong.'

'O'n nhw'n rhedeg gwasanaeth rheolaidd i'r Iwerddon ynghanol y rhyfel? Bydde honno'n daith beryglus.'

Lledaenodd Winnie ei dwylo. 'Sena i'n gwbod,' meddai. 'Ond falle bod Albert wedi anghofio hynny.'

Dyna'r tro cyntaf iddi gyfaddef bod rhywbeth o'i le arno.

'Dwi'n ffaelu deall pam na ddwedodd Mr Jefferies wrth yr heddlu ar y pryd. Rhoies i bosteri lan ym mhobman. A bydde cwsmeried wedi sôn am y peth, on' fydden nhw?'

'Dyw pobol ddim yn gwneud cysylltiade bob amser,' meddai Dela, 'a sdim dal ble gododd Mr Jefferies y dyn tebyg i'ch gŵr.'

'Na, wrth gwrs,' atebodd Winnie'n ddiflas. Roedd ei llygaid yn llenwi unwaith eto. 'Beth wedd Albert moyn yn Werddon, gwedwch? Unweth buon ni 'na rioed a bues i mor sâl ar y llong ethon ni ddim 'to. Chi'n credu llwyddodd e gyrraedd y lle? Galle fe fod yn fyw, yn gweitho ar ryw ffarm, falle?'

Wiw i Dela ddweud ei barn am hynny.

'Os odych chi isie,' cynigiodd, 'ffonia i Aneurin drosoch chi heno. Bydd e mas ar ei feic nawr, ond gall e gysylltu â heddlu Abergwaun.'

'Chi'n iawn.' Edrychodd Winnie arni'n ddiolchgar. 'A bydd e'n gwrando arnoch chi.'

Aeth Dela allan i'w hebrwng. Er iddi gael esboniad rhannol o ddrwgdybiaeth Ogwen Jefferies, roedd rhai pethau'n dal yn benbleth. Oni bai fod ei gŵr wedi sôn am alw ar Winnie, sut wyddai Mrs Jefferies? A pham oedd e wedi lliwio'i wallt? Roedd wedi peri i'w wraig feddwl y gwaethaf. Caeodd ddrws blaen y tŷ a chododd y ffôn yn y cyntedd. Roedd yn bryd i Aneurin glywed popeth.

Yn ffodus, roedd e wedi dod adref i gael te, ac roedd e'n cnoi rhywbeth wrth iddi adrodd yr hanes.

'Wel!' meddai'n syn. 'Af i draw 'na i gael y stori mas

ohono, hyd yn oed os oes rhaid i fi reslo Ogwen mas o'r ffordd.'

Gwenodd Dela ar y ddelwedd hon.

Bu'n rhaid i Dela fodloni ar fara jam a dŵr poeth i de oherwydd ni phrynodd laeth iddi hi ei hun y bore hwnnw, na dim arall a fyddai wedi gwneud pryd. Cystal iddi wneud rhywfaint o siopa cyn galw heibio i Dŷ'r Capel. Fodd bynnag, pan gyrhaeddodd y sgwâr, roedd Hetty'n dod allan o ddrws y tŷ.

'Sut mae pethau?' gofynnodd Dela.

'Jawl erio'd!' hisiodd Hetty. 'Mae e wedi mynnu codi. Yn y gwely'n gorfedd y dyle fe fod, ond ody e'n gwrando? Nadi fe!' Ysgydwodd ei phlu. 'Wedd ddim tamed o ham 'da Ceinwen y bore 'ma, ond ma'r fan gig newydd fod 'na. Os nad af i'n glou, bydd dim ar ôl.' Syllodd ar fag siopa Dela. 'Os y'ch chi'n fodlon aros gyda fe, galla i siopa drostoch chi. Beth y'ch chi moyn?'

Estynnodd Dela ei bag, ei rhestr a'i phwrs iddi. 'Y llaeth a'r bara sy bwysicaf,' meddai, 'ac wedyn beth bynnag sydd i'w gael. Bydde ffrwythe'n neis.'

'Ha!' meddai Hetty, wrth agor y giât. 'Dim ond riwbob gewch chi, a chwpwl o fale llynedd!'

Wrth gau'r drws blaen, sylwodd Dela nad oedd Hetty wedi mynd yn syth i'r siop. Yn hytrach, roedd hi'n anelu at y blwch ffôn. Roedd gan Eirug ffôn i lawr yng Nghlawdd Coch. Cnociodd yn dawel ar ddrws y stydi a gwthiodd ef ar agor. Eisteddai Huw wrth ei ddesg â'i gefn ati, gan blygu dros rhyw ddogfen.

Ni edrychodd Huw i fyny hyd nes iddi blethu ei breichiau am ei wddf a chusanu corun ei ben.

'Ti sy 'ma?' Ffugiodd Huw ei syndod. 'A dyma finna'n meddwl bod Hetty wedi troi'n hogan bowld yn sydyn reit.' Pan chwythodd Dela yn ei glust, ychwanegodd, 'Cymryd mantais o ddyn sâl 'di hyn. Ydan ni 'di dechra ar ein carwriaeth gudd, felly?'

'Odyn,' atebodd Dela'n bendant. 'Ac yn well byth, mae 'na newyddion.'

Roedd ei adwaith i hanes Winnie'n foddhaol dros ben. Pwysodd yn ôl yn ddifeddwl yn ei gadair wrth wrando, gan wingo pan brotestiodd ei asennau.

'Dy'n ni ddim agosach i ddatrys y dirgelwch,' gorffennodd Dela, 'ond mae e'n rhywbeth i gnoi cil drosto.'

'Mae o'n fwy na hynny,' atebodd Huw. 'Mae 'na obaith y bydd hyn yn tynnu'r gwenwyn allan o'r sefyllfa efo Mrs Jefferies. Dyla ymweliad Aneurin roi stop ar betha.'

Nid oedd yr agwedd hon wedi taro Dela. 'Bydde'n berffeth tase hynny'n wir,' meddai. 'Dwi ddim yn credu fod Winnie wedi dadansoddi pam ddilynodd Mrs Jefferies hi yng Nghastellnewydd Emlyn am fod yr hanes am Albert yn cael lifft i Abergwaun mor syfrdanol. A doeddwn i ddim eisiau ei chynhyrfu mwy.'

Roedd Huw ar fin ateb pan ganodd y ffôn ar ei ddesg.

'Aneurin, sut ydach chi?' clywodd Dela. Gwrandawodd Huw am eiliad, yna gwnaeth ystum i alw Dela'n agos i wrando. 'Mae o mewn blwch ffôn,' gwefusodd.

' ... Pan wedodd e ble wedd e wedi gyllwng Ogwen, dechreues i feddwl. Mae'r ffrind wedd hi moyn galw i'w gweld yn byw a' gro's y ffordd i Winnie Humphreys. 'Na ble mae Ogwen yn bwriadu mynd, nid at y ffrind. Galla i gael lifft 'da Jefferies, ond oes modd i chi a Miss Arthur gwrdd â fi 'na?'

'I dawelu'r dyfroedd?' gofynnodd Huw.

'Ie. Dwi'n rhagweld strach imbed. Gobeitho nad y'n ni'n rhy hwyr.'

Rhoddodd Huw'r derbynnydd yn ôl yn ei grud.

'Bydd yn rhaid i ti yrru,' meddai.

Pennod 24

Gyrrodd Dela mor gyflym ag y gallai, gyda Huw'n gafael yn nrws y teithiwr ag un llaw, a'i law arall yn erbyn y dashfwrdd o'i flaen. Ni wyddai Dela ai ei gyrru hi neu ei asennau a barodd iddo hisian o bryd i'w gilydd.

'Parcia'n fama,' meddai Huw. Roedd y cerbyd gwerthu pysgod i'w weld yn sefyll ugain llath o'u blaenau, ond nid oedd sôn am neb.

Ar ei hymweliad cyntaf â Winnie, ni sylwodd Dela ar y ddau fwthyn a wynebai dŷ ei chydweithwraig. Rhaid mai un o'r rhain oedd cartref ffrind Ogwen Jefferies. Wrth iddi agor ei drws, gwelodd ffigwr trwm Aneurin yn dringo o'r fan a ffigwr llai â gwallt lliw mahogani annaturiol yn dod allan o ochr y gyrrwr.

''Dan nhw'm hyd 'noed 'di cnocio'r drws?' mwmialodd Huw.

'Aros am y cafalri y maen nhw,' atebodd Dela.

Roedd Huw'n dringo'n lletchwith o'i sedd, ac Aneurin a Mr Jefferies yn sefyll gyda Dela'n aros amdano pan agorodd ddrws blaen tŷ Winnie gyda chlec. Trodd pawb ato'n reddfol, ac roedd Dela ar fin rhuthro draw, gan ddychmygu cyflafan, ond baglodd Mrs Jefferies allan dros y trothwy i'r llwybr fel pe bai rhyw law anweledig wedi'i gwthio. Eiliad ar ôl iddi sylweddoli bod pedwar o dystion i hyn, ymddangosodd Winnie yn yr adwy, gan sgubo'n ffyrnig ar ei hôl gyda'r brwsh llawr.

'Pwy fasa'n meddwl?' ebe Huw dros do'r car.

'Fel corgi'n cwrso buwch,' cytunodd Aneurin dan ei anadl. Safai Mr Jefferies yn gegagored, mor stond â gwraig Lot, a gobeithiodd Dela na chlywodd ei eiriau.

Hwpodd Aneurin ei ddwylo i bocedi ei drowsus, a cherddodd yn hamddenol at yr iet ar ddiwedd y llwybr. Dilynodd y lleill ef. Yna pwyntiodd Aneurin un bys tew, cyhuddol, at Ogwen Jefferies.

'Beth, 'te?' poerodd honno. Pwyntiodd hithau ei bys at Winnie. 'Hi sy ar fai! 'Nes i ddim byd!'

'Blaw am sbeio arni, ei dilyn hi, gwneud cyhuddiadau ffals yn ei herbyn er mwyn iddi golli ei swydd, a nawr ymosod arni yn ei chartre.' Cyfrodd Aneurin y rhain ar ei fysedd.

Rhoddodd Mrs Jefferies ei llaw ar ei brest. 'Fi?' sgrechiodd. 'Ddim fi sy'n dala'r brwsh!'

Gwyrodd Aneurin ei ben i un ochr. 'Y cwestiwn yw, Ogwen, pam fuodd angen y brwsh ar Mrs Humphreys?' Cododd ei lygaid i gynnwys Winnie.

Estynnodd Winnie ei dwylo allan. 'Daeth hi ata i fel hyn, yn gweiddi am fwrdwr a dwyn. Wedd 'da fi ddim syniad am beth oedd hi'n sôn. We'n i ofon 'i bod hi'n mynd i'n lladd i.'

Amneidiodd Aneurin ond gallai Dela weld bod coesau Winnie'n crynu. Ceisiodd ddal ei llygad i'w gwroli.

'Dyw pethe ddim yn edrych yn dda, Ogwen, odyn nhw?' meddai Aneurin. 'I ddachre, buest ti'n gwrando ar glecs.'

Gwnaeth ystum â'i fawd tuag at y bythynnod. Ni symudodd y llenni les, ond ni olygai hynny nad oedd rhywun yn gwrando.

'Ond yn lle gofyn yn rhesymol wrth Dai fan hyn beth oedd yn digwydd, beth wnest ti ond gweu rhyw stori fowr, wyllt, yn dy ben. Tase ti 'di gofyn wrtho, bydde fe wedi gweud wrthat ti.' Trodd i wynebu Dai Jefferies, a llyncodd hwnnw wrth amneidio.

Amheuai Dela hynny, ond o leiaf roedd yr olwg heriol, hunangyfiawn ar wyneb ei chogyddes wedi dechrau troi'n sylweddoliad ofnus.

Crafodd Aneurin ei ên. 'Cofiwch,' ychwanegodd, 'dyw'r ffaith 'i fod e wedi penderfynu lliwo'i wallt ddim yn helpu pethe.'

Daeth golwg betrus i lygaid Mr Jefferies, a llyfnhaodd ei wallt â chledr ei law.

'Cystal i fi weud nawr, Ogwen,' parhaodd Aneurin, 'y gallet ti ddim bod 'mhellach o dy le. Sneb wedi dwyn dy ŵr di, a senan nhw 'di lladd neb chwaith. Ond ma' dy gyhuddiade cas di'n drosedd, tase Mrs Humphreys isie cwyno'n swyddogol. Beth yw'r gair 'to, Mr Richards?'

'Enllib,' mwmialodd Huw, a bwysai'n boenus yn erbyn postyn yr iet.

Cnodd Mrs Jefferies ei gwefus.

'Ie, 'na fe,' cytunodd Aneurin. 'Nawr, ewn ni'n tri 'nôl

i'r tŷ yn fan Dai. Dwi isie gair 'da'r ddou ohonoch chi.' Estynnodd ei fraich i annog Ogwen Jefferies tua'r iet.

Yn anfodlon iawn, ufuddhaodd Mrs Jefferies, ond wrth gyrraedd ei gŵr hisiodd, 'Beth wnest ti i gael y polîs ar dy ôl di?'

Pesychodd Aneurin a thewodd hi. Ymhen ychydig eiliadau roeddent yn gyrru i ffwrdd, y tri ohonynt wedi'u gwasgu fel sardîns ar hyd y fainc flaen, gydag Aneurin yn y canol.

Torrodd llais Winnie drwy'r distawrwydd dilynol. 'Dwi'n ffaelu credu hyn ...' meddai, a throdd Dela ati'n gysurol.

Wrth gychwyn y car beth amser wedyn, pipodd Dela ar wyneb disyfl Huw cyn gollwng y brêc llaw. Dros gwpanaid o de gwnaethant eu gorau i dawelu meddwl Winnie, ond ni argyhoeddwyd hi iddynt wneud unrhyw les.

'Dwi'n gweld pwynt Winnie y bydd hi'n anodd iddi ddod yn ôl i weithio yn yr ysgol ym mis Medi,' meddai. 'Bydd yn rhaid i fi alw arni eto i'w pherswadio.'

'Gwell gin ti golli Musus J. na hi,' atebodd Huw.

'Yn bendant. Ond y gwir yw, dwi ddim isie colli'r un o'r ddwy. Ar y llaw arall, falle bydde Jean yn falch o ddyrchafiad i fod yn brif gogyddes ...'

Gan nad oeddent ar frys mwyach, gyrrodd Dela'n araf gan geisio osgoi'r rhychau yn y ffordd. Edrychai Huw rywfaint yn llai llwyd.

'O leiaf y gall Aneurin ddechra gneud ymholiada

rŵan i b'un ai yr aeth Albert Humphreys i'r Werddon,' meddai Huw.

'Ti'n meddwl y llwyddodd e? Bydde angen dogfenne arno fe, neu hyd yn oed ganiatâd swyddogol. Oedd e mewn cyflwr meddyliol i ystyried hynny? A beth bynnag, a oedd y llongau'n gwneud y daith o gwbwl adeg y rhyfel?'

'Gin i syniad bod y llongau arferol wedi cael eu meddiannu at wasanaeth milwrol,' atebodd Huw. 'O'r Werddon y bydda unrhyw longau wedi dod. Cafodd un ei bomio a'i suddo o be' dwi'n ei gofio. Bu farw nifer go lew.'

'Pryd oedd hynny?'

'Pedwar deg un, dwi'n credu. Rhy gynnar i Albert. '

Ochneidiodd Dela. 'Ie, ond i ble'r aeth e os nad ar y llong?'

'Roedd gorsaf y rheilffordd gerllaw'n dal i weithredu.'

'Mm. Sneb wedi dweud gair ynghylch sut gwnaeth Anjun ei daith olaf, chwaith. Os oedd e ar gefn ei foto-beic, i ble'r aeth hwnnw?'

Wedi gollwng Huw a'r car tu allan i Dŷ'r Capel, cerddodd Dela adref gyda'r pwrcasau y gwnaeth Hetty drosti. Wrth iddi fynd drwy'r giatau mawr roedd Jean yn dod allan o ddrws blaen yr ysgol.

'Ry'ch chi wrthi'n hwyr yn glanhau,' meddai Dela. 'Mae bron â bod yn amser swper.'

Ysgydwodd Jean ei phen. 'Dwi'n gorfod ei neud e fel galla i. Ond os nad yw'r plant wedi rhoi'r tŷ ar dân dyle'r tato fod yn barod. Colloch chi alwad ffôn arall. Shwd ma'r gweinidog erbyn hyn? Gwelodd rhywun chi'ch dou yn y car. Wedd e'n gorfod mynd at y doctor?'

'Na, ond roedd angen iddo fynd ar neges, a gall e ddim gyrru ar hyn o bryd.'

Edrychodd Jean arni hi'n gellweirus. 'Buodd yn rhaid i chi ddreifo fe, 'te.'

Wrth roi ei bwyd i gadw, meddyliodd Dela am yr alwad ffôn. Emlyn alwodd, mwy na thebyg, ond ni fyddai yn y gwaith nawr. Synnodd bod Hetty wedi llwyddo i brynu amrywiaeth dda o bethau. O weld dwy sosej a thair sleisen o gig moch, chwiliodd ei llyfr cwponau gan ofni na fyddai un cwpon cig ar ôl, ond roedden nhw'n dal yno. Cynnyrch Eurig Clawdd Coch, meddyliodd gyda gwên, gan dynnu'r ffrimpan o'r cwpwrdd.

Roedd hi wedi golchi'r llestri pan ganodd y ffôn eto.

'Miss Arthur, o'r blydi diwedd!'

Gwyn Reynolds. Gallai glywed sŵn teipio yn y cefndir.

'Odych chi'n dal yn y gwaith, Mr Reynolds?'

'Odw. Ond ddim yn Abertawe. Dwi lawr yn Abergwaun ers bore 'ma.'

'Buoch chi mas yn y safle, 'te.'

'Do.' Gwnaeth rhyw sŵn grwgnachlyd. 'Ry'n ni'n tynnu'r holl le ar led nawr, rhag ofon bod ei ddillad e wedi'u claddu'n rhwle. Byddech chi'n meddwl bod rhywun mor wahanol ei olwg yn siŵr o gael ei gofio gan bawb yn yr ardal, on' fyddech chi? Ond dim ond un tyst sy 'da ni cyn belled, a smo fi'n siŵr o hwnnw.'

'Tyst! Mae hynny'n newyddion da.'

Mwy o rwgnach. 'Galle'r bachan fod wedi cael ei weld yn dod odd'ar y trên yn Wdig ond sdim dal pryd.

Dangoson ni lun ohono fe yn 'i iwnifform, a chanodd hynny gloch i un o'r porthorion.'

'Da iawn. Ar ôl chwe blynedd, hefyd.'

Wrth i Reynolds barhau i frygowthan am yr anawsterau, cofiodd Dela am eiriau Dilip, brawd Anjun, taw yn y gaeaf y byddai'n dod i lawr ar ei foto-beic. Er bod golwg iddo ddefnyddio'r trên o leiaf unwaith, sut allai hi sôn am y teithiau eraill?

Clywodd Reynolds yn crybwyll y teulu Engineer a manteisiodd ar y cyfle.

'A does 'da'i deulu e ddim syniad pam fydde fe wedi bod yn treulio un o'i benwythnosau rhydd a phrin mor bell bant? '

'Hm. Fel *dispatch rider* o'dd e'n cael ei hala i bobman. Galle fe fod wedi ffansïo mynd yn ôl, sbo.'

Croesodd Dela ei bysedd. 'Oes 'na reswm pam fydde fe wedi bod yn teithio i'r rhan honno o Sir Benfro fel rhan o'i waith?'

Bu saib bach, ond yna daeth ei lais dros y lein eto. 'Trecwn,' meddai, 'lle ma' gyda nhw rhyw ddepo mowr i storio arfe mewn twneli wedi'u cloddio miwn i'r bryn. A buodd na *Aerodrome* yn rhwle.' Cafwyd saib arall. 'Mwy nag un.'

'Os buodd e yno, bydden nhw'n ei gofio, os oes modd cael gafael ar y bobl gywir. Dyna'r broblem fawr.'

'Ma' hynny'n wir. Ma'r bobol y galla i eu holi'n gwbod dim am ei waith bob dydd. Cofiwch, dwi'n ame bod ei frawd, sy'n gloff, yn gwbod mwy na'i fam, ond ma' siarad 'da fe fel tynnu dannedd.'

Roedd Dela ar fin awgrymu y dylai anfon Sarjant Defis hynaws i'w holi, ond aeth Reynolds yn ei flaen.

'Ac fel tase hynny ddim yn ddigon, ma' rhyw hen foi off 'i ben yn gweiddi arnon ni byth a hefyd dros ben clawdd y safle.'

'Galla i gredu hynny,' atebodd Dela. 'Ces i'r un profiad gyda Wiliam Henry. Gobeithio'i fod e wedi gadael ei wn yn y tŷ.'

'Beth? Hold on, nawr – cethoch chi'ch bygwth â gwn pan o'ch chi 'na 'da'r holl blant?'

'Do, ond mae'n debyg bod hynny'n ddigwyddiad rheolaidd. Fe yw gwarchodwr y safle yn ei farn e, ond sneb yn siŵr pwy sy'n berchen ar y lle.'

'Rhywun fuodd farw 'mhell o'r ardal heb etifedd,' meddai Reynolds yn bendant. ''Nôl y *Land Registry*, ta beth. Ody'r hen foi'n dwlali, neu ody e moyn cwato rhwbeth?'

'Gallai'r ddau beth fod yn wir.'

Cofiodd y dylai ddweud wrtho am y lifft gafodd Albert Humphreys i Abergwaun a rhoddodd esboniad byr.

'Wedes i, ondofe!' oedd ei ymateb, yna pwyllodd, gan shifflan papurau. 'Pryd ddiflannodd Albert Humphreys?' gofynnodd.

'Ebrill, pedwar deg dau,' atebodd Dela.

'Mis cyn Anjun Engineer. Odych chi'n gallu gweld unrhyw gysylltiad?'

'Ddim heb wybod a fuodd Anjun lawr yn Sir Benfro'r adeg honno hefyd.'

'Pwy fydde'n cofio?'

'Ei fòs, falle. Bydde Mrs Engineer wedi derbyn llythyr gan rywun am ei ddiflaniad, a galla i ddim dychmygu unrhyw fam yn taflu llythyr o'r fath.'

Rhoddodd y derbynnydd i lawr gan obeithio ei bod wedi dweud digon. Roedd ei llygaid yn llosgi â blinder erbyn hynny. Ochneidiodd pan ganodd y ffôn eto'n syth.

'Fi sy 'ma,' meddai Huw. 'Gin i alwad i bregethu ym Methlehem Sul nesa. Mae angan gyrrwr arna i.'

'Shwd ar y ddaear ...?'

'Rhywun wedi gaddo ond yn methu â mynd ar y funud ola,' oedd ei ateb. 'Wyt ti'n dŵad?'

'Odw, wrth gwrs,' atebodd Dela. 'Dwi newydd glywed bod Gwyn Reynolds a'i griw yno'n archwilio'r safle. Wyt ti'n siŵr y byddi di wedi gwella digon? A phwy gei di i bregethu yn dy le di gartre?'

'Dwi ar fy ngwylia. Ddudis i ddim?'

'Naddo,' atebodd Dela'n sych. 'Cofia ffonio'r ysgrifennydd i ddweud y byddwn ni'n ddau i'w bwydo.'

'Wedi gneud.'

Pendronodd wrth ddringo'r grisiau i'w stafell wely am bwy o blith yr aelodau gawsai'r anrhydedd o ddarparu cinio a the iddynt. Gobeithiai taw tro'r Blods oedd hi, oherwydd hoffai eu gweld ar eu tir eu hunain. Eto, byddai aelod hollol wahanol yn ddefnyddiol er mwyn clywed safbwynt newydd. Beth bynnag, roedd yn debygol na fyddai Eric a Feronica i'w gweld o gwbl, ac roedd hynny'n fantais.

Pennod 25

'A ble mae'r Parchedig Edwards yn pregethu heddiw, 'te?' gofynnodd Dela i Rita Idwal ar lwybr blaen Capel Bethlehem y bore Sul canlynol.

Am mai hi oedd yn gyrru cymerodd y daith o Nant yr Eithin fwy o amser na'r disgwyl, ac roedd Huw wedi diflannu'n syth i stafell y diaconiaid.

'Ddim yn unman,' atebodd Rita'n isel wrth ei harwain at seddau arferol y teulu. Gwyddai Dela taw ffordd o ddangos perchnogaeth oedd hyn. 'Gall e ddim gadel Feronica a hithe mor wanllyd. Yn y Mans bydd e, gallwch chi fentro, yn cael hoe a darllen.'

Amneidiodd Dela gyda gwên, gan gyfnewid ychydig eiriau gyda Megan, mam yng nghyfraith Rita.

'Buoch chi'n lwcus,' sibrydodd honno. 'Buodd y polîs 'ma am gwpwl o ddwrnode'r wthnos ddwetha'n holi pawb. Byddech chi 'di cael eich holi 'fyd.'

Teimlodd Dela anadl ar ei gwar o'r sedd tu ôl iddi. Roedd John, y mab iau, yn pwyso ymlaen. 'Falle cewch chi'r *third degree* byth,' hisiodd. 'Dethon nhw'n ôl neithwr.'

Chwyddodd sŵn yr harmoniwm wrth i Huw a'r diaconiaid ymddangos o'r cefn.

Allan unwaith eto ar y llwybr blaen ar ôl y gwasanaeth, dysgodd Dela nad gyda'r Idwals y byddent yn ciniawa. Roedd Blod yn gwenu arni ger yr iet, ac er bod yr Idwals yn amlwg yn gyndyn i'w throsglwyddo i'w gofal, ffarweliasant â hi bob yn un. Rita oedd yr olaf a throdd yn ôl ati'n gynllwyngar.

'Os y'ch chi bwti starfo,' sibrydodd, 'dewch draw!'

Ymunodd Huw â hi'r eiliad honno a'i harbed rhag gorfod ateb. Wrth i Rita ymadael, agorodd Blod yr iet iddi â llygaid cul, gan adael iddi gau'n glec tu ôl iddi.

'Mae'n debyg nad yw Eric Edwards i ffwr',' mwmialodd Huw, ond erbyn hynny roedd Blod yn nesáu'n llawn ffws.

'Byddwn ni'n llond lle heddi,' datganodd yn uchel er bod yr Idwals wedi ymadael. 'Bydd Mr Edwards a Feronica gyda ni hefyd.' Gwenodd i fyny ar Huw. 'Siawns i chi a fe gael *chat* bach neis am y Beibl.'

Hwrê, meddyliodd Dela'n sur, gan ragweld oriau yng nghwmni'r ferch bwdlyd ond, serch hynny, roedd ganddi drueni dros gyffro gweladwy Blod. Trwy drugaredd, nid oedd y fferm yn bell yn y car, er i Blod barablu'n ddi-baid o'r sedd gefn wrth i Huw geisio sadio'i hun dros y rhychau dyfnion yn y ffordd gul a arweiniai iddi.

Dwysaodd ei hymdeimlad o dru.eni o weld y gwahaniaeth rhwng ffermydd y ddwy garfan elyniaethus. Os oedd yr Idwals wedi mynd yn uwch yn y byd, aeth y Blods i lawr. Edrychai rhai o'r adeiladau fel pe taent ar fin dymchwel. Dim ond Blod ei hun ddaeth i'r gwasanaeth boreol, oherwydd roedd ei merch, Beti, wedi bod wrthi drwy'r bore'n coginio a gosod y bwrdd gyda'r llestri gorau.

Ar ôl hanner awr o fân siarad yn y parlwr, dechreuodd Dela amau bod rhywbeth o'i le, a phan alwyd Blod allan am yr eildro, cododd ael ar Huw, a oedd yn ymdrechu i wneud ei hun yn fwy cysurus ar y soffa galed.

'Cinio wedi llosgi?' gwefusodd.

'Dim sôn am Edwards?' mwmialodd Huw. Gwyrodd ei ben at y drws lle cynhelid trafodaeth daer mewn sibrydion.

Fodd bynnag, pan ddaeth Blod yn ôl roedd hi'n wên i gyd, er bod ei hosgo'n awgrymu siom.

'Ma' cystal i ni ddechre!' meddai, 'neu bydd y grefi wedi sychu. Mae Mr Edwards a Feronica siŵr o fod ar 'u ffordd. Cadwith Beti gino'n ôl iddyn nhw, ta beth.'

Trwy gydol y cinio, a oedd yn berffaith dderbyniol, gwnaeth Dela ei gorau i gynnal sgwrs hwyliog gyda phawb, gan gynnwys Mici, mab Blod, yr amheuai nad oedd ganddo syniad call yn ei ben, ac Elfed, y dyn y gwelodd Beti'n rhoi mintys iddo yn y gwasanaeth pan lewygodd Feronica. Gellid gweld bod Beti'n hoff ohono, o ran maint y pentwr cig a llysiau ar ei blât. Gwnaeth Huw ymdrech hefyd, gan ganmol y bwyd a'r paratoadau hyd nes i Beti wrido. Gwibiai llygaid Blod o un i'r llall, ond taflai gipolygon mynych drwy'r ffenest allan i'r buarth. Roedd rhywbeth bron yn ofnus amdani. A gredai iddi bechu'r gweinidog mewn rhyw fodd? Roedd Dela'n trosglwyddo ei phlât gwag i Beti cyn i'r syniad ei tharo taw ofni oedd Blod bod y gweinidog wedi cael cynnig mwy deniadol gan yr Idwals a'i fod wedi'i dderbyn heb roi gwybod iddi.

Tra bod Huw'n holi Elfed am faterion cynaeafu, cododd Mici o'i sedd a gadawodd y stafell fwyta'n sydyn. Sylwodd Dela bod Beti'n gwneud stumiau arno o'r rhodfa. Ychydig eiliadau wedyn, ymddangosodd Blod gan gario desgl enamel anferth o bwdin reis.

'Bydd yn rhaid i chi esgusodi Mici,' meddai, wrth lenwi'r powlenni pwdin. 'Mae e'n rhedeg draw i'r Mans i weld a yw popeth yn iawn. Bydd e 'nôl whap. Dwi'n dechre poeni amdanyn nhw. Fel arfer, ma' Mr Edwards *on the dot!*'

Er gwaethaf ei geiriau, gorffennwyd y pwdin ac yfwyd te ar ei ôl heb unrhyw sôn am Mici. Gwrthodwyd pob cynnig o gymorth i olchi'r llestri (ar ran Dela, o leiaf), a rhoddwyd hi a Huw yn y parlwr gyda mwy o de.

'Mae rhywbeth wedi digwydd,' hisiodd wedi i'r drws gau.

'Yn bendant,' atebodd Huw. 'Dyla'r hogyn fod yn ôl yma ers hannar awr a mwy ... hyd yn oed os oedd trigolion y Mans yn bwyta'n rhwla arall.'

Chwinciodd Dela arno. 'Reit,' meddai. 'Ewn ni i weld.' Cychwynnodd am y drws ond trodd wrth glywed Huw'n ochneidio.

'Wyt ti'n dost?' gofynnodd.

'Nac 'dw,' atebodd. 'Difaru dy annog di i ymarfar gyrru ydw i.'

Rhagwelai Dela broblem wrth esbonio natur eu taith i Blod, ond i'w syndod, roedd hi'n ddiolchgar.

'Chi'n siŵr nawr?' meddai. 'Ma' 'nghalon i yn 'y ngwddwg i wrth feddwl am Feronica fach yn sâl a Mr Edwards 'na ar 'i ben 'i hunan.'

Roeddent wedi troi allan i'r ffordd fawr o ddiwedd y feidr hir pan ddaeth ffigwr Mici i'r golwg, yn rhedeg a cherdded bob yn ail. Weindiodd Dela ei ffenest i lawr. Coch a chwyslyd oedd wyneb Mici, a phwysodd ei ddwy law ar ei bengliniau i gael ei wynt ato.

'Popeth yn iawn?' galwodd Dela.

Ysgydwodd yntau ei ben, cyn sychu ei geg â chefn ei law.

'Mr Edwards,' dechreuodd, 'wedi cwmpo'n torri cangen o'r goeden. We'n i'n meddwl 'i fod e wedi marw pan weles i e'n gorwedd 'na!'

Daeth llais Huw o sedd y teithiwr. 'Ond dydi o ddim.'

'Nadi. Ond seno fe'n gallu symud. A sdim sôn am Feronica. Cnoces i'r drws ond sneb yn ateb. We'n i ddim yn gwbod beth i'w neud. Rhedes i rownd cefen y Mans i gnoco'r drws arall a gwelodd Iago fi.'

'Pwy yw Iago?' gofynnodd Dela.

'Mab i ferch Wiliam Henry. Daeth e dros ben y clawdd a gwedodd e y bydde fe'n aros 'da Mr Edwards nes i fi ddod yn ôl.'

'Diolch byth am hynny,' meddai Dela. 'Faint mor bell yw cartref y nyrs ardal?'

'Marian?' Chwifiodd ei fraich draw i'r chwith. 'Ddim yn bell iawn.'

'Tasen ni'n mynd â chi 'na gynta, gallech chi roi gwbod iddi.'

'Jiw, gallen!' Nid oedd hyn wedi'i daro.

Dringodd Mici i sedd gefn y car i ddangos y ffordd. Yn unol â'i gyfarwyddiadau, trodd Dela i lawr feidr hir arall, y llifai afon ar hyd ei hymyl dde. Nid oedd sôn am enaid byw wrth iddynt yrru i mewn i'r ffald, ond neidiodd Mici allan gan weiddi am Rachel. Pan ymddangosodd honno o'r clowty, celodd Dela ochenaid o ryddhad. Wedi gwrando ar Mici, camodd Rachel draw at y car.

'Ma' Marian mas ar alwad,' meddai, yn ei llais contralto, 'ond dwi'n gwbod ble ma' hi ac ma' gyda nhw ffôn. Os ewch chi draw i'r Mans i gadw llygad ar bethe, af i i'w mofyn hi a'i beic yn y pic-yp.' Syllodd arnynt am eiliad. 'Cofiwch beido â'i symud e, rhag ofon.'

Amneidiodd Mici'n frwd.

'Galle fe fod wedi torri'i asgwrn cefen, 'chweld!' meddai'n bwysig.

Golygfa ryfedd â'u cyfarfu wrth ddringo o'r car ar y llwybr llydan, graeanog o flaen y Mans. Ar y lawnt eang gorweddai Eric Edwards ar ei gefn wrth fonyn coeden fawr yn agos i'r ffenestri i'r dde o'r drws blaen. Hongiai un cangen drwchus, heb ei thorri'n llwyr, bron i'r llawr, a gorweddai ysgol yn y borfa. Cyrcydai dyn ifanc cyhyrog yn llewys ei grys yn ymyl y gweinidog. Roedd wedi rholio ei siwmper i wneud clustog i'w ben, ac o'r ffordd roedd y claf yn defnyddio'i freichiau, nid oedd wedi'i barlysu. Rhedodd Mici'n syth atynt.

'Sbia ar y *Death of Nelson*,' mwmialodd Huw.

'Hisht!' hisiodd Dela. 'Pwy ar y ddaear blannodd y goeden 'na mor agos at y tŷ?'

Yn ffodus, esboniodd Huw ar unwaith bod y nyrs ardal ar ei ffordd, er i Dela sylwi bod Eric Edwards yn ochneidio mewn poen yn amlach ers iddynt gyrraedd nag y bu wrth sgwrsio gydag Iago. Ymhle'r oedd Feronica? Taflodd gipolwg i fyny at ffenestri llonydd y Mans. Roedd hi'n ganol y prynhawn. Tynnwyd ei sylw gan Mici a oedd yn llygadu'r gangen a achosodd y gwymp, gan geisio neidio i afael ynddi. Wrth i Huw frysio draw i'w atal, gwnaeth Dela ystum i fynegi ei bod am fynd i weld lle'r oedd y ferch.

Trodd fwlyn y drws blaen a syfrdanwyd hi i glywed llais Iago tu ôl iddi.

'Dwi'n gwbod ble fydd hi,' meddai'n dawel. Pwyntiodd at ffenest lofft yn union gyferbyn â'r goeden. 'Towles i ddwrned o gerrig mân lan 'na, ond ces i ddim ateb.'

Gydag Iago wrth ei chwt safodd Dela ar waelod y grisiau a galwodd, 'Feronica?'

Dim.

'Mae'n cysgu lot,' sibrydodd y llanc, gan grychu ei dalcen. 'Nos a dydd weithe. Seno fe, Edwards, fel se fe'n sylwi.'

Dechreuodd Dela ddringo'r grisiau, gan bendroni ynghylch pam y dewisodd ddweud hyn wrth rywun hollol ddieithr. Wedi cyrraedd y landin, gwelodd Dela bod drws y stafell ymolchi'n gilagored draw ar y dde, a gellid dirnad ffigwr Feronica mewn gŵn nos tenau'n pwyso dros y sinc i lanhau ei dannedd. Roedd hi'n noeth o dan y gŵn nos. Gan ei fod cymaint talach na Dela, rhaid bod Iago wedi ei gweld hefyd.

'Gallwch chi fynd yn ôl i'r ardd,' meddai'n dawel. Amneidiodd y llanc, gan gnoi ei wefus.

O'r diffyg syfrdandod a ddangosodd Feronica pan welodd Dela, roedd lle i amau ei bod yn dal yn hanner cysgu.

Crwydrodd y ferch yn ôl i'w stafell ei hun, gyda Dela'n esbonio'n frysiog yr holl ffordd am ddamwain ei thad a'r angen iddi wisgo amdani ar frys. Eto, wrth i'r ferch chwilio yn y wardrob am ddillad, dechreuodd Dela feddwl ei bod eisoes yn gwybod am y ddamwain a'i bwriad fu crwydro allan yn ei gŵn nos.

Wrth sefyll tu allan i ddrws ei stafell er mwyn iddi wisgo, gwrandawodd Dela ar synau'r tŷ tawel: cloc mawr yn tipian, adar yn ysgriblan ar deils y to a thap yn diferu'n rhywle. Pan aeth munudau heibio heb sôn am Feronica, cnociodd ar y drws.

'Odych chi'n iawn?' galwodd.

'Mm,' clywodd.

Eisteddai Feronica wrth y bwrdd gwisgo'n rhoi lipstic yn hamddenol ar ei gwefusau.

Bob nawr ac yn y man, syllai'r ferch i'r chwith tua'r ffenest a sylweddolodd Dela ei bod yn craffu ar y dorf fechan ar y lawnt. Cyrhaeddodd y nyrs ardal yn gyflym, chwarae teg iddi, ond roedd yno ddeuddyn newydd yn ogystal, sef Gwyn Reynolds a Sarjant Defis. O ble ddaeth y ddau a sut glywsant? Roedd rhyw heddwas arall, mewn iwnifform, nad allai Dela weld ei wyneb, yn sefyll yn union dan y ffenest. Calonogwyd hi gan hyn oherwydd nawr roedd yno ddigon o ddynion i godi Edwards. Bu'n poeni y byddai angen i Huw beryglu ei asennau yn y broses.

Wedi trafod gyda'r nyrs ardal, cyfarthodd Reynolds rywbeth at yr heddwas a diflannodd hwnnw o'r golwg.

'Mae'n hen bryd i ni fynd lawr,' meddai Dela.

Gydag ochenaid, rhoddodd Feronica'r pwff powdwr yn ôl yn ei focs, ond cododd ar ei thraed ac aeth allan i'r landin. Dilynodd Dela hi, ei meddwl yn dal i droi ynghylch y ffaith bod y ddamwain wedi digwydd tu allan i ffenest agored y ferch, a hithau heb wneud dim. Oni fyddai ei thad wedi galw'n groch amdani? Ar y landin, sylweddolodd taw o'r stafell ymolchi y deuai'r sŵn diferu, ac yn reddfol camodd heibio i Feronica i'w ddiffodd. Tap y bath oedd e, a defnyddiwyd hwnnw'n ddiweddar iawn. Ai dyna pam na chlywodd Feronica'r ddamwain? Daeth sŵn lleisiau iddi'n sydyn.

'Gallwch chi gymryd un o'i wely,' meddai Feronica, mewn llais bywiog.

Rhoddodd Dela un tro olaf i'r tap, ac erbyn iddi gau drws y stafell tu ôl iddi, roedd Feronica a'r heddwas mewn iwnifform yn dod allan o stafell wely arall. Safodd Dela yn ei hunfan. Er bod ei freichiau'n llawn gobennydd a chwilt mawr, roedd ei wyneb yn weladwy. Syllodd yntau arni.

'Helô Hari,' meddai Dela, gan dderbyn amnaid fer fel

ateb, cyn iddo garlamu i lawr y grisiau, gyda Feronica'n sboncio ar ei ôl fel ci bach, heb arlliw o fod yn hanner cysgu.

Nid oedd Dela'n canolbwyntio'n llwyr ar y gwaith trafferthus o godi'r gweinidog tu mewn i'r cwilt, gyda'r gobennydd dan ei ben a'i belfis. Yn hytrach, ymdrechai i ddatrys sut llwyddodd Hari John i ddianc o Abertawe ar yr union adeg roedd ei fam yn disgwyl iddo ddod adref i ofalu amdani. Oedd e wedi gwirfoddoli i fod yn yrrwr? Beth bynnag, canfu'r esgus delfrydol i osgoi ei gyfrifoldebau.

'Rwyt ti'n ei nabod o, yn 'dwyt?' ebe llais Huw yn ei chlust.

Roedd y ddau'n sefyll o'r neilltu yn y cyntedd erbyn hynny, wrth i'r dynion gludo ei baich i'r stafell fyw er mwyn ei osod i orwedd ar y soffa. Arhosodd Dela iddynt fynd o'r golwg.

'Mab Agnes, drws nesa i Tudful a Nest,' sibrydodd.

'Sy'n twyllo'i ddyweddi?'

Amneidiodd Dela, ond yr eiliad honno ymddangosodd Marian, y nyrs ardal, ar ei ffordd i rywle. Agorodd ei llygaid yn fawr pan welodd Dela.

'Bois bach!' meddai. 'Chi oedd 'ma pw' ddwrnod pan aeth y bws i'r ffos, ontefe?'

'Roedd hwnnw'n ddwrnod a hanner,' cytunodd Dela'n resynus.

'O'dd y plant yn iawn yn y diwedd?' gofynnodd y nyrs, gan wthio drws stafell ar y chwith wrth i Dela amneidio eto. 'Mae'n rhaid i fi ffonio'r meddyg,' eglurodd.

Stydi Eric Edwards oedd y stafell hon, er nad oedd yn hanner mor llawn o lyfrau ag un Huw. Tra bu Dela'n ceisio clustfeinio, pipodd ef drwy'r drws agored ar gynnwys y silffoedd. Trawodd Dela bod y nyrs yn gyfarwydd iawn â'r Mans, ond efallai nad oedd hynny'n annisgwyl. Ni ddysgodd un o'r ddau fawr ddim, heblaw am ofnau Marian bod y gweinidog wedi cracio ei belfis neu hyd yn oed wedi torri ei glun.

Roedd Dela'n gwneud te i bawb yn y gegin pan sylweddolodd bod y meddyg lleol yn y Mans. Roedd hi'n casglu llestri gan ryfeddu at gyn lleied o fwyd oedd yn y tŷ wrth i'r drws agor a daeth haid i mewn. Gyrrwyd nhw o'r stafell fyw, er mwyn i'r meddyg wneud ymchwiliad trylwyr. Fodd bynnag, nid oedd sôn am Reynolds na Huw.

'Odych chi moyn help?' gofynnodd Sarjant Defis, a gwenodd Dela.

'Sda fi ddim syniad ble mae popeth,' cyfaddefodd, gan agor a chau cypyrddau.

Canfuwyd powlen o siwgr ac wedyn tun o de. Roedd y gegin yn eang ac roedd Feronica wedi clwydo ger y bwrdd y pen arall, gyda'r dynion gerllaw.

'Sut glywsoch chi?' sibrydodd Dela, gan obeithio ei bod hi'n ddigon pell o'r criw.

'Hwn o'dd y lle nesa ar y rhestr, am yr eildro,' atebodd y Sarjant yr un mor isel. 'Dwi'n credu'n bod ni wedi holi pawb yn yr ardal erbyn hyn.'

'Buoch chi'n gweld Wiliam Henry?'

Chwarddodd Defis. 'O, do 'te! Ma'r bòs yn ame nad

yw e gymint off 'i ben ag yr hoffe fe i chi feddwl. Mae'r lle'n ddigon net, ond falle taw'r crwt sy'n cadw pethe i fynd.'

Taflodd Dela gipolwg tu ôl iddi. Safai Hari John fel delw'n pwyso yn erbyn y mur ger y drws gan syllu arni, ond yn ffodus, dewisodd Mici berfformio rhyw ddawns ryfedd yn y fan a'r lle a ddenodd ei sylw, felly anogwyd hi i holi ymhellach.

'Cawsoch chi glywed am yr Hen Rai?'

Plethodd Defis ei wefusau. 'Mae e wedi'u gweld nhw, medde fe, ond dwi'n credu taw alcohol oedd yn gyfrifol am hynny. O'dd e'n drewi ohono'r prynhawn 'ma.'

Llwyddwyd i wneud te i bawb yn y gegin yn y diwedd, ac roedd Dela ar fin mynd allan i gynnig cwpanaid i'r lleill pan agorodd y drws yn sydyn a gwthiodd y nyrs ardal ei phig i mewn.

'Mwy o help, os gwelwch yn dda, fechgyn,' meddai'n awdurdodol. 'Mae'r meddyg yn bwriadu mynd â Mr Edwards i'r ysbyty yn ei gar i gael *X-ray*, os gallwn ni ei roi ar y sedd gefen rhywfodd.'

Allan â nhw unwaith eto. Roedd car Huw wedi cael ei symud o'r neilltu a safai car y meddyg nawr mewn lle cyfleus i dderbyn y claf. Tra bod pawb naill ai'n codi neu'n goruchwylio'r broses, aeth Dela at Huw.

'Ti symudodd y car?' gofynnodd.

Amneidiodd yntau. 'Llawar llai poenus na'r disgwyl,' atebodd, gan ychwanegu, 'sy'n ffodus, oherwydd dwi'n ama y bydd yn rhaid i mi yrru adra ar fy mhen fy hun.'

Edrychodd Dela'n syn arno, ond dilynodd drywydd

ei olygon. Roedd Edwards erbyn hyn yn gorwedd ar y sedd gefn yn ei gwilt, ac roedd Marian yn dangos bag iddo ac yn esbonio rhywbeth.

'Mae'n edrach yn debygol y caiff ei gadw'n yr ysbyty dros nos,' sibrydodd Huw. 'Unwaith bydd yr hogan yn sylweddoli hynny ...'

Ni chafodd amser i orffen ei frawddeg, cyn i Feronica ddechrau beichio llefain ac edrych o'i hamgylch yn wyllt. Manteisiodd y meddyg ar y ffwdan i neidio i sedd y gyrrwr ac roedd y car wedi diflannu i'r ffordd fawr mewn chwinciad. Dyna rywun arall gafodd hen ddigon ar sterics, meddyliodd Dela.

Sylweddolodd bod Feronica'n nesáu, gyda Marian yn ei dilyn yn bryderus.

'Plis, Miss Arthur, gallwch chi aros 'da fi?' gofynnodd yn ymbilgar. 'Galla i ddim bod 'ma ar 'y mhen fy hunan yn y tywyllwch!' Trodd lygaid mawr ar Huw. 'Gall Mr Richards aros hefyd a mynd â chi gatre wedyn.'

Ysgydwodd Huw ei ben yn syth. 'Fedra i ddim. Mae gin i gynhebrwng ben bora fory.'

Celwydd noeth.

Ymunodd y nyrs ardal yn y sgwrs. 'Bydden i'n aros, ond dwi'n siŵr o gael fy ngalw mas ...'

Cytunodd Dela'n anfodlon dros ben, ac wedi llwyddo i gael ei ffordd, sychodd dagrau Feronica'n wyrthiol, ac ymlwybrodd yn ôl at y dynion ifainc. Gresynodd Dela taw Mici oedd yr unig un yno o deulu'r Blods. Byddai ei fam neu Beti wedi cynnig lletty i Feronica ar unwaith, ond doedd gan Mici ddim y crebwyll i wneud hynny.

Roedd hi'n synnu braidd nad oedd neb o'r Idwals wedi cyrraedd. Tynnwyd hi o'i meddyliau gan lais Marian.

'Mae dillad nos sbâr yn un o'r drorau,' datganodd. 'Wedd mam Feronica bwti'r un maint â chi. Bydd ddim isie i chi boeni am fwyd. Halwch Mici gatre gynted ag y gallwch chi. Cewch chi swper wedyn.'

Canodd y ffôn yn stydi'r Mans a brysiodd y nyrs i'w hateb. Ymddangosodd eto ymhen pum munud gan rholio'i llygaid ar Dela. Dechreuodd wthio ei beic dros y cerrig mân.

'Wedes i, ondofe?' galwodd, cyn codi llaw a reidio i ffwrdd.

Ymadawodd Mici'n gyflym ar ôl hynny, wedi i Dela ddweud wrtho i roi gwybod i'w fam ac i ymddiheuro iddi am beidio dod yn ôl i'r fferm i gael te. Pan edrychodd o'i hamgylch roedd Iago wedi mynd hefyd.

Wrth gerdded yn ôl i gegin y Mans, sylwodd Dela ar Gwyn Reynolds yn cau'r drws yn dawel ar y siarad yn y stafell fyw. Gellid clywed llais Feronica'n glir. Cododd ei aeliau ar Dela.

'Pob lwc i chi 'da honno,' hisiodd. 'Gwnaethon ni'n gore i'w holi hi ddoe, ond y tad atebodd bob cwestiwn tra'i bod hi'n neud llyged mowr ar Defis a John. Falle cewn ni gyfle arall gyta fe'r gweinidog mas o'r ffordd ...'

'Fe drawodd fi'n gynharach – os oes 'na fachgen dieithr bwti'r lle, bydde hi, o bawb, wedi sylwi arno,' atebodd Dela.

Gwenodd Reynolds yn filain. 'Bydda i'n galw arnoch

chi bore fory, ta beth. Gallwch chi ddod 'da fi i drio cael mwy o sens mas o hwnco â'r gwn hela.'

'Odych chi wedi dysgu unrhyw beth defnyddiol?' mentrodd Dela.

'Yffach o ddim,' atebodd Reynolds, cyn ychwanegu, 'rhegi yn y Mans – beth nesa?'

Pennod 26

Yn hwyr y noson honno, wrth chwilio am ddillad gwely a nos, ceisiodd Dela agor drorau heb wneud sŵn. Gallai ddeall pam benderfynodd Feronica gilio i'w stafell yn gynnar. Wedi i bawb adael – Huw i bregethu yn oedfa'r hwyr a'r heddweision i ddychwelyd i'w gwaith – ni fu pall ar y cnocio ar y drws. Ni chafodd gyfle i holi Feronica nac i drefnu ymhle y bwriedid iddi gysgu, ond o leiaf daeth y gynrychiolaeth o'r Idwals a'r Blods ar wahân, gyda bwyd. Roeddent i gyd yn amlwg yn siomedig bod rhywun arall yn aros gyda Feronica yn y Mans, ond trwy drugaredd ystyriai'r ddwy garfan bod Dela'n un ohonyn nhw yn hytrach na gelyn.

Erbyn iddi gymoni ei gwely mewn stafell sbâr a wynebai gefn y tŷ, roedd yn demtasiwn i wneud dim ond sgrwbio'i hwyneb â dŵr a sebon a disgyn yn swp ar y gobennydd. Fodd bynnag, os oedd Reynolds yn bwriadu galw amdani'r bore wedyn, roedd rhaid iddi roi piniau cwrl yn ei gwallt dros nos, neu byddai golwg ofnadwy arno. Doedd ganddi ond tri phin yn ei bag llaw. Tybed a fyddai piniau gwallt ar fwrdd gwisgo Feronica y gallai eu benthyg? Cripiodd draw i stafell y ferch a gwthiodd y drws ar agor yn ddistaw bach. O'r anadlu, roedd hi'n cysgu'n drwm, a manteisiodd Dela ar hynny i fenthyg hanner dwsin o biniau a photyn o cold crîm.

Safodd o flaen y sinc yn y stafell ymolchi. Brwsh dannedd? Agorodd ddrws y cwpwrdd moddion uwchben, yn y gobaith o ganfod un heb ei ddefnyddio. Rhwng y poteli meddyginiaeth a thabledi di-ri, nid oedd lle i ddim o'r fath. Ai ar gyfer Feronica oedd y rhain i gyd? Beth oedden nhw? Agorodd gaead un botel ddi-label a sniffiodd. Roedd sawr cryf iddo. Hen botel gyda chymysgedd newydd tu mewn. Pam? Ymhlith y poteli tabledi roedd un wag. Golchodd Dela honno a sychodd hi gorau gallai gyda thywel, yna arllwysodd fymryn o'r moddion iddi. Tynhaodd y caead cyn glanhau ei dannedd gyda'i bys a phast. Yna tynnodd ddalen o bapur tŷ bach o'r rholyn a rhoddodd un dabled o dair neu bedair potel wahanol i orwedd arni. Sgriwiodd y ddalen i fyny i wneud pwrs bach. Gyda'i thrysorau yn ei dwrn brysiodd yn ôl i'w stafell ei hun a chaeodd y drws.

Wedi defnyddio'r piniau a'r cold crîm gorweddodd Dela yn y gwely'n meddwl. Yfory, rhoddai'r moddion a'r tabledi i Reynolds er mwyn i Emlyn eu dadansoddi. Roedd e eisoes wedi synhwyro bod rhywbeth rhyfedd am drigolion y Mans. Dylai hefyd grybwyll geiriau Iago ynghylch yr oriau maith a dreuliai Feronica'n cysgu ac agwedd ddi-hid ei thad. Pam fyddai merch yn ei hugeiniau yn cymryd y fath ystod o foddion a pham na fyddai ei thad yn chwilio am ail farn am ei chyflwr? Hyd yn oed wrth iddi ddechrau pendwmpian, roedd y cwestiynau'n dal i chwarae tiwn gron yn ei phen.

Dihunodd pan glywodd sŵn annisgwyl. Daeth y sŵn eto, fel cawod o gesair yn taro'r ffenest. Cododd yn gyflym a phipodd drwy'r llenni. Er mai dim ond amlinell o ddyn yn sefyll yng nghysgod y tŷ oedd yn weladwy, roedd e'n syllu i fyny, a phan welodd y llenni'n symud, chwifiodd ei freichiau arni, gan bwyntio a gwneud stumiau agor drws.

Gwisgodd Dela ar ras wyllt, gan dynnu'r piniau gwallt, ond cariodd ei hesgidiau yn ei llaw i lawr y grisiau. Â hithau'n ceisio gwthio'i thraed iddynt wrth agor y drws cefn, trawodd hi y gallai fod yn gwneud rhywbeth ffôl, ond roedd yn rhy hwyr erbyn hynny.

Prin yr agorodd chwe modfedd o'r drws, pan saethodd ci defaid heibio iddi i mewn i'r gegin a chlywodd eiriau ei berchennog.

'Drato di, Meg!'

'Iago? Beth sy'n bod?'

Safai'r ast yn crynu a chwyno tu ôl i Dela, a phan welodd hi wyneb y llanc doedd e fawr gwell. Ni wnaeth unrhyw ymdrech i ddod i mewn. Llyncodd a thynnodd anadl ddofn. Ebychiad awtomatig oedd galw'r ast ond nawr nid oedd ganddo eiriau.

'Beth sy 'di digwydd?' gofynnodd Dela eto.

'Ffôn,' crawciodd. 'Ma' isie i ni ffonio ...' Roedd meddwl yn ymdrech fawr.

'Dewch,' meddai Dela'n benderfynol, gan ei dywys at y stôl agosaf.

Eisteddodd yn drwsgl a daeth yr ast ato gan osod ei phen ar ei ben-glin. Deuai ei anadl yn fas a chyflym.

'Pwy sy'n rhaid i ni ei ffonio a pham?' parhaodd Dela.

Syllodd i fyny arni gyda llygaid plentyn. 'Rhywun,' mwmialodd. 'Y polîs. Ambiwlans. Dacu. Yn y sgubor.'

'Cafodd e ddamwain?' holodd Dela. 'Ydy e'n anymwybodol?'

Ysgydwodd ei ben yn ddagreuol. 'Na. Sdim gobeth 'i fod e'n fyw. Mae e wedi saethu'i hunan.'

'O, na!' meddai Dela gan wasgu ei ysgwydd. 'Mae'n ddrwg iawn 'da fi.'

Er gwaethaf y trueni a deimlai drosto, ni allai ond sylwi bod arlliw o goch wedi'i ddwbio i lawr blaen ei drowsus. Trodd, gan gnoi ei gwefus a rhoddodd y tegell i ferwi.

'Fe ffonia i nawr,' meddai, 'os nad oes yn well 'da chi ei wneud e.'

'Gallech chi?' Ymddangosai bod ei holl sylw ar fwytho pen Meg.

Rhuthrodd Dela i'r stydi i alw gorsaf Abergwaun. Yr unig arwydd a roddodd yr heddwas ar ddyletswydd o fod yn effro oedd ei adwaith i'w chais iddo roi gwybod i Gwyn Reynolds a'i griw cyn trefnu unrhyw beth arall.

'Pam?' gofynnodd yn amheus. 'Mae'n ddou o'r gloch y bore.'

'Credwch fi, bydd e moyn gwbod ar unwaith,' atebodd Dela, gan ychwanegu, 'ac mae ganddo gar. Bydd rhoi gwbod i'r Uwch-arolygydd yn arbed lot o drafferth i chi.'

Rhoddodd y derbynnydd yn ôl yn ei grud gan obeithio nad ellid clywed pob gair yn y gegin. Pipodd i fyny'r grisiau wrth groesi'r cyntedd ond nid ddeuai unrhyw sŵn o'r llofft.

Yn y gegin, nid oedd sôn bod Iago wedi symud modfedd, er bod y tegell yn chwythu ager.

'Mae'r heddlu ar 'u ffordd,' meddai. 'Te sy isie nawr.'

Roedd Iago ar ddiwedd ei gwpanaid gyntaf cyn iddo orffen crynu. Gafaelai yn y cwpan â'i ddwy law gan sipio'n ddi-air. Arllwysodd Dela un arall iddo, a'r tro hwn, tipiodd y llanc rhywfaint i'w soser cyn chwythu arno ac yna ei osod ar y llawr i Meg. Llyfwyd y soser yn lân mewn eiliad a gwenodd Iago arni'n edrych yn obeithiol arno am fwy. O'i safle'n sefyll â'i chefn i'r sinc, aeth trwy feddwl Dela ei bod yn anodd dychmygu y gallai rhywun a oedd mor ystyriol o'i gi fod yn llofrudd. Eto ...

'Ry'ch chi wedi'i hyfforddi hi'n dda,' cynigiodd.

Tynnodd Iago wep ddiymhongar. 'Blaw am Meg, bydden i'n gwbod dim am Dacu,' meddai.

'Hi glywodd rywbeth, ife?' gofynnodd Dela.

Chwythodd Iago aer drwy'i ddannedd. 'We'n i wedi blino'n shwps neithwr, rhwng popeth. Cymerodd y godro a'r bwydo fwy o amser nag arfer ac wedyn jengodd dwy iâr o'r cwt ffowls rhywfodd a bues i'n whilo amdanyn nhw ar ôl swper, achos bydde cadno'n siŵr o'u dala nhw cyn y bore. Es i lan i'r gwely'n gynnar 'da Meg a gadewes i Dacu'n y gegin.' Bu saib wrth iddo feddwl. 'We'n i'n cysgu ond dwi'n meddwl bo' fi 'di clywed rhwbeth. Gallen i ddim tyngu taw sŵn gwn wedd e, ond dechreuodd Meg gyfarth yn wyllt.'

'Mae clyw cŵn yn rhyfeddol,' porthodd Dela.

'Ma'n lwcus ei bod hi lan lofft 'da fi. Wedd hi'n ofnus yn un fach ac yn pallu cysgu'n unman ond ar waelod y gwely – a 'na lle buodd hi ers hynny. Tase hi tu fas yn y sied sena i'n credu y bydden i wedi sylwi ar ddim.' Llyfodd ei wefusau. 'Ch'mod, we'n i'n gwbod bod rhwbeth yn rong. Aeth hi lawr y stâr o mlaen i fel bollten a miwn i'r gegin, ond wedd dim sôn am Dacu er bod y botel wisgi ar y ford fel arfer. Wedd hi'n cwyno wrth y drws i'r ffald a finne'n trio rhoi sgidie am 'y nhraed heb sane na dim.'

Yn wir, roedd ei byjamas yn weladwy dan ei siaced ac yn gwthio allan o waelodion ei drowsus.

'Beth o'ch chi'n meddwl oedd yn digwydd?' gofynnodd Dela.

Pwffiodd eto. 'Wedd y gwn hela 'di mynd, a'r ddrôr ble ma' Dacu'n cadw'r cetris ar agor. Credes i bod Dacu 'di clywed potsiars yn saethu ac wedi mynd mas i weld. 'Na pam wedd e wedi llwytho'r gwn. Wedd potsiars a phobol yn lampo'n dân ar 'i groen e. Ma'n nhw mor ddi-ened, 'chwel, sdim dal beth saethan nhw.' Crychodd ei drwyn. 'We'n i ofon, a gweud y gwir, y bydde rhywun yn cael dolur. Ond wedd popeth yn dawel ar y ffald. We'n i'n dishgwyl 'i weld e'n dod rownd y gornel yn 'u rhegi nhw, ond da'th e ddim.'

Arllwysodd fwy o de i soser yr ast, a gwyliodd hi'n ei yfed.

'Beth halodd chi at y sgubor?' gofynnodd Dela'n dawel.

'Clywes i ddrws y sgubor yn clatsian yn sydyn,' atebodd gan ddal i syllu ar Meg. 'O'n i'n meddwl bo fi wedi'i gau e 'fyd ond mae e'n stiff. Duw, wedd ofon arna i. Beth os wedd y potsiars wedi mynd i gwato'n y sgubor? A ble wedd Dacu? Beth allen i neud?'

Arhosodd Dela'n amyneddgar iddo fynd yn ei flaen. Hyd yma, roedd yr hanes yn gredadwy.

'Yn y diwedd, we'n i'n mynd i fynd yn ôl i mofyn tortsh, ond gweles i'r hen styllen y bues i'n iwso i ddala drws y sgubor ar agor a chodes i honno. Sena i'n gwbod faint o werth fydde styllen wedi bod yn erbyn gwn, chwaith.' Roedd e'n anadlu gyflymach nawr. 'Agores i'r drws a galw, ond rhedodd Meg miwn o 'mlaen i.' Gwasgodd ei amrannau at ei gilydd. 'We'n i'n falch nag o'n i wedi mofyn tortsh.' Edrychodd i fyny'n ymbilgar. 'Wedd y drewdod yn ofnadw a 'na lle wedd hi'n snwffian y gwa'd ac yn cwyno. Buodd yn rhaid i fi gamu ynddo i'w chario hi 'nôl. O beth y gallen i weld wedd e wedi saethu'i hunan.'

'Daethoch yma am nad oes ganddoch chi ffôn?' gofynnodd Dela.

Amneidiodd Iago. 'We'n i'n gwbod y byddech chi'n cysgu yn un o'r stafelloedd cefen, ond buodd yn rhaid i fi dowlu cerrig mân at ffenestri dwy stafell arall cyn i chi 'nghlywed i.'

Cododd Meg ar ei thraed wrth iddo siarad a gwnaeth sŵn yn ei gwddf. Eiliadau wedyn gellid clywed crensian olwynion ar raean y fynedfa. Roedd yr heddlu wedi cyrraedd.

Swatiodd Reynolds ei het feddal yn erbyn ei glun yn y cyntedd. Roedd Sarjant Defis a Hari John eisoes wedi mynd drwodd i'r gegin i gyfweld ag Iago. Gwiriodd Reynolds y caewyd drws y gegin cyn siarad yn isel.

'Ma' fe'n ofnatw o gyfleus, smo chi'n cretu?'

Agorodd Dela ddrws y stydi gan wneud arwydd â'i phen iddo ei dilyn. Ni fu sôn am Feronica, ond ni olygai hynny ddim.

Yn y stydi, syllodd Reynolds o'i amgylch cyn sniffio. 'I feddwl taw bore fory ro'n ni'n mynd i weld yr hen foi 'to. Beth y'ch chi? Jonah? *Typical*!'

'Chi ofynnodd, Mr Reynolds, ac a dweud y gwir, do'n i ddim yn edrych mlaen at ei weld e a'i ddryll 'to. Roedd unwaith yn hen ddigon.' Daeth atgof sydyn iddi o'r dorf fu yno'n codi Eric Edwards i'r car. 'Odych chi'n credu y clywodd rhywun chi'n sôn am fynd? Dwedodd rhywun wrtho ei fod e dan amheuaeth? A fydde hynny'n ddigon i'w anfon e dros y dibyn? Roedd e 'mhell o fod yn 'i bethe.'

'*Inbred*, 'chweld. 'Na fel maen nhw mas yn y wlad. Priodi'u chwiorydd a phethach.'

'O, cerwch o 'ma!'

Daeth cnoc dawel ar y drws a gwthiodd Defis ei ben i mewn. 'Odych chi moyn i fi ffonio'r patholegydd, bòs?' gofynnodd.

Ysgydwodd Reynolds ei ben. ''Naf i hynny'n awr,' meddai gan symud draw at y teclyn ar y ddesg. 'Bydd e ddim yn hir yn dod lawr o Gaerfyrddin. O'dd e'n bwriadu dod bore fory, ta beth.'

'Beth mae e'n ei wneud yng Nghaerfyrddin?' gofynnodd Dela.

'Gweld tylwth,' atebodd Reynolds, ond yna atebwyd y ffôn.

Cadwodd Dela draw o'r gegin am yr hanner awr nesaf hyd nes i Reynolds a Defis ymddangos. Manteisiodd ar eu habsenoldeb i mofyn ei bag a'i siaced o'i stafell wely.

'Ewn ni'n tri lawr i'r ffarm,' meddai'r Uwch-arolygydd. 'Gall Cwnstabl John gymryd datganiad y crwt a chadw llygad ar bethe.'

Syllodd i fyny'r grisiau wrth iddynt dramwyo'r cyntedd i'r drws blaen a thynnodd ystum chwilfrydig ar Dela. Arhosodd hi hyd nes eu bod yn y car cyn ateb ei gwestiwn distaw.

'Mae hi wedi cysgu trwy bopeth eto,' ebe Dela o'r sedd gefn, wrth i Defis facio. 'Ac mae'n debyg bod hyn yn rhywbeth rheolaidd. Sdim ffordd o'i dihuno, chwaith, o bob sôn.'

Trodd Reynolds gan roi ei fraich dros gefn sedd y teithiwr. 'Beth sy arni, 'te?'

Tynnodd Dela'r botel a'r sgriw bach o bapur o'i bag. Esboniodd am yr holl foddion a ganfu yng nghwpwrdd y stafell ymolchi a gallai weld Defis yn gwenu arni yn y drych ôl. 'O'n i'n meddwl falle y bydde Doctor Roberts yn gallu cynnig barn am beth sydd ynddyn nhw,' gorffennodd yn obeithiol.

'Rhowch nhw iddo pan ddaw e,' meddai Reynolds. 'Y cwestiwn yw pam fod isie cymint o foddion ar y groten?'

'I'w chadw hi dan reoleth?' cynigiodd Defis.

'Mae hynny'n bosiblrwydd,' cytunodd Dela'n ofalus, 'ond o gyflwr y poteli, gallai peth ohono fod yn hen iawn – o ddyddiau ei mam fu farw pan roedd hi'n ferch fach. Falle, hefyd, bod ei thad wedi cael ambell i bresgripsiwn. Eto, byddech chi'n meddwl os yw'r moddion a'r tabledi'n hen na fydden nhw mor effeithiol.'

Sniffiodd Reynolds. 'Neu gallen nhw gryfhau yn eu henaint. Sdim dal. Chi'n cretu bod ei thad yn gwbod?'

'O beth glywes i ddoe, dyw e ddim fel pe bai e'n sylwi.'

Erbyn hyn, roedd buarth fferm Wiliam Henry yn agor allan o'u blaenau. Dringodd y tri o'r car ac aeth Defis i'r gist i mofyn tortshis. Yn y tawelwch gellid clywed ambell frefiad o'r caeau o'u cwmpas a sŵn ffowls cysglyd. Dilynodd Dela'r ddau heddwas gan sylwi bod golau'n dal i dywynnu o un o stafelloedd gwaelod y tŷ. Codai'r sgubor draw heibio iddo i lawr ar y chwith. Safodd Reynolds o'i flaen a thynnodd bâr o fenig ysgafn o boced ei siaced.

'Latsh,' meddai mewn llais isel.

Roedd Dela hithau'n chwilio am fenig cotwm yn ei bag, a gwelodd Defis yn tynnu pâr am ei ddwylo cyn rhoi prawf ar styfnigrwydd y darn hir o bren a ymestynnai ar draws un o'r drysau llydan. Bwriedid iddo gael ei wthio trwy ddolenni haearn ar y ddau ddrws, ond doedd Iago ddim wedi ei roi yn ôl yn ei le. Yn hytrach defnyddiodd y styllen deneuach i'w cadw ynghau. Grwgnachodd y pren a throdd Defis atynt gan amneidio.

'O'dd e'n gweud y gwir am hynny, ta beth,' meddai. 'Gwedodd e y buodd yn rhaid iddo gario'r ci mas o 'ma. Galle fe byth â rhoi'r pren mowr yn ôl a hithe'n gwingo.'

Tynnodd Defis un o'r drysau mawr yn agor a chamodd y tri yn ôl yn reddfol. Roedd y drewdod yn ffiaidd. Gydag hances dros ei drwyn, chwifiodd Reynolds ei dortsh o amgylch yr olygfa. Roedd Dela'n gwasgu'i ffroenau ynghau â bys a bawd, ac yn rhyfeddu sut y denwyd y clêr glas i'r fan mor gyflym, pan drodd Defis ati.

'Sdim rhaid i chi ddod gam ymhellach os nad y'ch chi moyn,' sibrydodd.

Clywodd Dela rhyw roch ddirmygus gan Reynolds, a oedd eisoes yn camu fel cranc i'r chwith, gan osgoi dilyn llwybr uniongyrchol o'r drws. Gwenodd Dela ar Defis.

'Dwi'n iawn, diolch,' meddai.

Fodd bynnag, roedd e eisoes wedi cydio yn ei phenelin ac arweiniodd hi i'r ochr dde; lle safai casgenni a sachau'n dal porthiant anifeiliaid. Hyd yn oed o'r fan honno, wrth sgleinio'u tortshis tua chefn y sgubor lle pentyrrwyd mur o wellt, roedd pwll tywyll o waed i'w weld yn ceulo ar y llawr, a smotiau coch gludiog ychwanegol yn ymddangos fel goleuadau Nadolig sawl troedfedd i fyny. Hanner eisteddai beth oedd yn weddill o gorff Wiliam Henry yn erbyn y gwair. Credodd Dela am eiliad ei fod rhywfodd wedi taflu'i ben yn ôl, ond yna sylweddolodd taw dim ond ei geg a'i ên a oroesodd y taniad. Daliai cudynnau hir ei wallt gwyn i orwedd dros ei ysgwyddau, ond roedd ei farf yn waed i gyd.

Chwifiodd Reynolds ei olau dros y llawr o flaen y corff. 'Ma'r llawr pridd mor galed â harn. Gallen ni fynd yn agosach, sbo.'

'Smo fi'n credu y dylen ni ddibynnu ar hynny, bòs,' ebe Defis yn rhybuddiol. 'Cewn ni dermad os daw e o hyd i'n holion tra'd ni – ac mae e'n siŵr o neud.'

'Pff!' ebe Reynolds yn rhwystredig. 'Bydd e 'ma whap, hefyd. Mae e'n mynd fel y gŵr drwg yn y fan 'na.'

Celodd Dela wên. Pwyntiodd ei thortsh at y corff unwaith eto. Gorweddai'r gwn rhwng coesau'r hen ŵr gydag un llaw ar y baril. Roedd un droed yn noeth, â'r bys mawr wedi'i ymnyddu yn agos i'r triger, er nad allai weld yn union lle'r oedd.

'O'n i'n credu bod gynnau hela'n rhoi eitha' cic wrth danio,' meddai'n feddylgar. 'Cofiwch, dwi ddim yn arbenigwraig.'

Clywodd Reynolds yn mwmial 'Co ni off …' ond palodd ymlaen.

'Falle eich bod chi'ch dau wedi gweld rhywun yn llwyddo i gadw'i afael yn y gwn ar ôl saethu'i hunan.'

Cyn iddynt fedru ateb, daeth sŵn sgrialu teiars i'w clustiau ac eiliad wedyn, drws yn slamio. Teimlodd Dela law Defis ar ei phenelin yn ei thynnu'n agosach at y sachau porthiant. Daeth golau tortsh newydd drwy'r adwy.

'Wff!' meddai Emlyn Roberts.

Daeth y gair o'i geg nid yn unig oherwydd yr olygfa erchyll ond am nad oedd wedi disgwyl gweld yr heddweision yng nghefn y sgubor. Trodd i'r chwith ac yna i'r dde gan eu dallu â phelydrau'r dortsh.

'Buoch chi'n trampan rownd y corff?' gofynnodd yn heriol.

'Naddo ddim!' atebodd Reynolds.

'Ond betia i eich bod chi bwti marw isie gwneud.' Plygodd Emlyn a thynnodd rhyw fagiau cotwm yr olwg o'i boced. Slipiodd y rhain dros ei sgidiau, dan lygaid syn pawb.

'Ti'n dod â *slippers* i'r gwaith nawr, wyt ti?' ebe Reynolds.

'Odw. 'Nghyfnither wnaeth nhw. Hales i lun iddi o beth o'n i moyn. Er mwyn peido â chario baw'n sgidie i unrhyw safle.'

'Ond gall cotwm adel ffibrau, 'chan,' cynigiodd Defis.

'Nid cotwm yw nhw,' atebodd Emlyn, 'ond *rayon*. Gwead tynnach o lawer.'

Erbyn hyn, roedd e'n troedio llwybr gofalus mewn hanner cylch i gyfeiriad y corff ac yn sgleinio'i dortsh ar y llawr o'i flaen. Edrychodd arnynt dros ei ysgwydd.

'Gallwch chi aros os y'ch chi isie, ond i chi beido â symud o'r cefen.'

'Dwi'n mynd i gael smôc,' ebe Reynolds. 'Ma'r drewdod yn rhoi pen tost i fi. Dere lan i'r Mans pan fyddi di wedi bennu.'

Safodd y tri tu allan am gyfnod, y ddau heddwas yn ysmygu a Dela'n ymdrechu i beidio â dylyfu gên.

'Bydd yn rhaid i fi ddod lawr 'ma 'to, unweth bod digon o ole i dynnu llunie,' meddai Defis cyn ychwanegu, 'heb sôn am drio dod o hyd i olion bysedd. Peth lwcus bod y camera a'r cit 'da ni, ond bydd angen lampe arnon ni yn y sgubor.'

'Ma' gole trydan yn y tŷ,' ebe Reynolds, gan bwyntio. 'Tase ni'n gallu cael gole miwn i'r sgubor rhywfodd, bydden ni yn y *good books* 'da hwnco man'co am sbel fach.'

A byddai'n gyfle da i weld tu mewn i'r lle hefyd, meddyliodd Dela, wrth eu dilyn at y ffermdy.

Pennod 27

Erbyn canol y bore, gallai Dela fod wedi cysgu ar ei thraed. Safodd dros y stof yn coginio wyau a chig moch i bawb (trwy garedigrwydd yr Idwals y noson gynt) gan deimlo trymder ei hamrannau ac arafwch ei symudiadau. Eisteddai Iago a Meg yr ast wrth y bwrdd, gyda Meg â'i phen ar ben-glin y llanc ac yntau â'i ben yn pwyso'n anghysurus yn erbyn y mur. Roedd llygaid y ddau wedi'u cau. O'r stafell fyw gallai Dela glywed lleisiau dynion ac yna caewyd y drws blaen. Os na fu holl ddigwyddiadau'r nos yn ddigon, roedd yr ysbyty wedi rhyddhau Eric Edwards ac yntau wedi ffonio Idwal i ddod i'w mofyn yn ôl i'r Mans. Wrth reswm, ufuddhaodd Idwal yn syth. Roedd yn ffodus bod yno ddigon o ddynion i'w drosglwyddo o'r car i'r soffa, er iddi sylwi na ofynnwyd i Iago helpu.

Agorwyd drws y gegin a gwthiodd Defis ei ben i mewn. Cododd ael pan welodd bod Iago a Meg ynghwsg, a cherddodd yn dawel draw ati.

'Peidwch ag anghofio am Emlyn,' sibrydodd. 'Dyle fe fod 'ma cyn hir.'

Gwenodd Dela arno, gan ddangos y pentwr o gig moch yn cadw'n gynnes yn y ffwrn.

'Smo nhw'n starfo mas yn wlad odyn nhw?' meddai Defis, wrth ffroeni'r sawr godidog.

'Mae isie i chi feddwl am gadw mochyn,' atebodd Dela. 'Shwd mae'r gweinidog?'

Gwnaeth Defis rhyw ystum amheus. 'Gallech chi wirio 'i fod e wedi torri pob asgwrn yn 'i gorff.'

'Bydde'r ysbyty erio'd wedi'i hala fe o 'na tase fe wedi neud,' cynigiodd Dela. 'Unrhyw sôn am ei ferch?'

'Mae hi wedi codi ac wedi gwisgo'i ffrog haf ore ... a lipstic hefyd.'

'Dim dagre cyn belled, 'te?'

'Mae'n rhyfeddol o dda.'

'Ry'ch chi'n swnio fel dyn â phrofiad, Sarjant.'

'Ma' da fi wraig, mam yng nghyfraith a thair o grotesi,' atebodd. 'Odych chi moyn i fi dorri bara menyn?'

Cyrhaeddodd Emlyn Roberts mewn pryd i ymuno â'r wledd ond, fel arfer, roedd e ar bigau'r drain i fynd yn ôl. Fodd bynnag, o'r ffordd yr ymosododd y tri heddwas ar y bwyd, doedden nhw ddim ar frys i fynd i unman, ac roedd Dela'n falch iddi neilltuo plât iddi hi ei hun. Arhosodd Feronica yn y stafell fyw gyda'i thad, yn ddigon anfodlon, o beth welodd Dela wrth weini eu bwyd iddynt ar hambwrdd. Bu'n rhaid iddi roi clustogau tu ôl i Eric Edwards er mwyn iddo fedru bwyta'n hanner eistedd. Ni symudodd Feronica o'i chadair trwy gydol y broses, er gwaethaf ochneidiau ingol ei thad.

'Ry'ch chi wedi bod yn arbennig,' meddai'r gweinidog, 'yn enwedig trwy aros yma neithiwr. Mae Feronica'n ddiolchgar dros ben, fel fi.'

Gwenodd Dela cyn mynd yn ôl i'r gegin. Rhaid cyfaddef bod golwg lwyd arno, meddyliodd.

Bwytaodd ei phryd gan sefyll ger y sinc, yn gwrando ar y sgwrs o gwmpas y bwrdd. Wrth reswm, gydag Iago yno, ni thrafodwyd unrhyw ganfyddiadau, ond clywodd taw'r cam nesaf oedd mynd i lawr i'r fferm yn ei gwmni, er mwyn iddo allu bwydo ei anfeiliaid dan eu goruchwyliaeth (er na ddywedwyd hynny'n agored). Trawyd hi gan syniad.

'Beth am odro, Iago?' gofynnodd, wrth arllwys mwy o de i gwpanau pawb.

'Ma'n iawn,' atebodd. 'Un fuwch odro sy 'da ni, ac mae hi a'i llo mas yn y cae. Yfith y llo'r lla'th. Dim ond nawr ac y man dwi'n ei godro ta beth, er mwyn cael lla'th i'r tŷ. Bustych yw'r gweddill.'

Gallai Dela weld o wyneb Reynolds nad oedd e'n gwybod bod gwahaniaeth rhwng da godro a da cig.

Roedd hi'n golchi'r pentwr anferth o lestri, gan feddwl bod yr holl griw wedi gadael pan syfrdanwyd hi i glywed y tegell yn cael ei roi ar y stof tu ôl iddi.

'Sori,' meddai Emlyn, pan drodd. 'Dwi'n gorfod aros nawr am alwad oddi wrth yr orsaf i ddweud pryd allan nhw mofyn y corff. O'n i'n meddwl bod cystal i fi gael cwpaned arall o de.'

Sychodd Dela ei dwylo'n frysiog, yn falch o weld bod drws y gegin wedi'i gau. Symudodd draw at ei bag llaw. Tynnodd y samplau o foddion a thabledi o'i waelod ac estynodd nhw iddo.

'Mwy o waith i chi, mae arna i ofon,' meddai, gan roi

esboniad brysiog o'r rheswm dros ei chais. 'Rhowch nhw yn eich poced mas o'r golwg.'

Diflannodd aeliau Emlyn i'w wallt, ond ni oedodd cyn gwthio'r cyfan i boced ei siaced.

'Mae 'na rywbeth yn od iawn ynghylch lot o bethe yn y lle 'ma,' sibrydodd Dela, yn falch bod y tegell yn berwi i guddio'i geiriau.

'Ma' rhwbeth yn 'ffernol o od am y corff hefyd,' atebodd yntau dan ei anadl.

Gwnaeth Dela geg gam. 'Dyna feddylies inne.'

Clustfeiniodd Emlyn am eiliad, ond dim ond lleisiau isel y gellid eu clywed o'r stafell fyw.

'I ddechre,' meddai, 'os yfodd y bachan bron i hanner potel o wisgi, ac mae'r crwt yn dweud iddo'i weld yn agor un newydd ar ôl swper, dwi'n synnu iddo lwyddo i godi ar ei draed heb sôn am fynd allan i'r sgubor gyda'r gwn. Eto, os oedd e wedi hen arfer â'r stwff ...' Tynnodd wep amheus. 'Ond â fynte heb fod yn ddyn mawr i fetaboleiddio'r alcohol ...'

'Mae hynny'n lot o wisgi,' cytunodd Dela.

'Mm. A dwi ddim yn hoffi'r ffaith ei fod yn dal i afael yn y gwn ... na Gwyn chwaith.'

'O beth weles i, defnyddiodd e fys mawr ei droed ar y triger,' cynigiodd Dela.

'Do, a dyw hynny ddim yn anghyffredin, ond fel rheol, mae pobol yn clymu'u bys mawr i'r gwn. Wnaeth e ddim, a dyle'r gwn fod wedi cwmpo i'r ochor ar ôl iddo danio, ond symudodd e ddim modfedd. Rhy deidi o bell ffordd.'

Agorodd drws y gegin yn sydyn a neidiodd y ddau.

'Ma' lle y'ch chi, Miss Arthur!' ebe Marian y nyrs ardal. Gwenodd pan welodd Emlyn, a oedd yn brysur yn tynnu'r tegell o'r gwres. 'Dyn, o'r diwedd!' ategodd gan chwerthin. 'Sdim sôn am neb ac mae angen help arna i.'

'Dyma Dr Roberts, y patholegydd,' meddai Dela, wrth gyflwyno'r ddau i'w gilydd.

'Angen help meddygol?' gofynnodd Emlyn.

'Bydde'n well tasech chi'n ffarmwr wedi hen arfer â chodi pwyse trwm,' atebodd Marian, 'ond rhyngddon ni, dylen ni allu llusgo'r gweinidog lan i'w stafell wely. Dyw gorfedd ar y soffa'n ddim lles i'w gefen e.' Yna, fel pe bai arwyddocâd swydd Emlyn newydd ei tharo, ychwanegodd, 'Odych chi wedi dod o hyd i rhwbeth newydd ar y safle, 'te?'

Bu saib wrth i Dela ac Emlyn bwyso a mesur cyn ateb.

'Mae'n amlwg nad ydych chi wedi clywed,' ebe Dela. 'Buodd 'na farwolaeth arall neithwr.'

'Jiw jiw!' meddai Marian yn syn. 'Pwy?'

'Wiliam Henry.'

'Na! Beth ddigwyddodd iddo?'

Esboniodd Emlyn am y canfyddiad wrth i Marian ysgwyd ei phen yn drist.

'We'n i'n meddwl taw bore tawel fydde hwn ond mae wedi bod fel ffair,' meddai. 'Sdim syndod na chlywes i. Wedd rhywun wedi troi'i figwrn wrth gwmpo mas o'r gwely, rhywun arall 'di cymryd y tabledi rong, ac wedd hynny cyn naw o'r gloch! Ces i ddim mwy na phum munud i fyta tafell o fara menyn pan ganodd y ffôn 'to. Wedd Doctor Morus wedi cael galwad o'r ysbyty i weud bod Mr Edwards 'di mynnu gadel. Gofynnodd e i fi alw draw 'ma i'w weld e, rhag ofon ... a nawr hyn!'

Diddorol, meddyliodd Dela. Pam fyddai'r gweinidog wedi gwneud y fath beth a pham na ddywedodd wrthi am Wiliam Henry?

'Doeddech chi ddim yn disgwyl iddo gael ei ryddhau mor gyflym,' meddai.

'We'n i'n siŵr y bydde fe 'na am gwpwl o ddwrnode.' Ochneidiodd. 'Ond wrth gwrs, mae e'n poeni am Feronica nos a dydd. We'n i'n gwbod y bydde hi'n iawn, sa'ch 'ny, gyda chi yn y tŷ.'

'O leiaf ddihunodd hi ddim ynghanol yr holl fynd a dod ynghylch yr hen ŵr,' meddai Dela'n ddiniwed.

Lledaenodd Marian ei dwylo gan bwffio. 'Pregethes i ddigon wrth Wiliam Henry am yr holl wisgi. Wedd yr yfed yn gwaethygu'n bendant. Wedd e ddim yn saff 'da'r gwn 'na.'

'O ble oedd e'n cael y wisgi?' gofynnodd Emlyn yn sydyn.

Tynnodd Marian wep. 'Mae sôn y gallwch chi gael beth bynnag y'ch chi isie os y'ch chi'n nabod rhywun sy'n gweitho ar y llonge i'r Werddon.'

Amneidiodd Emlyn yn ddoeth.

Bu'n rhaid iddynt frwydro i wthio a thynnu Eric Edwards i fyny'r grisiau i'w stafell. Safodd Feronica yn nrws y stafell fyw trwy hyn oll, gyda'i llygaid wedi'u hoelio ar Emlyn. Doedd Dela ddim yn amau fod y gweinidog yn dioddef poen, ond sylweddolodd nad oedd syndod iddo beidio â dweud wrth Marian am Wiliam Henry. Ei gyflwr ei hun oedd yr unig beth ar ei feddwl. Ar ôl sicrhau ei fod yn ddiogel yn ei wely, aeth hi ac Emlyn o'r fan, gan adael Marian yn gwirio cyflymder ei galon. Wrth iddynt ddod i lawr y grisiau, aeth Feronica yn ôl i'r stafell fyw gan gau'r drws. Rhyfedd, meddyliodd Dela, a oedd wedi disgwyl iddi eu dilyn i'r gegin. Fodd bynnag, canodd y ffôn yn y stydi a chan sboncio i lawr y ddau ris olaf, aeth Emlyn i'w ateb.

Roedd hi'n arllwys dŵr i debot pan ddaeth Emlyn i mewn yn rhwbio'i ddwylo.

'Maen nhw wedi gwneud trefniade i fi gydag ymgymerwr lleol,' meddai, gyda thinc fuddugoliaethus. 'O'n i ddim yn edrych mlaen at garto corff arall lan i Abertawe, 'nenwedig o styried bydde'n rhaid dod ag e'n ôl 'ma i'w gladdu.'

'Does gan Hwlffordd ddim stafell post-mortem yn yr ysbyty? '

Crychodd Emlyn ei drwyn. 'Oes, ond bydde hynny'n golygu mwy o deithio, a mwy na thebyg bydden i'n pechu'r meddyg sy'n eu cyflenwi fel arfer. Mae lot o lefydd gwledig yn defnyddio cyfleusterau ymgymerwyr angladdau. Dyw gwneud post-mortem ddim mor gyffredin ag y dyle fe fod. Fe ddaw dydd, sbo ...'

Er y gallai Marian ddod i lawr o'r llofft ar unrhyw adeg, mentrodd Dela holi ymhellach, gan gadw'i llais yn isel.

'Odych chi wedi meddwl mwy am beth ddigwyddodd yn y sgubor?'

Pwysodd Emlyn yn erbyn un o'r cypyrddau a sipiodd ei de. 'Gweloch chi'r corff, ondofe?' Arhosodd iddi amneidio. 'Blaw am y ffaith bod y gwn yn dal yn ei le, wnaeth e ddim saethu'i hunan o dan ei ên neu yn ei geg fel mae'r rhan fwyaf yn ei wneud. Top 'i ben e gafodd yr holl ergyd. Nawr, doedd e ddim yn ddyn tal gyda breichiau hir, a falle bod hyd barilau'r gwn yn ei gwneud yn amhosibl iddo danio 'mhellach lawr.' Gwnaeth rhyw ystum bach. 'A doedd e ddim yn ddyn ifanc, ystwyth, chwaith. Bydd yn rhaid i fi fesur popeth cyn ystyried y posibiliade.'

'A beth am y cetrys? Fe oedd 'u piau nhw?'

Edrychodd Emlyn yn graff arni. 'Chi 'di clywed am y ffaith nad oedd e fel rheol yn llwytho'r gwn ac ry'ch chi'n meddwl os taw rhywun arall saethodd e gyda gwn arall, bydde angen iddyn nhw ddod â'u cetris gyda nhw. Yn anffodus, i bob golwg ei getris e oedd ar lawr ac roedd mwy ohonyn nhw mewn drôr yn y gegin. Cofiwch, rhai weddol gyffredin ydyn nhw.'

'Sdim rhif *batch* na dim, oes e, y gallwch chi ei gymharu?'

Gwenodd Emlyn. 'Dwi'n meddwl taw gwirio'r holl getris mae'r heddwas ifanc yn 'i wneud nawr.'

'Ydy'r Uwch-arolygydd yn amheus, 'te?'

'Hyd yn oed os nad yw e, mae angen iddo fod yn hollol siŵr, oherwydd y corff yn y clawdd. Wrth gwrs ...' Gostegodd Emlyn ei lais i sibrwd, 'y peth yw, os oes gwir amheuaeth, chi'n sylweddoli pwy fydd y cyntaf i gael ei amau. Iago, ŵyr yr hen foi.'

'Os felly, does gan farwolaeth ei dad-cu ddim i'w wneud â'r corff arall – beth yw e nawr, rhyw ugain? Cafodd ei enw ei grybwyll cyn belled?'

'Dim ond i'r gradde na fydde byw gyda'r hen foi wedi bod yn hawdd iddo a fynte'n yfed ac yn obsesiynol.'

'Ond mae'r obsesiwn yn ddiddorol, smo chi'n credu?'

Ar fin ateb, ysgydwodd Emlyn ei ben yn rhybuddiol. Gellid clywed Marian yn dod i lawr y grisiau.

Pennod 28

Llithrodd gweddill y dydd heibio mewn niwl o flinder. Collodd Dela gyfrif o'r nifer o weithiau y dringodd y grisiau i mofyn rhywbeth neu'i gilydd i Eric Edwards, tra'r eisteddodd Feronica yn y stafell fyw gan syllu ar ei hewinedd. Canfu bod Marian wedi dod o hyd i gloch fach er mwyn iddo allu galw o'r llofft. Ar ôl iddi ddarparu dau lyfr, sbectol, gwydraid o ddŵr, brechdan, diod boeth a siôl ar gyfer ei ysgwyddau, pan ddaeth Feronica i'r gegin i ofyn am gwpanaid o de, ymdrechodd Dela i wenu.

'Iawn,' meddai rhwng ei dannedd. 'Fe wna i un i'ch tad hefyd a gallwch chi fynd â'r hambwrdd iddo.'

Tynnodd y ferch wep a'i hanogodd i barhau. 'Wedyn, gallwch chi aros gyda fe am sbel a mofyn unrhyw beth arall mae e moyn. Bydd e mor falch o'ch cwmni chi.'

Safodd Dela wrth y drws cefn agored i yfed ei chwpanaid hithau. Er nad allai wadu bod ei phresenoldeb yn y Mans wedi bod yn ddefnyddiol oherwydd marwolaeth Wiliam Henry, roedd hi eisoes wedi hen syrffedu ar fod yn forwyn fach a gawsai ei galw gan gloch bob deg munud. Os nad oedd gan drigolion y lle berthnasau, onid oedd 'na lu o aelodau'r capel yn barod i gamu'n llawen i'r adwy? Ystyriodd mor ddiflas fyddai'r noson o'i blaen. Gydag Emlyn yn debygol o fod yn brysur am oriau, a'r heddweision yn teithio'r fro'n holi ac ymchwilio, ni allai ragweld pryd fyddent yn galw heibio gydag unrhyw newyddion.

Wrth gwrs, meddyliodd yn sydyn, byddai rhywun yn dal ar ddyletswydd ar y fferm lawr yn y pant. Nid oedd Iago a'r ci wedi dychwelyd i'r Mans. Gallai fod wedi cael ei dywys i'r orsaf yn Abergwaun i'w holi ymhellach, neu gallai fod yn gwneud ei waith beunyddiol ar y fferm. Os felly, gobeithiai bod Hari'n gorfod ei ddilyn i bobman drwy'r llaid. Edrychodd ar ei watsh ac ochneidiodd. Roedd yn bryd iddi feddwl am roi'r stiw a adawyd iddynt yn y ffwrn ar gyfer swper a dechrau plicio tatws.

Roedd hi bron wedi gorffen golchi'r llestri wedi'r pryd – a fwytwyd yn stafell wely Eric gan ef a Feronica er mawr ryddhad iddi – pan ddaeth cnoc ar y drws blaen, a chlywodd lais Reynolds yn galw ei henw. Safai Reynolds a Defis yn y cyntedd, a galwodd Dela nhw i mewn i'r gegin.

'Chi 'di bod wrthi 'to, 'te'n porthi'r pum mil,' ebe Reynolds yn sych, wrth weld y pentwr o lestri a sosbenni'n draenio ger y sinc.

Gwnaeth Dela geg gam a rhoddodd y tegell i ferwi unwaith eto. 'Os bydd yn rhaid i fi wneud hyn am lawer hwy bydd 'da chi ddwy lofruddiaeth arall i'w datrys. Mae'r gloch ddiawledig 'na ddigon i'n hala i'n ddwl. Falle nad ydw i'n eu gweld nhw ar eu gore, ond bois bach, maen nhw'n hollol ddiffeth. Shwd ar y ddaear maen nhw'n byw bob dydd? Ydy'r aelodau'n dod miwn yn rheolaidd i lanhau a choginio? Os odyn nhw, mae croeso iddyn nhw ddod yn ôl unrhyw bryd!'

'Cynddrwg â 'ny,' mwmialodd Reynolds.

Wedi arllwys ei chwd, gwnaeth Dela de ac eisteddodd y tri wrth fwrdd y gegin i'w yfed.

'Bydden i ddim yn synnu os taw'r aelodau sy'n neud popeth,' meddai Defis yn feddylgar. 'Dylsech chi weld faint o gymdogion sy 'di cynnig help i Iago. O'dd rhyw pic-yp neu dractor ar y ffald drwy'r dydd.'

'Busnesan o'n nhw,' meddai Reynolds, gan lyncu. 'Ond buodd e'n ffordd handi o holi pobol. Ond o'n nhw'n barod i helpu, whare teg, 'nenwedig y fenyw fowr 'na sy'n perthyn i'r nyrs. O'dd hyd 'noed y bustych ofon honno. Falle daw mwy draw heno a bydd yn rhaid i Gwnstabl John ofyn y cwestiyne.' Sylwodd ar olwg chwilfrydig Dela. 'Bydd e'n aros 'na dros nos. Gallwch chi ddim gatel ffarm, allwch chi? Ma'n rhaid i'r ieir a'r moch a phethach fyta.'

Cododd Dela ar ei thraed a gwiriodd bod neb tu allan i ddrws y gegin. Gwyliodd yr heddweision hi gan wenu.

'Beth oedd barn y cymdogion am y digwyddiad?' gofynnodd Dela mewn llais isel.

'Sneb yn synnu,' atebodd Reynolds yn syth, 'nac yn galaru, chwaith, o beth weles i. Wrth gwrs, ddwedodd neb bod yr hen foi'n boendod, ond o'dd hi'n amlwg 'i fod e.'

'O'n nhw i gyd yn gwbod am yr yfed,' cytunodd Defis, 'ac yn sôn am yr obsesiwn gyda'r safle.'

Pendronodd Dela am eiliad. 'Oedd gan unrhyw un syniad pryd ddechreuodd Wiliam Henry amddiffyn y safle gyda'i wn hela?'

Ysgydwodd Reynolds ei ben. 'Dim byd penodol. Dim ond 'i fod e wedi gwaethygu, sy'n awgrymu y buodd e fel hyn ers sbel. Blaw am fusnesan, dwi'n credu bod yn ddrwg 'da phobol am y crwt.'

'Pam fod Iago'n byw gyda'i dad-cu?' gofynnodd Dela.

Amneidiodd Reynolds i gyfeiriad Defis. 'Chi feddyliodd am ofyn wrtho so cewch chi esbonio.'

Arllwysodd Dela mwy o de i'r cwpanau wrth i Defis drefnu ei feddyliau.

'O beth dwi'n ei ddeall,' meddai, 'gadawodd ei dad e ar y ffarm gyda Wiliam Henry am fod ei fam wedi neud fflit flynyddodd yn ôl. Dyw'r crwt ddim yn beio'i dad ond yn edrych ar y peth fel ffordd o sicrhau cartre sefydlog iddo, achos roedd yn rhaid i'w dad weithio. Dyw e ddim hyd 'noed yn dweud bod ei fam wedi gadel – rhyw sôn am orfod mynd i ran arall o'r wlad – ond dyna beth dwi'n credu ddigwyddodd.'

'A yw ei rieni'n dal yn fyw?'

'Falle, a falle ddim. Y tro dwetha clywodd Iago unrhyw beth am ei dad, roedd e'n gweithio mewn ffatri yng ngogledd Lloegr. Smo fi'n credu iddo glywed gair oddi wrth ei fam o gwbwl ers o'dd e'n blentyn.'

'Trueni amdano,' meddai Dela. 'Sda fe neb nawr, felly.'

'Ma' ffarm 'da fe – sy'n fwy na sy 'da llawer o bobol,' atebodd Reynolds. Sniffiodd. 'Chi'n sylweddoli, on'd y'ch chi, bod hynny'n rhwbeth arall cyfleus? Fe sy piau'r lle nawr.' Hwpodd ei ben i gyfeiriad ei gydweithiwr. 'Dyw Defis ddim yn cytuno.'

Ceisiodd Defis fabwysiadu golwg resymol. 'Ffaelu gweld ydw i pam fydde fe'n lladd ei dad-cu pan mae'r lle'n llawn plismyn. Tase fe mor benderfynol o gael gwared arno, bydde fe 'di bod yn gallach i aros tamed neu 'i waredu fe sbel 'nôl.'

'Faint yw oedran Iago?' gofynnodd Dela'n sydyn, gan gofio ei sgwrs gydag Emlyn.

Chwifiodd Reynolds ei fys ati'n gymeradwyol gan bwyso ymlaen. 'Twenty three!' meddai gan grechwenu. 'Chi'n gweld? Pan gladdwyd y bachan yn y safle, o'dd Iago'n grwtyn mowr o ddwy ar bymtheg.'

Cnodd Dela ei gwefus. 'Ac ry'ch chi'n ame 'i fod e wedi dewis lladd ei dad-cu neithiwr er gwaethaf presenoldeb yr heddlu, am ei fod yn ofni y byddai Wiliam Henry feddw a gwallgof yn cyfaddef rhywbeth i chi?' Ystyriodd am ennyd. 'Er y dywedodd e ddim byd arwyddocaol pan siaradoch chi ag e'r diwrnod o'r blaen.'

'Ddwedodd e ddim byd call, chwaith,' meddai Reynolds yn sur. 'Ond clywodd y crwt ni'n sôn am fynd lawr i siarad â'r hen foi eto'r bore 'ma.' Tynnodd wep wybodus.

Amneidiodd Defis. 'Soniodd e am y peth wrtha i.'

'Oedd e'n cysylltu'r ail ymweliad â'r hunanladdiad?'

'O'dd e fel se fe'n trio meddwl pam fydde'i dad-cu

wedi saethu'i hunan y nosweth honno. O'dd e'n gofyn "Pam nawr? Ma' pethe'n well 'da'r ffarm nag y buon nhw. Prisie gwell am y creauried".'

'Mae hynny'n awgrymu cyfnod pan nad oedd y fferm yn gwneud cystal,' cynigiodd Dela. 'Odych chi'n gwbod beth oedd y sefyllfa ariannol? Oedd yr holl elw'n mynd ar wisgi?'

'Cewn ni glywed cyn bo hir gan y banc,' meddai Reynolds gan godi. 'Mae'n bryd i ni fynd yn ôl i Abergwaun.'

Yn ôl i'r Royal Oak, meddyliodd Dela, wrth iddi sychu'r llestri swper a'r cwpanau te wedi iddynt adael. Ysai i gael mynd i'w gwely, ond dymunai sicrhau na chawsai ei galw gan Eric â hithau eisoes yn ei gŵn nos, felly croesodd y cyntedd i'r stydi er mwyn benthyg llyfr. Clustfeiniodd ar waelod y grisiau, ond ni ddeuai unrhyw sŵn o'r llofft.

Dewisodd nofel o un o'r silffoedd, ac eisteddodd yn y stafell fyw i'w darllen. Sylwodd yn sydyn bod weiarles fawr yng nghornel y stafell a bu bron iddi ei throi ymlaen cyn sylweddoli y gallai'r sŵn ddenu Feronica i lawr y grisiau. Doedd ganddi ddim awydd treulio'r noson yn ei chwmni pwdlyd, felly, gydag ochenaid, darllenodd. Bu yno am oes, yn brwydro i gadw'i llygaid ar y dudalen ac yn pendwmpian bob yn ail pan sylwodd ar olau gwan yn dynesu drwy'r ffenest a wynebai blaen y tŷ. Aeth yn nos heb iddi sylwi. Rhywun â thortsh oedd ei syniad cyntaf, ond pan glywodd glician pedalau beic, cododd ac agorodd y drws blaen i'r nyrs ardal.

'Diolch,' meddai honno. 'O'n i'n gobeitho bydde rhywun yn dal ar 'u traed. Ma'n ddrwg 'da fi i fod mor hwyr.'

Camodd i'r cyntedd a syllodd ar Dela. 'Mae'n bryd i chithe fynd i'r gwely hefyd!' meddai, gyda gwên.

'Ry'ch chi'n gweithio'n galetach o lawer na fi,' atebodd Dela. 'Heb sôn am orfod teithio milltiroedd ar gefen beic.'

Chwinciodd Marian arni wrth droi am y grisiau. 'Bydde car yn neis,' cyfaddefodd, cyn dringo.

Yn wyneb ei phrysurdeb llawen, teimlodd Dela'n euog am y demtasiwn i fynd i'w stafell ei hun. Rhaid aros nawr hyd nes iddi adael. Rhoddodd y tegell i ferwi am y canfed gwaith, ond aeth ugain munud heibio cyn i Marian hwpo ei phen i mewn i'r gegin. Cododd Dela gan gynnig te iddi, ond ysgydwodd ei phen.

'Dim diolch,' meddai, 'buodd yn rhaid i fi redeg i'r toiled yn y lle dwetha. Dwi'n yfed te yn nhai pobol fel llo o fwced. A sdim isie i chi boeni rhagor am Mr Edwards a Feronica heno. Mae e mor gysurus ag y gall e fod, ac mae Feronica'n y gwely ers sbel.'

Caeodd Dela'r drws blaen ar ôl gwylio Marian yn seiclo dros y graean allan i'r ffordd, gan groesi ei bysedd taw dyna'r alwad olaf. Clodd y drws gyda'r allwedd drom ac aeth yn ôl i'r gegin er mwyn gwneud yr un peth gyda'r drws cefn. Defod drefol oedd hon, ond ar ôl marwolaeth Wiliam Henry, heb sôn am Anjun, doedd ganddi ddim bwriad rhoi mynediad hawdd i neb. Llusgodd ei thraed i fyny'r grisiau i'w stafell, gan wrando ar y distawrwydd.

Gan nad oedd yn edrych fel pe bai Feronica wedi gweld eisiau ei chold crîm na'i chlipiau gwallt, defnyddiodd Dela nhw'r eildro, cyn syrthio i drwmgwsg bron wrth i'w phen gyffwrdd â'r gobennydd.

Agorodd Dela ei llygaid. Yn hanner cwsg, credodd iddi glywed y cloc mawr yn y cyntedd yn taro naw o'r gloch. Gan feddwl iddi freuddwydio hynny, ymbalfalodd am ei watsh ar y cwpwrdd bach. Damo!

Gwisgodd yn frysiog, cyn cripian i'r stafell ymolchi. Nid oedd neb yn galw'n groch amdani, ond ni olygai hynny na fu'r gweinidog yn ceisio denu ei sylw ers oriau. Safai drysau'r stafelloedd gwely eraill ynghau, a sleifiodd Dela heibio iddynt ac i lawr y grisiau i'r gegin. Gyda thamaid o lwc ni fyddai'r claf yn dihuno hyd nes iddi gnocio ar ei ddrws gyda'r hambwrdd brecwast.

'Tost a marmalêd!' cyhoeddodd Dela rai munudau'n ddiweddarach, gan sylwi wrth gerdded i mewn i'r stafell wely bod Marian wedi tacluso mymryn, neu'n syml wedi symud y dillad oddi ar y gadair ger y ffenest er mwyn rhoi ei bag i lawr.

Gwthiodd Eric Edwards ei hun i fyny'n boenus ar y gobennydd a gosododd Dela'r hambwrdd o'i flaen. Edrychai'n gysglyd dros ben, ond gallai Dela wirio iddi glywed sŵn o'r stafell yr eiliad ar ôl iddi gnocio.

'Diolch,' meddai'r gweinidog mewn llais egwan. 'Gobeithio y galla i wneud cyfiawnder â hyn.'

'Noson anghysurus?' gofynnodd Dela.

Amneidiodd y claf, ond aeth ati ar unwaith i roi menyn a marmalêd ar y tost. Roedd Dela eisoes wedi llyncu ei brecwast hi ar ei sefyll yn y gegin, gan helpu'i hunan i damaid o'r marmalêd, a phan welodd ef yn codi'r potyn a syllu arno, meddyliodd efallai iddi adael marciau menyn digroeso yn y sylwedd.

'Pan fyddwch chi wedi gorffen,' meddai'n gyflym, 'fe ddof â phowlen o ddŵr twym lan er mwyn i chi allu golchi'ch wyneb. Dwi ddim wedi galw Feronica eto – pryd mae hi'n codi fel arfer?'

Wep arall. 'Peidiwch â thrafferthu. Bydd hi braidd fyth yn bwyta brecwast. Mae angen cwsg ar yr ifanc, wedi'r cyfan.'

Amneidiodd Dela'n ddi-air. Bu Iago'n dweud y gwir. Doedd ei thad yn gweld dim o'i le ar y sefyllfa. Ar fin troi am y drws, gwelodd bod y gweinidog wedi codi'r potyn marmalêd eto.

'Sdim lot ohono ar ôl,' meddai, 'a hwn oedd y potyn diwethaf. Bydde'n help mawr tase chi'n ffonio Jenny a gofyn iddi am gwpwl mwy.'

'Jenny?' meddai Dela.

'Ie, Jenny Tomos. Bydd ei rhif hi yn y llyfr bach wrth y ffôn.' Gwenodd am y tro cyntaf. 'Dwi'n siŵr y daw hi â nhw draw yn syth.'

Aeth Dela 'nôl i'r gegin gan ysgwyd ei phen. Ymddangosai taw nid yr Idwals a'r Blods yn unig oedd yn rhuthro i fwydo trigolion y Mans. Po fwyaf y meddyliodd am y peth, po fwyaf haerllug yr edrychai. Roedd disgwyl i Jenny Tomos – pwy bynnag oedd hi – ollwng popeth a theithio yno gyda photiau o farmalêd yn eithriadol o hy, o ystyried bod orennau Seville yn anodd i'w canfod, ac o'i *rations* hi y deuai'r siwgr. Roedd hyn ar lefel wahanol o ddisgwyliad i'r bwyd a dyfai neu a fagai'r ffermwyr lleol. Penderfynodd y byddai'n anghofio ei ffonio.

Er gwaethaf ei chynnig i ddarparu modd i Eric Edwards ymolchi, arhosodd hanner awr yn y gobaith y byddai'r nyrs ardal yn galw'n fuan, ond ni ddaeth. Felly, gyda thywel dros ei braich, a'r bowlen ddŵr yn simsanu ar ail hambwrdd, i fyny i'r llofft â hi eto, gan groesi ei bysedd na fyddai arno angen unrhyw help gyda'r gorchwyl, yn enwedig os oedd e'n bwriadu golchi mwy na'i wyneb a'i ddwylo. Fodd bynnag, cafodd ddihangfa oherwydd gofynnodd y gweinidog yn syth am lasied o ddŵr er mwyn iddo allu llyncu tabledi, ac erbyn iddi ddod yn ôl o'r stafell ymolchi, roedd e'n sychu ei wyneb ar y tywel. Gyda gwên, gadawodd Dela ef, a chariodd yr hambwrdd brecwast i lawr y grisiau. Wrth fynd, trawodd hi ei bod yn rhyfedd nad oedd e wedi gofyn i gael mynd i'r tŷ bach o gwbl. Hwyrach bod pot siambar o'r golwg dan y gwely a dyna oedd y sŵn a glywodd yn gynharach. Doedd hi ddim yn mynd i gynnig ei wagio.

Roedd hi'n eistedd yn y stafell fyw'n ceisio darllen, wedi mofyn yr hambwrdd ymolchi, pan ganodd y cloc mawr un ar ddeg. Rhoddodd y llyfr i'r naill ochr. Os oedd gobaith iddi ddarparu brechdanau i ginio am hanner dydd, roedd yn hen bryd iddi ddihuno Feronica. Hwyrach y dylai ddychwelyd y cold crîm a'r clipiau gwallt wrth wneud. Gydag ochenaid, a chan deimlo fel asyn ar y traeth yn dilyn yr un llwybr undonog byth bythoedd, aeth i'r llofft i'w stafell ei hun. Safodd ennyd wrth y ffenest, gan wylio ffigyrau pitw yn y caeau islaw. Iago oedd yr un a yrrai dair dafad anystywallt, gyda chymorth Meg, o un cae i'r llall, a Hari John a safai wrth yr iet yn ei wylio. Cydiodd yn y potyn a'r clipiau o'i bwrdd gwisgo a chroesodd y landin i stafell Feronica. Ar fin cnocio'r drws, tynnodd ei llaw yn ôl. Nid oedd am gyhoeddi'r ffaith iddi ddwyn y pethau dros dro, felly trodd y bwlyn yn dawel.

Roedd y stafell yn wag.

Ni sylwodd Dela ar unwaith, oherwydd roedd ei bryd ar roi'r potyn a'r clipiau yn ôl ar y bwrdd gwisgo heb wneud sŵn, ond pan edrychodd ar y gwely, nid oedd siâp corff i'w ddirnad er ei bod yn amlwg bod Feronica wedi cysgu ynddo. Edrychai fel pe bai newydd godi ond pan bipodd Dela allan i'r landin, roedd drws y stafell ymolchi ar agor led y pen. Yn reddfol, teimlodd y gobennydd a rhedodd ei llaw dros y cynfasau. Roedden nhw'n oer. A allai hi fod wedi mynd i stafell ei thad? Gwrandawodd am eiliad wrth y drws a chlywodd sŵn tudalennau'n cael eu troi ond ni siaradodd neb. Agorodd ddrws y stafell wely sbâr, ond nid oedd neb yno, chwaith. Y peth callaf oedd chwilio'r llawr gwaelod, cyn gwirio stafell y gweinidog, ond wrth fynd o un stafell i'r llall, sylweddolodd ei bod yn annhebygol y byddai gwely Feronica wedi oeri oni bai iddi fod allan ohono am gryn gyfnod. Bu Dela ei hun i mewn ac allan o stafell y gweinidog deirgwaith eisoes. 'Sbosib na fyddai hi wedi gweld neu glywed Feronica'n dod i lawr y grisiau wrth iddi ruthro yma ac acw? Yn ôl yn y gegin, pipodd drwy'r ffenest ar yr ardd tu ôl i'r tŷ, ond gorweddai honno'n unig a thawel. Roedd y drws cefn yn dal ynghlo. Ai gêm oedd hyn? Gyda'i meddwl yn rasio, aeth Dela allan i'r cyntedd a syllodd i fyny'r grisiau – oedd 'na atig? Os bodolai un, byddai angen ysgol i'w chyrraedd. Beth am flaen y tŷ? Roedd hi wedi troi bwlyn y drws blaen, cyn cofio iddi ei gloi'r noson gynt. Pan agorodd y drws yn ddiffwdan, cnodd ei gwefus. Cafodd ei ddadgloi rhywbryd yn ystod y nos.

Safodd Dela ar y trothwy, gan syllu dros y lawnt. I ble'r aeth Feronica, a phryd? Yn fwy pwysig fyth, i ba bwrpas?

Pennod 29

Cerddodd Dela o amgylch yr ardd cyn mynd at y fynedfa a syllu i fyny ac i lawr y ffordd heb weld neb. I ble'r elai Feronica? Pe bai heb edrych drwy ffenest ei stafell wely a gweld Iago a Hari John allan yn y caeau, y lle amlwg fyddai'r fferm i lawr yn y pant, ond ni allai ddychmygu Feronica'n eistedd ar ei phen ei hun yn y ffermdy a dau ddyn ifanc golygus ar gael. Eto, pam adawodd Feronica'r tŷ mor gynnar? A oedd hi'n credu pe bai'n dweud ei bod am fynd allan y cawsai ei rhwystro, gan Dela neu ei thad? Y broblem oedd nad allai Dela fynd i chwilio amdani heb adael y claf a golygai hynny y byddai'n rhaid iddi roi gwybod pam iddo.

Yn ôl yn y cyntedd, safodd mewn cyfyng gyngor. A fyddai Feronica wedi mynd draw at yr Idwals neu'r Blods? Doedd gan Blod ddim ffôn ond rhaid bod gan yr Idwals un oherwydd llwyddodd Eric i gysylltu â nhw i'w mofyn o'r ysbyty. Camodd i mewn i'r stydi, gan weld y llyfr bach o rifau ffôn ar y ddesg. Roedd hi ar fin ffonio'r Idwals pan ataliodd ei llaw. Byddai eu galw'n creu panig ar draws yr holl ardal. Os oedd Reynolds a Defis yn dal i ymchwilio yn fferm Wiliam Henry, byddent yn gwybod yn syth p'un ai oedd Feronica yno. Efallai eu bod yn manteisio ar y cyfle i'w holi heb ymyrraeth ei thad. Hwyrach dyna pam nad oedd hi allan yn y caeau gyda'r llanciau. Penderfynodd ffonio'r orsaf yn Abergwaun, ac er mawr ryddhad iddi, atebodd Sarjant Lewis.

Esboniodd Dela ei chais mor amwys ag y gallai cyn gofyn, 'Odych chi'n gwbod ymhle mae'r Uwch-arolygydd ar hyn o bryd?'

'Dim clem,' atebodd y Sarjant, 'ond galla i drefnu i hala neges trwy Hwlffordd i'w car nhw. Dylen nhw dderbyn honno. Bydd hi'n iawn os ffonian nhw chi yn y Mans?'

'Bydd, diolch yn fawr.'

Gadawodd Dela ddrysau'r stydi a'r gegin ar agor, cyn mynd ati i chwilio am gynhwysion brechdan i ginio, a chan wrando'n astud am y ffôn. Roedd hi wedi torri bara menyn a gosod yr hambwrdd, ac wrthi'n llenwi'r tegell o'r tap pan ganodd. Carlamodd i'r stydi, caeodd y drws a chododd y derbynnydd.

'Huw?' meddai Dela'n syn pan glywodd ei lais.

'Ia,' meddai. 'Pwy oeddet ti'n ei ddisgwyl?'

'Yr heddlu. Mae Feronica wedi diflannu.'

'Nac 'di.' Ni arhosodd iddi ymateb. 'Cyrhaeddodd hi sgwâr Nant yr Eithin ar y bws cynnar a mynd yn syth i'r siop at Ceinwen i ofyn lle'r o'n i'n byw.'

'Beth? Gofynnodd hi'n benodol amdanat ti? Pam?'

'Dwn i'm, tad! Mae teithi'i meddwl hi'n ddirgelwch llwyr.'

'A daeth Ceinwen â hi draw yn syth?'

'O, do! Yn llawn busnas. Yn ôl Ceinwen, roedd yr hogan wedi disgrifio'i hun fel "ffrind arbennig" i mi.'

Gallai Dela ddychmygu adwaith Ceinwen i hynny.

'Beth wnest ti â hi?'

'Ei rhoi yng ngofal Hetty i gael brecwast wrth i mi drio meddwl am ffor' o gael gwarad arni.'

'Ydy hi'n dal yno?'

'Nac 'di. Gin Gareth ddwrnod rhydd. Mae hi ar 'i ffor' yn ôl atoch chi.'

Tynnodd Dela anadl ddofn wrth feddwl am Feronica'n cael ei chludo ar ras ar gefn moto-beic Gareth ond celodd ei phryder.

'Feddyliest ti ddim am ei gyrru hi'n ôl yma dy hunan?'

'Dim ffiars o beryg. Do'n i'm yn bwriadu bod ar fy mhen fy hun efo hi mewn lle cyfyng. Ond rhaid cyfadda, wedi i mi ddeud y drefn wrthi, dwi'm yn credu ein bod ni'n "ffrindia arbennig" mwyach. A deud y gwir, dwi'm yn meddwl y byddi ditha'n rhyw boblogaidd iawn chwaith pan ddaw hi adra.'

Cyn i Dela allu gofyn pam, torrodd llais dieithr ar draws eu sgwrs.

'Operator speaking. Urgent call for Miss Dela Arthur from Chief Inspector Reynolds.'

'Iawn,' ebe Huw, a rhoddodd ei dderbynnydd i lawr yn syth.

'Ble'r y'ch chi, Mr Reynolds?' gofynnodd Dela, gan roi ei bys yn ei chlust rydd oherwydd y sŵn yn y cefndir. Gobeithiai nad oedd e'n galw o far y Royal Oak.

'Yn yr orsaf yn Abergwaun – 'na'r lle agosa pan ges i'r neges. Yffach gols, beth sy 'di digwydd nawr?'

Ymddiheurodd Dela iddo cyn traddodi'r holl hanes. O bryd i'w gilydd, tybiodd o'r ysbeidiau o ddistawrwydd sydyn ei fod yn rhoi ei law dros y derbynnydd ac yn dweud wrth bawb am fod yn dawel. Clywodd ef yn chwyrnu yn ei wddf.

'Beth ddaeth drosti i snecan mas heb weud gair wrth neb? A mynd yr holl ffordd lan at eich gweinidog chi ar y bws.'

'Mae'n hynny'n benbleth i fi hefyd. Y lle cyntaf feddylies i amdano oedd fferm Wiliam Henry. Mae'n nabod Iago ers ei phlentyndod, wedi'r cyfan.'

'Ody sbo – ond wedyn gyda Cwnstabl John yn aros 'na ...'

'Dwi'n ame na wydde hi am hynny. Roedd hi'n hwyr neithwr pan ddaethoch chi draw ac roedd hi wedi mynd i'w gwely ers sbel.'

Meddyliodd Reynolds am hyn. 'Chi'n siŵr ynghylch yr holl gysgu 'ma? Sgrin fwg yw e, gwedwch? Ody 'ddi 'di bod yn pico mas ganol nos drwy'r amser, heb sôn am wrando ar dop y stâr ar bopeth oedd yn cael ei weud lawr llawr? Mae gwynt cynllunio ar yr holl beth.'

'Dwi'n cytuno o ran beth wnaeth hi'r bore 'ma, ond mae 'da fi syniad taw manteisio ar gyfle oedd hynny, gyda'i thad wedi'i anafu ac yn gaeth i'w stafell. Fel rheol mae e'n ei chadw ar gortyn gweddol fyr. Dwi ddim yn cofio gweld un heb y llall yn unman.'

'Mm. Y cwestiwn yw, pam? Nec yw hi'n blentyn, ody 'ddi?'

'Nag yw, Mr Reynolds, ond mae'n cael ei hystyried yn gyffredinol fel rhywun gwanllyd, er ei bod hi'n ymddangos yn iach i fi, blaw am fod yn bwdlyd a phlentynnaidd.'

Cafwydd saib arall cyn i Reynolds ateb. 'Beth yw'r fantes iddo fe'r gweinidog, 'te? Ma' hi'n swnio fel niwsans parod.'

'Digon gwir,' cytunodd Dela. 'Ond mae e'n cael lot o gydymdeimlad gan aelodau'r capel. Gweles i rioed y fath faldodi. Dylech chi weld y bwyd sy'n cyrraedd y Mans bron bob dydd. O ble y'ch chi'n meddwl y daeth eich brecwast chi ddoe? Mae'n talu iddo gadw Feronica wrth ei ochor fel atgof byw o'i wraig fuodd farw'n fenyw ifanc, ac yn talu mwy fyth i awgrymu bod y groten yn ddelicet iawn. Erbyn hyn, mae'r peth wedi mynd yn arfer.'

Gallai ei glywed yn gwneud synau dirmygus ond nid oedd yn disgwyl ei sylw nesaf.

'Dyna i gyd yw e? Wi'n ame! Cadwch eich llyged ar agor.'

Roedd hi ar fin rhoi'r derbynnydd yn ôl pan glywodd Reynolds yn mwmial wrth rywun dan ei anadl, 'Nec wy'n lico sŵn hyn o gwbwl.'

Wrth iddi aros i'r tegell ferwi, ymdrechodd Dela i wneud synnwyr o pam ddewisodd Feronica fynd at Huw, o bawb. Oni bai iddi golli rhyw sgwrs bwysig rhyngddynt, ni allai gofio iddynt gyfnewid gair. Ai am ei fod yn weinidog ac yn rhywun hŷn, mwy tebyg i'w thad?

Roedd hi wedi meddwl taw Emlyn oedd ffocws sylw Feronica, ond sylweddolodd taw gyda hi, Dela, yr oedd Emlyn yn trafod drwy'r amser. Hi fu'n ei helpu yn sgubor yr Idwals. Oedd y ferch yn credu bod yna berthynas rhyngddynt oherwydd hynny? Bu bron iddi chwerthin wrth feddwl am y syniad o gael Emlyn fel sboner. Roedd e ddeng mlynedd yn iau na hi, er mwyn popeth! Wrth reswm, doedd gan feibion y ffermwyr lleol ddim yr un math o statws addysgol a chymdeithasol. Gan nad oedd Feronica'n cwrdd â fawr o neb a fyddai'n dderbyniol i'w thad fel sboner, yn ei thyb hi, ac os oedd hi'n credu taw Dela oedd piau Emlyn, dim ond Huw oedd ar ôl. Beth oedd Huw'n ei olygu pan ddywedodd na fyddai hi'n boblogaidd iawn gyda Feronica wedi iddi ddychwelyd? Oedd e wedi'i chymharu hi'n anffafriol â Dela ac wedi dannod iddi bod ei thad wedi'i anafu ac angen cymorth? Cawsai weld.

Credodd y byddai angen iddi weithio'n galed i gelu'r holl wybodaeth wrth fynd â hambwrdd cinio i Eric, ond ni ofynnodd am ei ferch o gwbl. Yn hytrach, gofynnwyd iddi estyn y botel dabledi o'r bwrdd bach unwaith eto. Gadawodd ef yn bwyta, gan feddwl bod y cysgu diddiwedd yn hynod o gyfleus iddo. Ond a oedd 'na reswm ychwanegol? A wnaeth Feronica rywbeth tebyg o'r blaen? Cofiodd yn sydyn am y gangen a dorrwyd o'r goeden tu allan i ffenest y ferch. A oedd ei thad yn credu y gallai hi ei defnyddio i ddringo i lawr a dianc? Hawdd deall pam nad oedd e'n dymuno i Feronica fynd yma ac acw fel rhywun holliach, os oedd ei gysur ei hun yn dibynnu ar bobl yn credu ei bod yn rhy sâl i wneud dim. Gyda hithau yn ei hugeiniau, nid oedd yn afresymol i ddisgwyl y byddai wedi hen arfer â chadw tŷ, ond anablwyd hi'n fwriadol, a gwnaethpwyd hi'n debyg i ryw gymeriad methedig mewn nofel o oes Fictoria. Fodd bynnag, roedd cripian o'r tŷ'n awgrymu dymuniad i ddianc o'r carchar hwnnw. Pe na bai'r ferch mor fursennaidd, byddai Dela wedi cydymdeimlo â hi.

Pryd fyddai Gareth yn cyrraedd? Bwytaodd Dela frechdan frysiog yn y gegin. Ni fu sôn am y nyrs ardal drwy'r bore, ond mawr obeithiai na fyddai'n dod i drin y claf fel bod y moto-beic yn rhuo drwy'r fynedfa. Ysgydwodd ei hun. Yn ei hymdrechion i gadw'r peth rhag sylw Eric Edwards, onid oedd hi wedi atgyfnerthu'r argraff o ferch nad allai wneud dim drosti hi ei hun? Oni ddylai'r holl aelodau wybod ei bod yn berffaith gymwys i weithredu fel oedolyn annibynnol? Ond sut fyddai ei thad yn ymateb i hynny a beth fyddai'r canlyniadau i Feronica? Dognau cryfach o feddyginiaeth? Cyn iddi allu newid ei meddwl, dringodd Dela'r grisiau i'r stafell ymolchi. Bolltiodd y drws a rhedodd ddŵr i'r sinc i guddio unrhyw sŵn. Yna gwagiodd y poteli a'r potiau tabledi i'r toiled cyn fflysio'r cwbl i ffwrdd. Nid oedd ganddi unrhyw amheuaeth y byddai'n rhaid iddi wynebu cyhuddiadau am wneud, ond o leiaf ni chawsai Feronica ei drygio am sbel. Awgrymai ei dihangfa gynnar y bore hwnnw nad oedd hi wedi cymryd meddyginiaeth y noson gynt. Gallai hynny fod yn arwydd da, ynddo'i hun.

Wedi mofyn yr hambwrdd cinio o'r llofft a golchi'r

llestri, clwydodd Dela ar gadair yn y stafell fyw gyda golwg dda drwy'r ffenest o flaen y tŷ, ond bu'n rhaid iddi aros hanner awr arall cyn clywed sŵn crensian ar y llwybr blaen. Daeth Gareth i'r golwg yn gwthio'r beic dros y cerrig mân gyda Feronica wrth ei ochr. Wrth iddi agor y drws blaen clywodd Dela eiriau Gareth.

'Chi'n iawn nawr? Sori os oedd e'n anghysurus. Ma'r seidcar yn cael ei g'wiro.'

'Dwi'n dwlu mynd ar gefen moto-beic,' atebodd y ferch gan wenu.

Yr eiliad nesaf, diflannodd y wên yn syth pan welodd hi Dela'n dod allan o'r Mans. Cododd ei llaw ar Gareth a stwmpiodd yn ddi-air i mewn i'r tŷ. Ni chymerodd Dela arni ei bod wedi sylwi a chamodd draw at y moto-beic.

'Diolch yn fawr,' meddai'n dawel, gan obeithio nad oedd Feronica'n sefyllian yn y cyntedd i wrando. 'Doedd 'da fi ddim syniad i ble'r alle hi fod wedi mynd.'

''Na beth ddwedodd Mr Richards.' Gwnaeth Gareth geg gam. 'O'ch chi siŵr o fod yn meddwl y gwaetha, rhwng popeth.'

Cododd Dela aeliau arwyddocaol arno. 'Dyw ei thad ddim wedi gadel ei wely ers deuddydd. Dewisodd hi amser da, ondofe?'

Celodd Gareth wên ond ysgydwodd ei ben. 'Be' chi'n neud 'ma 'da'r set hon?' gofynnodd yn ddisymwth. Fflicodd ei lygaid i gyfeiriad y drws. 'Dyw honno ddim cwarter clatsh. Yr un ddwetha wasgodd fi mor dynn â hynny wedd Mam-gu!'

'Mae hi'n hoff iawn o ddynion, rhaid cyfaddef.'

'Ody 'te!' Newidiodd ei lais i ddynwared Feronica. 'Wes yn rhaid i ni fynd yn ôl stretawê? Gallen ni stopo am sbel fach ...'

Plethodd Dela ei gwefusau. 'Mae'n beth da dy fod ti'n ŵr bonheddig.'

Gwthiodd Gareth y beic mewn cylch er mwyn wynebu'r fynedfa. 'Gorfod bod – a finne'n edrych fel ffilm star!' Taflodd un goes denau drosto ond ni thaniodd yr injan. 'Odych chi moyn mofyn eich stwff a dod yn ôl 'da fi?'

Ysgydwodd Dela ei phen. 'Yn anffodus, dwi'n credu bod angen i fi gael gair difrifol gyda rhywun.'

'Wes wir,' cytunodd Gareth. 'Mwy nag un rhywun.' Gwelodd olwg syn Dela a gostegodd ei lais. 'Peidwch ag edrych yn ôl nawr, ond ma'r bachan sy mor sâl gall e ddim mudo'n sefyll yn ffenest ei lofft yn edrych arnon ni.'

Sythodd Dela, gan wneud ymdrech fawr i beidio â throi ei phen.

'Hoffet ti aros i gael tamed o ginio?' gofynnodd, ond ysgydwodd ei ben.

'Diolch am y cynnig, ond na. Dwi ddim isie cael fy nala 'ma ynghanol y storom.'

'Bydd hi ddim cynddrwg â hynny, 'sbosib,' atebodd Dela.

Gwenodd Gareth yn braf wrth dynnu'r gogls i lawr dros ei lygaid, a chiciodd y sbardun. Roedd e wedi troi allan i'r ffordd mewn cwmwl o fwg glas cyn i Dela gael ei gwynt ati. Gwyddai na fyddai neb yn sefyll yn edrych i lawr o ffenest stafell Eric Edwards erbyn hyn, a cherddodd yn bwrpasol yn ôl i'r Mans, eisoes yn difaru na dderbyniodd ei gynnig i adael.

Pennod 30

Martsiodd Dela yn ôl i gegin y Mans heb edrych i mewn i'r stafell fyw nac i fyny'r grisiau. Roedd angen cwpanaid o de cryf arni ac amser i feddwl. Ai dyna pam y teimlai mor chwyslyd ac anniddig? Na, meddyliodd, aeth y tywydd yn drymaidd wrth i'r bore fynd yn ei flaen. Byddai dŵr oer yn well na the. Pwysodd, gan sipian, yn erbyn y sinc, wrth gasglu ei harfau geiriol at ei gilydd. Eto, roedd syniad yn crafu corneli ei meddwl a awgrymai ei bod wedi methu â sylwi ar rywbeth pwysig. Nid y ffaith nad oedd Eric Edwards hanner mor sâl ag y dymunai iddi gredu, er bod hynny'n saeth arall i'w bwa. Beth oedd e? A wnaeth Gareth rhyw sylw yn ei ffordd siarp? Dim byd na wyddai hi eisoes am Feronica. Po fwyaf yr ystyriodd y ferch, po fwyaf sicr yr oedd Dela taw o'i cheg hi ddaeth y geiriau. Ceisiodd ailchwarae'r olygfa ohonynt yn dynesu at y tŷ. Roedd Gareth wedi ymddiheuro am daith anghysurus ond roedd Feronica wedi gwenu.

'Dwi'n dwlu mynd ar gefen moto-beic.'

Tynnodd Dela anadl sydyn. Ar gefn pa foto-beic arall y bu Feronica, tybed? Ai dim ond geiriau gwag oedden nhw? Ni allai gredu y byddai ei thad wedi gadael iddi fynd yn agos i foto-beic peryglus, a phryd fyddai hi wedi cael y cyfle? Beth oedd y trefniadau teithio pan roedd Feronica yn yr ysgol? Rhaid ei bod yn yr ysgol ramadeg yn Abergwaun chwe blynedd ynghynt. Yn ôl geiriau Marian, y nyrs, ni ddeuai'r bws ar hyd y ffordd o flaen y Mans. Felly, pe bai'r bws yn gollwng Feronica ar y briffordd, golygai hynny daith gerdded i'r Mans o filltir dda. Roedd Dilip, brawd Anjun, wedi sôn am y teithiau i lawr i Sir Benfro yn nhwll y gaeaf. A welodd Anjun hi'n cerdded yn y gwynt a'r glaw a theimlo drueni drosti? A gludwyd hi yn ôl i'r Mans, lle gwelodd Eric Edwards y cyfan gan sylwi ar ymateb eiddgar ei ferch i'r profiad ac i'r dyn? Ai Feronica oedd y rheswm y daeth Anjun i lawr ar ei benwythnos rhydd gyda chadwyn aur fel anrheg? Ni fyddai hynny wedi plesio'r gweinidog o gwbl, ond roedd cam mawr rhwng gwrthwynebu perthynas a lladd y bachgen. Er ei bod yn anodd credu bod gweinidog yr Efengyl yn llofrudd, ni ellid dadlau iddo gyrraedd y safle hynafol yn gyflym pan roedd y plant yno. Oedd e'n ofni y byddai'r corff yn dod i'r golwg? Ai dyna pam y cynigiodd y festri i Dela? Ni chlywodd yn union beth ddywedodd y gweinidog wrth Wiliam Henry am ei bod yn rhy brysur yn diogelu ei hun tu ôl i'r garnedd. Sylweddolodd ei bod, erbyn hyn, yn weddol sicr bod yr hen ŵr wedi chwarae rhyw ran yn y claddu ac iddo gael ei ladd oherwydd hynny.

Ond gan bwy?

Ni allai Eric Edwards fod wedi'i saethu ac yntau yn yr ysbyty drwy'r nos, er iddo fynnu gadael y lle'n gynnar yn y bore, lladdwyd Wiliam Henry yn ystod y nos. 'Sbosib na fyddai rhyw nyrs wedi sylwi nad oedd y gweinidog yn ei wely ar y ward agored am gyfnod hir ganol nos. Ar ben hynny, ni allai fod wedi rhagweld y byddai'n syrthio o'r goeden. Oni bai, wrth gwrs, nad oedd e wedi syrthio o gwbl, a'i fod wedi cynllunio alibei'n fwriadol ymlaen llaw. Er y gwyddai bod elfen gref o dwyll yn perthyn i'w anafiadau, rhaid cyfaddef bod llu o anawsterau ynghlwm wrth y theori. Sut lwyddodd Edwards i adael yr ysbyty heb i neb ei weld a theithio milltiroedd i fferm Wiliam Henry i'w saethu, cyn dychwelyd yn yr un modd? Pe bai wedi cael ei gario wedi'i anafu i'w stafell yn y Mans, gallai fod wedi sleifio allan, ond penderfynodd y meddyg bod angen pelydr X a thriniaeth ysbyty arno. A sut yn y byd y daeth e o hyd i gludiant? Ni waeth pa mor ffôl amdano oedd y Blods a'r Idwals, ni allai eu gweld nhw'n ei helpu i ladd rhywun.

Gallai Feronica fod wedi esgus bod ynghwsg a chripian allan wedi i Dela fynd i'r gwely, ond sut ddaeth hi'n ôl i'r tŷ heb i Iago na Dela ei gweld? Byddai angen iddi ddilyn yr un llwybr llygad i fyny i'r Mans â Iago, heb wybod pryd cawsai Wiliam Henry ei ganfod yn farw. A oedd hi'n ddigon cyfrwys i fynd rhyw ffordd arall yn ei brys i ddianc? Y broblem fwyaf, yn nhyb Dela, oedd pam ar y ddaear fyddai Feronica eisiau i Wiliam Henry farw? Ai hi oedd yn gyfrifol am farwolaeth Anjun? A aeth y fflyrtan yn rhy bell ac a gafodd hi ofn a'i wthio i ffwrdd? Os oedden nhw wedi cwrdd yn y safle hynafol, dyweder, ar bnawn Gwener ei benwythnos rhydd, ar ôl iddi ddal y bws adref o'r ysgol, ac os oedd yr hen ŵr yn gweithio yn y cae tu ôl iddo ac wedi rhuthro i'w hamddiffyn, gallai Anjun fod wedi taro'i ben neu dderbyn hergwd gan rhyw offer miniog. Ond pe bai Anjun wedi taro'i ben, byddai Emlyn wedi canfod y briw tyngedfennol ar ei benglog. Serch hynny, gwyddai o brofiad personol bod modd trywanu rhywbeth fel yr wythïen ffemoraidd, neu'r iau, heb gyffwrdd ag unrhyw asgwrn. Gallai Anjun fod wedi gwaedu i farwolaeth ac ni fyddai ei sgerbwd, o reidrwydd, yn dangos unrhyw olion, ar ôl i'r cnofilod a'r bacteria orffen bwyta'i gnawd. Os taw Wiliam Henry oedd yr unig un arall a wyddai am amgylchiadau marwolaeth Anjun, hawdd gweld pam fyddai'n rhaid ei ladd. Er gwaethaf hyn oll, ni allai weld Feronica'n denu Wiliam Henry o'r ffermdy ganol nos cyn cipio'i wn hela a'i saethu. Roedd hi'n fwy tebygol o saethu nenfwd y sgubor. Doedd hi ddim yn blentyn fferm, wedi hen arfer â thrin gynau hela.

A oedd yn bosibl bod Reynolds yn gywir i ddrwgdybio Iago? Os taw fe ac nid ei dad-cu aeth i amddiffyn Feronica yn y senario tybiedig ar y safle, nid oedd dwywaith bod ganddo'r cryfder a'r offer i gladdu Anjun. Gwelodd â'i llygaid ei hun bod Iago'n pryderu am Feronica, a gallai hynny ymwneud ag ofn y byddai hi'n datgelu rhywbeth. Ond wedyn, pa ran chwaraeodd Wiliam Henry bod yn rhaid ei waredu? Ni fyddai angen help ei dad-cu ar Iago ac ni allai ei weld yn cyfaddef iddo ladd Anjun i rywun mor feddw ac anwadal.

Cnodd ei boch mewn rhwystredigaeth. Clywodd sŵn y toiled yn fflysio uwch ei phen. Ymddangosai bod

Feronica wedi ymgilio i'w stafell i bwdu, neu efallai i esgus na fu'n unman. Bu bron iddi wenu wrth bendroni pa gymhelliad fyddai gryfaf i'w thad – celu'r ffaith nad oedd e'n wirioneddol sâl, a thrwy hynny, yn cadw Dela fel morwyn yn y tŷ cyhyd ag y gallai, neu ddangos ei fod yn gallu sefyll ac yn gwybod am daith Feronica er mwyn ei rhwystro rhag dianc unwaith eto. Mwy na thebyg cawsai wybod cyn hir.

Beth ddylai hi ei wneud yn y cyfamser? Dim byd o gwbl, penderfynodd. Ni fyddai'n ymateb i dincial y gloch fach na chario un hambwrdd trwm arall i'r llofft. Camodd i'r stafell fyw a setlodd ei hun mewn cadair freichiau cyn agor ei llyfr. Anwybyddodd y weiarles unwaith eto oherwydd dangosai ei chlebar ei bod hi yn y tŷ. Ni wyddai'r trigolion uwchben eu bod nhw dan warchae, ond deuai'r peth yn amlwg iddynt ymhen yr hir a'r hwyr.

Pan orffennodd y llyfr, gwelodd ei bod yn bump o'r gloch ac nid oedd Eric Edwards na Feronica wedi dod i lawr y grisiau. Canwyd y gloch fach nifer o weithiau ond wfft i hynny. Ni chaeodd ddrws y stafell fyw'n gyfan gwbl ac o beth y gallai ei glywed, nid oedd y naill na'r llall wedi symud o'u stafelloedd gwely. Erbyn hyn, byddent wedi dechrau sylweddoli bod rhywbeth mawr wedi newid. Ni dderbyniodd yr un o'r ddau gynnig o de na bwyd ac ni ddaeth sŵn paratoi swper o'r gegin. Serch hynny, roedd hi wedi gobeithio dirnad rhyw fath o symudiad cyn nawr, yn enwedig gan na wyddai amser y bws olaf i Abergwaun ac o'r fan honno i Nant yr Eithin. Amheuai a fyddai un yn rhedeg wedi chwech o'r gloch. Nid oedd yn bwriadu treulio noson arall yn y Mans ac roedd yr amser yn prinhau. Trawyd hi hefyd na fu sôn drwy'r dydd am y nyrs ardal na'r heddweision. Deallai bod Marian yn gorfod rhuthro o un alwad i'r un nesaf, ond meddyliodd y gallai Reynolds a Defis fod wedi gwneud rhyw ganfyddiad tyngedfennol, ac wedi galw heibio i ddweud wrthi. Pam ddylen nhw roi gwybod iddi? Beth fyddai'n ddelfrydol fyddai clywed eu car yn cyrraedd y Mans ar ôl iddi ddweud ei dweud wrth y trigolion ac yn barod i adael. Gobaith ffôl oedd hwnnw, ond dylai baratoi i fynd. Ymhle'r oedd ei siaced, ei het Sul a'i bag llaw? Sleifiodd allan i'r cyntedd, yn falch o weld y siaced a'r het yn hongian ar fachyn ger y drws blaen. A adawodd ei bag llaw yn ei stafell wely? Doedd hi ddim am ddringo'r grisiau i weld. Cofiodd yn sydyn iddi roi'r moddion i Emlyn yn y gegin y diwrnod cynt. Brysiodd yno.

Daeth o hyd i'w bag tu ôl i'r bin bara. Roedd hi ar fin ei hongian gyda'r gweddill pan glywodd ddrws yn agor uwchben, a chamau tawel yn croesi'r landin. Arhosodd yn ei hunfan am eiliad. A oedd y camau'n arwyddocaol neu'n dynodi dim ond taith arall i'r tŷ bach gan Feronica? Tynnodd ei siaced o'r bachyn a gwisgodd hi cyn mynd yn ôl i'r stafell fyw gan osod ei hun lle gallai weld i fyny'r rhan fwyaf o'r grisiau trwy adwy chwe modfedd y drws cilagored. Deuai lleisiau isel yn aneglur o'r llofft. Trafodaeth, mwy na thebyg, ynghylch pam nad oedd eu morwyn yn ateb y gloch. Agorwyd a chaewyd mwy o ddrysau. Ai gwirio oedden nhw nad oedd hi yn ei stafell ei hun? Gan ei bod wedi tacluso popeth ni fyddai unrhyw arwydd ohoni yno – ddim hyd yn oed y potyn o cold crîm, diolch byth.

Ymddangosodd traed a choesau'r gweinidog, yn dod i lawr y grisiau'n hawdd, heb herc nac ochenaid, gyda Feronica yn ei ddilyn. Dyma'r cyfle y bu Dela'n aros amdano, felly camodd allan i'r cyntedd. Yr eiliad y gwelodd hi, stumiodd Eric Edwards ei fod ar fin cwympo, gan chwilio'n wyllt am y canllaw a gwneud synau poenus. Plethodd Dela ei breichiau a gwnaeth geg gam.

'Ymdrech dda,' meddai'n sarcastig, 'ond sdim pwynt i chi esgus rhagor. Os cawsoch chi'ch anafu yn lle cyntaf, ry'ch chi wedi hen wella. Gwedwch, am faint o'ch chi'n bwriadu parhau gyda'r twyll? Cyhyd ag y gallech chi, sbo, er mwyn manteisio ar y sylw a'r cydymdeimlad. Oeddech chi'n gobeithio troi eich hunan yn glaf parhaol yn llygaid yr ardal fel ry'ch chi wedi troi Feronica gyda'r holl foddion?'

Syllodd y ddau arni'n fud. Edrychai Feronica fel cwningen syfrdan a gwenodd Dela arni.

'Mae'r moddion a'r tabledi wedi mynd,' meddai'n fwy caredig.

Hanner trodd Eric Edwards at ei ferch. 'Gallwn ni gael mwy,' meddai. 'Paid â phoeni am hynny.'

'Poeni?' meddai Dela'n chwyrn. 'Mae angen iddi boeni. Pa fath o fywyd yw bod ynghwsg? A beth am y perygl o beidio â dihuno byth? Bydden i'n ofalus iawn wrth geisio cael gafael ar fwy o'r stwff diawledig, tasen i'n chi. Mae samplau yn nwylo'r heddlu a'u gwyddonydd.

Dwi'n ame, pan ddaw'r canlyniadau, y bydd 'da chi gwestiynau anghysurus iawn i'w hateb, Mr Edwards.'

Ceisiodd ef wenu. 'Nid twyll oedd e,' meddai'n gymodol. 'Dy'ch chi ddim yn deall. Ry'n ni'n ei chael hi'n anodd ...'

Doedd gan Dela ddim amynedd i wrando. 'I wneud beth? Byw fel pawb arall? Dau berson holliach? Sdim mwy o angen gofal a thendans arnoch chi na fi. Ond wedyn, ar ôl taflu llwch i lygaid pawb cyhyd, falle nad yw'r gallu ganddoch chi i weld hynny. Os y'ch chi angen rhywun i gadw tŷ, cyflogwch nhw!'

Gafaelodd yn ei bag, trodd, agorodd y drws blaen, a chamodd drwyddo, gan ei gau ar ei hôl. Wrth iddi gerdded allan o'r fynedfa ni allai gredu nad oedd un o'r ddau wedi ymateb yn y ffordd ddisgwyliedig. Hwyrach na roddodd y cyfle iddyn nhw wneud. A beth am daith Feronica at Huw? Ni ddywedwyd un gair am hynny. Gallai ond gobeithio y byddai ei rhybudd ynghylch y moddion yn gwneud rhyw wahaniaeth i'r sefyllfa, ond roedd yn ddiflas meddwl y byddent, o bosib, yn anwybyddu ei cherydd ac yn parhau yn union fel yr oeddent.

Cyflymodd ei chamau ar hyd y ffordd unig. Roedd ganddi bellter i'w gerdded ac yn wahanol i'r dyddiau braf blaenorol, gallai weld cymylau tywyll ar y gorwel. Doedd ganddi ddim cot nac ymbarél. Damo, doedd ganddi ddim het chwaith. Gadawodd hi ar y bachyn.

'Miss Arthur?'

Suddodd calon Dela pan edrychodd dros ei

hysgwydd a gwelodd Feronica'n brysio i'w dal. Anfonwyd y ferch yn fwriadol? Do, wrth gwrs, oherwydd gallai weld yr het anghofiedig yn ei llaw. Diawliodd ei hun am adael ei het, oherwydd rhoddodd esgus perffaith i Edwards anfon Feronica ar ei hôl.

Ymddangosai na wyddai Feronica beth i'w ddweud am eiliad, yna cnodd ei gwefus ac estynnodd ei het iddi. Diflannodd y wep bwdlyd a'r agwedd fursennaidd gan adael dim ond merch ifanc iawn ei ffordd. Teimlodd Dela don o gydymdeimlad sydyn ond ysgydwodd ei hun.

'Dwi ddim yn dod yn ôl,' meddai'n ffwrbwt, er mwyn rhoi ergyd farwol i'r syniad.

'Na. Dwi'n gwbod. Sena i'n eich beio chi … ond o'n ddim isie i chi fod heb eich het. Ac ro'n i moyn gweud sori … am y bore 'ma.'

'O styried bod 'na ddau gorff wedi'u canfod, roedd eich diflaniad yn bryder, rhaid cyfaddef,' atebodd Dela, gan amneidio.

Gwnaeth Feronica rhyw ystum bach rhyfedd. 'Ond gwedoch chi ddim gair wrtho, do fe?' Roedd hyn fel pe bai'n ei phlesio'n fawr. 'Wrth gwrs, mae e'n gwbod, ond seno fe 'di cyfadde hynny 'to. Wedd esgus ei fod e'n ffaelu cerdded yn dwp. Mae e wedi bod ar 'i draed o'r dechre. Dwi'n synnu na sylwodd Marian bod pethe wedi cael eu symud yn ei stafell e. Falle'i bod hi'n meddwl taw chi fuodd wrthi.'

'Beth oedd pwynt hynny?' gofynnodd Dela, gan gofio iddi hithau feddwl yr un peth am Marian.

Gwnaeth Feronica symudiad igam-ogam â'i phen.

'Dwi'n meddwl ei fod e'n credu tase fe'n gallu'ch cadw chi gyda ni am sbel dda, byddech chi falle'n dod yn hoff ohono.'

'Beth?'

'Chi'n dda, 'chweld ...' esboniodd Feronica, 'ac ry'ch chi wedi cael addysg, ac yn gallu neud bwyd a chadw pethe i fynd. Pan ddwedodd Idwal wrtho y byddech chi'n dod lawr atom ni gyda Mr Richards i bregethu, gallen i ei weld e'n meddwl. Wedd e wedi cwrdd â chi ddwywaith o'r blaen, ar bwys y cerrig, ac wedyn pan o'ch chi'n helpu'r patholegydd, "'Na ti fenyw sy'n gallu troi ei llaw at unrhyw beth" medde fe.'

Roedd Dela'n gegrwth am eiliad. Bu'n gywir i amau taw cynllun oedd y gwymp o'r goeden ond nid am y rhesymau hyn.

'Mae eich tad yn chwilio am wraig, felly?' gofynnodd. Yn ystod yr holl goginio a dringo grisiau, nid oedd y syniad wedi croesi ei meddwl.

Amneidiodd y ferch. 'Ody, ond sneb addas i gael ffor' hyn. Ddim fydde'n gallu bod yn wraig i weinidog, medde fe.' Ochneidiodd. 'Wrth gwrs, nes i fi siarad â Mr Richards, wydden i ddim eich bod chi'n *engaged* iddo ac y byddwch chi'n priodi cyn bo hir.'

Na finne, meddyliodd Dela, ond nid oedd Feronica wedi gorffen.

'Bydden i ddim wedi mynd 'na tasen i'n gwbod hynny,' meddai.

'Na fyddech, dwi'n siŵr,' atebodd Dela ar ôl saib. 'Diolch i chi am esbonio. Beth wnewch chi nawr?'

Cododd Feronica ei hysgwyddau. 'Beth alla i ei wneud?' gofynnodd gyda thinc o anobaith.

'Chwilio am swydd,' meddai Dela'n syth. 'Sdim ots beth yw e – mewn swyddfa, siop neu gaffi. Unrhyw beth sy'n golygu eich bod chi'n gadael y tŷ bob dydd ac yn ennill eich arian eich hunan. Dwi ddim yn esgus na fydd hynny'n galed i ddechrau, ond dyna'r unig ffordd y cewch chi fywyd annibynnol. Falle gallech chi gychwyn y broses trwy ddala'r bws i Abergwaun rhyw brynhawn a gofyn mewn gwahanol fusnesau. Dywedwch wrth eich tad eich bod chi'n bwriadu mynd i weld ffrind o'r ysgol.'

Edrychodd y ferch arni'n angrhediniol ond yna chwarddodd. Goleuodd ei hwyneb yn llwyr.

'Rhyw ffrind teidi sy'n mynd i'r capel, falle,' meddai.

'Yn hollol,' cytunodd Dela.

Cododd Feronica ei llaw arni cyn troi er mwyn dychwelyd i'w chartref. Gwyliodd Dela hi'n mynd yn feddylgar ac yna dechreuodd gerdded unwaith eto. A ddylai fod wedi aros yn hwy yn y Mans, i atgyfnerthu ei geiriau? Ysgydwodd ei phen. Nid oedd amheuaeth bod brwydr lem o flaen Feronica, ond ni allai neb arall ei hymladd drosti. Gresynodd nad oedd ganddi amser i fynd lawr i fferm Wiliam Henry er mwyn gofyn i Iago fod yn gefn i'r ferch. Fe oedd yr unig un, ym marn Dela, a oedd wedi sylweddoli na ddylai Feronica fod ynghwsg drwy'r amser. Nid oedd yr Idwals, y Blods na Marian wedi sylwi ar ddim.

Pennod 31

Pan ddaeth y glaw, roedd Dela ganllath a mwy o'r ffordd fawr. Yr unig beth y gallai ei wneud oedd rhoi ei het am ei phen a cherdded yn gyflymach. Pan gyrhaeddodd y gyffordd T gwyddai y dylai fynd i'r dde er mwyn cyrraedd Abergwaun ond ni wyddai ym mha gyfeiriad oedd yr arhosfan fysiau agosaf. Croesodd y ffordd er mwyn bod ar y ochr gywir. Erbyn hyn, cododd y gwynt, a gwyddai y byddai'n wlyb cyn dod ar draws unrhyw loches. Roedd diferion eisoes yn treiglo i lawr ei gwar o gantel ei het. Difarodd am yr eildro na ddaeth â macintosh gyda hi'r Sul blaenorol ond sut allai hi fod wedi rhagweld y fath newid yn y tywydd? Palodd ymlaen, gan fotymu ei siaced a throi'r goler i fyny.

Ymhen tipyn gwelodd bolyn metel ag arno arwydd bws. Yn anffodus, dim ond polyn ydoedd, heb adeilad tair ochr i gysgodi ynddo, nac unrhyw restr o amseroedd y bysiau. Nid oedd yn argoeli'n dda bod neb arall yno. Ceisiodd gysgodi gorau gallai dan goeden gyfagos, ond siglai'r gwynt y dail gan anfon cawodydd oer ychwanegol drosti. Tynnodd ei menig o'i bag a'u gwisgo. Lapiodd ei breichiau am ei chanol. Oedd hi'n gwastraffu amser yn aros yn y fan hon os oedd hi wedi colli'r bws olaf? Ai'r peth callaf oedd parhau i gerdded tuag at Abergwaun, gan obeithio y byddai'r bws (os deuai) yn fodlon ei chodi rhwng arosfannau?

Roedd y gwynt a'r glaw'n cryfhau. Gan ochneidio, dechreuodd gerdded unwaith yn rhagor. Penderfynodd pe bai unrhyw gerbyd yn dod ar hyd y ffordd byddai'n ymdrechu i fegian lifft i'r dref, ond byddai ganddi broblem arall wedyn. Roedd ei llyfr sieciau yn Nant yr Eithin, ac nid oedd ganddi ddigon o arian parod i dalu am lojin. Os gwelai flwch ffôn, hwyrach y gallai alw Huw ac esbonio'r sefyllfa ond roedd yn gryn daith iddo ei gwneud yn y tywydd hwn. Teimlai fel pe bai pob diferyn o law yn taro'i hwyneb a awgrymai bod y storom yn dod i mewn o'r môr, felly byddai'n wylltach fyth yn Abergwaun. Beth am yr orsaf heddlu? Byddai eistedd ar stôl galed drwy'r nos yn well na dim, ac os oedd y Sarjant hynaws ar ddyletswydd roedd gobaith am de a bisged. Chwyrnodd ei stumog mewn cydymdeimlad. Tynnodd flaen ei het i lawr ymhellach dros ei thalcen, rhywfaint yn fwy hyderus nawr bod ganddi gynllun.

Pan glywodd sŵn injan o bell, gwnaeth geg gam. Deuai o'r cyfeiriad anghywir, rhywle o'i blaen. Doedd pwy bynnag oedd yn ei yrru ddim ar ei ffordd i Abergwaun. Gyda'r gwynt yn chwipio'i dillad, rhoddodd ei phen i lawr wrth i bic-yp fferm dreiglo tuag ati. Yr unig beth a welodd wrth iddo fynd heibio oedd dau lo'n pipo'n ddifrifol arni o dan darpolin yn ei gefn agored. Pan newidiodd sŵn yr injan yn sydyn, trodd ei phen, gan afael yn ei het. Roedd y cerbyd yn bacio, a gwelodd wyneb mawr yn syllu arni drwy'r ffenest.

'Beth y'ch chi'n neud mas yn y glaw?' gofynnodd Rachel gan agor y drws. 'Dewch miwn fan hyn er mwyn popeth.'

Pan ddringodd Dela i sedd y teithiwr, roedd hi'n ymwybodol ei bod yn diferu dros bobman.

'Mae'n ddrwg 'da fi am wlychu popeth,' meddai.

Rhoddodd Rachel rhyw chwerthiniad bach. 'Chi'n sopan, w! Ers pryd ydych chi ar y ffordd?'

'Sbel dda,' atebodd Dela. 'On i'n gobeithio dala bws i Abergwaun, ond dwi'n credu 'mod i'n rhy hwyr.' Edrychodd i fyny arni. 'Rachel y'ch chi, ontefe? Cawsom ni air byr y dwrnod o'r blaen.'

Amneidiodd y ddynes. 'A chi yw'r fenyw arhosodd gyda Feronica yn y Mans, druan ohonoch chi.'

'Dela Arthur,' meddai Dela gan estyn ei llaw. Roedd hi fel plentyn bach wrth ochr ei chydymaith. Roedd hi'n fwy fyth nag a feddyliodd, yn enwedig yn y gôt law dywyll fel hwyl llong a'r het gantel lydan am ei phen oedd â'i chorun yn sgubo nenfwd y cerbyd.

Gafaelodd Rachel yn ei llaw gyda phawen fel lledr, ond fel pe bai'n ymwybodol o'i nerth, ni wasgodd.

'Odw i'n iawn i feddwl nad y'ch chi isie mynd yn ôl i'r Mans?' gofynnodd yn ddi-flewyn-ar-dafod.

'Odych,' atebodd Dela. 'Dwi ddim yn credu y bydde croeso i fi.'

Cafodd wên ddireidus fel ateb ac ysgydwodd Rachel ei phen fel rhywun a glywodd jôc dda.

'Cethon nhw dermad, 'do fe? ' Ciledrychodd ar Dela. 'Mae isie shgwdad dda ar y ddou ohonyn nhw!'

Ni wyddai Dela beth i'w ddweud, ond calonogwyd hi nad oedd holl aelodau Capel Bethlehem dan gyfaredd eu gweinidog.

'Dylen i fod wedi aros cyn dweud fy marn,' meddai'n resynus.

'Beth o'ch chi'n mynd i neud yn 'Bergweun heno, 'te? Dim ond y pictiwrs, y tafarne a'r siop dsips sy ar agor erbyn hyn a bydd y rheiny'n cau am ddeg.'

'Eistedd yn yr orsaf heddlu drwy'r nos, dwi'n credu. 'Na'r unig le y gallen i feddwl amdano.'

Newidiodd Rachel y gêr a llamodd y pic-yp ymlaen. 'Byddech chi 'di dala niwmonia,' cyhoeddodd yn bendant. 'Chi bwti sythu nawr. Mae isie bath twym arnoch chi a swper. Af i â chi draw 'na'n y bore.'

Am unwaith, roedd Dela'n falch i adael i rywun arall gymryd yr awenau. Wedi diolch iddi am ei charedigrwydd, pwysodd yn ôl yn ei sedd gan wneud dim mwy nag amneidio wrth i Rachel esbonio pam roedd hithau allan.

' ... Os y'ch chi'n meddwl ei bod hi'n bwrw lawr fan hyn, dylech chi weld shwd ma' pethe lan ar y mwni uwch ben Wdig. Nefoedd, wedd hi'n pistyllio! A hyd 'noed lawr ar y bwys y môr wedd dynon yn rhedeg i gysgodi o'r gors yr ochor arall i'r ffordd, er sena i'n gwbod beth we'n nhw neud 'na i ddachre. We'n nhw wedi mynd erbyn i fi ddod 'nôl, ta beth. A gweud y gwir, dylen i fod wedi mofyn y lloi'r bore 'ma. Bydd isie rhwbad dda arnyn nhw a digon o wellt, neu fyddan nhw'n peswch cyn bore fory.'

Erbyn hyn, roedd y pic-yp yn dynesu at fuarth y fferm ar hyd y ffordd gul wrth ymyl yr afon. Hyd yn oed uwch ben sŵn yr injan, gallai Dela glywed y llif grymus, a thybiodd y byddai'r glaw o'r bryniau yn ei chwyddo ymhen tipyn. Taflodd Rachel gipolwg allan o'i ffenest.

"Na i gyd sy isie nawr yw i rhyw goeden gwmpo 'mhellach lawr a bydd y dŵr yn codi dros y feidr,' meddai, cyn gwenu ar olwg bryderus Dela. 'Peidiwch â phoeni – bydd dim angen cwch arnoch chi. Cerwch i'r tŷ tra bo' fi'n setlo'r lloi. Bydda i ddim yn hir iawn.'

Eto, pan redodd Dela i'r ffermdy, gallai gredu'n hawdd bod modd i'r fferm gael ei hynysu. Ni sylwodd o'r blaen, ar ei hymweliad brysiog yng nghwmni Huw a Mici, mor agos y deuai'r afon at y lle. Wrth y drws, pipodd draw i'r dde a gwelodd bont bren gadarn a arweiniai i gaeau gwyrdd. Rhuthrai'r dŵr oddi tani eisoes. Roedd y sŵn yn dal yn glywadwy pan gamodd i'r gegin gynnes, ond roedd hi mor falch o weld y tân yn y stof blacled a gallu diosg ei het a'i siaced, gwywodd yn gyflym o'i meddwl. Cyrcydodd o'i flaen yn ddiolchgar gan roi ei menig ar yr aelwyd i sychu.

Roedd y gegin yn gysurus ac yn dilyn trefn dodrefnu llawer o'r ceginau ffermdy a welodd, gyda setl bob ochr i'r tân a bwrdd a chadeiriau caled dan y ffenest gyferbyn. Eisteddodd ar y setl chwith gan ymestyn ei thraed yn eu sgidiau gwlyb i gyfeiriad y gwres. A fyddai'n anfoesgar i'w diosg hwythau? Amheuai a fyddai Rachel yn hidio, felly pwysodd ymlaen i'w datglymu. Syfrdanwyd hi pan syllodd yn syth i mewn i bâr o lygaid melyn. Nid oedd wedi sylwi ar y gath anferth a orweddai ar un o glustogau'r setl arall. Roedd hi bron yr un lliw â'r glustog ac nid edrychai'n gyfeillgar. Yn sydyn, aeth clustiau'r gath yn ôl a neidiodd i lawr. Credodd Dela ei bod yn bwriadu ymosod arni a chododd ei thraed yn gyflym, ond rhuthrodd yr anifail i'r gwagle dan ei setl hi. Llai nag eiliad wedyn, llenwyd y lle â sŵn taran enbyd. Gwingodd Dela. Roedd gan y gath, fel gast Iago, synhwyrau gwell na rhai dynol ac o'i chlywed yn tindroi dan y setl, gallai fentro bod mwy o fellt a tharanau i ddod.

Pa mor agos oedd y storm a sut allai hi fod wedi methu â chlywed gair amdani? Doedd tywydd mawr fel hyn ddim yn ymddangos yn ddirybudd. Cofiodd yn sydyn bod Gareth wedi gwrthod cael cinio yn y Mans oherwydd ni ddymunai fod ynghanol y storom. Credodd taw am y ffrae rhyngddi â'r gweinidog roedd e'n sôn. Twpsen! Nid oedd syndod bod Rachel wedi'i syfrdanu i'w gweld ar y ffordd. Aeth 'sgryd bach drwyddi i feddwl y gallai fod yn dal i gerdded tuag Abergwaun nawr. Cododd ac aeth at y ffenest. Pipodd drwy'r glaw ac wedi tipyn roedd yn hynod falch o weld Rachel yn dod allan o adeilad ar y chwith gan gau'r drws ar ei hôl a rhedeg nerth ei thraed am y ffermdy.

Daeth hi drwy'r drws gan bwffian ac ysgwyd ei hun.

'Popeth yn iawn?' gofynnodd Dela, wrth iddi ddiosg ei chot a'i het.

'Cyn belled!' atebodd, wrth sychu ei dwylo gwlyb

ar ei hoferol ac anelu at y tân. Gwenodd pan welodd y glustog wag ar y setl. 'Aeth y gath i gwato 'te, do fe?'

Amneidiodd Dela. 'Oes 'na rywbeth y galla i ei wneud i fod o unrhyw help i chi?'

'Ddim os nad y'ch chi'n ffansïo trip lan i'r perci top i edrych ar y da sych,' meddai Rachel, gan wenu. 'Er, fel rheol maen nhw'n ddigon call i fynd i gysgodi wrth y cloddie. Nhw yw'r unig rai sy mas 'da fi, diolch byth. Af i atyn nhw ar ôl swper – dwi bwti starfo!'

Brysiodd allan i'r gegin gefn yn syth a'r unig beth y caniatawyd i Dela ei wneud oedd gosod y bwrdd.

Er i Rachel ymddiheuro am waeledd y swper, pan edrychodd Dela i lawr ar blatiaid o sosejys, cig moch a phwdin gwaed, amheuai nad allai fwyta'r cyfan. Roedd Rachel wrthi'n torri cwlffe o fara o dorth ac yn eu boddi mewn menyn. Eisteddodd o'r diwedd gydag ochenaid o foddhad.

'Mae gyda chi fwtsiwr da,' meddai Dela, gan lyncu darn o sosej mwy blasus nag unrhyw beth y llwyddodd i'w brynu'n unman ers blynyddoedd. Briwsion bara a sesnin fu ynddyn nhw gydag ychydig iawn o borc ers dechrau'r cyfnod dogni.

Chwifiodd Rachel ei fforc. 'Diolch yn fowr,' meddai. 'Fi yw'r bwtsiwr.'

'Chi wnaeth y cyfan?'

'Ie. Mae e'n werth y drafferth. Galle llawer mwy o'r ffermwyr yn yr ardal neud 'run peth, ond wedyn, bydden nhw ddim yn prynu oddi wrtha i, fydden nhw?' Edrychodd o gwmpas y bwrdd. 'Dim ond y bara sy'n dod o siop. Sda fi ddim digon o amynedd i aros i dŵes godi, ac mae'r fan yn galw bob wthnos, ta beth. Helpwch eich hunan i fwy, fel y'ch chi moyn.'

Gwenodd Dela. 'Ry'ch chi a'ch chwaer yn weithgar iawn, chwarae teg i chi.'

'Dwi'n gobeitho nad yw hi wedi gorfod seiclo milltiroedd at rywun heno,' atebodd Rachel. 'Dwi'n ame ei bod hi'n neud lot mwy na'i siâr. 'Da'r doctor mae'r car, wedi'r cyfan.'

'Odych chi'n credu y galle fe gymryd mwy o'r galwadau?'

Plethodd Rachel ei gwefusau a oedd yn ateb ynddo'i hun.

Bwytodd Dela'n feddylgar am funud. Roedd ei meddwl yn troi o amgylch moddion cysgu Feronica. Rhaid bod rhoi presgripsiwn rheolaidd yn haws o lawer nag ymchwilio i'r rhesymau pam roedd claf, neu ei thad yn yr achos hwn, yn gofyn amdano. Tynnodd ei hun yn ôl i'r presennol gan fod Rachel yn siarad.

'Cofiwch, wedd Marian yn ofnadw o fishi cyn i'r Gwasaneth Iechyd newydd ddachre. Bydde lot o bobol yn gofyn am y nyrs achos roedd hi'n rhatach iddi hi alw na'r doctor. Dwi'n gwbod sdim rhaid i neb dalu ceinog nawr, ond maen nhw wedi hen arfer â hi.'

'Galla i gredu hynny. Mae'n rhaid bod y ffôn yn canu ddydd a nos.'

'Wedd 'te, ac yn niwsans imbed pan ...' Newidiodd ei hwyneb yn sydyn a bu saib bach cyn iddi fynd yn ei blaen, ' … pan roedd y ddwy 'no ni wrthi'n lloia ganol nos mas yn y clowty.'

Nid dyna roedd hi wedi bwriadu ei ddweud, meddyliodd Dela, ond cadwodd ei llygaid ar ei phlât.

Fel pe bai wedi synhwyro bod angen iddi lenwi bwlch yn y sgwrs, gosododd Rachel ei phenelinod ar y bwrdd cyn sipian ei the.

'Nawr 'te,' meddai. 'Beth ddigwyddodd yn y Mans?' Gwenodd i'w chwpan. 'Rhoioch chi glatsien iddo? Dwi wedi cael fy nhemtio sawl gwaith.'

'Jiw, naddo!' atebodd Dela, ond ni allai atal ei gwên hithau. Eto, onid Rachel gariodd Feronica i'r Mans pan lewygodd wedi'r gwasanaeth? 'Mae'n ddrwg 'da fi am y groten,' cychwynnodd yn ofalus. Os nad oedd gan Rachel unrhyw gydymdeimlad ag Eric Edwards, roedd posibilrwydd y byddai'n gweld bod angen ffrind ar Feronica.

Fodd bynnag, rhochiodd Rachel yn ei thrwyn.

'Y madam fach honno? Sy'n pango bob dwy funud er mwyn cael sylw? Cerwch o 'ma!'

Cnodd Dela ei gwefus.

'Mae 'na gêm dwyllodrus yn cael ei chwarae,' meddai. 'Ac mae pawb cyn belled, heblaw amdanoch chi, wedi credu pob gair. Yn fy marn i, sdim yn bod ar Feronica, ond mae'n talu i'w thad wneud i bobol feddwl bod y ferch yn sâl.'

Pwysodd Rachel yn ôl yn ei chadair ac amneidiodd. 'Er mwyn iddo gael ei fwydo, yn un peth. Sena i'n credu'u bod nhw braidd fyth yn byta pryd gatre.' Gwingodd yn anniddig. 'Ond mae hi'n rhan o'r peth – mae'n fantes iddi hithe esgus bod yn wanllyd.'

'I raddau'n unig. Mae'n cael ei chadw ynghwsg gan foddion hanner ei hamser a phwy all ddweud pa effeithiau eraill gaiff cyffuriau o'r fath. Falle dyna pam mae hi mor annaturiol.' Gan sylwi bod Rachel yn syllu'n fud arni, brysiodd ymlaen. 'Bydd hynny ddim yn digwydd rhagor. Tafles i'r cyfan, heblaw am samplau sydd yn nwylo'r heddlu. Dywedes i hyn wrthyn nhw cyn gadael y Mans a dwi'n meddwl bod Feronica'n falch 'mod i wedi gwneud. Fy ngobaith yw y bydd hi'n fodlon brwydro i gael bywyd annibynnol nawr.'

Chwibanodd Rachel rhwng ei dannedd. 'Jawl erio'd!' mwmialodd, gan grychu ei thalcen.

Gwthiodd ei chadair yn ôl cyn codi. Synhwyrodd Dela bod yr hanes wedi ei chythryblu, oherwydd safodd yno'n meddwl cyn ysgwyd ei hun a throi ati.

'Bydde ots ofnadw 'da chi i olchi'r llestri drosta i?' gofynnodd. 'Dwi'n ofni bydd yr afon yn codi gormod i fi allu mynd at y da ...'

Roedd Dela ar ei thraed yn syth. 'Bydden i'n falch o wneud,' atebodd.

Pennod 32

Wrth iddi glirio gweddillion eu swper i'r gegin gefn, a Rachel yn gwthio'i thraed i'w bwtsias rwber ac yn gwisgo'i chot, cafodd Dela gyfarwyddiadau brys ynghylch rhedeg bath a mofyn tywelion a gŵn nos. Roedd y drws wedi cau cyn i Dela feddwl am ofyn ymhle roedd y stafell ymolchi. Aeth ati wrth y sinc, gan edrych ymlaen at dynnu ei dillad llaith ar ôl gorffen. Sylweddolodd y gallai glywed rhuthr yr afon, hyd yn oed yn y pen pellaf hwn o'r ffermdy. A fu melin yma, rhywbryd yn y gorffennol? Ni allai feddwl am reswm arall dros godi tŷ mor agos i'r llif. Wedi gorffen y gwaith aeth i chwilio am y pethau angenrheidiol ar gyfer ei bath.

Dilynodd gyfarwyddiadau Rachel i'r llofft, ar hyd rhodfa trwy ddrws i'r dde o'r gegin. Rhedai rhodfa arall gyflinol ar ben y grisiau gyda nifer o ddrysau cau. Agorodd nhw gan weld stafelloedd gwely ond nid oedd sôn am stafell ymolchi. P'un stafell a neilltuwyd ar ei chyfer hi, tybed? Sylwodd bod tair ohonynt wedi'u dodrefnu fel pe bai rhywun yn cysgu ynddynt eisoes. Agorodd ddrws arall a ddangosodd stafell wely a oedd yn amlwg yn un sbâr gyda matras foel a gobennydd yn eu ticin streip. Pe medrai ganfod y cwpwrdd crasu nawr, roedd gobaith iddi wneud cynnydd, ond pam oedd 'na dair stafell wely llawn eiddo mewn cartref lle nad oedd ond dwy'n byw? Oedd Marian yn defnyddio un ychwanegol fel stafell wisgo? Ni allai ddychmygu Rachel yn gwneud y fath beth. Pipodd drwy ffenest y stafell sbâr a wynebai blaen y tŷ. Roedd y glaw'n hyrddio'i hun at y gwydr gan dywyllu popeth. Islaw iddi a draw i'r chwith gallai weld dechrau canllaw'r bont bren. Ai ei safbwynt yn syllu i lawr ar y dŵr wnaeth iddi feddwl ei fod yn uwch nag o'r blaen?

Allan yn y rhodfa unwaith eto, trodd fwlyn un o'r drysau a agorodd yn flaenorol. Stafell Marian oedd hon, o'r silff o lyfrau meddygol a nofelau rhamant. Rachel oedd perchennog yr un nesaf o'r sliperau mawr ar bwys y gwely. Safai potel o rhywbeth ar y bwrdd bach nesaf at y gwely a llun mewn ffrâm. Rhyw giplun du a gwyn ydoedd o Rachel ieuengach yn dal blodyn menyn dan ên merch fach mewn het wen, gyda'r ddwy'n chwerthin. Doedd e ddim yn lun clir, ond roedd yn golygu rhywbeth i Rachel.

Caeodd Dela'r drws tu ôl iddi a chamodd draw i'r drydedd stafell. Y tro hwn aeth i mewn ac edrychodd yn fanwl. Nid Marian oedd yn ei defnyddio. Gorweddai ffrog haf ar gyfer rhywun tenau iawn ar gadair bren, yn union fel pe bai newydd gael ei diosg. Piniwyd lluniau o Clark Gable ac Alan Ladd o gylchgronau ffilm ar y wal, ond roedd eu corneli wedi dechrau cyrlio. Aeth Dela yn ôl i'r landin, gan deimlo ei bod wedi tresmasu rhywfodd.

Pan ddaeth o hyd i'r cwpwrdd crasu, roedd e draw ar y chwith o ben y grisiau, bron yn union uwchben y tân yn y gegin. Wrth gwrs ei fod e, oherwydd y tân a gynhesai'r bwyler mawr copr. Doedd ganddi ddim bwriad benthyg pâr o byjamas eliffant Rachel, felly twriodd am ŵn nos, gan obeithio na fyddai'n digio Marian. Daeth o hyd i gynfasau, gorchudd gobennydd, tywel addas a chipiodd math o ŵn wisgo ysgafn hefyd.

Gadawodd y dillad gwely yn y stafell sbâr, gan geisio dyfalu ymhle fydden nhw wedi rhoi'r stafell ymolchi os nad ar y llofft. Wrth reswm, ychwanegiad diweddarach i'r tŷ gwreiddiol fyddai gosod stafell yr oedd arni angen pibellau carthffosiaeth a dŵr poeth. Daeth i lawr y grisiau. Dim ond dwy stafell arall oedd ar y llawr gwaelod am fod y gegin mor eang. Swyddfa fferm anniben oedd un a thybiodd y gwyddai eisoes beth fyddai'r llall. Roedd hi'n gywir. Agorodd parlwr a ddodrefnwyd ddeugain mlynedd ynghynt o'i blaen. Roedd sŵn yr afon yn ddigon i fyddaru unrhyw un fyddai'n ddigon twp i eistedd yno. Diflas, meddyliodd, cyn sylweddoli bod lluniau'n sefyll ar y pentan. Marian oedd yn un, yn ei hiwnifform, ond pwy oedd y llall? Merch â gwallt hir, du, a llygaid mawr, trist. Gallai hi fod yn ei harddegau neu'n hŷn. Roedd yn anodd dweud ai'r un ferch oedd hi â'r groten fach lon yn y ciplun wrth wely Rachel. Nid edrychai fel perthynas i'r un o'r ddwy. Lliwiwyd y llun o'i ddu a gwyn gwreiddiol gan law bur amaturaidd, oherwydd fel rheol ymdrechwyd i roi lliw cynnil ar y bochau a'r gwefusau. Rhoddwyd gormod ar hwn gan wneud iddi edrych yn rhyfedd.

Yn ôl yn y gegin gefn, gan nad oedd unman arall nad archwiliodd, sylweddolodd bod y drws i'r stafell ymolchi wedi bod yno drwy'r amser. Pan agorodd y drws yn y pen pellaf, yr un a gredodd ei fod yn arwain i'r tu allan, gwelodd y stafell y bu'n chwilio amdani cyhyd. Rhedodd ddŵr poeth i'r bath, cyn diosg ei dillad. Roedd hyd yn oed ei bronglwm yn llaith. Cofiodd iddi weld hors ddillad bren yn pwyso yn erbyn wal y gegin gefn, a chan obeithio na fyddai Rachel yn dychwelyd yn sydyn, lapiodd ei hun yn y gŵn wisgo a chariodd ei holl ddillad allan, cyn eu trefnu ar yr hors o flaen y tân.

Bu'n ofalus i beidio â defnyddio gormod o ddŵr, o hen arfer ac o ystyried y gallai Marian fod angen bath wedi seiclo drwy'r glaw. Yna, suddodd i'w wres hyfryd gydag ochenaid. Efallai oherwydd iddi orfod canolbwyntio ar ddod o hyd i bethau ymarferol, dim ond wrth orwedd yno y dechreuodd feddwl yn ddifrifol. Y ciplun bach hapus. Y stafell a adawyd yn wag ond gyda ffrog ar y gadair. Y llun gwael o'r ferch â'r llygaid trist. Y frawddeg a ddechreuodd Rachel am y ffôn yn niwsans yn canu byth a beunydd, ond a orffennwyd ganddi drwy sôn am fod allan yn y beudy. Eisteddodd Dela i fyny. Daeth wyneb rhychog Tomos Morgan i'w chof a'i eiriau am Joy Wilson, y plentyn sâl a fu farw'n fenyw ifanc. Beth ddywedodd e? Bod galar mawr ar ei hôl? Ai Rachel, o dystiolaeth y ciplun a'r stafell a adawyd fel pe bai Joy'n dal yn fyw, oedd yn galaru? Doedd 'na ddim llun o'r fath yn stafell Marian. Ond pam enwyd y ferch yn Joy Wilson? Ai oherwydd bod ganddyn nhw berthynas yn Wilson, y cyn-gadfridog? Ond pam fydden nhw wedi dewis ei enw fe os nad oedd e'n dad i'r ferch? Doedd hynny ddim yn bosibl, yn ôl Ronnie Daniels, ffrind Tudful, er efallai na wyddai ef holl gyfrinachau'r teulu. A oedd Joy Wilson yn perthyn i'r ddwy chwaer o gwbl? A oedd hi wedi creu cysylltiad lle nad oedd un yn bodoli, oherwydd yr enw a'r salwch arennau? Gallai Joy druan fod yn neb ond rhyw blentyn dieithr, amddifad a adawyd yn ddiymgeledd hyd nes i'r chwiorydd ei mabwysiadu, gan gadw ei henw gwreiddiol. Rhyddhaodd y plwg a safodd, cyn sgrwbio'i hunan yn sych yn y tywel.

Roedd hi'n gwthio'i thraed i'w sgidiau anghysurus pan glywodd sŵn drysau cwpwrdd yn agor a chau o'r gegin gefn. Roedd un o'r ddwy chwaer yn ôl yn y ffermdy. Clymodd Dela wregys y gŵn wisgo am ei chanol yn frysiog. Os taw Marian oedd yno, byddai ymddangos yn ei dillad nos hi braidd yn lletchwith, ond nid oedd ganddi ddewis. Hwyrach y gallai gynnig gwneud bwyd neu de iddi fel ffordd o ddiolch. Wrth iddi agor y drws, gwelodd bod Marian yn sefyll yn ei hiwnifform gyda'i chefn i'r sinc, gan gnoi brechdan dew o gig moch. Dylai fod wedi sylweddoli y byddai Rachel wedi cadw swper iddi.

Pesychodd a galwodd 'Helô?' cyn mentro allan.

Llyncodd Marian gegaid a gwenodd. 'Chi sy 'na!' meddai. 'O'n i'n ffaelu â deall pwy o'dd pia'r dillad ar yr hors. A dyma fi'n stwffo fel hwligan gwyllt fan hyn. Sori.'

'Fi ddyle ymddiheuro,' atebodd Dela gan bwyntio at ei gwisg. 'Achubodd Rachel fi rhag y storom. Ro'n i'n wlyb sops. Ond mae digon o ddŵr twym ar ôl i chithe gael bath. Ry'ch chi siŵr o fod angen un.'

Ysgydwodd Marian ei phen. 'Dwi'n iawn, diolch,' meddai. 'Ma' 'da fi rhyw glogyn macintosh mowr i fynd ar y beic. Gallwch chi ddim fy ngweld i 'dano! A dwi ddim wedi bennu 'to, ond wedd e'n gyfle da i gael rhwbeth i fyta.'

Syllodd Dela'n syn arni. 'Odych chi'n bwriadu mynd mas yn y tywydd hwn? Beth am y feidr? Ody'r dŵr lan drosti?'

Tynnodd Marian wep. 'Wel, ody, ond falle rhoiff Rachel lifft i fi. Galwad fer fydd hi. 'Na a 'nôl.'

'Mae hi wedi mynd at y da sych,' esboniodd Dela, ac amneidiodd Marian.

'Sdim hast, ta beth. Cethoch chi afel ar ddillad gwely?' gofynnodd.

'Do, diolch, a bydda i'n falch iawn i roi 'mhen ar y gobennydd. Beth ddaeth drosta i i feddwl y gallen i gael bws yr holl ffordd gartre heno?'

'Bydde bore fory 'di bod yn gallach,' ebe Marian.

'Bydde wir,' cytunodd Dela'n ofalus. Amheuai bod gan Marian fwy o lawer o gydymdeimlad â thrigolion y Mans na Rachel. 'Ond mae Mr Edwards gymaint yn well, ac ro'n i wedi bod yn byw ar 'u traul nhw'n ddigon hir. Gaf i fod mor hy a neud cwpanaid o de i chi i fynd gyda'ch swper?'

Ysgydwodd Marian ei phen. 'Gwell i fi beido,'

atebodd, "nenwedig os nad all Rachel roi lifft i fi. Dyw heno ddim yn nosweth i orfod pisho'n y clawdd.'

Chwarddodd Dela cyn esgusodi ei hun er mwyn rhoi ei thywel gwlyb dros yr hors a threfnu ei gwely. Clywodd y dŵr yn rhedeg i'r sinc wrth iddi ymlwybro i'r llofft. Teimlodd gywilydd am ei dicter bob tro y canai'r gloch fach yn y Mans. Pe bai'n gorfod gweithio fel Rachel a Marian, byddai ganddi esgus i fod yn ddig. Ni chafodd Marian amser hyd yn oed i roi ei bag i gadw oherwydd gwelodd ef yn eistedd ar ben un o'r cypyrddau ac roedd Rachel allan mewn glaw mawr yn ceisio gofalu am greaduriaid ofnus. Ni ddeuai eu gwaith fyth i ben. Ar ben hynny, roedden nhw wedi croesawu merch fach fregus ei hiechyd i'w cartref. Deallodd yn sydyn pam roedd caniad y ffôn ddydd a nos yn gymaint o faich gyda phlentyn sâl yn y tŷ. Esboniai hefyd agwedd ddiamynedd Rachel tuag at Feronica. Gwyddai hi beth oedd gwir salwch.

Trawodd hi – ynghanol gwthio'r gobennydd i'w gasin – nad oedd rheswm yn y byd i Rachel beidio â dweud hynny'n blaen. A oedd hi'n rhywun nad allai ddioddef sôn am ei phrofedigaeth? Gallai gydymdeimlo â hi am beidio â datgelu peth mor boenus i rywun dieithr, ond ai hi, Dela, oedd y rheswm dros ei thawedogrwydd? Byddai Rachel wedi clywed am ganfyddiad y corff yn y clawdd a'r gwaith yn sgubor yr Idwals y bu Dela'n gymaint rhan ohono. A gredai hi bod Dela'n gweithio gyda'r heddlu? Oedd 'na rywbeth amheus ynghylch marwolaeth y ferch y dymunai Rachel ei gelu? Yn bwysicach fyth, oedd 'na gysylltiad rhwng hynny a thynged Anjun a Wiliam Henry?

Eisteddodd yn feddylgar ar y cwrlid i dynnu ei sgidiau gan ddadlau â hi ei hun. Pam fyddai rhywun a ddymunai gelu cysylltiad â dwy lofruddiaeth wedi ei chodi o'r glaw mawr oriau ynghynt? Pam hefyd fyddai hi wedi rhoi cyfle iddi fynd i chwilota drwy'r tŷ? Efallai na sylweddolodd Rachel pwy oedd hi ar yr olwg gyntaf, gyda'i het i lawr dros ei thalcen, ac unwaith bod Dela yn y pic-yp roedd yn rhy hwyr i'w gadael ar y ffordd. Ond, â hithau'n anelu at Abergwaun, doedd 'na ddim i rwystro Rachel rhag troi'r cerbyd a'i gyrru yno. Byddai hynny wedi cael gwared arni'n gyfleus iawn. Ai'r ffaith iddi sôn am dreulio'r nos yn yr orsaf heddlu oedd y trobwynt? A beth am y tŷ a'i gyfrinachau? Hwyrach nad oedd hi'n disgwyl gwestai mor ddigywilydd o chwilfrydig, er bod chwiliad Dela'n gwbl ddiniwed. Oherwydd bod ei holl fryd ar ddiogelwch ei hanifeiliaid efallai, anghofiodd Rachel am eiliad nad oedd Dela'n gyfarwydd â chynllun y tŷ. Er iddi lwyddo i ganfod atebion i'w hamheuon, ni allai Dela anghofio bod Rachel yn hen ddigon cryf i gladdu corff, a bod ganddi gerbyd y gellid cario rhaw yn ei gefn. Hi hefyd aeth i lawr i gynnig help llaw i Iago. A oedd hynny er mwyn gweld i ba gyfeiriad roedd ymchwiliadau'r heddlu'n mynd? Oedd hi ofn iddi adael rhyw olion? Trwy helpu Iago i borthi'r creaduriaid, gallai adael ei holion bysedd yn gwbl ddilys ym mhobman. Ond pam fydde hi wedi lladd dau berson, dyna'r cwestiwn. Beth ar y ddaear oedd y cymhelliad?

Cododd a syllodd drwy'r ffenest fach ond gan ei bod yn nosi nid oedd llawer i'w weld. Pan gafwyd bwlch yn y cymylau, sgleiniai'r ffald dan haen o ddŵr er y gobeithiai taw'r glaw oedd yn gyfrifol ac nid yr afon. O beth y cofiai, ar ôl llifo o dan y bont roedd yr afon yn troelli tua'r chwith i ffwrdd o'r adeiladau rhwng glannau gweddol ddwfn. Diolch i'r drefn am hynny, ond o beth welodd ar y bwrdd swper, ni fyddent yn llwgu pe cawsent eu caethiwo am bythefnos.

Crafodd rhyw syniad bellafoedd ei chof. Er na thrawodd hi ar y pryd, oni ddylai fod wedi pendroni ynghylch gwaith bwtsiwr cywrain Rachel? Onid oedd yn anghyfreithlon ers blynyddoedd i ladd eich anifeiliaid eich hun? Bu pobl yn cadw mochyn cymunedol yn eu gerddi cefn yn ystod y rhyfel yng Nghwm y Glo, wedi'i fwydo gan sbarion pob cymydog, ac roedd yn rhaid i archwilydd o'r Weinyddiaeth fod yn bresennol pan lleddid ef yn y fan a'r lle. Clywodd bod hynny'n fraint gan mai dim ond un mochyn oedd e. Pe bai angen lladd mwy nag un, byddai'n rhaid eu hanfon i ladd-dy swyddogol. A gafodd y rheolau eu llacio erbyn hyn, tybed, neu a oedd pobl yr ardal yn debyg i drigolion Nant yr Eithin ac yn eu hanwybyddu'n llwyr?

Roedd Rachel yn bendant yn rhedeg busnes answyddogol mewn cig moch, sosejys a phwdin gwaed. Wedi'r cyfan, cyfaddefodd yn ddi-hid ei bod yn eu gwerthu i ffermwyr y fro. A oedd hi'n eu gwerthu i gigyddion lleol hefyd? Falle ddim, oherwydd cedwid llygad craffach arnyn nhw a'u stoc. Nid gwaith a ddysgodd Rachel yn gymharol ddiweddar oedd hyn. Roedd hi'n hen law a awgrymai iddi fod wrthi ers adeg pan roedd cigyddion a siopau cornel yn medru prynu fel y mynnent.

Sylweddolodd yn sydyn y gallai Wilson, yn rhinwedd ei swydd fel cyflenwr siopau, fod wedi bod yn un o'i chwsmeriaid rheolaidd cyn y rhyfel. P'un ai oeddent yn berthnasau ai peidio, os oedd ganddynt gysylltiad masnachol hirdymor, pan roedd e'n ymdrechu i fwydo criw mawr o fechgyn, byddai'n gallu dibynnu arni i beidio â dweud dim wrth yr awdurdodau. Pa ffordd well o ychwanegu at y fwydlen yn dawel fach nag anfon un dyn i lawr ar foto-beic, yn enwedig os oedd e'n mynd ar neges swyddogol i safleoedd awyrlu yn Sir Benfro? Hawdd gweld mantais y trefniant, er na fyddai Anjun yn gallu cario llwyth mawr. Yn anffodus, doedd 'na ddim modd i brofi hynny. Bwytwyd yr holl dystiolaeth.

Y broblem fawr oedd beth y gallai Anjun fod wedi'i wneud i beri i Rachel ymosod arno. Roedd y cysylltiad proffidiol rhyngddi a Wilson yn rhywbeth gwerthfawr. Pe bai Anjun wedi bod mor hy a gwrthod talu'r pris gofynnol, dim ond un alwad ffôn oedd ei hangen i'w gadfridog. Ac o beth ddywedodd ei frawd roedd Anjun yn hapus iawn i wneud y teithiau hir. Joy, meddyliodd eto. Dywedai rhyw reddf wrthi bod y ferch yn allweddol yn hyn oll, ond o beth ddeallodd gan Tomos Morgan, roedd hi mor wanllyd prin y gwelid hi. Oni fu farw ychydig fisoedd ar ôl i Anjun ddiflannu?

Ceisiodd ddychmygu'r olygfa yng nghegin y ffermdy,

gydag Anjun yn cyrraedd. Hwyrach bod Joy'n ddigon da i fod yn eistedd ar y setl o flaen y tân. Byddai Rachel wedi gwneud te a bwyd iddo cyn mynd allan i bacio'r cês. Gydag yntau yn ei iwnifform smart ac yn wyneb newydd yn ei bywyd undonog, efallai bod Joy wedi dechrau edrych ymlaen at ei ymweliadau. Ai anrheg i Joy oedd y gadwyn aur i fod? A ddatblygodd perthynas ramantus rhyngddynt? Os felly, pam torrwyd y gadwyn? Ai'r llun bach wrth erchwyn gwely Rachel oedd y cliw tyngedfennol? Roedd ei galar am y groten yn dal yn fyw iawn, ond gallai cariad fod yn beth meddiannol a chenfigennus. A oedd cariad Rachel yn rhy feddiannol o bell ffordd?

Syfrdanwyd hi pan ddaeth cnoc ar ddrws ei stafell oherwydd ni chlywodd sŵn traed yn nesáu. Gwelodd y bwlyn yn troi a gwthiodd Marian ei phen drwy'r adwy.

'Senach chi'n cysgu, diolch byth,' meddai. 'Bydda i ar fy ffordd mas whap, so feddylies i falle'r hoffech chi ddished o laeth twym, 'da tamed o siwgwr ynddo.'

Diolchodd Dela iddi gan gymryd y gwpan. Teimlai'n ferwedig. 'Mae hyn yn garedig iawn,' meddai.

Chwarddodd Marian. 'Bydde fe'n neisach tasen ni heb bennu'r coco neithwr,' atebodd yn resynus. 'Mwy na thebyg, byddwch chi 'di mynd i'r gwely erbyn i fi ddod yn ôl, ond os y'ch chi moyn mwy, ma' digon i'w gael. Bydd Rachel yn godro bore fory, fel arfer.'

Caeodd y drws a'r tro hwn clywodd Dela hi'n brysio i lawr y grisiau. Rhoddodd y cwpan i lawr yn ofalus. Rhaid i'r llaeth oeri cyn iddi fentro ei yfed. Meddyliai am fyw gydag digonedd o laeth, menyn a chig wrth law! Ni fyddai wedi synnu i glywed bod Rachel yn feistres ar y grefft o wneud caws hefyd. Byddai caws a menyn yn haws eu pacio a'u cludo na, dyweder, ochr o gig moch neu ddwsinau o sosejys, a dim ond un pryd y byddai'r rheiny'n ei ddarparu i dorf o lanciau ar eu cythlwng. Menyn ... wrth gwrs! Ceisiodd gofio'n union beth ddywedodd gweinidog mam Wilson am y menyn cartref a roddwyd yn anrheg iddo. Roedd rhyw lun wedi'i stampio ar y cosyn. Buwch? Na, dyna'r stamp a ddefnyddiai Eurig Clawdd Coch.

Ni allai gofio dim am y menyn ar y bwrdd swper. Ei hunig ddull o gadarnhau ei hamheuon oedd i fynd i lawr i'r gegin gefn a chwilio am y ddesgl fenyn. Pryd fyddai Marian yn gadael? Clymodd ei sgidiau er mwyn bod yn barod, agorodd y drws rhyw fymryn a gwrandawodd. Ceisiodd ddirnad unrhyw sŵn dynol uwch ben rhuthr yr afon. Dim. Meddyliodd am eiliad ei bod hi wedi mynd, ond yna clywodd sŵn traed yn dod ar hyd y rhodfa islaw. A oedd ffordd o ddod i lawr y grisiau'n ddiniwed a mynd i'r gegin gefn, hyd yn oed gyda Marian yn dal yno? Beth pe bai'n yfed y llaeth ac wedyn yn mynd i lawr er mwyn golchi'r cwpan? Dyna fyddai gwestai cwrtais yn ei wneud, onide?

Crychodd ei thrwyn o weld bod cramen dew wedi ffurfio ar wyneb y llaeth erbyn hyn a gwthiodd hi draw â'i bys. Ar fin codi'r cwpan i'w cheg, sylweddolodd bod rhywun yn siarad. Gyda'r cwpan yn ei llaw symudodd yn reddfol at y drws er mwyn clustfeinio. Roedd

Marian ar y teleffon. A oedd hi'n ymddiheuro i'r sawl y bu'n bwriadu ymweld â nhw? Yn anffodus, doedd ei llais ddim yn cario cyn belled â'i stafell. A oedd angen iddi wrando, ta beth? Pwy ar y ddaear fyddai'n disgwyl galwad ar noson fel hon gan nyrs ardal nad oedd ganddi ddim cludiant, dim ond beic? Naill ai roeddent ar ben eu tennyn neu roeddent yn gwbl hunanol. Yr eiliad daeth ei geiriau olaf i'w meddwl, rhoddodd y cwpan i lawr a sleifiodd allan i'r landin dywyll. Bu'n ofalus i droedio ar hyd y stribyn carped i ben y grisiau er mwyn clustogi ei chamau. Deuai'r unig olau o'r rhodfa isaf felly ni fyddai Marian yn gweld ei chysgod.

'Peidwch â phoeni ...' clywodd. 'Bydda i'n dod cyn gynted ag y galla i.'

Bu saib, wrth i Marian wrando.

'Dwi'n deall ... ac ry'ch chi'n siŵr sdim byd ar ôl?' Cafwyd saib arall. 'Sdim ffordd o'i chadw hi'n dawel o gwbwl? Sdim stafell 'da chi â chlo ar y drws? Wel, falle bod angen dos gryfach am ei bod hi wedi dod i arfer ...'

Wrth i'r siaradwr ar y pen arall fynd yn ei flaen, porthodd Marian gydag ambell air o 'Ie' neu 'Nage', yna rhoddodd chwerthiniad tawel.

'Dyw hynny ddim yn mynd i fod yn broblem,' meddai o'r diwedd. 'Mae hi 'ma ... Yn cysgu'n dawel lan lofft erbyn hyn. O ... sbo prynhawn fory, gweden i.'

Rhoddodd Dela ei llaw dros ei cheg i gelu'r sŵn o fraw a wnaeth. I'w mawr ryddhad, roedd Marian yn rhy brysur yn gorffen yr alwad i sylwi. Gwywodd ei chamre i gyfeiriad y gegin.

Safodd Dela yn ei hunfan am eiliad hir. Beth roddodd Marian yn y cwpanaid o laeth? Ac yn waeth byth, beth bwriedid ei roi i Feronica, pe bai Marian yn llwyddo i gyrraedd y Mans? Er bod Dela wedi disgwyl yn ofer iddi ddod i weld y claf drwy'r dydd, rhaid ei bod wedi galw yno cyn dod adref, ac wedi cael clywed am warediad y moddion ac ymadawiad Dela. Mwy na thebyg nad oedd ganddi'r cyffuriau arferol yn ei bag a dyna pam roedd hi'n benderfynol o mofyn mwy a mynd 'nôl. Hi fu'n eu darparu drwy'r adeg, nid y meddyg. Ond pa fath o ddylanwad drosti oedd gan Eric Edwards a fyddai'n ddigon i wyrdroi ei holl brofiad fel nyrs ardal o effeithiau andwyol cyffuriau grymus? A oedd ganddi obeithion rhamantus? Ai dyna'r rheswm? Daeth geiriau Feronica i'w meddwl pan ofynnodd wrthi a oedd ei thad yn chwilio am wraig.

'Sneb addas rownd ffor' hyn.'

Ni wyddai Marian nad ystyrid hi'n addas, nac ychwaith taw cynllwyn oedd y gwymp o'r goeden. Cafodd ei gobeithion a'i sgiliau eu defnyddio'n ddigywilydd gan Eric Edwards, er ei bod hi'n barod iawn i gydsynio. Ar y llaw arall, rhaid bod presenoldeb Dela yn y Mans wedi bod yn dân ar ei chroen. Nid oedd syndod iddi fanteisio ar y cyfle i'w drygio hithau, er mwyn sicrhau nad allai ei hatal rhag darparu mwy o foddion.

Ysgydwodd ei hun. Doedd hi ddim wedi yfed y llaeth, ond roedd Feronica'n dal mewn perygl. Roedd yn amlwg bod y ferch wedi styfnigo a chreu stŵr ers ymadawiad Dela. Oerodd wrth feddwl taw annog Feronica i wrthryfela oedd ei bwriad wrth waredu'r moddion. Beth wnaeth iddi feddwl na fyddai Eric Edwards yn rhuthro i adnewyddu'r cyflenwadau o gyffuriau? Dylai hi fod wedi aros er mwyn sicrhau na chawsai'r cyfle yn lle martsio allan yn rhonc. Roedd hi hyd yn oed wedi ymfalchïo yn y ffaith na chafwyd ffrae fawr. Nefoedd wen, sut allai fod wedi bod mor hunangyfiawn? Pa drychineb roddodd hi ar waith?

Pennod 33

Rhag ofn i Marian benderfynu gwirio bod y llaeth wedi cael yr effaith angenrheidiol, aeth i chwilio am ffordd o waredu'r hylif, ond nid oedd unman cyfleus i'w arllwys. Nid oedd pot siambar dan y gwely, na ffiol a phowlen ymolchi ar y bwrdd gwisgo. Pa angen oedd i'r pethau hyn gyda stafell bwrpasol yn y tŷ? Beth am y ffenest? A fyddai honno hyd yn oed yn agor heb sôn am agor yn dawel? Gwthiodd y latsh. Bu'n rhaid iddi ddefnyddio nerth bôn braich i'w chodi modfedd. Ceisiodd arllwys cynnwys y cwpan drwy'r adwy gul heb ei sarnu ar lawr y stafell. Er nad allai wagio'r cwpan yn llwyr, roedd hi'n falch o weld bod y glaw eisoes yn golchi'r arwyddion oddi ar y sìl allanol. Gallai ond gobeithio ei bod wedi gwneud digon, a chaeodd y llenni.

Ond beth nawr? Yn ddelfrydol, hoffai atal Marian rhag mynd ar ei thaith wenwynig. Neu, os nad allai wneud hynny, a oedd modd cael gafael ar ei bag a rhoi dŵr yn lle moddion yn y poteli? Amhosibl, oherwydd ni fyddai Marian yn symud o'r gegin. Aeth i ddiosg ei sgidiau er mwyn paratoi am unrhyw ymweliad, cyn newid ei meddwl a thynnu'r cwrlid drosti fel yr oedd. Serch hynny, prin roedd hi wedi gorwedd pan glywodd gamau llechwraidd yn dod ar hyd y landin. Cododd y cwrlid yn gyflym dros ei gwar a throdd ei phen i ffwrdd o'r drws. Gyda'i llygaid wedi'u cau'n dynn, canolbwyntiodd ar anadlu'n llyfn, ond roedd hi'n effro i bob sŵn. A fyddai Marian yn sylwi nad oedd sôn am ei sgidiau a'i gŵn wisgo? Yr unig beth a glywodd oedd clic tsieina ar bren wrth i'r cwpan llaeth gael ei godi. Ni symudodd am oes. Gallai Marian fod yn dal i sefyll yno'n ei gwylio.

Caewyd y drws mewn dull mor dawel, dechreuodd Dela amau iddi ei glywed. Cyfrodd i hanner cant cyn gwingo wrth sylweddoli iddi dynhau ei holl gynhyrau yn yr ymdrech i gadw'n llonydd. Agorodd ei llygaid yn ofalus a gwelodd stafell wag. Eto, ni allai wneud dim hyd nes i Marian adael y ffermdy. A fyddai'n ceisio cyrraedd y Mans ar gefn y beic, neu a fyddai'n aros i Rachel ddychwelyd? Beth os na ddeuai Rachel yn ôl i'r ffermdy am awr arall? A fyddai Marian yn mynd i chwilio amdani? Roedd hynny'n bosibilrwydd nawr ei bod hi'n credu nad oedd Dela mewn sefyllfa i'w hatal.

Cofiodd bod modd gweld dechrau'r bont o'r ffenest, felly cododd. Rhaid iddi fod yn hollol dawel o hyn allan. Wiw iddi fynd clip-clop dros unrhyw ddarn o lawr pren, ond ni allai fforddio tynnu ei sgidiau chwaith. Ysgydwodd y ffenest yn sydyn i'w hatgoffa bod y storom yn dal ar ei anterth. Gallai ond gobeithio y byddai sŵn yr afon a'r storom rhyngddynt yn clustogi popeth. Croesodd y stafell ar flaenau ei thraed ac agorodd y llenni fesul tipyn. Nid oedd neb ar y buarth. Ni wyddai p'un ai oedd modd dod i lawr o'r caeau i'r ffermdy heb ddefnyddio'r bont, ond er mai dim ond golwg ar ongl oedd ganddi ohoni, a hynny ar noson stormus, ni fyddai wedi dymuno ei chroesi. Credodd y gallai ddirnad brigau uchaf canghennau mawr yn crafu a bwrw yn ei herbyn cyn i gryfder y llif eu gwthio drwodd ac o'r golwg. Os oedd Marian hefyd yn gwylio o un o ffenestri'r llawr, a fyddai'r perygl yn ddigon i'w rhwystro? Wrth sefyll yno, ceisiodd lenwi jig-so ei drwgdybiaeth. Gwelodd ei hun unwaith eto'n sefyll ger y bws a aeth i'r ffos ar y trip ysgol. Bryd hynny, Marian oedd yr unig berson o'r ardal a wyddai bod y plant ar y safle hynafol, felly dim ond Marian allai fod wedi dweud wrth Wiliam Henry. Atgyfnerthwyd hyn gan y ffaith iddo ymddangos gyda'i wn hela wedi i'r plant gael amser i fwyta eu pryd. Doedd e ddim yno'n sefyllian yn warchodol yn y cae nesaf pan gyraeddasant. Pam fyddai hi wedi dweud wrth Wiliam Henry? Oherwydd yr hen ŵr oedd yr unig un a ddeallai'r perygl. Ai math o 'siwrans oedd adrodd yr un hanes i'r gweinidog wedyn, gan awgrymu y dylai gynnig y festri, rhag ofn i'r hen ŵr wneud rhywbeth hollol wallgo? Wedi'r cyfan, roedd dieithriaid yn fwy tebygol o lawer o adrodd wrth yr heddlu am gael eu bygwth â gwn. Un ffordd neu'r llall, roedd hi wedi ymdrechu i sicrhau nad arhosai'r haid o blant chwilfrydig ger beddrod Anjun.

Er bod Dela'n sicr nawr ynghylch sut lladdwyd Anjun heb adael marc arno, sef gyda rhyw fath o gyffur, roedd pam a sut yn dal i'w phigo. Gwyddai nad oedd hi wedi camddarllen yr arwyddion yn stafelloedd gwely'r ddwy chwaer. Rachel, nid Marian, a gadwai lun o Joy Wilson wrth ei gwely. Ai helpu Rachel wnaeth Marian i waredu rhywun a ystyrid fel bygythiad trwy ddarparu cyffur digon cryf i ladd? Ond, fel yn achos Iago, nid oedd angen cymorth Wiliam Henry ar Rachel i gladdu Anjun, ac os bu farw ar eu tir, onid ei gladdu ar y fferm fyddai'r ateb delfrydol? Byddai neb fymryn callach hyd heddiw. Yn wahanol i ddamcaniaeth Reynolds bod y corff wedi'i gludo i'r fan ar ôl ei ladd yn rhywle arall, i Dela roedd lleoliad y beddrod yn awgrymu bod y llanc wedi marw'n agos i'r safle. Pam arall y chwaraeodd Wiliam Henry ran mor bwysig fel bod yn rhaid ei saethu? Roedd Marian yn galw'n weddol fynych i drin coesau'r hen ŵr, ac o'i galwad hwyr yn y Mans, gwyddai Dela ei bod allan ar ei beic yn y nos. Efallai iddi weld pobl yn lampo, fel y gwnaeth Dela ar fferm Parcrhedyn a phenderfynodd ddefnyddio hynny i ddenu Wiliam Henry allan.

Serch hyn oll, nid oedd modd rhagweld sut byddai Rachel yn ymateb pe bai Dela'n rhuthro allan i atal Marian rhag mynd i'r Mans. A fyddai Rachel yn ei chredu neu'n ochri'n fygythiol gyda'i chwaer? Ni fyddai gan Dela unrhyw obaith amddiffyn ei hun yn ei herbyn. Yn waeth byth, ar wahân i'r ddwy, dim ond Eric Edwards wyddai ymhle'r oedd hi. Dechreuodd obeithio bod Marian yn ddigon rhwystredig erbyn hyn i feddwl am fentro allan ar y beic. Ysai iddi adael y ffermdy er mwyn medru rhedeg am y ffôn a rhybuddio Reynolds. Gadawodd y ffenest a chripiodd draw i'r drws gan ei agor fodfedd. Safodd yno'n gwrando a chynllunio ei llwybr at y teclyn. Ond ble'r oedden nhw'n ei gadw? Ni welodd ef yn un man wrth chwilio am y stafell ymolchi er y gwyddai ei fod ar y llawr gwaelod o wrando ar alwad Marian i'r Mans. Ni sylwodd ar ffôn yn y rhodfa, y gegin na'r parlwr. Gallai fod yn swyddfa'r fferm, sbo. Pam na feddyliodd am alw Reynolds cyn cael bath pan roedd y ffermdy'n wag? A beth pe bai Marian yn ei chanfod yn y rhodfa? Beth oedd ganddi fel arf? Ar flaenau'i thraed aeth at ei bag llaw. Yr unig beth oedd ganddi oedd ei thortsh.

Torrwyd ar draws ei meddyliau gan sŵn drws yn cau'n glep. Roedd hi hanner ffordd i lawr y grisiau cyn sefyll yn stond. Beth os taw dychweliad Rachel a ddynodai sŵn y drws ac nid ymadawiad Marian? Gwrandawodd gan anadlu'n ddwfn. Nid oedd llais i'w glywed. Camodd i'r gwaelod, cyn agor drws y parlwr ac yna'r drws i swyddfa'r fferm. Nid oedd sôn am ffôn yn 'run o'r ddwy stafell. Safodd yn ddig yn y rhodfa, yn meddwl. Daeth Marian allan o'r gegin i'w ddefnyddio oherwydd clywodd ei chamau ac roedd hi'n ddigon agos i'r grisiau iddi glywed ei llais. A allai fod yn y cwtsh dan y grisiau? Gyda'i llaw ar fin troi'r bwlyn bach ar y drws, syfrdanwyd hi i glywed sŵn digamsyniol ffôn yn canu oddi mewn. A oedd Eric Edwards yn galw eto? Ef oedd y person olaf y dymunai glywed ei lais, a sut allai hi ei berswadio i alw Reynolds drosti? Sgyrnygodd ei dannedd a chododd y derbynnydd gan ddarllen y rhif ar y deial yn uchel.

'Dela?' Swniai llais Huw'n anghrediniol. 'Dwyt ti ddim ynghwsg?'

'Nadw, 'te!' Trawyd hi gan syniad. 'Ffoniest ti'r Mans. Edwards ddywedodd hynny wrthat ti.'

'Naci, yr hogan. Roedd hi 'di clywad 'i thad yn sgwrsio efo'r nyrs ardal amdanat ti o ben y grisia, mae'n debyg, ac wedi sleifio i lawr i'r stydi a gneud math o faricêd yn erbyn y drws. Mae'r nyrs ar fin mynd yno efo mwy o gyffuria ond tydi hi ddim yn mynd i'w cymryd nhw. Roedd hi'n bwriadu mynd drwy'r llyfr bach rhifau ffôn a deud wrth yr holl aeloda. Ewadd, bydd 'na gwffas go iawn yno ...'

'Mae 'na fwy o lawer na hynny i boeni amdano. Mae angen i ti rybuddio Gwyn Reynolds bod Marian yn beryglus, a nid yn unig oherwydd y cyffuriau.'

Bu saib wrth iddo brosesu hyn. 'Hi wnaeth y cyfan? Y ddynas fach glên honno?' Newidiodd ei lais. 'Ble mae hi rŵan?'

'Allan yn chwilio am ei chwaer i roi lifft iddi i'r Mans am fod y tywydd mor ofnadwy.' Pwffiodd wrth feddwl. 'Mae'r afon yn codi a dwi'n ame bod y feidr i'r fferm dan ddŵr neu bydde hi wedi mentro ar ei beic cyn hyn. Falle y gwnaiff hi byth.'

Daeth sŵn lleisiau o bell a throdd ei phen i wrando. 'Mae'n rhaid i fi fynd,' meddai'n frysiog. 'Mae Rachel yn ôl.'

Bu bron iddi golli geiriau olaf Huw wrth glustfeinio. 'Arhosa yn y tŷ!'

Tynnodd Dela wep ar y derbynnydd cyn ei osod yn ei le. Sut allai hi aros yn y tŷ gyda chymaint yn y fantol?

A hithau mewn dillad nos, aeth drwodd i'r bachau cotiau wrth y drws. Dim ond un siaced law fratiog y llwyddodd i'w chanfod, ond o leiaf roedd ganddi gwcwll. Ni ddeuai'r lleisiau o'r ffald yn union tu allan i'r drws, felly agorodd ef yn ofalus, gan bipo draw i'r chwith. Tynnodd yn ôl yn sydyn wrth weld bod Marian yn sefyll gydag un llaw ar ganllaw'r bont, a bod Rachel ar y bont ei hun, gan anwybyddu'r rhuthr oddi tani'n llwyr. Ni fyddai wedi clywed dim pe bai'r ddwy heb fod yn gweiddi'n groch ar ei gilydd, ac nid sŵn y storom a'r afon oedd yn hollol gyfrifol am hynny. Cododd Dela'r cwcwll a hwpodd ei phen i'r adwy gul, gan obeithio ei bod yn ddigon tywyll a bod eu cweryl yn ddigon ffyrnig iddynt beidio â sylwi arni. Gwyddai iddi golli rhan gyntaf y ddadl. Roeddent eisoes wedi symud ymlaen i rywbeth llawer mwy tyngedfennol.

'Galle hi fod wedi cael bywyd gyda fe, ddim fel ni'n dwy'n pwdru fan hyn!' rhuodd Rachel.

Daliodd Dela ei hanadl. A oedd Rachel wedi dod i'r un casgliad â hithau? Gwnaeth Marian ystum ddi-hid a sylwodd Dela bod ganddi fag yn ei llaw.

'Ti yw'r unig un sy'n pwdru. Bydda i mas o 'ma, cei di weld.'

'Beth, at y gweinidog? Ar ôl pwmtheg mlyne o redeg yn ôl a mlaen ato, seno 'di dangos unrhyw ddiddordeb ynot ti. Agora dy lyged! Wyt ti'n meddwl y galli di fod yn fam i'r groten trwy hwpo moddion lawr 'i chorn gwddwg hi? Sda ti ddim clem!' Ysgydwodd y bont a gafaelodd Rachel yn y ddau ganllaw gan bwyso ymlaen fymryn. 'Ond na fe, ffaeles ti fod yn fam i dy blentyn dy hunan. Ata i o'dd hi'n rhedeg pan fydde hi'n cwmpo. Fi wedd yn ishte lan drwy'r nos 'da hi pan wedd y salwch yn ormod iddi. Yr unig beth o'dd yn dy boeni di o'dd gwneud yn siŵr nad o'dd hi'n gweld neb na chwrdd â neb, rhag ofon iddyn nhw ddachre gofyn cwestiyne.'

'O'dd hi'n sâl! Galle hi fod wedi dala haint wrth unrhyw un. Cadwes i hi'n fyw!'

'Naddo ddim,' chwyrnodd Rachel. 'Lladdest ti 'ddi, Marian, pan laddest ti'r crwt.' Siglodd ar ei sodlau wrth i'r bont grynu ond ni ollyngodd ei gafael. 'Anghofia i fyth 'i hwyneb hi pan ddwedodd y bachan newydd halodd Wilson bod Anjun wedi diflannu. A dim ond whech mis barodd hi o'r dwrnod hwnnw.'

'Y salwch wedd hynny! Wedd e'n bown' o fynd â hi rhywbryd.' Swniai Marian yn fwy blin na galarus o ystyried taw am ei phlentyn roedd hi'n sôn.

'Nag o'dd!' gwaeddodd Rachel. 'Wedd hi'n well nag y buodd hi ers blynydde. Wedd gobeth 'da hi ond buodd yn rhaid i ti ladd y gobeth hwnnw, er dy fwyn dy hunan, rhag ofon na fydde'r gweinidog yn fodlon priodi rhywun â dyn du yn y teulu. Jawl, wedd Anjun bwti bod 'run lliw â Joy fach. Wedd hynny'n ddim i ti pan est ti i'r gwely 'da'i thad hi, pwy bynnag wedd hwnnw.'

'Sbanish wedd e. Wedd e'n wyn.' Poerodd Marian y geiriau.

Hyd yn oed dros ddwndwr yr afon clywodd Dela chwerthiniad angrhediniol Rachel.

Ers pryd, tybed, oedd Rachel wedi amau taw Marian oedd yn gyfrifol am farwolaeth Anjun? Ers ei ddiflaniad sydyn, neu dim ond o'r adeg pan ganfuwyd ei gorff? A wyddai hi o'r cychwyn mai Marian oedd yn cyflenwi'r cyffuriau cysgu i Feronica, neu a barodd geiriau Dela wrth y bwrdd swper i'r wawr ofnadwy honno dorri arni? Sylweddolodd Dela nad sadio'i hun yn unig yr oedd Rachel wrth afael yng nghanllawiau'r bont. Roedd hi'n paratoi i ruthro at ei chwaer. Pe digwyddai hynny, ni fyddai angen iddi ddangos ei hun oni bai i Marian redeg i lochesu yn y ffermdy. Taflodd gipolwg dros ei hysgwydd i sicrhau y gallai ddianc i'r llofft yn ddirwystr a gwelodd ei bod wedi cau'r drws i'r rhodfa. Camodd draw i'w agor, ond wrth iddi wneud, credodd iddi weld rhywbeth yn hedfan drwy'r awyr cyn diflannu o'r golwg. Brysiodd yn ôl a phan edrychodd draw at y bont, roedd Rachel yn pwyso dros y canllaw yn yr union fan lle bu Marian yn sefyll, ond nid oedd sôn am Marian.

'Rachel!' gwaeddodd, heb allu atal y gair, gan geisio croesi'r ffald wedi'i hanner dallu gan y glaw.

Cododd Rachel ei phen i gyfeiriad y sŵn, ond ni welodd Dela o gwbl. Roedd ei llygaid fel pyllau duon dan gantel ei het, gyda'r glaw wedi gwlychu ei gwallt yn gudynnau hir. Trodd yn sydyn ac aeth yn ôl dros y bont i'r lan gyferbyn, gan droi'n syth i'r dde a brysio'n herciog rhwng y coed hyd nes iddi doddi i mewn i'r düwch tu ôl i'r adeiladau fferm. I ble'r oedd hi'n mynd?

Beth ddigwyddodd yn yr eiliadau y trodd Dela i ffwrdd o'r gweryl? Ai'r bag cyffuriau a welodd yn hedfan drwy'r awyr? A oedd Rachel wedi rhuthro at Marian a'i gipio cyn ei daflu â'i holl nerth i'r afon? Gwnâi hynny synnwyr, ond i ble'r aeth Marian wedyn? Cyrhaeddodd Dela'r bont a chan lynu'n dynn wrth y canllaw, ceisiodd weld a allai Marian fod wedi llithro i lawr i'r dŵr o'r lan yn y fan honno, ond rhwng y tywyllwch a'r llaid, ni allai ddirnad olion pendant. Os na ddiflannodd ei bag yn syth i fwrlwm yr afon, gan ddisgyn, dyweder, ar rafft o ganghennau a llystyfiant, roedd posibilrwydd y byddai Marian wedi ymdrechu i'w mofyn. Neu, ai nerth Rachel wrth ymaflyd â hi am y bag a'i thaflodd oddi ar ei thraed ac i'r dŵr? Y naill ffordd neu'r llall, os oedd hi yn yr afon, doedd fawr ddim gobaith iddi ddod allan yn fyw. Ond pam ailgroesodd Rachel y bont? A lwyddodd Marian i ruthro heibio iddi, wedi colli ei bag, gan obeithio na fyddai'n dod ar ei hôl? Byddai'r ddwy chwaer yn gwybod os oedd modd cyrraedd fferm arall neu ffordd ar draws y caeau.

Clywodd y bont yn grwgnach wrth i'r holl falurion a gariwyd i lawr gan y llif geisio gwthio'u ffordd drwodd oddi tani. Hyd yn oed heb lawer o olau, gallai weld pentyrrau mawr ychwanegol o lystyfiant a brigau'n troi'n araf nid nepell i ffwrdd. Byddent yn cyrraedd y fan cyn bo hir. Os na chroesai hi'r bont nawr, pwy wyddai a fyddai yno bont i'w chroesi o gwbl? Gyda'i hanadl yn ei dwrn, a chan gydio yn y canllawiau, gosododd Dela ei throed ar y styllen gyntaf.

Pennod 34

Roedd y demtasiwn i gau ei llygaid bron yn ormod, ond ni allai fforddio cymryd cam gwag. Cysurodd ei hun gan y ffaith bod y bont wedi'i hadeiladu er mwyn i wartheg ei chroesi i'w godro. Yr unig beth y gallai ei wneud oedd brysio, ac er iddi simsanu wrth i'r bont wegian, cadwodd ei golygon yn benderfynol ar y lan gyferbyn hyd nes iddi deimlo'r ddaear dan ei thraed.

Goleuodd ei thortsh, gan gadw llawes ei chot drosti heblaw am y pen goleuedig. Ni ddymunai i'r glaw dreiddio drwodd a'i diffodd, yn enwedig wrth gamu'n wyliadwrus i'r cyfeiriad yr aeth Rachel iddo. Gan fod beth oedd ar yr ochr hon i'r bont yn anweledig o'r ffald, sgleiniodd Dela'r dortsh o'i hamgylch. Codai cefnau'r adeiladau fferm ar y dde nawr, ar lain mwy o dir na'r disgwyl, wrth i'r afon droelli i'r chwith. Synnodd nad oedd yr afon wedi erydu'r tir hyd at sylfeini'r adeiladau, ond daeth rhyw frithgof iddi o wersi daearyddiaeth mai'r lan arall a gawsai ei herydu er nad allai gofio pam. Pan bwyntiodd y golau'n syth o'i blaen gwelodd bod hynny'n wir. Gwnaethpwyd ymdrech i atgyfnerthu'r lan hon trwy blannu coed, gyda ffensys yn y caeau tu ôl iddynt i atal anifeiliaid rhag disgyn i'r dŵr. Mewn mannau, crogai'r gwreiddiau'n glymog dros y llif, gydag ambell goeden gyfan yn sigo'n druenus. Pam fyddai Rachel wedi dewis y llwybr peryglus hwn yn hytrach na cherdded yn ddiogel yr ochr arall i'r ffensys?

Gan gadw mor bell o ymyl y lan ag y gallai a thrwy afael ym mhob bonyn coeden, pigodd Dela ei ffordd yn araf a gofalus er mwyn osgoi baglu. Bu bron iddi ddal ei throed wrth iddi sylweddoli o gil ei llygad ei bod wedi mynd heibio i'r adeiladau. Pan feiddiodd edrych i fyny'r eilwaith, dychrynwyd hi gan fwrlwm ychwanegol o'i blaen a lapiodd ei braich chwith o gwmpas y bonyn agosaf. Roedd y llif a'i bentyrrau uchel o falurion yn sugno a gwthio'n farus yn erbyn coeden ysig ychydig lathenni i ffwrdd ac roedd honno erbyn hyn wedi dechrau ymwahanu o'r lan. Gyda llaw grynedig, ceisiodd gadw pelydrau'r dortsh yn llonydd, ond trodd ei hwyneb i ffwrdd pan syrthiodd y goeden â chlec i'r dŵr. Onid oedd Rachel wedi dweud y byddai math o argae'n ffurfio mewn man cul pe bai digon o goed a sothach yn dod i lawr yr afon? Ble bynnag oedd y man cul, byddai'r goeden a gwympodd yn atgyfnerthu unrhyw rwystr a gallai'r afon godi'n sydyn. Ai dyna lle'r oedd Rachel yn anelu ato? Ai ei bwriad oedd atal ffurfiad yr argae, er mwyn i gorff Marian gael ei gludo'n ddigon pell o'r fferm?

Daliodd ei hanadl wrth gamu dros y gwagle a adawyd gan y goeden rhag ofn bod y lan wedi ei niweidio gan y gwymp. Er iddi sgleinio ei thortsh o'i blaen yn ddi-baid, nid oedd wedi gweld na chlywed unrhyw arwydd o Rachel. Pwyntiodd y pelydrau i'r chwith, trwy frigau'r coed. Goleuwyd weiars y ffens ond dim byd mwy. A oedd yn werth dringo drosti, tybed, yn lle gorfod gwylio pob cam? Gwrthododd y syniad pan sylweddolodd bod yr afon wedi dechrau troi i'r dde a bod mymryn mwy o le i gerdded, er bod y llwybr nawr yn hynod serth a llithrig. Rhaid bod y tir yn codi gan achosi i'r dŵr ffoi i lawr o'r caeau. Beth am yr ochr draw? Gwelodd mwy o goed ac roedd y dŵr yn llyfu eu gwreiddiau. Rhyngddynt, mewn mannau, ymestynnai rhyw orchudd sgleiniog lle'r oedd y lan yn ddigon isel i'r afon lifo drosti. Roedd y feidr dan ddŵr. Palodd Dela ymlaen, gan wthio sodlau'i sgidiau i'r pridd i gadw ei chydbwysedd ar y llethr.

Arhosodd yn stond pan glywodd rhywbeth yn hollti'n sydyn gyda chlec fel tân gwyllt, ond ni allai weld dim. Sychodd ei hwyneb â'i llawes a chulhaodd ei llygaid rhag y glaw. Clec arall, yn syth wedyn, fel rhywbeth yn disgyn i'r dŵr y tro hwn. Synhwyrodd nad digwyddiadau naturiol mohonynt. Ni allai Rachel fod yn bell nawr. Parhaodd i gamu mor gyflym ag y gallai gan bwyntio pelydrau'r dortsh at ei thraed er mwyn diogelwch a rhag ofn y byddai Rachel yn sylwi arni'n nesáu. Wedi'r cyfan, ni wyddai eto pam roedd Rachel wedi penderfynu dilyn yr afon yn lle rhedeg am y ffôn i alw am gymorth. Cyrhaeddodd goeden fwy na'r lleill gyda thoreth o ganghennau'n gwthio allan dros y dŵr. Byddai'n rhaid iddi geisio mynd o'i hamgylch tua'r tir trwy wasgu ei hun rhwng cefn y goeden a'r ffens. Gwyddai bod ei llaw'n ysgwyd wrth iddi afael yn y weiar, ond 'sbosib nad oedd hi'n ysgwyd cymaint â hynny. Roedd y postyn agosaf yn siglo a dim ond o drwch blewyn y llwyddodd Dela i gydio'n y goeden cyn i'r holl beth ddisgyn. Carlamodd ei chalon wrth feddwl bod y llif wedi tanseilio'r lan i'r fath raddau, ond yna clywodd sŵn tuchan a rhyw glician rhyfedd. Â hithau'n dal i lynu wrth fonyn y goeden pipodd allan. Symudai rhywbeth mawr yn drafferthus, a hynny rai llathenni o'i blaen, cyn sefyll a diflannu. Daeth sŵn llusgo i'w chlyw ac i'w syndod, sylweddolodd nad oedd ffens mwyach ar ôl y postyn a gwympodd. Gallai glywed ymdrechion trasio anferth a rhegi er i'r gwynt a'r glaw eu clustogi. Am ba reswm byddai Rachel wedi dymchwel llathenni o ffens yn fwriadol a sut ar y ddaear y gwnaeth hi hynny heb raw na chaib?

Eto, roedd gan Dela lwybr llawer haws i'w droedio nawr bod lle clir iddi gerdded i ffwrdd o'r lan. Yr unig anfantais oedd trwch y coed rhyngddi â'r afon. Roedd gweld hynt y llif bron yn amhosibl, ond rhesymodd na fyddai ffens wedi'i chodi oni bai fod perygl i anifeiliaid lithro i'r dŵr, felly sgleiniodd y dortsh i lawr er mwyn dilyn y tyllau a adawyd ganddi. Gwyddai nad allai Rachel fod yn bell o'i blaen, ond dychrynwyd hi pan ddaliodd pelydrau'r dortsh wagle mawr fodfeddi o'i thraed. Roedd yma ddibyn sydyn, ac er nad oedd yn fwy na chwe throedfedd o uchder, arweiniai'n syth i lawr i'r afon a fyrlymai'n frawychus islaw. Pe bai wedi cymryd un cam arall ... Pwffiodd â rhyddhad, cyn troi i ffwrdd i chwilio am y tyllau ffens nesaf.

Roedd hi'n rhwystredig i ganfod bod y rhain tu ôl

i fwy nag un rhes o goed. Dangosodd golau'r dortsh glwstwr dwfn o fonion tal a ymestynnai ymhellach na grym y pelydrau. Ar fin dilyn y llwybr tyllog unwaith eto, gwelodd bod bwlch rhwng y bonion a bod y drain a'r mieri wedi'u torri'n ddiweddar gan adael ymylon gwyn, siarp. Ymddangosai bod Rachel wedi llusgo'r ffens drwodd i gyfeiriad yr afon.

Pendronodd ynghylch hyn wrth gamu i'r clwstwr coed. Os gallai ganfod lle i wylio beth roedd Rachel yn ei wneud, byddai'n dyst, hyd yn oed os nad oedd gobaith ei rhwystro rhag gwneud dim. Sylweddolodd bod rhuo'r dŵr yn uwch, felly aeth o goeden i goeden yn llechwraidd gan bipo allan cyn symud bob tro. Yna'n sydyn gwelodd hi. Roedd hi wedi tynnu nifer o'r pyst â'u weiars cysylltiedig i lawr darn cymharol fas o'r lan a olygai ei bod yn sefyll ar ymyl y llif. Nawr roedd hi'n ymdrechu i gael y gweddill a orweddai'n bentwr anniben yn gwrthod llithro tuag ati. Dringodd Rachel i fyny atynt, a phan blygodd drostynt, gan droi ei chefn, sgleiniodd Dela'i thortsh i lawr ar yr afon. Roedd y rhwystr o ganghennau a llystyfiant wedi ffurfio yno eisoes, a heblaw am un darn nesaf at y lan arall, lle rhuthrai'r dŵr drwy'r bwlch, roedd e'n gyfan. Neidiodd Dela pan ddisgynnodd darn o'r rhwystr o'r canol, yn bennaf oherwydd i Rachel weiddi. Fel pe bai cryfder y llif yn ddim iddi, camodd Rachel i'r dŵr gan gario'r pyst rhydd a orweddai ar y lan. Hoeliwyd Dela i'r fan i'w gweld yn brwydro draw i'r bwlch newydd, cyn gollwng y pyst i'w gau. Diflannodd Rachel am eiliad o'i golwg tu ôl i'r adeiladwaith cyn ymddangos yn dal carreg fawr o wely'r afon. Gosodwyd hon ar ben y rhwystr ac yna aeth i mofyn un arall. Syllodd Dela'n fud. Nid dymchwel y rhwystr oedd hi, ond ei atgyfnerthu.

Camodd Dela o'i chuddfan er na wyddai a oedd hynny'n ddoeth. Dywedai rhywbeth wrthi taw sicrhau na fyddai corff Marian yn llifo i ffwrdd oedd pwrpas yr holl weithgarwch. Roedd y pentwr olaf o byst yn dal ar y lan. Er nad oedd modd atal y dŵr rhag llifo drwy'r rhwystr yn gyfan gwbl, pe gellid llenwi'r bylchau, ni fyddai unrhyw beth mawr, solet yn mynd drwodd. Plygodd a thynnodd ei sgidiau, cyn eu gwthio i fforch mewn cangen uwch ei phen. Gwingodd wrth deimlo brigau a malurion dan wadnau ei thraed wrth iddi geisio sadio'i hun ar y trac lleidiog a grëwyd gan Rachel a'r pyst ffens. Roedd hi'n fyr o wynt erbyn iddi gyrraedd gwaelod y llethr byr a gosododd y dortsh ar glwmp o lystyfiant er mwyn gweld yn well. Nid oedd syndod bod y pentwr wedi gwrthod symud. Daliwyd ef yn sownd gan fieren dew. Hisiodd Dela pan bigwyd hi hyd yn oed trwy lawes ei chot, ond fesul tipyn llwyddodd i ryddhau'r pentwr. Trodd pan glywodd ebychiad tu ôl iddi.

Safai Rachel fel delw hyd ei chanol yn y dŵr yn anadlu'n drwm. Gan sylweddoli ei bod yn gwisgo cot Marian, gwthiodd Dela'r cwcwll yn ôl. Sigodd ysgwyddau'r ddynes fawr i weld ei hwyneb.

'Mae'r pyst yn rhydd nawr,' galwodd Dela, gan na wyddai beth arall i'w ddweud.

Yn ddi-air, camodd Rachel at y lan gan afael mewn

canghennau crog i'w thynnu i fyny. Llyfodd y glaw o'i gwefusau.

'Dihunoch chi,' meddai, cyn plygu a chodi'r holl bentwr mewn un symudiad nerthol.

'Yfes i ddim y llaeth rhoiodd Marian i fi,' atebodd Dela.

'Ha! Naddo sownd.' Nid oedd arlliw o hiwmor yn y geiriau.

Roedd hi wedi camu'n ôl i'r afon gyda'i baich pan drawyd Dela gan syniad.

'Oes posibilrwydd ei bod hi'n dal yn fyw?'

'Dim gobeth.' Ysgydwodd Rachel ei phen.

'Pam y'ch chi'n neud hyn, 'te?'

Ni atebodd Rachel hyd nes iddi fodloni'i hun bod y pentwr yn gadarn yn ei le. Yna edrychodd i fyny ar Dela. Nofiai sgert ei chot fawr o'i hamgylch.

'Achos sneb arall 'da fi ar ôl nawr. Cewn ni'n dwy'n claddu 'da Joy.'

Cyflymodd calon Dela. Ni sylwodd hyd yr eiliad honno wir arwyddocâd y ffaith bod Rachel wedi mynd i'r dŵr y tro hwn ar ochr ddyfnach y rhwystr. Doedd hi ddim yn bwriadu dod allan.

'Er mwyn popeth, peidiwch!' sgrechiodd, ond wrth iddi wneud, gwenodd Rachel yn drist arni a suddodd yn fwriadol dan y llif.

Edrychodd Dela o'i hamgylch yn wyllt am gangen syrthedig neu unrhyw beth a'i galluogai i'w bachu a chadw ei phen o'r dŵr ond doedd 'na ddim byd. Ni feiddiai dynnu cangen o'r argae rhag ofn i'r holl beth wanhau a chwympo. Cipiodd ei thortsh a sgleiniodd y golau ar y fan lle diflannodd Rachel. Hyd yn oed ymhlith y raffitau o lystyfiant a arnofient ger y rhwystr, credodd y gallai weld rhywbeth ag iddo sglein wahanol. Sgert cot law Rachel? Os oedd y got yn dal amdani, dyna rywbeth i afael ynddo. Gwthiodd y dortsh i fwlch ym monyn coeden a chan gadw un llaw ar y rhwystr camodd i fwrlwm yr afon. Nefoedd roedd y llif yn gryf ac yn oer! Suddodd ei thraed noeth i laid pigog a gallai deimlo pethau anweledig yn taro ei choesau. Ymestynnodd ei llaw rydd, ond sbonciodd y brethyn o'i gafael tu ôl i bentwr arall o sothach. Cymerodd Dela gam pellach a gwthiwyd hi'n galed yn erbyn y rhwystr gan rywbeth mawr, meddal. Meddyliodd bod Rachel wedi codi o'r afon a thaflodd ei braich o amgylch y peth cyn teimlo gwlân a'i ollwng yn sydyn. Trodd y ddafad farw'n araf yn y llif a gwyliodd Dela'r corff yn ymlwybro tua'r lan gyferbyn. Ych a fi! Gan dynnu wep ceisiodd deimlo dan y dŵr. Ai ymyl cot Rachel oedd rhwng ei bysedd? Pan gododd ei llaw gwelodd ddefnydd yn glir yn ei dwrn – ond sut allai hynny fod? Roedd ei thortsh tu ôl iddi. O ble ddeuai'r golau? Ceisiodd dynnu ei hun i fyny ar y rhwystr, gan gadw'r brethyn yn ei llaw arall. Sgleiniai goleuadau cerbyd ar draws yr afon tuag ati o'r feidr ac er bod y glaw'n dal i bistyllio a'i dallu, chwinciodd y goleuadau wrth i rywun gerdded o'u blaenau.

'Fan hyn!' gwaeddodd.

Ni allai fforddio gollwng y got na'r rhwystr er mwyn chwifio braich i dynnu sylw. Gwaeddodd eto a'r tro hwn, er yn aneglur, credodd iddi weld ffigwr arall a fu'n cyrcydu o flaen y cerbyd. Cododd hwnnw cyn troi i'w chyfeiriad. Pwy oedd yno? Dim ond cysgodion oeddent. Bu rhyw fath o ymgom rhyngddynt ond clywodd Dela un gair yn glir.

'Na!'

Gwelodd yn sydyn pam y cafodd ei ynganu. Roedd un o'r ffigyrau eisoes wedi mentro i'r dŵr ac i'w braw, roedd e'n ymdrechu i ddymchwel y rhwystr.

'Peidiwch!' sgrechiodd, ond roedd y rhan wannaf ger y lan gyferbyn yn arnofio i lawr yr afon erbyn hynny.

Wedi gweld ei gyfle, roedd y llif yn tasgu drwy'r bwlch yn rymus, a diflannodd y ffigwr o'i golwg, cyn ymddangos yn poeri a rhegi rhai eiliadau wedyn. Gallai Dela deimlo sugn ychwanegol yn tynnu'r brethyn o'i gafael. Pe bai'r holl rwystr yn cwympo, nid oedd gobaith iddi allu achub Rachel. Cawsai ei sgubo ymaith yn syth. Synnwyd hi pan drawyd hi ar ei phen gan rywbeth a ddaeth ati drwy'r awyr yn hytrach na'r dŵr. Cododd ei llaw i'w waredu a chyffyrddodd ei bysedd â rhaff. Sylweddolodd ei bod wedi'i chlymu i ffurfio cylch fel lasŵ.

'Gafaelwch yndi!' ebe llais o'r lan. 'Rhowch hi rownd eich canol.'

Yn ffwdanus, ymdrechodd Dela i wneud hyn ond roedd bron yn amhosibl heb adael i frethyn cot Rachel lithro drwy'i bysedd. Roedd y person arall yn y dŵr yn tynnu'i hun tuag ati fesul modfeddi, ond roedd y llif yn gwneud iddo orfod brwydro i gadw'i draed ar y gwaelod pantiog. Un rhaff i dri o bobl? Gyda gwingad boenus, gwthiodd Dela ei hysgwydd drwy'r cylch a theimlodd dynnad. Roedd y sawl ar y lan yn angori'i hun.

'Ma' isie i chi afael yn hwn,' gwaeddodd Dela'n groch.

Credodd nad allai'r dyn yn y dŵr fod wedi'i chlywed. Roedd ei ben wedi diflannu dan y llif unwaith eto ond yna, yn agosach iddi nag y disgwyliodd, gwelodd ei wyneb. Hari John.

'Hari! Mae menyw yn y dŵr fan hyn. Cydiwch yn hwn a thynnwch hi lan!' Estynnodd y dyrnaid o frethyn allan ato.

Edrychodd Hari arni'n stŵn.

'Pwy yw hi?' gofynnodd. 'Y fenyw laddodd pawb?'

'Nage, ei chwaer.'

Gwelodd ef yn ymbalfalu wrth i lathenni o frethyn ymddangos, ond yna llwyddodd i afael mewn rhywbeth mwy sylweddol. Dim ond wrth i wyneb gwyn Rachel godi uwch ben y dŵr y sylweddolodd Dela iddo fedru ymnyddu ei fysedd yn ngholer y got.

'Yffach!' poerodd Hari. 'Oes cerrig yn ei phocedi 'ddi neu beth?'

Nid atebodd Dela am eiliad. Roedd hi'n hollol bosibl bod Rachel wedi llenwi ei phocedi â cherrig, ond os oedd unrhyw obaith ei hachub, doedd hi ddim yn bwriadu sôn gair am ei geiriau anobeithiol olaf. Byddai gan Rachel hen ddigon i ymdopi ag ef heb gael ei herlyn gan y gyfraith am geisio lladd ei hun.

'Mae'n fenyw fowr, drom. Bydd angen dau ohonon ni i'w llusgo.'

Teimlodd Dela'r rhaff yn tynhau unwaith eto. Bachodd ei braich o dan ysgwydd agosaf Rachel, ac yn boenus o araf, gan faglu a chymryd camau gwag, gwthiodd bentyrrau o falurion o'r ffordd yn ddi-baid, gyda'r dŵr yn chwyrlïo a thasgu fel nad oedd yn bosibl iddyn nhw gadw eu pennau'n glir ohono bob amser. Llusgodd hi a Hari gorff diymadferth Rachel tua'r lan. Pan aeth y dŵr dros ei phen am y canfed tro, ofnodd Dela nad allent lwyddo a byddai'n rhaid iddyn nhw ollwng eu baich. Roedd ei breichiau fel plwm gyda'r cyhyrau'n gweiddi am orffwys. Clywodd Hari'n rhochian yn sydyn wrth i rafft o ganghennau ei orchuddio. Gwelodd ei fraich yn chwifio uwch ei ben a sylweddolodd nad oedd e'n gafael mwyach yng nghot Rachel. Arnofiodd y rafft i ffwrdd tua'r bwlch yn y rhwystr ond nid oedd sôn amdano'n ailymddangos. I ble'r aeth e? Heb ei gymorth roedd Rachel fel tunnell o lo.

Trawodd ei throed yn erbyn rhywbeth. Sgyrnygodd ei dannedd mewn rhwystredigaeth. Os oedd e wedi taro'i ben a suddo dan y llif, sut ar wyneb y ddaear allai ei godi o'r gwaelod heb adael i Rachel fynd? Aeth darlun sydyn o Agnes drwy ei meddwl. Ni allai ganiatáu iddo foddi.

Ymestynnodd ei llaw rydd i lawr yn y gobaith o gydio yn rhyw ran ohono. Cyffyrddodd ei bysedd â rhywbeth brethynnog. Ei diwnig neu rhan o wisg Rachel? O'r pwysau gallai fod yn un o'r ddau. Doedd ganddi ddim dewis ond gwingo hyd nes i'r rhaff a'i hanner amgylchynai ddod dros ei phen a cheisio gwthio pen ac ysgwyddau Rachel i mewn drwy'r cylch. A hithau mor lydan, a'r rhaff yn chwyddedig ac anodd ei thrin, llithrai ei bysedd wrth ymdrechu i wneud y cylch ynddi'n ddigon mawr. A oedd hi'n achub y person anghywir? Doedd Rachel ddim wedi dangos unrhyw arwydd o fod yn fyw.

'Tynnwch!' sgrechiodd i gyfeiriad y lan, gan ollwng ei baich wrth i'r rhaff roi plwc mwy grymus nag o'r blaen. Cododd ei golygon. Roedd tri dyn yn tynnu ar y rhaff o flaen y cerbyd a hyd yn oed ynghanol y storom, adnabu Dela silwét het feddal Gwyn Reynolds. Nid oedd ganddi amser i wylio p'un ai fyddent yn gallu ei chael i'r lan. Daliodd ei thrwyn a phlygodd ei phengliniau.

Ni allai weld fawr ddim dan y dŵr. Roedd yn llawn malurion a nofiai'n gwmwl yn y bwrlwm. Dilynodd y rhwystr gan deimlo gyda'i dwylo a'i thraed cyn gorfod dod i'r wyneb i anadlu. Gan lynu wrth y rhwystr, a phoeri, sylweddolodd ei fod yn codi'n uwch dros ei phen nag a fu. Roedd yr afon yn ddyfnach yma. Efallai i Hari faglu i dwll annisgwyl. I lawr â hi eto i'r düwch. Pan afaelwyd yn ei braich, bu bron iddi anadlu dŵr. Gwthiodd ei hun i fyny gan grafangu am y canghennau agosaf, cyn cofio codi'r fraich berthnasol. Hyd yn oed ymysg yr holl sothach, gwyddai ei bod yn cael ei chicio. Pan ddaeth pen Hari i fyny, roedd ei lygaid ynghau ond roedd e'n ymladd fel anifail gwyllt mewn panig.

'Pwylla!' gwaeddodd Dela yn ei glust. 'Anadla a phwylla!'

Gafaelodd yn ei goler a'i wthio yn erbyn y rhwystr.

Prin y clywodd y waedd o'r lan, ond disgynnodd rhywbeth â chlec gerllaw. Ymbalfalodd Dela a theimlodd y rhaff. Roedd gobaith.

Pennod 35

Gwyliodd Dela ymdrechion Defis i bwmpio aer i ysgyfaint Rachel o'i heisteddfan ar stwmpyn coeden. Roedd Iago wedi rhedeg i'r ffermdy a chipio blancedi iddi hi a Hari. Iago fu'r un cwbl ymarferol trwy gydol yr holl ddrama, meddyliodd. Fe oedd wedi clymu pen rhydd y rhaff i fympar y pic-yp tra bod Hari wedi peryglu'r holl broses drwy neidio'n ddifeddwl i'r dŵr a cheisio dymchwel y rhwystr. Gwelodd bod Reynolds yn gwasgu ysgwydd Hari'n gymeradwyol. Roedd hi'n olygfa ryfedd. Daliai oleuadau'r cerbyd gefn Defis wrth iddo blygu dros gorff Rachel. Cyrcydai Iago'n bryderus wrth ei phen gan sicrhau ei fod wedi'i droi i un ochr rhag ofn iddi chwydu dŵr a thagu. Ger olwyn flaen y cerbyd, eisteddai Hari â'i goesau hirion yn gwthio allan yn syth. Bob nawr ac yn y man, rhoddai rhyw ig, fel pe bai yntau ar fin chwydu. Swatiai Reynolds ei het yn erbyn ei glun fel arfer. Doedd hi ddim yn bwrw glaw fel y bu.

Daliodd Reynolds ei llygad a cherddodd ati. Wrth iddo wneud, gwelodd Dela gorff Rachel yn rhoi ysgydwad sydyn. Roedd hi'n fyw! Hanner cododd Dela a throdd Reynolds mewn pryd i weld y ddynes fawr yn poeri dŵr. Roedd seiren yn dynesu. Rhaid eu bod wedi galw am ambiwlans o'r fferm oherwydd doedd car yr heddlu ddim i'w weld yn unman. Bu angen help y tri dyn holliach i godi Rachel ar stretsiar ond parhaodd Hari i eistedd ar y llawr ac unwaith ei bod hi tu mewn, arweiniwyd yntau at y cerbyd. Roedd Dela'n rhy flinedig i wneud mwy na rholio ei llygaid. Doedd hi ddim yn ddigon iddo fod yn arwr, roedd yn rhaid iddo fod yn fethedig hefyd.

Ymhen ychydig funudau dim ond y pedwar ohonynt oedd ar ôl ar y feidr wleb. Syllai Defis ar Dela.

'Dylech chithe fod wedi mynd i'r ysbyty,' meddai, 'O'dd yr hen ddŵr na'n frwnt.'

Edrychodd hithau i fyny arno. 'Dim diolch,' atebodd yn benderfynol.

Sychodd Iago ei ddwylo ar ei drowsus gan edrych o'i amgylch yn feddylgar.

'Dwi'n credu y gallech chi mofyn y car nawr,' awgrymodd. 'Seni'n bwrw mor imbed a dyw'r dŵr ddim mor uchel ag y buodd e. Af i â chi yn y pic-yp.'

Amneidiodd Reynolds a gadawodd Defis gydag Iago. Ymddangosai ei fod yn teimlo'n lletchwith. Yna sniffiodd.

'Tasen i'n gwbod eich bod chi yn yr afon ...' dechreuodd.

'Byddech chi wedi rhedeg yr holl ffordd, dwi'n siŵr,' meddai Dela gan wenu.

Ni chadarnhaodd Reynolds hyn ond daliodd i swatio'i het. 'Aethon ni i mofyn Cwnstabl John o fferm Iago, 'chwel. Ar ôl i ni gael y neges am y nyrs. Iago ddwedodd bod cystel iddo ddod gyda ni yn y pic-yp achos bydde'r afon wedi llifo dros y feidr. Ffaelon ni ddod mwy na hanner canllath o'r hewl fowr. Roedd e'n mynd i ollwng John a dod yn ôl i'n mofyn ni whap. Pan na dda'th e ...'

Amneidiodd Dela. 'Diolch byth am y pic-yp,' mwmialodd.

Bu saib. Yn amlwg roedd yr Uwch-arolygydd yn pendroni sut i ofyn y cwestiwn nesaf. Chwifiodd ei het i gyfeiriad yr afon.

'So,' meddai, 'beth ddigwyddodd fan hyn?'

Meddyliodd Dela'n ofalus cyn ateb.

'Weles i ddim popeth,' meddai. 'Ond dwi'n credu bod Marian wedi baglu wrth fynd i chwilio am Rachel a chwmpo i'r dŵr.' Syllodd hithau i lawr ar yr afon a redai'n llai byrlymus erbyn hyn. 'Roedd lot o stwff yn dod i lawr ar ras bryd hynny.' Ysgydwodd ei phen. 'Dwi'n ame na fydde unrhyw un wedi gallu goroesi yn y llif, yn enwedig, dywedwch, os bwrodd hi ei phen ar rywbeth. Dealles i ddim yn syth pam roedd Rachel mor benderfynol o ddilyn hynt yr afon cyn belled â hyn, ond sylweddoles i ei bod hi'n benderfynol na fyddai corff Marian yn cael ei gario mas i'r môr a'i golli'n llwyr.'

Syllodd yn ddiniwed ar Reynolds. 'Falle bod ganddi rhyw obaith ei bod hi'n dal yn fyw. Dywedodd hi wrtha i'n gynharach bod unrhyw ganghennau fyddai'n cael eu cario i lawr gyda'r llif mawr yn debygol o ffurfio rhwystr lle mae'r afon yn culhau fan hyn.'

Trodd Reynolds ei ben wrth ystyried hyn. Roedd

y rhwystr yn dal yno ond roedd yn amlwg na fyddai'n para llawer hwy. Lle dymchwelwyd y man gwan gan Hari roedd yr afon eisoes yn gwneud y bwlch yn fwy. Pwffiodd yn ddiflas.

'Byddwn ni'n lwcus os parith e'n ddigon hir i ni fynd i whilo am y corff,' meddai. 'Falle gaf i berswâd ar y bois yn yr orsaf yn Abergwaun i ddod draw heno, er buon nhw'n whilo gyda ni drwy'r dydd lawr yn Wdig.'

Tynnodd Dela'r flanced yn dynnach amdani. Roedd ganddi frith gof o Rachel yn sôn am y gweithgarwch a welodd, ond ni dddwedodd iddi weld heddweision. O leiaf esboniai'r chwiliad pam nad oedd Reynolds a Defis wedi galw yn y Mans y diwrnod hwnnw.

'Am beth o'ch chi'n chwilio yn Wdig?' gofynnodd, wrth i Reynolds gamu i fin y lan er mwyn ystyried pa obaith oedd canfod corff Marian. Pan nad atebodd ar unwaith, ychwanegodd, 'Beth bynnag oedd e, a ddaethoch chi o hyd iddo?'

Sniffiodd Reynolds. 'O do 'te!' meddai a gallai glywed y wên yn ei lais. 'Os nad ydw i'n colli'n marblis, dwi'n credu bod eich bachan chi 'di dod i'r golwg.'

'Albert Humphreys? Wir?'

'Mm. Cofiwch, smo Emlyn 'di gallu cadarnhau'r peth 'to.'

Am eiliad orffwyll meddyliodd Dela eu bod wedi dod o hyd i Albert yn fyw, ond o glywed enw Emlyn, sylweddolodd nad dyna ddigwyddodd. Aeth ton fach o dristwch drosti ar ran Winnie.

'Ble'r oedd e?' gofynnodd.

'Lawr ar rhyw bishyn o dir gwlyb gweddol o faint.' Gwnaeth stumiau a'i ddwylo i ddynodi lleoliad y fan. 'Ma' 'da chi'r parrog a'r tra'th ar y dde, a'r gors 'ma ar y whith. Ma'r hewl hir sy'n arwen at y pentref yn y cenol. Ar ôl i chi weud bod Humphreys wedi bwriadu trio mynd i'r Werddon digwyddes i siarad â rhyw foi fuodd yn gweitho ar adeiladu'r porthladd sbel yn ôl. Buodd e'n sôn am y gors fel rhwle nad allwch chi neud dim ag e. Ma'r lle'n llawn brwyn a phethe a gall e fod yn ddansierys. Tasech chi'n cwmpo i dwll, gwedwch, bydde neb yn eich gweld chi.'

Bu'r holl lymeitian ym mar y Royal Oak o ryw fudd, felly.

'Odych chi'n credu bod Albert wedi crwydro i'r gors yn ddamweiniol?'

Gwnaeth Reynolds ystum amwys. 'Galle fod, sbo. O'dd e yn 'i got fowr gyda'i watsh ar ei arddwrn. Ro'dd ei waled ym mhoced ei siaced ag arian ynddi. Sdim arwydd cyn belled bod rhywun wedi trio dwyn dim oddi wrtho.'

'O'r waled cawsoch chi wybod pwy oedd e?'

Amneidiodd yr heddwas. 'Waled o rhyw ddefnydd tew fel macintosh o'dd hi. Cadwodd hi'r cerdyn adnabod yn sychach nag y bydde un leder wedi neud.' Gwnaeth geg gam. 'Buodd e 'na am flynyddodd, weden i. Bydd yn rhaid i'w wraig 'i adnabod e o'i ddillad.'

Gwyrodd Dela ei phen i ddangos ei bod wedi deall na fyddai'n ddoeth i Winnie weld y corff. Sylwodd bod goleuadau dau gerbyd yn dynesu'n araf ar hyd y feidr, gan ddiflannu ac ailymddangos gyda phob troad.

'Bydd y canfyddiad yn anodd iddi,' meddai. 'Ond o leiaf bydd yr ansicrwydd ofnadwy ar ben. Diolch i chi am fynd i chwilio.'

Chwarddodd Reynolds fel ci'n cyfarth. 'Ar ôl beth nethoch chi 'ma heno, dwi'n credu'n bod ni'n *quits*.' Rhwbiodd ei ddwylo. 'Chi'n meddwl bod gobeth am ddishgled o de?'

Typical! meddyliodd Dela. Efallai y dylai fod wedi derbyn y cynnig i fynd i'r ysbyty wedi'r cyfan.

Gorchwyl cyntaf, brysiog, Dela wedi cyrraedd y ffermdy oedd rhuthro at yr hors o flaen y tân. Gyrrwyd hi gan Defis, gan adael Reynolds gydag Iago a'r pic-yp. Hyd yn oed gyda'r flanced dros ei hysgwyddau roedd hi'n rhynnu gan oerfel, a ta beth, doedd hi ddim eisiau i'w dillad isaf gael eu harddangos yn eu gogoniant i'r heddweision. Cariodd yr hors i mewn i'r stafell ymolchi o flaen ei lygaid syn.

'Rhowch hanner awr i fi,' galwodd dros ei hysgwydd. 'Cystal i chi neud te wrth i chi aros.'

Yn wir, o sŵn tap y gegin gefn, wrth iddi eistedd mewn bath o ddŵr bas, ymddangosai bod Defis yn dilyn ei hawgrym. Hyd yn oed wedi rhoi ei siwt Sul amdani, roedd hi'n dal yn oer. Pe na bai ei sgidiau ar lan bellaf yr afon ni fyddai wedi trafferthu i wisgo'i sanau ond roedden nhw'n well na dim. Syllodd yn ddiflas ar ei gwallt yn y drych uwch ben y sinc. Anobeithiol. Rhedodd ei bysedd dros ei phen mewn ymdrech i guddio'r creithiau ar ei gopa a gwenodd yn sydyn. Heblaw am grafiadau a chleisiau, roedd hi wedi dioddef gwaeth o lawer. Clywodd y drws blaen yn cau'n glep.

Pan ymddangosodd, roedd Defis yn gosod cwpanau ar soseri.

'Dwy socad mewn un nosweth,' meddai. 'Falle bod yr un cynta'n damed o lwc. Sychodd eich dillad.'

'Do,' cytunodd Dela, 'ond dwi'n ame bod fy sgidie wedi cyrraedd y môr erbyn hyn.'

Herciodd ei fawd i gyfeiriad y gegin fawr. 'Syrpréis bach i chi,' meddai.

Yno, roedd Iago yn ei gwrcwd o flaen y tân yn stwffio papur newydd i'w sgidiau hi.

'Shwd ar y ddaear y llwyddest ti ... ?' dechreuodd, ond daeth llais Reynolds o'r setl. Disodlwyd y gath am y tro. Hwyrach bod hynny am fod gast Iago'n gorwedd wrth draed yr Uwch-arolygydd.

'Aeth e miwn i'r blydi dŵr fel wenci,' meddai'n sych. 'Weles i 'riod beth mor ddiened. Stripodd e 'i drowser a miwn ag e 'dat 'i ganol yn y mocheidd-dra.'

Gwenodd Iago o'r golwg. Roedd ei wallt tywyll yn blastar dros ei dalcen.

'Naddo, byth!' meddai Dela.

Ysgydwodd Iago ei ben. 'Wedd e ddim mor uchel â hynny,' meddai'n ddiymhongar. Trodd at Reynolds. 'Ac o'ch chi'n dal gafel yn y rhaff.'

Rholiodd Reynolds ei lygaid ar Dela. 'O leia buoch chi'n ddigon call i adel eich sgidie o afel yr afon. '

Ni allai Dela gredu iddynt beryglu eu hunain er mwyn casglu ei sgidiau hi. Syllodd ar y ddau'n angrhediniol hyd nes i'r wawr dorri arni. Roedd rheswm pam na ddaethant yn syth i'r ffermdy.

'Ry'ch chi wedi dod o hyd i gorff Marian, on'd y'ch chi?'

Hwpodd Reynolds ei fawd at Iago. 'Ma' llyged gwell 'da hwn na fi. Ma'n rhaid bod ei chorff hi wedi 'i ddala'n rhwle am sbel dda. Doedd hi ddim wedi cyrredd y rhwystr, ond tasen ni heb edrych bydde hi wedi mynd o'r golwg erbyn bore fory. Ethon ni ar draws y bont. Tynnon ni 'ddi o'r afon a rhoi tarpolin amdani.'

Daeth Defis i mewn gyda'r te poeth ac eisteddodd pawb gan sipian yn dawel am gyfnod.

Sythodd Defis yn sydyn ac aeth i chwilio ym mhoced uchaf ei siaced. 'Cyn i fi anghofio, ces i hwn 'da Emlyn. Gobitho nad yw'r inc wedi rhedeg. Mae e damed yn damp, sori.'

Cymerodd Dela'r darn papur oddi wrtho, ac wrth ei ddarllen cododd ei haeliau. 'Nefoedd!' mwmialodd, cyn sylwi bod Reynolds yn edrych arni'n arwyddocaol …

'O'n i'n gwbod y bydde fe'n rhoi sioc i chi,' ebe'r Uwch-arolygydd. 'Gwd thing i chi gymryd y sampl. Arhosed e'r Holy Joe hyd nes i fi gael gafel arno!' Sniffiodd yn feddylgar. 'A'r doctor lleol 'fyd, o ran hynny.'

'Dwi'n ame nad yw'r meddyg yn gwybod dim am y peth,' cynigiodd Dela. 'Nid fe oedd yn eu cyflenwi.'

'Nage fe? Pwy, 'te?' Syllodd arni'n syn, cyn tynnu anadl a phwyso 'nôl ar y setl. 'Hi fuodd wrthi, ife, ar ben popeth arall? Gallwch chi brofi hynny?'

'Dwi'n siŵr bod digonedd o boteli a thabledi yn un

o'r cypyrddau yn y gegin gefn. Ro'n inne i fod i gael dos o rhywbeth hefyd, mewn cwpanaid o laeth.'

Roedd Defis eisoes ar ei draed, a gellid ei glywed yn chwilota.

'Effeithiodd e ddim arnoch chi, 'te?' gofynnodd Reynolds.

'Yfes i ddim diferyn ohono. Aeth y rhan fwyaf mas trwy'r ffenest, ond byddwch chi'n lwcus i ddod o hyd i unrhyw olion. Golchodd Marian y cwpan.'

'Bòs!' galwodd Defis, 'mae hyn yn werth ei weld.'

Gydag ochenaid, cododd Reynolds, gan adael Dela ac Iago ger y tân. Roedd yr ast wedi codi hefyd i roi ei phen yn ei le arferol ar ben-glin Iago. Mwythodd hi'n ddi-air, ond yna, heb godi ei ben, siaradodd yn isel.

'Ife Marian saethodd Dacu?'

Taflodd gipolwg trist ar wyneb Dela. Roedd yn rhaid iddi ddweud rhywbeth.

'Dwi'n meddwl 'ny,' sibrydodd, 'ond dwi ddim yn gwybod shwd allwn ni brofi hynny nawr.'

'Ond pam?' pendronodd Iago. 'Duw, wedd gyda hi fwy o amynedd 'da fe na neb, bron. Wedd hi'n dod draw byth a hefyd i roi bandejys newy' am 'i goese fe a chwbwl ...'

Ymyrrwyd ar eu sgwrs gan Reynolds yn hwpo'i ben allan o'r gegin gefn.

'Chi 'di gweld yr holl stwffach sy fan hyn?' gofynnodd. 'Mae'r groten yn lwcus i fod yn fyw. Shwd ar y ddaear llwyddodd hi i gasglu cymint? Oedd hi'n eu dwgyd nhw o'r syrjeri?'

'Mae hynny'n bosibl,' atebodd Dela, 'ond maen nhw'n dueddol o gadw cownt. Mae'n edrych mwy fel pe bai hi'n dwyn tamed ar y tro oddi wrth nifer o'i chleifion, neu falle bod pobol yn rhoi hen foddion iddi er mwyn iddi eu gwaredu. Galla i ddychmygu hefyd bod stôr o foddion a thabledi sbâr yn gyfleus iddi eu cario i helpu ei chleifion – gall pawb ddim cyrraedd y fferyllfa'n hawdd, yn enwedig o ffermydd mas yn y wlad.'

Ymddangosodd Defis â photel yn ei law. 'Morffin,' meddai. 'Os rhoiodd hi hwn yn eich cwpan chi, galle hi fod wedi'ch lladd chi.'

Pwysodd Reynolds yn feddylgar yn erbyn y pared. 'Blaw am y busnesan sy'n ail natur i chi, beth wnaeth i chi feddwl bod rhwbeth o'i le?'

Gwenodd Dela. 'Iago,' meddai. Cododd y llanc ei ben ac amneidiodd Dela arno. 'Roedd Iago wedi sylwi bod Feronica'n cysgu llawer gormod a bod neb, yn enwedig ei thad, yn poeni am hynny.'

Amneidiodd y llanc. 'Ddim dim ond cysgu. Weithe pan wedd hi ar ddi-hun wedd hi'n ofnadw o bell.'

Roedd Reynolds yn dal i feddwl gan graffu arni. 'Ody'r holl foddion 'ma'n dystioleth o unrhyw beth arall 'te, yn eich barn chi? Fel y crwt yn y clawdd?'

Daeth Dela i benderfyniad. 'O beth dwi wedi'i ddysgu trwy fod 'ma heno, dwi'n credu bod posibilrwydd taw dyna sut lladdwyd Anjun Engineer.' Sylwodd bod Iago'n syllu'n ddwys arni ac ychwanegodd, 'A dyna pam roedd yn rhaid lladd tad-cu Iago. Er mwyn ei gadw'n dawel am beth welodd e ar y safle.'

Rhochiodd Reynolds. 'Jawl, odych chi'n erfyn i fi gredu nawr ei bod hi'n gwenwyno pobol ddierth ar yr hewl?'

'Nadw,' atebodd Dela, 'oherwydd doedd Anjun Engineer ddim yn ddieithryn o gwbwl yma.'

Crechwenodd Reynolds ar Defis. ''Chwel?' meddai'n wybodus. 'Gwedes i, ondofe? Mae'n gwbod popeth ond yn gweud bygyr ôl!'

'Dyw hynny ddim yn deg,' protestiodd Dela. 'Roedd pam laddodd hi Anjun yn ddirgelwch hyd nes rhyw ddwyawr 'nôl ac ro'n i'n araf iawn yn gwneud fy syms bryd hynny.'

Sylwodd Dela bod Iago'n gwrando ar hyn oll yn gegrwth. Trodd ato.

'Os ei di i'r parlwr, mae dou lun uwchben y lle tân. Gallet ti mofyn yr un o Joy i fi, plis?'

Cododd y llanc yn syth ac aeth drwodd i'r rhodfa.

'Pwy ddiawl yw Joy?' mwmialodd Reynolds.

'Cewch chi weld nawr,' meddai Dela'n isel, 'ond cyn i Iago ddod yn ôl, odych chi'n hapus i fi ddweud yr holl hanes o'i flaen e? Mae ei dad-cu'n rhan o'r peth.'

Edrychodd yr heddweision ar ei gilydd am eiliad. 'Smo fi'n gweld pam lai,' ebe Reynolds. 'Nage fe yw'r llofrudd.'

'Nage wir,' atebodd Dela. 'A falle bydd e'n gwybod mwy na fi am rai manylion.'

Ar y gair, ymddangosodd Iago'n cario'r llun.

''Na hen lun diflas,' meddai, wrth ei estyn i Dela. 'Wedd hi'n bertach o lawer na hynny.'

'Ro'n i'n ame ei fod yn llun gwael.'

'Ble mae hon nawr, 'te?' gofynnodd Reynolds yn ddiamynedd dros ysgwydd Dela.

'Ym mynwent Capel Bethlehem ers rhai blynyddoedd. Buodd hi farw ychydig fisoedd ar ôl i Anjun ddiflannu. Merch Marian oedd hi a'i henw llawn oedd Joy Wilson. Ry'ch chi wedi clywed y cyfenw hwnnw o'r blaen.'

Cliciodd Reynolds ei fysedd ond Defis lenwodd y bwlch.

'Wilson, fel yr enw ar y notis am Anjun, bòs.'

'Fe oedd 'i thad hi, ife? Fe o'dd yn hala'r crwt lawr 'ma ar y moto-beic? Pam na fase fe'n dod 'i hunan?'

Ysgydwodd Dela ei phen. 'Mae gen i deimlad ei fod e'n berthynas pell i'r teulu, dyna i gyd, ac yn rhywun roedden nhw'n cyflenwi nwyddau fferm iddo cyn y rhyfel. Roedd e'n drafaeliwr masnachol cyn ymuno â'r Awyrlu. Mofyn menyn a falle cig moch o'r fferm yr oedd Anjun i chwyddo cyflenwadau bwyd y bechgyn roedd Wilson yn gyfrifol amdanyn nhw. Dwi ddim yn gwybod pam ddewisodd Marian roi'r enw Wilson ar ei merch – o bosib, er mwyn gwneud iddi swnio fel rhywun o bant?'

'So, chi'n siŵr nage cadfridog y crwt Anjun oedd y tad o gwbwl?'

''Nôl beth y clywes i Marian yn ei ddweud, Sbaenwr oedd hwnnw – ond sdim modd gwybod a oedd hi'n dweud y gwir.'

'A buodd y groten farw? Beth oedd arni?'

'Haint cynhenid ar yr arennau – yr un haint, mae'n

debyg, ag sydd ar fam Wilson. Dwi hefyd yn meddwl nad oedd arennau Marian yn gweithio fel y dylen nhw. Dyna'r peth sy'n gwneud i fi feddwl bod 'na berthynas teuluol yn rhywle.'

Culhaodd Reynolds ei lygaid. 'Shwd y'ch chi'n gwbod hyn? Damo, y'ch chi wedi cwrdd ag e! Wrth gwrs eich bod chi – tra'n bod ni 'di bod yn whilo a whilo amdano.'

'Mae da fi fy nghysylltiade fel chi, Mr Reynolds, a dwi'n tybio 'mod i'n gofyn cwestiyne gwahanol. A pheth arall, dwi ddim yn edrych fel rhywun swyddogol o'r heddlu.'

'Nad y'ch!' Bu saib wrth iddo feddwl. 'Beth oedd Anjun yn ei wneud lawr 'ma heb ei foto-beic, 'te?'

'Dwi'n meddwl taw dod i weld Joy wnaeth e. Mae'n bosibl taw Joy roedd e'n ei weld fel rheol – prin fydde hi'n gadael y fferm. Roedd Rachel yn ei adnabod am mai hi fydde'n trefnu'r archeb ar gyfer yr Awyrlu. Mae'n rhaid i chi gofio y galle Marian fod wedi bod mas ar ei rownd dibendraw ar achlysuron eraill ond mae'n rhaid taw hi oedd gartre ar y diwrnod tyngedfennol. Mae 'da fi syniad bod y ddau ifanc wedi ffurfio rhyw fath o berthynas a taw anrheg i Joy oedd y gadwyn aur i fod.'

'Ac roedd hynny'n ddigon i wneud i Marian ei ladd e? Yffach! Beth oedd yn bod ar y fenyw?'

'Wel, mae Joy'n dywyll ei chroen, fel y gwelwch chi, yn debyg i Anjun. Rheswm arall, yn fy marn i yw'r ffaith tase'r berthynas yn arwain at ddymuniad i briodi bydde angen tystysgrif geni ar Joy. Dwi ddim yn gwybod ble mae hwnnw, ond bydd e'n rhoi enw'r fam yn glir, os nad y tad. Dwi ddim yn meddwl bod Joy'n gwybod taw Marian oedd ei mam. O beth glywes i, Rachel chwaraeodd y rôl honno o'r dachre.'

Amneidiodd Iago pan glywodd hyn. 'Rachel wedd yn neud popeth drosti. Clywes i ddim gair erio'd taw Marian oedd ei mam hi, am ei bod hi mor wahanol iddyn nhw fel teulu. A wedd pawb yn credu taw'r salwch effeithiodd ar 'i lliw hi.'

'Dyna glywes inne,' cytunodd Dela, 'ond cofiwch, dyw neb y ffordd hyn yn debygol o fod yn gyfarwydd â phobol o genedl wahanol. Os nad oedd hynny'n ddigon i Marian weld Anjun fel bygythiad, sylweddoles i heno pam nad allai Marian fforddio i neb wybod bod Joy'n blentyn iddi. Roedd hi'n gobeithio priodi'r gweinidog.'

Chwarddodd Iago yn ei wddf. 'Dim byth!' meddai, cyn sylwi bod yr heddweision yn syllu arno. Cochodd a thewodd.

Ymunodd Reynolds yn y sgwrs. 'Wel, os oedd ei henw da hi mor bwysig, pam na roiodd hi'r groten bant, er mwyn popeth? Jawl, ma' digonedd o bobol isie mabwysiadu plentyn.'

'Un fach sâl, dywyll ei chroen? A beth pe bai hi'n dod i chwilio am Marian wedi iddi dyfu? A resymodd Marian ei bod yn fwy diogel i godi'r plentyn o'r golwg lawr fan hyn, oherwydd galle hi fod wedi marw cyn diwedd ei phlentyndod. Roedd hi'n eiddil tu hwnt.'

'Hm.' Daeth sbarc i lygaid Reynolds. 'Shwd laddodd hi fe a pham o'dd y tsiaen yn dal rownd 'i wddwg e, os taw anrheg i Joy o'dd e?'

Bu'n rhaid i Dela ystyried am eiliad. 'Yr unig beth sy wedi fy nharo i yw na chafodd Anjun gyfle i roi'r gadwyn i'r ferch. Falle ei bod hi wedi sôn amdano'n ddiniwed rhwng ei ymweliadau ond gan mai rhai byr oedden nhw, gydag yntau yn yr Awyrlu, doedd 'na ddim perygl. Ond roedd dod i lawr yn unswydd ar ei benwythnos rhydd yn rhywbeth mwy o lawer i boeni amdano. A chofiwch, byddai Marian yn glustiau i gyd am arwyddion o berthynas. Roedd Rachel yn gwybod bod Joy'n hoff o Anjun ac roedd hi'n falch iawn bod y ferch yn cael cyfle am hapusrwydd – ond wedyn, doedd gan Rachel ddim i'w guddio. Os eisteddodd Marian yn benderfynol gyda'r pâr heb roi eiliad o breifatrwydd iddyn nhw, byddai Anjun wedi gorfod gadael i ddal y trên heb gyflwyno'r gadwyn.'

'Tynnodd hi'r tsiaen bant a'i dorri fe pan stripodd hi ei ddillad e?' gofynnodd Reynolds.

'Do, mwy na thebyg heb sylweddoli taw anrheg oedd e i Joy. Dim ond rhywbeth i'w gwaredu oedd y gadwyn, er mwyn gwneud y corff yn fwy anodd ei adnabod.'

Sniffiodd Reynolds, ond roedd e'n meddwl. 'Doedd dim marc arno ...' mwmialodd. 'Rhoiodd hi stwff yn 'i de, 'te?'

'Mae hynny'n gwneud synnwyr,' cytunodd Dela, 'ac wedyn galle hi fod wedi cynnig cerdded gyda fe i ddala'r bws yn ôl i Abergwaun. Falle dywedodd hi bod yn rhaid iddi alw ar rhywun. Oedd hi'n gobeithio y bydde fe'n marw ar y trên neu ar y ffordd, gyda hithau'n ddigon pell bant erbyn hynny? Ond â fynte'n ddyn bach, ysgafn, byddai'r cyffur wedi gweithio'n gyflymach nag ar rywun mwy o faint. Dwi'n credu ei fod wedi colli ymwybyddiaeth ynghynt o lawer na'r disgwyl, o bosib yn agos i'r hen safle a dyna pam y claddwyd e yn y clawdd.'

'Bydde'n rhaid iddi ei godi fe dros y sticil,' mentrodd Defis yn amheus.

'Nyrs oedd hi. Maen nhw'n cael eu hyfforddi i godi a symud pobol drymach o bell ffordd nag Anjun.'

Syllodd Reynolds ar Iago fel pe bai'n pwyso a mesur. 'Neu roiodd Wiliam Henry help llaw iddi. Ond pam fydde fe'n neud hynny os o'n nhw ar yr hewl?'

'Falle nad o'n nhw erbyn iddo ymddangos,' cynigiodd Dela. 'Galle Marian fod wedi dweud ei bod wedi canfod Anjun yn farw a chwarae ar y gred ynghylch yr Hen Rai. Roedd e wedi halogi'r safle a chael ei gosbi. Yr unig beth y gallen nhw ei wneud oedd ei gladdu.'

Craffodd Reynolds ar Iago. 'Ody hynny'n debygol o nabod dy Dad-cu?'

Amneidiodd y llanc yn drist. ''Na'n gowyr beth fydde fe wedi neud. O'dd e wastod yn siarad am yr Hen Rai, 'nenwedig yn y blynyddodd dwetha. Feddylies i byth bod rheswm 'da fe dros fod yn y cae top byth a hefyd a wedd e'n hala mwy o amser yn pladuro'r hen safle na gweitho ar y ffarm.' Edrychodd ar Dela. 'Ond os Marian saethodd e, shwd ddenodd hi fe o'r tŷ ac i'r sgubor?'

'Trwy ddweud bod potsiars ar y tir, dwi'n credu. Roedd hi'n ei nabod e'n dda o'i holl ymweliadau, ac yn gwybod y bydde fe'n mynd mas i weld. Mae'n bosibl ei bod hi wedi dweud wrtho eu bod yn cario gynnau a'u bod wedi mynd i guddio wrth glywed sŵn ei beic yn agosáu.'

'Lladron,' meddai Iago. 'Ar ôl dafad. Mae e'n digwydd ffor' hyn. Y cig maen nhw moyn so mae'n haws saethu'r anifel yn y fan a'r lle.' Trawyd ef gan syniad a newidiodd ei wyneb. 'Wedd hi'n cwato'n rhwle am sbel, gwedwch, tra bo' fi'n bennu 'ngwaith? Wedd hi 'na drwy'r amser yn aros i fi fynd i'r gwely a throi'r gole bant?' Ochneidiodd. 'Tasen i 'di tynnu'r pren ar draws drws y sgubor yn deidi ... ond we'n i mor flinedig.'

'Bydde hi wedi ei arwain i ryw adeilad arall ar y fferm,' atebodd Dela'n gysurlon. 'Buodd hi'n cynllunio hyn ers amser, Iago bach.'

'Synnen i byth bod plan B 'da hi ers iddi gael gwared ar Anjun,' cytunodd Reynolds yn annisgwyl. 'Paid ti â dachre meddwl taw dy fai di yw hyn. Bydde hi wedi galw'n hwyr iawn i weld dy dad-cu sawl gwaith cyn y nosweth honno yn y gobeth na fyddet ti 'na. Odw i'n iawn?'

'Odych,' atebodd Iago, fel pe bai hyn heb ei daro. 'Bydde hi'n dod draw cyn mynd gatre am y nos. Wedd hi'n gwbod na fydde Dacu 'di mynd i'r gwely. Yn amal bydde fe'n cysgu yn y gader pan dda'th hi drwy'r drws.'

'T'weld? Sdim stop ar bobol fel hyn.'

'Odych chi wedi gweld rhwbeth tebyg o'r blaen, 'te?' gofynnodd Iago.

'Gormod, gw'boi. Gormod o lawer.'

Pennod 36

Gyda rhyw deimlad annisgwyl o anniddigrwydd, cododd Dela ei llaw o drothwy'r drws ar y ddau gerbyd wrth iddynt ymadael. Doedd hi ddim yn edrych ymlaen at fod ar ei phen ei hun yn y ffermdy ond ble arall oedd 'na? Gwyddai nad oedd gan yr heddweision unrhyw ddewis ond gyrru i lawr i'r ysbyty'n ddi-oed at Rachel a Hari, er mwyn gwneud mwy o ymholiadau. Doedd gan neb yr amser na cherbyd sbâr i'w gyrru hi'n ôl i Nant yr Eithin. Roedd yn rhaid i Iago fynd at ei greaduriaid, er iddo addo dychwelyd yn gynnar y bore wedyn i odro gwartheg Rachel.

'Gaf i help, gallwch chi fentro!' oedd ei sylw hwyliog olaf, wrth ddal drws y pic-yp ar agor er mwyn i Meg yr ast neidio i mewn.

Ni feiddiodd Dela ofyn iddo adael Meg yno fel cwmni iddi a gwelodd yn ddiflas bod y gath â'r llygaid melyn wedi ailymsefydlu'i hun ar y setl yn syth. Aeth i eistedd ar y llall er mwyn ystyried beth y dylai ei wneud. Y gwir oedd, er nad oedd ganddi hithau ddewis ond aros yn y ffermdy dros nos, roedd meddwl am geisio cysgu fyny'r grisiau yn codi sgryd arni. Roedd yno ormod o stafelloedd gweigion, trist, gyda'u holion o fywydau pobl a fu farw cyn eu hamser. Pe bai'n gwella, a fyddai Rachel yn cadw stafell Marian yn union fel y cadwodd un Joy? Sylweddolodd bod yr awyrgylch yr un peth yma ag mewn ffermdy arall yn Nant yr Eithin y flwyddyn gynt. Ni wyddai bryd hynny beth oedd yn gyfrifol amdano, ond adnabu ef nawr, fel pe bai muriau'r lle wedi amsugno ymwybyddiaeth o golled a dioddefaint. Ymestynnodd ei thraed at y tân, gan synnu ei fod yn dal i losgi mor braf. Rhaid bod un o'r dynion wedi rhoi mwy o lo arno. Ysgydwodd ei phen i glirio'r blinder a'r diflastod a syllodd yn ddig ar y gath.

'A dwyt ti ddim tamed o gysur!' meddai, ond anwybyddwyd hi'n llwyr.

Cyn y gallai ddechrau pendwmpian, cododd ac aeth allan i'r cyntedd at y ffôn. Gwyddai ei bod yn hwyr iawn, ond roedd ei watsh i fyny yn y stafell wely. Ni fyddai Huw wedi mynd i'w wely. Pan atebwyd ei galwad ar unwaith, gwyddai ei fod yn eistedd yn ei stydi'n aros i'r ffôn ganu.

'Dwi'n fyw,' meddai'n ddisymwth.

'Wel, wyt,' atebodd yntau. 'Pwy sy ddim, dyna'r cwestiwn?'

Roedd ganddi lawer i'w ddweud wrtho gan gynnwys canfyddiad syfrdanol corff Albert Humphreys i lawr yn Wdig. Clywodd ef yn rhoi ochenaid feddylgar.

'O leiaf bydd Winnie'n gallu ei gladdu nawr,' ychwanegodd Dela. 'Buodd Gwyn Reynolds yn gwrando arna i'n clebran, wedi'r cyfan. Dwi'n synnu braidd 'i fod e wedi trafferthu chwilio'r gors ynghanol achos arall.'

'Gin i syniad 'i fod o'n awyddus i ddangos y gall

o neud petha na fedri di. Dwi'm yn honni 'i fod o'n genfigennus o lwyddiant dy ymholiadau preifat di, ond mae o'n bendant yn credu bod gin ti fantais annheg mewn llawer ffordd.' Bu saib bach wrth iddo feddwl. 'Dyn di-briod ydi o?'

'Hyd y gwn i,' atebodd Dela'n llyfn. Adnabu teithi meddwl Huw'n rhy dda i lyncu'r abwyd hwnnw. Natur gystadleuol oedd gan Reynolds yn hytrach nag un rhamantus, a ta beth, pwy allai ddioddef y sniffian?

'Be' wnei di rŵan?'

Ochneidiodd Dela. 'Gwneud mwy o de a cheisio cysgu. Ymhle yw'r broblem.' Ystyriodd cyn palu mlaen. Tybiai na fyddai gan Huw lawer o amynedd ag ofnau ofergoelus. 'Mae gormod wedi digwydd yma i fi allu ymlacio, sbo.'

'Dos i nôl cwrlid a gobennydd a chysga yn y gegin,' atebodd yntau, fel pe bai wedi darllen ei feddwl o bell.

Syniad da, meddyliodd Dela wrth osod y tegell i ferwi ar y stof yn y gegin gefn. Safai drws y stafell ymolchi ar agor a gallai weld dillad nos budr Marian a fenthyciodd yn socian yn y sinc. Dylai ei golchi fel cymwynas i Rachel druan. Daliwyd ei sylw gan sŵn crafu taer o'r gegin. Roedd y gath yn dymuno mynd allan. Agorodd Dela'r drws iddi a saethodd o'i golwg i'r tywyllwch tu hwnt i'r golau o'r gegin. Roedd y gwynt mawr wedi gostegu cryn dipyn, diolch i'r drefn, ac er ei bod yn dal i bigo bwrw, roedd y pistyllio diddiwedd ar ben. Caeodd Dela'r drws gan groesi ei bysedd y byddai'r gath yn treulio'r nos yn hela.

Erbyn iddi olchi'r dillad a'u trefnu ar yr hors o flaen y tân, teimlai'n well. Roedd y tasgau ymarferol wedi lliniaru'r awyrgylch annifyr. Cystal iddi mofyn popeth angenrheidiol o'r llofft cyn yfed ei the. Gallai setlo'i hun am weddill y nos wedyn. Brysiodd i fyny'r grisiau i'w stafell, cipio ei bag llaw a'r dillad gwely a gwisgo ei watsh. Roedd hi'n ôl yn y gegin mewn hanner munud. Er na fyddai'r setl yn gysurus iawn, cysgodd ar arwynebau caletach. Golchodd ei chwpan de ac ar ei ffordd yn ôl at y setl, tynnodd ei siaced a diffoddodd y prif olau. Dim ond y tân a oleuai'r encil bach nawr ond roedd yn ddigon iddi allu gweld er mwyn dwyn rhai o'r clustogau o'r setl wag gyferbyn fel padin ychwanegol i'w gwely. Roedd hi eisoes yn gorwedd pan sylweddolodd bod yr hors a'i faich o ddillad llaith yn niwsans ac, o bosib, yn berygl. Wyddech chi fyth pa mor bell y gallai gwreichion neidio. Cododd a symudodd ef yn ôl rhyw chwe troedfedd. Pe bai eisiau'r tŷ bach arni yn ystod y nos, rhaid iddi gofio ei fod yn rhwystr. Yn rhyfedd, wrth iddi drefnu'r cwrlid drosti'r eildro, plesiwyd hi i fod o fewn y sgwâr bychan a ffurfiwyd gan y tân, y ddwy setl gyda'u cefnau a'u hochrau uchel a'r hors. Stafell o fewn stafell. Caeodd ei llygaid yn ddiolchgar.

Ni allai ddeall, i ddechrau, pam y dihunodd. Roedd rhywbeth wedi newid. Sylweddolodd yn sydyn bod ei thraed yn gaeth dan bwysau. Ceisiodd eu symud a chlywodd rhyw rwgnach. Cododd ei phen ac er bod y tân yn mudlosgi heb dywynnu fawr ddim golau mwyach, credodd y gallai ddirnad siâp crwn y gath. Ar fin rhoi ei phen i lawr eto, sythodd. Sut cafodd yr anifail fynediad i'r ffermdy? Gwyddai iddi gau'r drws ar ei hôl oriau ynghynt. Gan mai drws cliced hen ffasiwn oedd hwnnw ni feddyliodd i edrych am dwll clo. Oedd 'na un, hyd yn oed? 'Sbosib nad oedd y gath wedi llwyddo i'w agor, rhywfodd. Oni fyddai hi wedi clywed ei hymdrechion heb sôn am y crafu a'r cwyno? Fflapiodd y dillad am eiliad ar yr hors ac er ei bod wedi'i chlustogi i raddau helaeth rhag unrhyw ddrafft teimlodd awel, a phan wthiodd ei hun i fyny ar un benelin, gwelodd bod y tywyllwch draw ger y drws yn llai dwfn mewn un stribyn hir i lawr un ochr iddo. Roedd y drws ar agor, yn bendant. Hwyrach nad afaelodd mecanwaith i gliced yn iawn wrth iddi ei gau a chwythodd y gwynt ef.

Gydag ochenaid, gwthiodd y cwrlid i'r naill ochr a chododd, gan symud yr hors o'r ffordd. Tu allan i'w hencil roedd y llawr teils carreg yn oer gan wneud iddi gamu ar flaenau'i thraed. Ymbalfalodd am y gliced yn drwsgl gan sadio'i hun ag un llaw ar yr ymyl agored. Bu bron iddi weiddi pan osodwyd llaw gynnes o'r tu allan dros ei llaw hi a'i greddf oedd i geisio ei thynnu i ffwrdd a slamio'r drws.

'Ssh!' ebe llais uwch ei phen.

Rhewodd Dela o glywed y sibrydiad taer.

'Fi sy 'ma. Sarjant Defis.'

Yn wir, pan edrychodd Dela i fyny, gallai weld ei ysgwydd lydan ac uwch ben honno, ei dalcen wedi crychu.

'Dewch mas o 'na'n gloi!'

Heb oedi mwy, sleifiodd Dela allan. Ni allai atal ei hun rhag crynu. Os oedd y llawr teils yn y gegin yn oer, doedd hynny'n ddim i'w gymharu â'r gwlybaniaeth tu allan i'r drws. Tynnodd Defis hi draw at sìl y ffenest.

'Shteddwch ar honno,' mwmialodd mor isel ag y gallai.

Ufuddhaodd Dela ond troellai cwestiynau di-baid drwy ei meddwl.

'Beth sy'n bod?' hisiodd, ond ysgydwodd Defis ei ben, cyn troi a brysio ymaith.

Gwelodd Dela bod ffigwr arall, mewn het adnabyddus, yn pigo'i ffordd rhwng y pyllau ar y ffald. Pan gyrhaeddodd Defis ef, cafwyd sgwrs fer nad allai Dela mo'i chlywed. Tynnodd wep rwystredig. Roedd rhywbeth wedi digwydd i anfon Reynolds a Defis yma ar frys ond ymddangosai taw hi fyddai'r olaf i wybod beth oedd hynny. Gallai deimlo gwydr y ffenest yn wlyb yn erbyn cefn ei blows, a gwingodd. O leiaf roedd ei thraed yn glir o'r llaid. Tynnwyd ei sylw gan Reynolds yn arwyddo â'i fraich yn ôl i lawr y feidr a arweiniai at y ffald a chyda hynny dechreuodd Defis redeg i'r cyfeiriad hwnnw. Dyfalodd Dela eu bod wedi gadael y car ar y ffordd fawr ac anfonwyd Defis i'w mofyn. Y cwestiwn oedd pam nad oeddent wedi gyrru'r holl ffordd i gychwyn. Gwyddent bod y dŵr wedi dechrau cilio o'r feidr oriau ynghynt. Roedd rheswm, felly, dros y penderfyniad i nesáu ar droed.

Yn rhesymegol, doedden nhw ddim eisiau i'r car fod yn glywadwy. Awgrymai hynny eu bod wedi dilyn rhywun o rywle i'r fan hon. Ceisiodd Dela syllu drwy'r tywyllwch ar yr adeiladau fferm amgylchynol ond roeddent yn gwbl dawel. Doedd Reynolds ddim wedi symud o'i safle draw ger y clawdd ar y dde, ond o bryd i'w gilydd byddai'n taflu cipolygon at y tŷ, ac o'r herwydd ati hithau, ond ni ddaeth gam yn agosach. Oedd e'n ofni pe bai'n dod ati byddent yn gwneud sŵn wrth siarad? Yn sydyn, roedd hi'n falch o encil ddofn y ffenest o'i hamgylch. Tybiai ei bod fwy neu'n lai'n anweladwy o'r drws a dyna pam y gadawyd hi yno. Y drws agored, meddyliodd. Nid Defis agorodd y drws gan roi cyfle i'r gath ddod i mewn. Rhywun arall wnaeth hynny ac roedden nhw'n dal yn y ffermdy.

Lapiodd ei breichiau am ei chanol. Dyna pam roedd Defis wedi sefyll yn gwbl ddistaw tu allan hyd nes iddi roi ei llaw ar y drws. Efallai iddo feddwl ei fod ar fin dal y tresmaswr. Os felly, bu Dela'n lwcus i beidio â chael ei thaflu ar draws y gegin. Esboniai hefyd ei orchymyn iddi ddod allan ar unwaith. Pe baent yn credu bod rhywun ar diroedd neu yn adeiladau'r fferm, byddai hi'n fwy diogel yn y ffermdy nag unman. Ond doedd hi ddim, oherwydd bod rhywun wedi agor y drws yn hollol dawel ac wedi cerdded i mewn i'r gegin. Teimlodd y blew mân yn codi ar ei gwar. Ni ddymunai feddwl am y posibilrwydd o rywun yn sefyll yn ei gwylio'n cysgu cyn cripian i ffwrdd – digwyddodd hynny unwaith y noson honno eisoes. Gobeithiai nad oedd yr ysbeiliwr wedi sylwi arni, wedi'i chuddio ar y setl tu ôl yr hors llawn dillad. Sylweddolodd pam fod Reynolds yn cadw at y clawdd ar y dde. Roedd e'n gobeithio ei fod yntau'n anweladwy o ffenestri'r ffermdy.

Daeth sŵn llyfn, isel i'w chlustiau ac er nad allai weld mwy na ffurf mawr tywyll yn agosáu, roedd hi'n falch o sylweddoli bod y car wedi dod. Nid oedd modd gwybod beth y gellid ei glywed o'r tŷ ond bu Defis yn ddigon call i beidio â chynnau'r goleuadau blaen. Parciodd yng nghysgodion y clawdd a neidiodd Reynolds i'r sedd flaen wrth i Defis ddringo o sedd y gyrrwr a brysio draw ati.

Yn ddi-air, hwpodd ei fraich o'i hamgylch a'i chario at y car. Roedd Reynolds eisoes wedi agor y drws cefn nesaf at y clawdd a gwthiwyd Dela i mewn heb i'w thraed gyffwrdd â'r ddaear. Trefnodd ei hun ar y sedd gefn ac arhosodd i Defis gymryd ei le tu ôl i'r olwyn lywio a chau'r drws yn dawel. Pwysodd Dela ymlaen.

'Beth y'ch chi'n neud 'ma?' mwmialodd.

'Aros,' atebodd Reynolds, ond fel pe bai'n gweld nad oedd hynny'n ateb digonol, sniffiodd. 'Sdim blydi pall ar yr holl whare ambythdi, nac o's, wir!'

Clywodd rhyw roch o chwerthin gan Defis.

'Unrhyw newyddion am Rachel a Chwnstabl John?' gofynnodd Dela eto, gan gofio mewn pryd i roi ei deitl swyddogol iddo.

'Ma'r ddou'n fyw,' atebodd Reynolds, 'ond ma'r ddou'n *depressed*.'

Hawdd deall pam fod Rachel yn isel, ond Hari?

'O'dd e'n ishel cyn dod lawr 'ma, cofiwch,' cynigiodd Defis. Trodd ei ben fel y gallai Dela weld ei broffil. 'O'dd e i fod i briodi ond halodd y groten y fodrwy yn ôl iddo.'

'Do fe wir?' ebe Dela, gan esgus diddordeb cwrtais. 'Trueni.'

Dihangodd Iris, felly. Hwrê!

Trodd Reynolds at Defis.

'Sdim hast, nac o's?' meddai'n ddiamynedd. 'Byddwn ni 'ma drwy'r nos.'

Cododd Defis ei ysgwyddau. 'Sdim angen hast. Digonedd o amser i fynd i whilo.'

Ysgydwodd Dela ei phen yn y tywyllwch, ond yna sylweddolodd eu bod yn gwenu ar ei gilydd yn slei bach. Tybed a oedd ganddi rhyw friwsionyn o wybodaeth a fyddai'n ysgwyd y drol?

'Bydd angen i rywun wneud yn siŵr bod Feronica'n iawn,' meddai. 'Y peth dwetha glywes i oedd 'i bod hi wedi cau ei hun yn y stydi.'

Ysgydwodd Reynolds ei ben. 'Galwon ni miwn 'na ar ein ffordd o'r ysbyty. Sobor o sioc i'r gweinidog glywed beth ddigwyddodd. Ond dim gair am y groten.' Arhosodd eiliad i Dela ystyried hyn.

'Gofynnoch chi amdani?'

'Ro'n ni'n gwbod cyn cnoco'r drws. Aeth Defis rownd yr ardd ac roedd ffenest y stydi ar ochor y tŷ ar agor. Mae'r latsh ar y tu fiwn, hefyd. O'dd hi'n wedi went!'

'I ble? At Iago?' gofynnodd Dela.

Amneidiodd Reynolds. 'O'n nhw'n ishte'n yfed te yn y gegin anniben fel hen bâr priod. Sidêt iawn, unweth iddyn nhw sylweddoli nag o'dd gyda ni unrhyw ddiddordeb yndddi, os o'dd hi'n saff, gall hi fynd ble bynnag mae hi moyn.'

'Ma' hi dros un ar hugen,' ebe Defis, gan ychwanegu'n amwys, 'A rhynt Iago a'r ci, ddaw dim drwg iddi cyn bore fory.'

'Beth sy'n digwydd bore fory?' gofynnodd Dela.

Gwthiodd Reynolds ei het dros ei gorun. 'Ma' Iago'n mynd â hi i ddala'r trên lan i Lerpwl. Mae cnither i'w mam yn byw 'na. Smo hi ac Edwards yn gallu diodde'i gilydd, ond rodd hi wastod yn hala arian i Feronica ar 'i phen-blwydd. O'dd 'i rhif a'i chyfeiriad hi yn y llyfyr ffôn. Ffoniodd y groten hi. Call iawn. Bydd y gnither yn cwrdd â hi odd'ar y trên.'

'Ac yn well byth, dyw hi ddim yn debygol o gredu fersiwn y gweinidog o'r stori,' gorffennodd Defis.

Rhoddodd Dela ochenaid o ryddhad. Ar ôl oes o reolaeth bu Feronica'n ddigon call i beidio â dianc i Barcrhedyn nac at Blodwen. Byddai'r ddau deulu wedi'i dychwelyd i'w chaethiwed yn ddiymdroi. Diolch byth bod Lerpwl yn bell. Yna crychodd ei thalcen.

'O ble ddaw'r arian i Feronica wneud hyn?' gofynnodd

Pesychodd Defis i gelu chwerthin. 'Aeth hi drwy ddrore'r ddesg yn y stydi fel dôs o *Epsom Salts*. Ei thad o'dd yn trafod pob dime goch ond ro'dd hi wedi hen sylwi taw o'r stydi o'dd y *cash* yn dod.'

Gwenodd Dela yn y tywyllwch.

'Ta beth, buon ni ddim 'na'n hir,' parhaodd Reynolds, 'ond yn rhyfedd iawn pan aethon ni'n ôl at y Mans, o'dd y lle'n wag heb sôn o gwbwl am y gweinidog.'

Meddyliodd Dela am hyn. 'Ond doeddech chi ddim yn disgwyl iddo fod 'na, oeddech chi? Dyna pam aethoch chi ato'n unswydd i roi gwybod iddo am bopeth ddigwyddodd yma. Roeddech chi isie iddo feddwl bod ffermdy Rachel a Marian yn wag.' Prociodd ysgwydd Reynolds. 'Anghofioch chi 'mod i yma, dofe? Neu gadawoch chi fi'n fwriadol yn y ffermdy?'

Bu tawelwch, a chredodd Dela iddi daro man gwan. Fodd bynnag, roedd y ddau heddwas yn syllu'n ddwys drwy ffenest flaen y car. Cymerodd eiliad i Dela weld beth a dynnodd eu sylw. Roedd drws y ffermdy'n agor yn araf iawn. Ni symudodd neb hyd nes i ffigwr aneglur ymddangos ar y trothwy gan droi i gau'r drws ar ei ôl.

Pan daniodd Defis yr injan a'r goleuadau mewn un symudiad chwim, gan roi ei droed ar y sbardun, taflwyd Dela yn erbyn cefn ei sedd, wrth i'r car wibio ar draws y ffald. Sgrialodd dros y gwlybaniaeth bron yn ddilywodraeth gan aros dim ond modfeddi o'r sawl a safai'n dal sach yn ei freichiau, ei wyneb yn wyn â braw. Llamodd y ddau heddwas allan, gyda Defis ar y dde'n sicrhau nad oedd modd i'w hysglyfaeth ddianc dros y bont. Doedd e ddim wedi llwyddo i gamu mwy na degllath o'r drws.

Cadwodd Dela ei phen i lawr ond ni allai glywed dim. Weindiodd y ffenest i lawr fymryn ar ei hochr hi.

'Dim byd pwysig?' clywodd Reynolds yn ei ddweud, yn anghrediniol. 'Chi'n siŵr o hynny? Pan agoriff y Sarjant y sach 'na smo fe'n mynd i weld llond lle o gyffurie peryglus, 'te?'

Roedd e'n mwynhau hyn, meddyliodd Dela. Roedd Defis wedi tynnu'r sach o ddwylo Eric Edwards, ac wedi ei hagor. Ym mhelydrau'r goleuadau blaen, gwelodd Dela siâp potel.

'Morffin?' ebe Defis. 'O'ch chi'n bwriadu gwenwyno'ch croten eich hunan â morffin?' Am rywun mor hynaws a disyfl, synnwyd Dela i glywed y dicter yn ei lais. Yna cofiodd ei fod yn dad i dair o ferched.

Edrychodd y gweinidog o un i'r llall, gan lyfu ei wefusau.

'Camgymeriad llwyr yw'r botel honno,' mentrodd. 'Roedd hi mor dywyll ro'n i'n ffaelu gweld. Ond mae Feronica'n sâl iawn ac roedd Marian wedi addo dod draw. Mae angen meddyginiaeth ar Feronica ar frys.'

'Nag o's,' atebodd Reynolds yn swrth. 'Beth sy angen arni yw tad deche. Ond 'na fe, cewch chi ddigon o amser i feddwl am hynny yn y celloedd.'

Os oedd y gweinidog yn ofnus cyn hynny, gwegiodd ei goesau wrth glywed y gair olaf.

'Ond gallwch chi ddim ...' dechreuodd. 'Dwi'n weinidog ... mae gen i aelodau ...'

'O, gallwn. Smo fi'n gweld eich enw da chi'n para ar ôl hyn. Bydd 'na restr hir o gyhuddiade. *Breaking and entering* i enwi ond un.'

'Theft and misuse of controlled and dangerous substances likely to cause harm under the provisions of the Narcotic Drugs Register,' adroddodd Defis. Trodd at Reynolds. 'Faint gafodd y boi 'na pwy ddwrnod fuodd yn dwyn drygs o syrjeris, bòs?'

Chwibanodd Reynolds. 'Peder blynedd, ife? Bachan

â job dda, 'ed. 'I holl d'ulu fe'n llefen y glaw yn y galeri. Ofnatw o beth.'

Nid rhywbeth byrfyfyr oedd y ddeialog hon. Pam oedd y ddau heddwas mor benderfynol o argyhoeddi Eric Edwards bod ei fywyd parchus ar ben? Oherwydd doedd e ddim, sylweddolodd. Daeth blas sur i'w cheg. O'u profiad, gwyddent y byddai'r gweinidog yn beio'r cyfan ar Marian ac yn honni taw hi greodd y sefyllfa wrth gyflenwi'r meddyginiaethau peryglus heb eu hawdurdodi. Byddai'n dweud nad oedd ganddo syniad beth oedd yn y poteli mewn gwirionedd ac roedd posibilrwydd cryf y byddai rheithgor yn ei gredu. Gyda Marian wedi boddi, ni ellid profi dim yn erbyn un o'r ddau. Noson yn y celloedd a'r grasfa eiriol hon oedd yr unig gosbau nad allai Edwards mo'u hosgoi gyda chymorth cyfreithiwr huawdl. A fyddai Feronica'n hapus i dystiolaethu yn ei erbyn? Hi oedd yr unig un a wyddai bod ei thad yn gydarweinydd y cynllwyn i'w chadw dan ddylanwad cyffuriau am flynyddoedd. Doedd hynny ddim yn hollol wir, nac oedd? Gyda lleisiau Reynolds a Defis yn dwrdio o bellter, cofiodd am y sgwrs deleffon a glywodd o ben y grisiau yn y ffermdy. Roedd Marian wedi dweud wrth Eric Edwards yn ei chlyw ei bod wedi rhoi diod gysgu i Dela ac roedden nhw wedi chwerthin am y peth. A fyddai hynny'n ddigon? Ni wyddai.

Trawodd Dela ei bod yn bryd iddi adael y car. Doedd hi'n bendant ddim eisiau i Eric Edwards gael ei wthio i'r sedd gefn a hithau'n dal yno. Agorodd y drws yn llechwraidd, gan ddibynnu ar y ffaith bod yr heddweision yn ffurfio mur o flaen eu carcharor. Gallai gamu'n hawdd at ddrws y ffermdy ac roedd ei thraed eisoes yn wlyb. Cripiodd yn isel ar hyd ochr y cerbyd, gan gadw un glust ar agor am unrhyw arwydd bod y tri ar fin symud. Credodd iddi weld Defis yn taflu cipolwg ati am eiliad ond ni ddangosodd iddo sylwi ar ddim. Yn hytrach, gafaelodd ym mraich Eric Edwards a'i droi i wynebu'r cyfeiriad arall. Roedd Reynolds yn dal i restru cyhuddiadau.

Gwasgodd Dela'r gliced yn ofalus ac agorodd y drws. Roedd hi ar fin sleifio i mewn pan saethodd y gath heibio iddi ac allan i'r ffald gan fewian yn ddig. Trodd y tri eu pennau'n awtomatig, ac yng ngoleuadau'r car gwyddai Dela, o wyneb y gweinidog, iddo ei gweld. Ysgydwodd ei fraich o afael Defis a phwyntiodd ati'n gyhuddol.

'Chi!' poerodd, ei wyneb yn gweithio. 'Chi sy'n gyfrifol am hyn!'

Gwenodd Reynolds wrth gydio'n dynn yn ei ysgwydd.

'Pwy arall alle fod?' meddai, gan amneidio ati a chodi ei het.

Gwyliodd Dela'r car yn treiglo ymaith i lawr y feidr hir, yna caeodd y drws. Eisteddodd ar y setl am amser gan bwyntio'i thraed tua'r tân i'w sychu. Teimlodd ei hamrannau'n dechrau trymhau felly gorweddodd a chodi'r cwrlid drosti. Cysgodd fel top.